dtv

Im Jahr 1983 durchqueren drei Südtiroler Bergsteiger erstmals das grönländische Inlandeis zu Fuß und ohne Versorgung von außen. Ihr spektakuläres Abenteuer entwickelt sich zu einem aberwitzigen Psychodrama, da vom ersten Tag an Streit und Feindseligkeit zwischen den drei Männern herrscht. Obwohl so hilflos zerstritten, dass zwei von ihnen während der 88 Tage, die sie in unvorstellbarer Einöde unterwegs sind, kein Wort miteinander wechseln, bewältigen sie die zuvor nicht für möglich gehaltene Route. Mit großer Raffinesse komponiert Michael Köhlmeier aus den drei unterschiedlichen Darstellungen der Männer ein Lehrstück über Erinnerung und Verdrängung.

Michael Köhlmeier, geboren 1949 in Hard am Bodensee, lebt als freier Schriftsteller in Hohenems (Vorarlberg) und Wien. Er studierte Germanistik und Politologie in Marburg sowie Mathematik und Philosophie in Gießen und Frankfurt. Er schreibt Romane, Erzählungen, Hörspiele und Lieder und trat erfolgreich als Erzähler antiker und heimischer Sagenstoffe sowie biblischer Geschichten auf. Für seine Bücher erhielt er zahlreiche Auszeichnungen, u.a. den Johann-Peter-Hebel-Preis, den Manès-Sperber-Preis und den Österreichischen Würdigungspreis für Literatur. Zuletzt erschienen ›Idylle mit ertrinkendem Hund‹ und seine Romane ›Abendland‹ (2007), ›Madalyn‹ (2010) und ›Die Abenteuer des Joel Spazierer‹ (2013).

Michael Köhlmeier

Spielplatz der Helden

Roman

Deutscher Taschenbuch Verlag

Von Michael Köhlmeier
sind im Deutschen Taschenbuch Verlag erschienen:
Abendland (13718)
Die Musterschüler (13800)
Bleib über Nacht/Geh mit mir (13855)
Idylle mit ertrinkendem Hund (13905)
Madalyn (14127)
Wie das Schwein zum Tanze ging (62412)

Ausführliche Informationen über unsere Autoren und Bücher finden Sie auf unserer Website www.dtv.de

MIX
Papier aus verantwortungsvollen Quellen
FSC® C019821
FSC www.fsc.org

2013
Deutscher Taschenbuch Verlag GmbH & Co. KG,
München
Die Erstausgabe erschien 1988 im Piper Verlag München
Lizenzausgabe mit Genehmigung des Carl Hanser Verlages

Umschlagkonzept: Balk & Brumshagen
Umschlaggestaltung: Wildes Blut, Atelier für Gestaltung, Stephanie Weischer
unter Verwendung eines Fotos von plainpicture/Simply North
Druck und Bindung: Druckerei C. H. Beck, Nördlingen
Gedruckt auf säurefreiem, chlorfrei gebleichtem Papier
Printed in Germany · ISBN 978-3-423-14252-6

Dieses Buch widme ich Robert Peroni, Josef Schrott und Wolfgang Thomaseth in Bewunderung ihrer Leistung. Ihre Expedition durch Grönland war Ausgangspunkt für die folgende Geschichte. Die darin auftretenden Personen sind allerdings erfunden. M. K.

Erster Teil

Der Führer

I

Mein Leben war eng wie mein Schlafzimmer. Ich war weder in der Lage zu arbeiten, noch mich zu zerstreuen. Die Wohnung verließ ich selten. Den ganzen Tag lief der Fernseher. Manchmal schaltete ich den Ton aus und das Radio an. Ich bin ein Held und ein armer Hund, sagte ich mir, beide Wörter fangen mit »H« an und hören mit »d« auf und haben gleich viel Buchstaben. Über solche Dinge dachte ich nach. Es war ein dummes Leben. Bei der Post gab ich an, ich wünsche nicht, daß mein Name im Telefonbuch aufscheine; bei den Behörden war ich nicht gemeldet; und das Schlafzimmer war leer bis auf drei Wolldecken, zwei als Unterlage und eine als Zudecke; meinen Wagen stellte ich niemals vor dem Haus ab; und als ich in den ersten Tagen, nachdem ich eingezogen war, an der Türklingel mein Namensschild entdeckte, riß ich es weg und verbot dem Hausmeister, ein neues anzubringen. Wenn das Telefon klingelte, nahm ich ab, ohne ein Wort zu sagen; wenn ich das Haus verließ, schaute ich erst nach links und nach rechts, ehe ich auf die Straße trat. Ich habe in dieser Zeit niemanden kennengelernt; die meisten Bekanntschaften und auch Freundschaften hielten nicht, und den wenigen wirklichen Freunden ging ich so lange aus dem Weg, bis sie mir auch aus dem Weg gingen. Alles wegen einer Frau, die verheiratet war. Ich hatte sie zwei Jahre zuvor in Südtirol kennengelernt.

Aber meine Sicherheitsmaßnahmen waren wenig effektiv. Ihr Mann bekam bald meine Adresse heraus. Ich hab ihn ja gekannt. Er wußte ja, daß ich mit seiner Frau etwas hatte. Aber er wußte bis dahin nicht, daß ich in der Stadt wohne. Jemand hat mich an ihn verraten. Er selbst verlor nie ein Wort darüber. Ich traf ihn häufig. Ob ich wieder zu Besuch hier sei, hat er dann gefragt. Ja, ja, hab ich dann gesagt. Da war dann immer eine Herzlichkeit! Zum Kotzen! Manchmal sah ich ihn vom Fenster meines Schlafzimmers aus, in seinem metallblauen Citroen durch die Gasse fahren. Das war seine Art, sich in seinem Schmerz einzurichten: Einerseits wollte er wissen, wo seine Frau und ich uns trafen, andererseits mochte er sich nicht eingestehen, daß sie sich überhaupt mit mir traf, daß es da überhaupt eine Wohnung gab, vielleicht sogar, daß es mich gab. Er machte aus mir einfach einen anderen.

Ich lebte von einem Literaturstipendium. Nicht eine Zeile habe ich geschrieben in dieser Zeit. Bilder aus Zeitschriften habe ich ausgeschnitten. Massenhaft. Aus den Bildern habe ich Plakate geklebt, die ich an die Wand heftete. Hauptbeschäftigung allerdings war Warten: daß sie anruft, daß sie kommt, daß sie einmal kommt, ohne anzurufen.

Allmählich richtete ich mich ein. Ich ging selten aus, und wenn ich zurückkam, brachte ich jedesmal irgendetwas mit, das dann im Schlafzimmer oder in dem anderen Zimmer herumstand und so aussehen sollte, als machte es meine Wohnung gemütlich. Ich besorgte mir alle möglichen Lokalanzeigen, verfolgte, wann und wo Sperrmüll ausgelagert wurde. In der Nacht fuhr ich die betreffenden Straßen ab. So, dachte ich, wird die Mansarde mit der Zeit bewohnbar. Alle diese Gegenstände besitze ich heute noch. Sie lassen sich beschwören. Das ist ihr Zweck.

Es war ein wunderschönes Leben, weil ich so wenig gegessen und geschlafen habe. Und das Warten war gräßlich, aber am nächsten Tag bereits erinnerte ich mich daran mit Wehmut. Ein vergangener Tag war wie ein vergangener Sommer. Und so gab es in diesen eineinhalb Jahren hundertmal mehr, wovon ich zehren konnte als in anderen eineinhalb Jahren.

Das ist die eine Geschichte.

Auf die andere Geschichte bin ich durch eine Rundfunksendung gestoßen. Ich saß in der Küche – aus jener Mansarde war ich längst ausgezogen –, es war Samstag, noch früh am Morgen. Im ersten Programm wurde ein Feature gesendet. Ich bereitete das Frühstück vor, Christian und Eva, die beiden großen Kinder, waren in der Schule; Pia saß mit Grete und Josef, den beiden kleinen, in der Badewanne. Zwei Männer berichteten im Radio von einer Expedition, einem Fußmarsch quer durch Grönland, und zwar an jener Stelle, wo die Insel am breitesten ist. Zu dritt waren sie aufgebrochen, dreieinhalb Monate waren sie fort gewesen, und als sie heimkehrten, kannten die Kinder des einen ihren Vater nicht mehr.

Beim Frühstück erzählte ich Pia davon; und obwohl die Sendung erst vor wenigen Minuten zu Ende gegangen war, hätte ich nicht mehr mit Bestimmtheit sagen können, ob ich nun das nacherzählte, was ich soeben gehört hatte, oder ob ich mich bereits selbst in diese fremde Geschichte einmischte. Die Fakten sind schnell berichtet:

Im Jahr 1983 waren Reinold Minach, Leo Degaspari und Michael Gratt von Bozen in Südtirol aufgebrochen und über Grönland gegangen. Sie hatten weder vorher Lebensmitteldepots angelegt noch hatten sie Funkgeräte mitgenommen, mit denen sie in Verbindung zur Außenwelt hätten treten können; sie waren zu Fuß gegangen, rund vierzehnhundert Kilometer; jeder vor seinen Schlitten gespannt.

Drei Jahre später befragte sie ein Journalist danach. In der Einleitung zu seinem Feature hieß es: Michael Gratt habe sich geweigert, vor dem Mikrophon zu sprechen; Leo Degaspari und Reinold Minach hätten es abgelehnt, gemeinsam von ihrer Reise zu erzählen. Seit jener Expedition hätten sie jeden Kontakt untereinander abgebrochen. Degaspari und Minach seien getrennt aufgenommen, ihre Aussagen später im Studio geschnitten und zusammenmontiert worden.

Minach und Degaspari konnten und wollten sich nicht mehr sehen. Ihre Erzählungen sparten vieles aus, manches deuteten sie nur an. Degaspari habe während der Expedition eineinhalb Monate lang kein Wort geredet. Der Streit zwischen den beiden habe bereits begonnen, nachdem sie vom Helikopter an der Ostküste abgesetzt worden waren, also bereits am ersten Tag. Im Radio schraken sie davor zurück, dem Tier einen Namen zu geben. Wenn es einmal zutrifft, Haß abgrundtief zu nennen, dann hier, dachte ich. Das Tier kriecht bis nach Grönland, wenn es gerufen wird.

Die Expedition war ein Rekord. Minach, Degaspari und Gratt hatten ihre Schlitten durch den Gletschergürtel an der Ostküste der Insel geschleppt, sie über das zweitausend Meter hohe Inlandeis gezogen und waren nach unbeschreiblichen Strapazen im Westen wieder zur Küste abgestiegen.

Für eine ähnliche Strecke benötigte die Wegener-Koch-Expedition mit Pferden, Hunden und vorher gesetzten Lebensmitteldepots zwei Jahre. Minach, Degaspari und Gratt schafften es in achtundachtzig Tagen.

Bis dahin galt als unmöglich, unter solchen Bedingungen mehr als fünfhundert Kilometer zurückzulegen. Es ist eine einfache Rechnung: Ein Flugzeug kann nur so weit fliegen, wie der Treibstoff reicht, den es vom Boden hochkriegt. Das Gewicht von Ausrüstung und Verpflegung muß abgestimmt sein auf die Kraft desjenigen, der sich vor den Schlitten spannt. Eine Gruppe kommt so weit, wie die Verpflegung reicht, die sie bei sich hat. Verpflegung kann sie so viel mitnehmen, wie sie schleppen kann.

Die Maximalstrecke unter diesen Bedingungen wären fünfhundert Kilometer. Minach, Degaspari und Gratt schafften fast das Dreifache – vierzehnhundert Kilometer – auf Skiern, ohne fremde Hilfe, ohne Verpflegungsdepots, ohne Funkgeräte.

Die Expedition war ein Rekord.

Das öffentliche Interesse blieb weitgehend aus. Jede Besteigung irgendeines Gipfels im Himalaya erregte mehr Aufsehen. Heute, da ich mich mit dieser Expedition einigermaßen auseinandergesetzt habe, erscheint mir die öffentliche Achtlosigkeit unverständlich, geradezu verletzend.

Nicht jeder Rekord interessiert; und manche Rätsel lösen sich banal auf. Auch Verrückte können nicht zaubern. Anstatt normaler Nahrung hatten Minach, Degaspari und Gratt Astronautennahrung in Pulverform mitgenommen, die um ein Vielfaches leichter war. Das war die Voraussetzung für das Gelingen ihres Unternehmens. Mit einer Nahrung, die gemacht ist für Menschen, die auf den Mond fliegen, haben sie lediglich Grönland überquert.

Ich hatte die Rundfunksendung zum größten Teil auf Kassette aufgenommen. Immer wieder hörte ich mir das Band an: die Stimme von Reinold Minach, diese rauhe und doch eher hohe Stimme, die manche, ganz und gar nicht wichtigen Sätze mit Vorsicht formulierte, als hinge davon etwas ab, als sollte Mißverständnissen vorgebeugt werden; die Stimme von Leo Degaspari, die sich anhörte wie das Bellen eines Hundes.

Ich beschloß, die drei Männer zu besuchen. Ich nahm über den Rundfunk Kontakt mit dem Journalisten auf, der die Sendung gestaltet hatte, der gab mir die Telefonnummern von Degaspari und Minach – Gratt sei telefonisch nicht zu erreichen –, ich rief an und verabredete mich.

2

Im Frühling fuhr ich nach Bozen. Im Zug von Innsbruck saß ich mit fünf Italienerinnen in einem Abteil. Sie waren nicht älter als sechzehn; Mailänder Schülerinnen, die einen Ausflug nach Wien gemacht hatten; jetzt befanden sie sich auf der Heimreise. Ich war in ihren reservierten Waggon geraten.

Die Mädchen waren ausgelassen närrisch. Sie redeten auf mich ein, kümmerten sich nicht darum, ob ich Italienisch verstehe oder nicht. Ich verstehe nicht. Ich versuchte es mit Englisch. Das verstanden sie nicht. Also half ich mir mit Gesten. Ich hatte gar nichts mitzuteilen, wollte nur nicht, daß die Unterhaltung gar so einseitig ablief.

Aber das mit den Gesten war keine gute Idee. Italiener haben eben schönere Gesten als wir – und sie wissen das. Und da gibt es so eine ganz spezielle Geste, die ich schon immer lernen wollte, und die brachten sie mir jetzt bei.

Eine von ihnen konnte ein wenig deutsch.

»Du mußt deine Hand so halten«, sagte sie und preßte mir Zeigefingerspitze und Daumenspitze aufeinander.

»Und jetzt so«, rief sie und schüttelte meinen Unterarm.

Aber ich war im Gelenk nicht locker genug. Sie machten es mir alle vor, eine nach der anderen: locker im Handgelenk. Es war eine schnelle, gleichzeitig verzögerte, ungeduldig anmutende Bewegung, eine Geste, die vielleicht nicht gerade Verachtung ausdrückte, aber immerhin so etwas wie Wurstigkeit allem und jedem gegenüber. Genau diese Handbewegung wollte ich lernen.

Ich deutete an, ich habe begriffen, preßte Daumen und Zeigefinger meiner rechten Hand aufeinander und schüttelte.

»Nein«, rief die eine, »mehr, mehr!«

Und wieder schüttelte sie meinen Arm, noch heftiger als vorher, mit aller Kraft; und weil ich meine Hand diesmal wirklich locker hielt, schlug sie wie eine Peitsche auf und nieder, und ich stauchte mir das Gelenk.

Es schmerzte mehr, als ich es für möglich hielt. Ich merkte, daß ich blaß wurde, daß mir der Schweiß auf die Stirn trat.

Die Mädchen wurden ganz still. Ich versuchte ein Lächeln. Sie hätten wohl gern etwas gesagt, aber es fehlten ihnen die deutschen Worte; und mir fehlten die italienischen, um zu lügen, es sei nicht so schlimm.

Gegen Mittag kam der Zug in Bozen an. Es war föhnig warm. Ich hatte gute Laune, obwohl mein Gelenk noch immer schmerzte. Eines der Mädchen hatte mir seinen

Schal geschenkt und fest um das Gelenk gebunden. Den Koffer mußte ich mit der linken Hand tragen.

Minach wohnte nur wenige Schritte vom Bahnhof entfernt. Aber ich wollte nicht gleich zu ihm gehen. Wir hatten uns am Telefon für den frühen Abend verabredet. Er war erst wenige Tage zuvor aus Grönland zurückgekehrt. Seit der großen Expedition fahre er ein- bis dreimal im Jahr hinauf.

Ich ging also in die Stadt, aß in einem Restaurant eine Portion Gnocchi, trank einen Espresso und schlenderte anschließend durch die Gassen.

Es war April und roch wie im Sommer. Der Föhn bauschte meine Jacke. Ein Teil des Domplatzes war grell von der Sonne beschienen, der andere Teil lag im Schatten. Das Licht änderte sich schnell, wenn die Wolken die Sonne verdeckten. Der Platz wurde düster und herbstlich. Dann brach die Sonne wieder durch, ließ eine Häuserfassade aufleuchten, einen Augenblick nur, schon wischte wieder der Schatten darüber und eine andere Hauswand erstrahlte im Licht.

Der Föhn, die südländische Architektur, die Gerüche in den Gassen – Oregano in der Nähe der Restaurants, das Essigwasser, mit dem die Kellner die Tische wischten –, alles rief in mir den Sommer vor elf Jahren wach. Aber ich erkannte nicht wieder, was ich sah. Als wären wir damals in einer anderen Stadt gewesen, einer ähnlichen Stadt. Hatte so der Dom ausgesehen? War das der Platz, über den wir gegangen waren? Die Gerüche, die Architektur erinnerten daran, aber über die Erinnerung an Bozen war so vieles hinweggegangen in den folgenden Jahren, daß daraus ein anderes Bild geworden war, ein Bild, das mit dem Original wenig zu tun hatte.

Ich wäre gern mit Pia hierher gefahren. Aber es gab niemanden, dem wir die Kleinen für ein paar Tage anvertrauen wollten. Sie wären auch bei niemandem geblieben. Hier hatten Pia und ich uns kennengelernt. Nein, nicht in Bozen, ein paar Kilometer weiter, in Eppan. Vor elf Jahren.

Wenn wir später in meiner Mansarde auf den beiden Wolldecken lagen und uns unsere Zukunft dadurch vergewissern wollten, daß wir aus unserer Vergangenheit eine Geschichte machten, bauten wir um jene drei Tage eine Stadt auf, in deren Zentrum nicht ein Dom stand, sondern eine kleine Tabaktrafik, und diese Stadt hatte schon lange nichts mehr mit Bozen gemein, sie wurde zu einer starken Festung um unsere Liebe, veränderte sich im selben Maße, wie wir nicht wußten, was weiter mit uns geschehen würde.

In Eppan, wenige Kilometer von Bozen entfernt, hatten wir drei Tage mit Freunden verbracht. Eppan war in der Erinnerung ein Nachtclub und ein Hotelzimmer. Sonst nichts.

Im Nachtclub *Dolomiti* hatten wir die Köpfe aneinander geschlagen. Schon in der ersten Nacht im Hotel waren wir beieinander gelegen. Die Freunde, mit denen wir zusammen waren – damals waren sie noch Freunde –, alle hatten wir zum Schweigen gebracht.

Von den Freunden sind wenige geblieben. Im Krieg mit Pias Mann standen sie in seiner zweiten Linie – stumm, aber gerecht. Wir lachten nur über sie.

Schon am ersten Morgen in Eppan, als Pia und ich den Frühstücksraum des Hotels betraten, hatte uns ihre Stummheit zum Lachen gereizt. Man sah den Gesichtern an, was ihr Schweigen bedeutete. Die drei Tage in Südtirol sind Gemeinschaftseigentum, niemand darf sagen, sie gehören ihm allein! Aber die liberalen Freunde haben sich nicht getraut, das auszusprechen. Darum schauten sie uns auch nicht an, als wir uns an ihren Tisch setzten, sondern starrten auf ihre berechenbaren Buttersemmeln.

Und dann kam obendrein die Besitzerin des Hotels an unseren Tisch und fragte mit lauter Stimme: »Wer von Ihnen, bitte, wohnt auf Nummer 17?«

Sie hatte die Fäuste in die Hüften gestemmt, war zornig, wollte umgehend eine Antwort von uns, den geringsten ihrer Gäste.

»Ich wohne auf Nummer 17«, sagte ich.

Alle wußten, daß es Pias Zimmernummer war.

»Sind Sie Bettnässer«, fragte sie. – Es sollte beleidigend klingen – hat da doch tatsächlich einer Bier oder Limonade ins Bett geschüttet! – die Frage sollte provozierend sein, niemals erwartete sie eine positive Antwort.

Die Absurdität all dessen, was uns umgibt, dachte ich, nein, Absurdität gibt es nicht, das ist eine Frage der Wahrnehmung. Ein blankgeputzter Kopf nimmt Absurdität wahr, weil sich in ihm Eindrücke nicht vergleichen lassen mit anderen Eindrücken. Und ja, an diesem Morgen war mein Kopf blankgeputzt.

In der Nacht hatte ich an Pias Tür geklopft. Pia stand unter der Dachschräge. Als sie ihr Hemd über den Kopf zog, verloren wir uns für einen Moment aus den Augen. Meine Haut schälte sich, ließ sich in Fetzen von den Beinen ziehen. Ich war vorher in der Bretagne gewesen, hatte mir einen Sonnenbrand geholt.

In dem Zimmer war es heiß, und als draußen schon die Amseln pfiffen, war es immer noch heiß. Es war heiß, weil die Zentralheizung eingeschaltet war, mitten im August. Ich drehte den Heizkörper ab. Aber entweder stimmte etwas mit dem Gewinde nicht, oder ich drehte in die falsche Richtung; auf jeden Fall spritzte Wasser auf das Bett, und noch ehe ich wieder in die andere Richtung drehen konnte, war der untere Teil der Zudecke naß. Obendrein hatte ich mir die Hand verbrüht.

»Ja, ich bin Bettnässer«, sagte ich.

Pia und ich durften uns nicht in die Augen schauen. Ich drehte mich zu der Frau um.

»Ich bin Bettnässer«, wiederholte ich.

Aller Zorn wich aus ihrem Gesicht. Sie biß sich auf die Unterlippe, sie hatte einen kleinen Leberfleck an der Wange, verlegen knetete sie ihre Hände.

»Das wollte ich nur wissen«, sagte sie und Bedauern schwang in ihrer Stimme mit. – Daß sie vor allen Leuten so direkt gefragt hatte! Aber doch nur deshalb, weil sie eine andere Antwort erwartet hatte! Bettnässen kann man einem Menschen ja nicht vorwerfen! Das ist ja nichts

Mutwilliges wie das Verschütten von Bier oder Limonade! Die Bettwäsche wird ohnehin täglich gewechselt! Nicht der Tatsache selbst, lediglich einer Mutwilligkeit hatte ihr Zorn gegolten.

Mäuschenstill war es an unserem Frühstückstisch. Pia strich Butter auf eine Semmel, immer mehr und mehr, bis sie merkte, daß es zu viel war, und sie die Butter wieder abkratzte.

Wunderbar, die Gesichter der anderen zu beobachten, in denen sich in hurtiger Abfrage alle Möglichkeiten einer Antwort spiegelten: Wie kommt bei denen Pisse ins Bett? Warum hat er seine Hand verbunden?

Und dann nach dem Frühstück waren wir alle miteinander nach Bozen gefahren, waren schweigend im VW-Bus gesessen.

In Bozen auf dem Markt hatte ich Pia in der Menschenmenge aus den Augen verloren. Ich kümmerte mich nicht um die anderen, lief durch die Straßen und Gassen. Es waren so viele Menschen unterwegs, sie standen nicht etwa beieinander und unterhielten sich oder spazierten herum wie Touristen, sie hatten es eilig wie ich. Ich lief zwischen ihnen hin und her, sprang in die Höhe, um die Straße überblicken zu können.

Schließlich gab ich auf, wollte zu den anderen zurückkehren, wollte ihnen geradeheraus erklären, wie es sich in Wirklichkeit mit der nassen Bettdecke und der verbundenen Hand verhalte. Da sah ich sie aus einem Tabakladen treten. Die Ärmel ihres blauweiß gestreiften Pullovers hatte sie über die Ellbogen geschoben. Die Sonne schien ihr ins Gesicht.

Die Vertraulichkeit, mit der ich an sie gedacht hatte, überraschte mich. Einen Augenblick überlegte ich, ob ich so tun sollte, als sähe ich sie nicht, als stünde ich nur zufällig vor diesem Tabakladen. Ich hatte einfach vorausgesetzt, daß auch sie mich suchte. Viel wahrscheinlicher war es doch, daß sie nicht mit uns zusammensein wollte – mit uns nicht, also auch mit mir nicht.

Sie war geblendet und sah mich zuerst nicht, obwohl ich vor ihr stand. Ich wußte nichts von ihr, nichts, was vor dem gestrigen Abend gewesen war. In der Hand hielt sie ein Feuerzeug aus Messing.

»Hier«, sagte sie. »Das ist für dich.«

Ich war seither nie wieder in Bozen gewesen. Ich hatte kein Bild von der Stadt in mir behalten. Nur an diesen Tabakladen erinnerte ich mich. Man mußte zwei oder drei Stufen hinunter gehen, um ihn zu betreten, und der Ladentisch war links von der Tür. In meiner Erinnerung war der Laden kühl und dunkel.

Nach dem Essen stellte ich meinen Koffer beim Bahnhof in einem Schließfach unter und schlenderte an dem Haus, in dem Minach wohnte, vorbei zum Domplatz. Ich wollte den Tabakladen suchen, aber ich hatte keinen Anhaltspunkt, wo er sein könnte. Nichts kam mir auch nur einigermaßen bekannt vor.

Ich ging zum Bahnhof zurück, versuchte von einer Telefonzelle aus, zu Hause anzurufen, kam aber nicht durch. Also setzte ich mich in dem kleinen Park vor dem Bahnhof in die Sonne und wartete. Als es allmählich kühler wurde, holte ich meinen Koffer aus dem Schließfach und klingelte bald darauf neben dem blanken Messingschild, auf dem »Minach« stand. Der elektrische Türöffner summte, und ich trat ein.

Es war ein pompöses Bürgerhaus mit marmornem Stiegenaufgang und Messingknäufen an den Geländern. Schon am Telefon hatte mir Minach gesagt, er wohne ganz oben unter dem Dach, ich solle mich von der Bürgerlichkeit des Hauses nicht abschrecken lassen. Bürger Grönlandüberquerer!

Es waren vier Stockwerke mit weit ausholenden Stiegen. Ich hörte oben einen Mann husten. Es war ein Husten, mit dem jemand auf sich aufmerksam machen wollte. Ich war gespannt, wie Minach aussah. Die letzte Stiege wurde nur durch eine winzige Dachluke beleuchtet. Auf das oberste Geländer gestützt, blickte er auf mich hinunter, wie ich über die letzte Treppe heraufkam. Hier war kein Marmor mehr. Die Wände waren lediglich weiß getüncht.

Reinold Minach war groß und dünn. Zuerst war ich irritiert, weil ich mir diese Stimme nicht in diesem Mann vorstellen konnte. Er reichte mir die Hand, nahm meinen Koffer und sagte:

»Kommen Sie herein!«

Er schickte ein dünnes Kichern nach, das kindisch klang. Es paßte weder zur Gestalt noch zur Stimme. Es klang, wie wenn jemand ironisch sein will und jemanden nachmacht, der kindisch tut. Es war so ganz und gar nicht ernsthaft und nur schwer zu vereinbaren mit einem Mann, der Jahre damit verbracht hat, sich zusätzliche Schwierigkeiten für eine Grönlanddurchquerung auszudenken.

Der Vorraum zur Wohnung war vollgestellt mit Minachs Reisegepäck – Rucksäcken, Decken, Schiern, Kartons. Ein Regal nahm Breite und Höhe der Wand ein. Der Vorhang war beiseite geschoben. Die Regalbretter bogen sich unter Zeitschriften, Kochtöpfen, zusammengerollten Schlafsäcken. Es sah aus wie in einem Trödlerladen.

In der schwachen Beleuchtung beobachtete ich Minachs Gesicht. Es war schmal, mit scharfen Kerben von den Nasenflügeln zu den Mundwinkeln. Die Haut war gebräunt und wie von Leder. Über die Stirn zogen sich tiefe Falten. Die Augen lagen in den Höhlen, sie wirkten aufgerissen. Später erklärte er mir, er habe eine leichte Schneeblindheit aus Grönland mitgebracht. Das Sehen strenge ihn immer noch etwas an.

»Ich habe Sie mir anders vorgestellt«, sagte er. »Man macht sich ein Bild von jemandem, wenn man seine Stimme hört.«

Ich hätte dasselbe zu ihm sagen können.

Unser Telefongespräch war unverhältnismäßig lang gewesen. Wir hatten über alles mögliche gesprochen, nicht nur über die Expedition. Ich hatte ihm erzählt, daß ich lange Zeit in Deutschland gelebt hatte. Ja, über Deutschland hatten wir am Telefon mehr geredet als über

Grönland. Er sei oft und gern in Deutschland, hatte er gesagt. Schon am Telefon hatte ich das Bild korrigiert, das ich mir von ihm nach der Sendung gemacht hatte. Jetzt paßte dieses Bild wieder nicht. Minach war dafür zu groß und zu dünn.

Er lächelte. Seine Mundwinkel zogen sich nach oben und sein Gesicht bekam etwas Bubenhaftes. Das Auffallendste an diesem Kopf war das Haar. Es war dicht und lang und schwarz mit einem silbernen Schimmer. Immer wieder schob er es hinter die Ohren. Bei der nächsten Bewegung des Kopfes fielen die Strähnen wieder ins Gesicht.

Er griff nach meinem Arm und führte mich ins Wohnzimmer. Links und rechts von der Tür standen Regale, voll mit Büchern, schweren Bildbänden. Ein Regalbrett war in der Mitte durchgebrochen und lastete mit seinem ganzen Gewicht auf den Büchern darunter.

Die Fensterläden waren geschlossen. Eine Stehlampe gab schwaches Licht. Um es noch mehr abzudämmen, hatte man eine Decke über den Schirm gehängt. An das Bücherregal war ein Stockbett angebaut, selbst gezimmert, das konnte ich sehen. Hinten unter dem tief in die Dachschräge eingeschnittenen Fenster stand ein Schreibtisch, darauf ein geöffneter Koffer.

In einem der beiden Schaukelstühle aus Korb saß eine Frau. Sie hatte helle Augen und glattes blondes Haar, das an der Seite gescheitelt und über die breite Stirn gekämmt war. Sie saß im Schneidersitz im Sessel, war klein, ihre kräftigen Schenkel spannten den Stoff ihrer Cordhose. Der Oberkörper war zart und ein wenig eingesunken.

»Das ist Lisbeth«, sagte Minach. »Meine Frau.«

Wir reichten uns die Hand. Sie blieb sitzen und betrachtete mich mit offener Neugierde. Ich hatte das Gefühl, ich käme ungelegen, hätte ein wichtiges Gespräch zwischen den beiden unterbrochen.

»Ja«, sagte ich und nahm den Koffer auf, den Minach neben mich hingestellt hatte. »Ich hoffe, ich mache Ihnen keine Umstände.«

»Ganz und gar nicht«, sagte Minach. Er setzte sich in den anderen Schaukelstuhl, griff sich eine dünne, lange Pfeife und stopfte Tabak hinein. Als wäre ich schon seit einer Stunde hier.

»Haben Sie sich entschieden?« fragte er.

Ich verstand ihn nicht. Er schaute mich an, schaute seine Frau an, die schaute mich an, dann wieder ihn, dann wieder mich . . .

»Ob Sie bei uns übernachten oder ob Sie sich schon ein Hotelzimmer besorgt haben«, fragte sie spöttisch.

»Ich hab ihm gesagt, er kann bei uns schlafen«, erklärte Minach. Es hörte sich so an, als wollte er sich vor seiner Frau rechtfertigen. »Ich habe Sie doch am Telefon eingeladen, bei uns zu schlafen«, wandte er sich an mich.

Ich grinste verlegen, damit mein Kopfschütteln nicht allzu fordernd wirkte.

»Jetzt haben Sie ein Hotel genommen!« rief er aus. »Weil ich vergessen habe, Sie einzuladen. Das ist idiotisch!«

»Vielleicht will er lieber im Hotel übernachten«, sagte sie.

»Ich würde gern bei Ihnen schlafen«, machte ich dem ganzen ein Ende.

Ich stand mitten im Zimmer, den Koffer in der Hand. Minachs Frau musterte mich immer noch. Ich würde wohl seriöser gewirkt haben, wenn ich das Angebot abgeschlagen hätte.

»Sie können sich hierhin legen«, sagte er und zeigte mit der Spitze seiner Pfeife auf das Stockbett. – »Ich nehme an, Sie geben sich mit einem Schlafsack zufrieden.« – Er kicherte. Wieder klang es wie ein Nachäffen. – »Wenn nicht, müssen Sie sich doch nach einem Hotel umsehen. Außer Schlafsäcken gibt's bei uns nichts.« – Er streckte seine Beine weit von sich und reckte den Hals vor. – »Setzen Sie sich doch!«

Ich hockte mich auf das Bett, entschuldigte mich noch einmal für meinen Überfall: Wenige Tage, nachdem er aus Grönland zurückgekommen sei . . .

»Wir können Ihnen leider nichts zu essen anbieten«, unterbrach mich die Frau. »Wir essen zur Zeit nichts.« – Dabei blickte sie ihren Mann an.

»Schiffszwieback hätte ich da«, sagte Minach.

Unter gesenkten Augenlidern schaute sie ihn an. Es war dieselbe Neugierde in ihrem Blick, mit der sie vorhin mich betrachtet hatte.

Mir steckte ein Lachen im Hals. Ich wollte einen kleinen Witz machen und sagte:

»Ernähren Sie sich zu Hause von dieser Astronautennahrung?«

Minach verstand meine Frage nicht als Witz.

»Zur Zeit schon«, sagte er. »Ich kann Ihnen einen Becher davon mischen, wenn Sie wollen.«

»Oder wollen Sie ein Glas Wein«, fragte die Frau.

Und er: »Wein oder Biosorbin?«

Ich konnte mir nicht vorstellen, daß diese Frage anders als ironisch gemeint war. Aber es war nicht so. Minach stand auf, ging zu einem der Regale und nahm eine Plastikdose herunter.

»Wein oder Biosorbin«, wiederholte die Frau die Frage ihres Mannes. Sie meinte es ironisch.

»Wein ... wenn Sie mittrinken«, sagte ich.

»Ich nicht«, sagte er, stellte die Dose zurück aufs Regal und setzte sich wieder in seinen Schaukelstuhl.

Es entstand eine Pause. Weder Minach noch seine Frau rührten sich. Ich hatte Lust auf ein Glas Wein und wußte nicht, wie sie meine Antwort aufgefaßt hatten. Sie hatte mich gefragt, ob ich Wein will. Ich hatte geantwortet: Ja, wenn Sie mittrinken. Sie wollte also nicht mittrinken, gut, damit wäre logischerweise klar gewesen, daß ich auch nicht trinke. Einen kleinen Überredungsversuch, doch allein ein Glas zu trinken, hätte ich schon erwartet.

Minach starrte mit weit aufgerissenen Augen an mir vorbei, zog den Mund zusammen und nickte in Gedanken vor sich hin. Er war schon mitten in der Sache. Seine Frau hielt den Kopf leicht schief. Sie hatte ein weiches Gesicht, ihr Mund war blaß und schwer, die Mundwinkel wiesen nach unten. Sie wartete einfach ab. Es ließ sich nicht erraten, was in ihr vorging. Mir fiel ein, daß sie es wahrscheinlich gewohnt war, Gesprächen zwischen ihrem Mann und irgendwelchen Besuchern, die sich für die Expedition interessierten, zuzuhören.

»Sie sind als . . . «, sagte Minach und brach mitten im Satz ab. Eine endlos lange Pause folgte. Er schien vergessen zu haben, was er hatte sagen wollen. Wenn ich nachstoße, dachte ich, würde das zu Mißverständnissen führen. Außerdem weiß ich, daß ich in solchen Situationen zum Nuscheln neige. Dann würde einer sagen: Entschuldigung, ich habe Sie nicht richtig verstanden. Und dann würde ich laut und deutlich wiederholen, was ich gesagt hatte. Und das würde dann ungehalten klingen. Und dies wäre nur eines unter vielen weiteren Mißverständnissen . . .

». . . Schriftsteller«, sagte er plötzlich.

Seine Lippen saugten in Abständen an der Pfeife. Im schwachen Licht der Lampe sah er aus wie ein Indianerhäuptling aus einem Film.

Ich wollte mich erklären und griff zu meinem Koffer. Er unterbrach mich:

». . . und Sie wollen ein Buch über uns schreiben.«

»Das weiß ich noch nicht«, sagte ich.

»Ich verstehe, was Sie meinen«, sagte er, nahm die Pfeife aus dem Mund und stopfte mit dem Daumen die Glut nach. – »Man schreibt, wenn man den Stoff kennt. Ich habe auch ein Buch geschrieben. Über die Sache . . . «

»Ich kenne es«, sagte ich.

Das Buch enthielt Details über die Expedition und ihre Vorbereitung, logbuchartig berichtete er darin von ihrem achtundachtzigtägigen Fußmarsch. Als ich es las, war ich enttäuscht. Minach schrieb fast gar nichts über seinen Streit mit Degaspari. Nach der Lektüre war ich mir nicht mehr sicher, ob die Geschichte tatsächlich so war, wie ich sie mir vorgestellt, wie ich sie aus Minachs und Degasparis Erzählungen im Radio herausgehört hatte.

»Ich habe im Radio das Feature von Krabichler gehört«, sagte ich. »Die Geschichte interessiert mich.«

Während ich sprach, öffnete ich meinen Koffer und nahm das Buch heraus, das zuletzt von mir erschienen war. Ich hatte drei Exemplare mitgenommen, für jeden eines, für Minach, für Degaspari, für Gratt. Die Bücher lagen zuoberst im Koffer bereit.

»Das ist meine letzte Veröffentlichung«, sagte ich und gab ihm das Buch hinüber.

Er nahm es, ohne es anzusehen und fragte:

»Wovon handelt es?«

»Es ist die Geschichte von einem Anarchisten, der im Jahr 1900 den italienischen König erschossen hat«, sagte ich.

Er schob die Pfeife weit von sich über die Kommode und richtete sich auf. Er war für diesen Sessel zu groß. Seine Knie ragten in spitzen Winkeln zwischen den Lehnen empor. Er blätterte in dem Buch. Sein Gesicht wurde lebhaft.

»Sie haben also im Radio die Sendung von diesem Krabichler gehört«, sagte er. »Der Krabichler schuldet mir noch ein Buch. Ich habe die Sendung noch gar nicht gehört. Ich war nicht da. Lisbeth, hast du sie gehört?« – Er reichte das Buch an seine Frau weiter.

Sie nickte.

»Ich habe sie auf Kassette aufgenommen«, sagte sie, schlug das Buch auf der ersten Seite auf und begann zu lesen.

»Der Techniker, der bei den Aufnahmen dabei war«, sagte er, »hat mich hinterher angerufen und sich entschuldigt. Er sei gar nicht damit einverstanden gewesen, wie der Krabichler das Gespräch geführt habe. Er habe versucht, uns drei gegeneinander auszuspielen. So hat es der Techniker gesehen. Es ist so viel Zeug in den Zeitungen gestanden über unsere Expedition. Greuelgeschichten.«

»Ich fand die Sendung ausgewogen und gerecht«, sagte ich.

»Das erstaunt mich«, sagte er. »Kann ja sein. Kann durchaus sein. Vielleicht hat dieser Krabichler solche Methoden, die Leute auszufragen und zu provozieren.

Und hinterher, wenn er die Interviews zusammenschneidet, macht er die Sache doch noch ganz gut. Der Techniker hat mir am Telefon geraten, gegen die Ausstrahlung der Sendung mein Veto einzulegen. Aber die ganzen Sachen, die über die Expedition geschrieben und gesendet werden, interessieren mich nicht... Jetzt nicht mehr. Aber es ist erstaunlich, wenn die Sendung dann doch noch ausgewogen war... nicht wahr, Lisbeth?«

Die Frau blickte vom Buch auf.

»Ich habe das Band noch nicht abgehört.«

Minach nahm seine Pfeife und hackte mit dem Besteck den Tabak im Pfeifenkopf zurecht. Dann blickte er mich an und lächelte freundlich.

»Sie müssen mir sagen, was Sie wissen wollen. Ich habe viele Verhöre seither über mich ergehen lassen.«

»Was heißt Verhöre?«

»Manchmal waren es Verhöre.« – Er kicherte und blickte zu seiner Frau. Sie verzog den Mund und nickte, ohne von meinem Buch aufzusehen.

»Mein Gott«, fuhr er fort, »was man uns alles angedichtet hat! Ein sehr bekannter Bergsteigerkollege aus unserer Region – ich möchte nicht sagen, wer es ist, ich trage es ihm auch nicht nach – hat, bald nachdem bekannt geworden war, daß unsere Expedition geglückt ist, vor der Presse behauptet, das sei nicht möglich. Es sei nicht möglich! Unmöglich, hat er gesagt. Zornig ist er geworden. Auf den Tisch hat er gehauen. Das hat man mir erzählt. Wir seien Lügner! Schwindler! Das Lustigste dabei war: Er ist wegen einer Himalayageschichte interviewt worden, er ist da irgendwie auf irgendeinen Gipfel hinauf und dazu ist er gefragt worden – und dann hat er mehr als die Hälfte seiner eigenen Pressekonferenz über uns geredet.

›Fünfhundert Kilometer‹, hat er geschrien, ›fünfhundert Kilometer, das ist das Äußerste unter diesen Bedingungen! Kein Mensch kann auf dem Inlandeis von Grönland weiter als fünfhundert Kilometer gehen! Das steht überall!‹

Und da hat er natürlich recht gehabt. Damals ist das überall gestanden. Das waren damals wissenschaftliche Berechnungen. Das hat er nachgeredet. Er selber ist ja nie unter ähnlichen Bedingungen gegangen. Eis senkrecht ist freundlicher als Eis waagrecht.

Heute kann man andere Sachen lesen. Von fünfhundert Kilometern redet heute kein Mensch mehr. Seit 1983 gilt etwas anderes. Aber als wir damals zurückgekommen sind, hat uns zuerst niemand geglaubt. Und er, er hat sich mit uns seine eigene Pressekonferenz versaut.

›Gut‹, hat er gesagt, ›sechshundert oder sechshundertfünfzig Kilometer hätte ich vielleicht noch geglaubt, wenn sie mit dem Helikopter über dem Gletschergürtel abgesetzt worden wären. Aber eintausendvierhundert Kilometer plus Aufstieg durch den Gletscher im Osten plus Abstieg durch den Gletscher im Westen, das ist Unsinn! Das ist wie ein Hundertmeterlauf in fünf Sekunden!‹

Das hat er gesagt. Das war dann unser bester Werbespot. Hundertmeterlauf in fünf Sekunden!

Aber wir waren da. Man hat uns ja anschauen können. Im Osten der Insel haben wir uns von der Welt verabschiedet, im Westen sind wir dann wieder in die Welt eingetreten. Bittesehr! Wir waren ja keine Gespenster. Er hätte ja kommen können und mich anschauen. Er wohnt ja nicht weit von hier. Er ist übrigens nie gekommen, er hat nie mit mir oder mit den anderen darüber gesprochen.«

Minach stützte die Arme auf die Lehnen, als wollte er jeden Augenblick aufstehen. Er sprach mehr zu seiner Frau hinüber als zu mir. Die Geschichte mit dem Bergsteigerkollegen schien ihn zu amüsieren. Er lachte laut heraus.

Seine Frau legte mein Buch beiseite, nahm eine Orange aus einer Schale und schob sie als Lesezeichen zwischen die Buchdeckel. Ich hoffte, sie würde das Buch liegenlassen. Es war mir unangenehm, sie beim Lesen beobachten zu müssen. Das Buch war erst vor wenigen Wochen auf den Markt gekommen, und ich hatte bei jedem, der es in die Hand nahm, das Gefühl, ich müßte ihn nach seiner Meinung fragen. Aber scheinbar bezog sie das, was sie las, gar nicht auf mich.

Minach stand auf. Er fühlte sich jetzt sichtlich wohl. Er hatte sich gelöst. Er faltete die Hände hinter seinem Nacken, dehnte seinen langen Körper und stieß einen Juchzer aus.

»Jetzt bin ich froh, daß ich wieder hier bin«, rief er aus.

»Zwei Wochen«, sagte seine Frau.

Minach warf ihr einen schnellen Blick zu.

»Und dann fahren Sie wieder nach Grönland«, fragte ich.

»Nein«, sagte er.

Er stand auf, holte zwei Gläser von einem Regal, wischte sie mit dem Bund seines Pullovers aus und stellte eines vor seine Frau und eines vor mich auf die Glasplatte des Tisches.

»Ich bin nach Wuppertal eingeladen worden zu einer Art Managerschulung. Ich halte dort einige Vorträge und betreue Arbeitsgruppen.«

Die Frau erhob sich aus ihrem Schneidersitz und jammerte:

»Meine Knie! Himmel, von dem Sitzen!«

Mit gekrümmtem Rücken ging sie einige Schritte, dann richtete sie sich auf.

»Jetzt habe ich Lust auf ein Glas Wein«, sagte sie. »Trinken Sie mit?«

»Ja«, sagte ich schnell und laut und deutlich.

»Oder möchten Sie lieber ein Bier haben«, fragte Minach.

»Bier ist keines mehr da«, sagte sie.

Minach stand unschlüssig im Durchgang zur Diele.

»Oder einen Kognak?«

»Nein, danke«, sagte ich.

»Rotwein oder Weißwein?«

»Es ist nur Weißwein da«, sagte die Frau.

Ich nickte heftig.

»Wollen Sie Musik hören«, fragte sie mich.

»Gern.« – Wenn es wieder so lange Pausen gäbe, würden sie wenigstens nicht so still sein.

Sie beugte sich hinter die Kommode und hantierte herum. Dort mußte ein Plattenspieler stehen oder ein Kassettengerät. Jedenfalls war die Platte oder die Kassette schon startklar, denn sogleich ertönte über die zwei Lautsprecher ›Ein deutsches Requiem‹ von Brahms.

Ich stand jetzt ebenfalls auf, streckte mich wie nach einer langen Autofahrt. Man sitzt nicht gern, wenn die Gastgeber stehen. Jedenfalls nicht schon in der ersten halben Stunde. Wenn ich die Arme ausstreckte, spürte ich, wie der Schmerz im rechten Handgelenk anzog.

Minach kam mit dem Wein, goß uns die Gläser voll. Wir standen zu dritt mitten im Zimmer, ziemlich dicht beieinander. Minach hatte die Flasche in der Hand, seine Frau und ich ein Glas. Wir tranken – Minach schlug es vor – auf unser Wohl. Dann sagte er zu mir:

»Können wir nicht du zueinander sagen. Ich halte das ›Sie‹ nicht lange durch. Ich verliere immer mehr die Umgangsformen der Zivilisation.« – Wieder gefolgt von einem kindischen Kichern.

Wir setzten uns.

»Also«, sagte er, »Ich fange einfach einmal an. Wenn du etwas wissen willst, unterbrich mich und frag.«

»Hättest du etwas dagegen, wenn ich ein kleines Tonband mitlaufen lasse«, fragte ich. »Als Protokoll.«

»Keine Spur«, sagte er. »Das stört mich nicht.«

Er rutschte in seinem Korbstuhl tiefer, ließ sich von seiner Frau ein Kissen zuwerfen, schob es sich in den Nacken und zündete sich die Pfeife neu an. Auch seine Frau setzte sich wieder in ihren Korbsessel, diesmal nicht im Schneidersitz, sie zog die Füße seitlich an den Oberschenkel.

Ich stellte das Tonbandgerät auf die Kommode, möglichst nahe zu Minach, ließ mir eine Steckdose zeigen und schaltete ein.

3

»Ja«, sagte Minach, »die Expedition durch Grönland war im Jahr 1983. Das war das größte Jahr in meiner Geschichte. Die Reise war viel. Unendlich viel für mich. Sicher auch für die anderen. Der Wissenschaft haben wir einige Rätsel aufgegeben. Für mich war diese Expedition aber auch noch etwas anderes. Etwas Privates.«

Ich konnte mir gut vorstellen, daß sich Minach bei den vielen Lichtbilder- und anderen Vorträgen, die er veranstaltete, mit ähnlichen Worten einführte.

»Man kann es auch so sagen«, fuhr er fort. »Es war die Begleichung einer alten Rechnung für mich. Eine alte Rache, wenn du willst.

Ich habe nie einen Unterschied gemacht zwischen Menschen und Natur. Ganz egal, ob Natur nun ein Vogel ist, eine Landschaft, ein Wetter, ein Klima. Ich rede mit der Natur, sie redet mit mir. In der Natur rede ich mit allem, was mich umgibt. Nicht im übertragenen Sinn. Ich rede wirklich. Jeder, der lange allein in der Natur war, gewöhnt sich das an. Und dann kommst du in eine Stadt und stellst dich vor die Häuser hin – in New York ist es mir so gegangen, weil die Stadt ja so aussieht wie ein Naturereignis, wie ein Kletterpark – da bin ich vor den Wolkenkratzern gestanden und habe mit ihnen geredet. Das ist mir so aus dem Mund gerutscht. Aber da hat es natürlich keine Antwort gegeben. Das geht eben nicht. Mit der Natur kann man reden. Ich kann mit der Natur reden. Ich weiß nicht, ob sie mich versteht. Aber ich rede ja auch mit Menschen und weiß nicht, ob sie mich verstehen.

1968 bin ich in Spitzbergen gewesen. Als Teilnehmer einer internationalen Expedition. Ich glaube, es waren drei Südtiroler, ein Däne, zwei Schweizer, ein Österreicher. Ziemlich viele Leute für eine solche Expedition. Der Leiter war ein Deutscher. Das ganze war so eine Art Nordpolersatz. So sehe ich es heute. Der Neckermann-Nordpol. Nein, das darf man nicht sagen, Spitzbergen ist die Hölle. Nur wissen das die meisten nicht.

Und bei dieser Expedition ist etwas ganz Schreckliches passiert. Etwas Entsetzliches. Solange ich lebe, werde ich dieses Bild nicht mehr los.

Ich war damals vierundzwanzig Jahre alt. Ich hatte einige Sachen in den Dolomiten hinter mir. Die hatten auch durchaus Aufsehen erregt. Alles in allem war ich ein Neuling.«

Er hatte sich weit in seinem Sessel zurückgelehnt und starrte hinauf zur Zimmerdecke. Seine Arme lagen auf den Lehnen. Die Pfeife war ausgegangen. Er sprach zügig, ohne zu stocken, ohne lange Pausen.

Seine Frau nahm die Orange aus meinem Buch und schälte sie. Sie machte mir ein Zeichen. Ob ich auch wolle. Ich schüttelte den Kopf.

Minach habe eine monströse Lichtbilder- und Filmschau zusammengestellt, mit der er nach der Grönlandexpedition auf Reisen gegangen sei, hatte mir der Journalist Krabichler am Telefon gesagt. Seine Stimme hatte dabei ein wenig schäbig und schadenfroh geklungen. Ich schloß daraus, daß die Schau für das Publikum zu groß geraten war. Später erfuhr ich, daß das ganz und gar nicht der Fall war. Eine Zeitlang war Minach eine Sensation gewesen.

Jetzt hier in der Wohnung kamen mir die beiden wie ein Schaustellerpaar vor. Mein erster Eindruck war wohl richtig: Ganz offensichtlich referierte Minach einen seiner Vorträge. Wahrscheinlich spielte bei diesen Vorträgen auch Brahms eine Rolle. Und nun eine kleine Privatvorstellung. Er nahm sie ernst, seine Frau weniger. Aber das war mir gleichgültig. Schließlich kannte ich keinen seiner Vorträge, und die Musik von Brahms tauchte die Erzählung in eine behagliche, auch befremdliche, schließlich ergreifende Stimmung. Bis heute habe ich diese Musik im Kopf, wenn ich an Minach denke.

Ich rückte mir den zusammengerollten Schlafsack auf dem Stockbett zurecht, nahm eine Zigarette und deutete mit der Schachtel zu Minachs Frau. Sie schüttelte den Kopf, lächelte, rollte mit den Augen, als hätte ich sie zu etwas Verbotenem aufgefordert. Sie zündete die Kerze an, die auf dem Glastisch stand. Ich konnte von meiner Position aus bequem das Band beobachten, das sich im Recorder drehte.

»Spitzbergen 1968«, fuhr Minach fort, »war ein Schlüsselerlebnis für den weiteren Verlauf meines Lebens. Ich bin heute zweiundvierzig Jahre alt. Ich habe heute genügend Abstand, um das beurteilen zu können.

Ich habe danach das Leben eines Abenteurers geführt. Unstet. Ich habe mein Wohlbefinden von der Gunst eines Publikums abhängig gemacht. Ich habe mich treiben lassen, bin in der Welt herumgefahren, habe mich für alles mögliche interessiert. Nur einem Gedanken bin ich immer aus dem Weg gegangen: dem Gedanken an Spitzbergen. Dabei war mir klar, daß ich diesem Gedanken, diesen Erinnerungen bewußt aus dem Weg ging. Das hat mich belastet. Ich war ungeduldig mit mir.

In Spitzbergen ist etwas Schreckliches passiert. Wir haben uns tagelang durch Eis und Nebel gequält. Vom ersten Tag an haben wir nicht weiter gesehen als bis zum Rücken unseres Vordermannes. Wir waren erschöpft, verzagt, enttäuscht und schlechter Laune. Ich hatte keine Ahnung von den Gefahren, die dort oben bestehen. Wenn ich heute daran denke, dreht sich mir der Kopf. Wir waren ungehalten wie eine Reisegruppe, die in einem schlechten Hotel untergebracht worden ist, die man hereingelegt hat.

Ja, wir hatten schlechte Laune. Das ist etwas Gefährliches in einer solchen Situation. Schlechte Laune macht passiv. Wenn man schlechte Laune hat, gibt man jemandem die Schuld. Da sagt man, du bist schuld, daß ich schlechte Laune habe, dann schau zu, daß ich keine mehr habe. Ich kann mir vorstellen, daß man Angst hat, daß man verzweifelt ist, daß man erschöpft ist. Das hat immer mit einem selber zu tun. Aber schlechte Laune – schlechte Laune kann man hier haben! Man hat nicht schlechte Laune, wenn die Gefahr besteht zu sterben. Außer man weiß das nicht. Außer man hat keine Ahnung. Schlechte Laune ist ein Sicherheitsrisiko.

Damals hatte ich schlechte Laune. Wir alle. Wie bei

einem mißglückten Abend in einer Skihütte. Keiner von uns war vorher schon einmal in Spitzbergen gewesen. Außerdem hatten sich die meisten von uns erst zu Beginn der Expedition kennengelernt. Es kam kein Gefühl einer Gemeinsamkeit zustande. Wie auch! Ein Gemeinschaftsgefühl kann nur zweierlei heißen – Liebe oder Haß. Ich schwöre dir, es ist so. Eine Lebens- oder Sterbensgemeinschaft sieht das vor. Ich schwöre es dir. Wo dieses Gefühl fehlt, im Eis, hat es keinen Sinn weiterzugehen.

Es war nicht einmal so, daß wir uns geschämt hätten, uns unseren Überdruß einzugestehen. Normalerweise ist das ein sehr heikler Punkt bei einer solchen Unternehmung: der Entschluß abzubrechen. Jemand muß diesen Gedanken als erster aussprechen. Ganz egal, wie dann entschieden wird, immer bleibt das Versagen an diesem ersten hängen.

Damals war es nicht so. Schon nach wenigen Tagen kamen wir überein, die Sache abzubrechen. Niemand interessierte es, wer als erster diesen Vorschlag gemacht hatte. Ich kann mich an die einzelnen Personen nicht mehr sehr gut erinnern. Es wurde nicht viel gesprochen. Jeder ging für sich allein. Ich unterhielt mich manchmal, wenn wir die Zelte aufstellten, mit dem Deutschen, der die Expedition leitete. Er war in keiner Weise engagiert. Er machte seine Sache wie ein bezahlter Fremdenführer.

Wir wußten, daß es Eisbären gab. Wir waren bewaffnet. Ich glaube, es gab zwei Gewehre in der Gruppe. Wir stellten in der Nacht keine Wache auf. Weil – Eisbären hatten wir zuvor höchstens im Zoo gesehen.

Jedenfalls gerade in der Nacht, bevor wir umkehren wollten, kam der Eisbär. Wir schliefen in vier oder fünf kleinen Zelten, jeweils zu zweit oder zu dritt. Ich wachte auf, weil draußen jemand schrie. Der Eisbär hatte eines der Zelte aufgerissen und den Leiter unserer Expedition mit einem Schlag oder einem Biß getötet und ihn samt seinem Schlafsack etwa fünfzig Meter vom Lager weggeschleppt.

Wir stürzten aus unseren Zelten. Wir konnten nicht viel

sehen, obwohl es zu dieser Jahreszeit dort oben nachts leidlich hell ist. Der Nebel nahm uns jede Sicht. Wir sahen eine breite, dunkle Blutspur im Schnee. Keiner von uns wagte es, ihr zu folgen. Dabei glaubten wir, den Bär zu hören. Aber wir waren so verwirrt und entsetzt, daß wir völlig handlungsunfähig waren. Einer schoß blind in alle Himmelsrichtungen. Es war sinnlos. Er vergeudete nur die Munition, die wir ja noch brauchten. Ich wollte ihm das Gewehr abnehmen. Er schlug mit dem Lauf auf mich ein. Ich mußte ihn zu Boden werfen. Sein Gesicht drückte ich in den Schnee, bis er sich beruhigte. So haben wir gekämpft, während der Eisbär wenige Meter entfernt einen Mann auseinanderriß.

Den Rest der Nacht kauerten wir zwischen den Zelten zusammen, froren und heulten. Ich glaubte nicht, daß ich jemals wieder nach Hause kommen würde.

Am nächsten Tag war es zum ersten Mal halbwegs klar. Das Wetter spielte dieses entsetzliche Spiel mit. Der erste Morgen ohne Nebel. Damit wir die Spuren dieser Nacht sehen konnten.

Vom Schlafsack waren nur noch blutige Fetzen übriggeblieben. Weil es niemand anderer tun wollte, nahm ich eine Schaufel und schüttete die Blutspuren und die Reste des Schlafsacks mit Schnee zu.

Vielleicht war ich wirklich der einzige, der noch halbwegs klar dachte. Aber das war wenig. Nicht genug. Viel zu wenig. Immerhin wurde mir die Leitung des Rückzugs anvertraut.

Ich habe in Wirklichkeit überhaupt keinen Überblick gehabt. Ich war in jeder Beziehung total überfordert. Ich war auch bestimmt der Jüngste in der Gruppe. Nie in meinem Leben habe ich so über meine Verhältnisse gelebt.

Intuition ist wichtig. Instinkt ist wichtig. So wichtig wie das Wasser, auf dem das Schiff fährt. Aber das Wasser ersetzt den Steuermann nicht. Ohne Steuermann ist das Schiff dem Zufall überlassen. Dort oben habe ich alle Entscheidungen aus dem Instinkt, aus der Intuition getroffen. Heute weiß ich, daß ein Großteil der Entscheidungen, die ich traf, reine Willkür waren. Ich war überzeugt davon, daß wir sterben werden. Dann spielt es keine Rolle, sagte ich mir, ob wir nun diesen oder jenen Weg gehen. Diese Leute brauchen Hoffnung, sagte ich mir, und die machen sie sich nur, wenn sie hinter einem hergehen, der keine Zweifel und keine Diskussionen kennt. Und der vorne spielt Lotterie. Ich war total überfordert.

Aber gut, lassen wir das, wir sind jedenfalls heil nach Hause gekommen. Jedenfalls körperlich heil. Einigermaßen. Einer hat sich das Gesicht erfroren.

Dieses Land im Norden war schrecklich. Alles, was mit Eis und Nebel und Schnee zu tun hatte, erinnerte mich danach an das entsetzliche Bild dieser Nacht. Das hält man ja nicht aus. Ich hatte den brennenden Wunsch, mich am Norden zu rächen – für das Entsetzen, die Angst, das Grauen, für alles, was er mir zugefügt hatte, mir und den anderen. Ich habe das Land dafür verantwortlich gemacht, die Himmelsrichtung. Norden.

Nach Spitzbergen war ich der festen Überzeugung, daß der Mensch mit allem, was ihn umgibt im Kriegszustand lebt. Daß es keinen Frieden gibt. Daß wir in der Natur Söldner sind, daß unser Sold das Leben ist, daß wir weiter nichts verlangen können, Söldner gegen die Natur, der Feind plündert den Feind aus. Ich hätte kein ruhiges Leben mehr führen können.«

Minach hatte die Augen starr zur Decke gerichtet. Ich konnte nicht beurteilen, ob dies noch zum Vortrag gehörte oder ob ihn die Erinnerung tatsächlich so stark bewegte. Seine Frau saß mit geschlossenen Augen da, das Kinn leicht vorgereckt. Sie lauschte wohl auf die Musik.

Ich drehte das Band im Rekorder um. Minach nahm die Beine vom Glastisch, um mich vorbeizulassen. Dann schaute er mich an und verzog den Mund zu einem etwas bemühten Lächeln.

»So ist es. Spitzbergen hat viel mit Grönland zu tun«, sagte er. »Am Anfang sah ich es so. Die Durchquerung von Grönland sollte meine Rache für Spitzbergen sein, meine Rache am Norden.

Ich habe vorhin gesagt, ich sei ein Abenteurer gewesen. Ich bin es heute nicht mehr. Nein, ich bin es nicht mehr. Jedenfalls sehe ich mich nicht mehr so. Wenn du mich heute fragst, was für einen Beruf ich habe, gebe ich dir eine klare Antwort. Ich habe einen ganz altmodischen Beruf. Ich bin Forscher.«

Der erste Teil des Deutschen Requiems war zu Ende. Die Frau erhob sich und ging hinaus in die Küche. Minach goß mir Wein nach, klopfte seine Pfeife aus, stopfte sie neu und wartete.

Seine Frau kam zurück mit einem Tablett, auf dem kleine Schälchen standen. Sie stellte es auf dem Tisch ab, schenkte sich ebenfalls Wein nach und setzte sich wieder. In den Schälchen waren Rosinen, Nüsse, zerbrochene Schokoladerippen.

»Das ist leider alles, was wir da haben«, sagte sie. »Den Schiffszwieback wollte ich Ihnen nicht zumuten.«

»Er ist eigentlich nur für die Zähne. Daß sie etwas zu tun haben«, sagte Minach.

»Ernähren Sie sich auch von seiner Astronautennahrung?« fragte ich sie.

Sie lachte und schüttelte den Kopf.

»Nein, wirklich nicht. Ich habe nur nichts eingekauft. Das ist alles.«

»Warum sagst du Astronautennahrung«, fragte mich Minach.

»Ich denke, weil es für Astronauten gemacht worden ist. Das Pulver. Für die Raumfahrt ist es doch entwickelt worden.«

»Du sagst ja auch nicht, du nimmst Bauernnahrung zu dir, wenn du Kartoffeln ißt.«

Er blickte mich sehr ernst an. Ganz offensichtlich wollte er für den guten Ruf dieser Nahrung reden. Mir schien ein so ernstes Gesicht im Zusammenhang mit einer Instantbrühe etwas absonderlich.

Ich nahm mir schnell ein paar von den Nüssen, drückte auf die Stoptaste des Rekorders und sagte:

»Und wie schmeckt das Pulver?«

»Banane und Nuß«, sagte die Frau. »An Vanille wird gearbeitet.«

Beide lachten laut auf. Das war wohl ein privater Spaß zwischen ihnen. Minach kam in Fahrt.

»Du hast sicher Hunger«, sagte er. »Du mußt ja Hunger haben. Ich mach dir einen Becher. Du wirst sehen, es ist sehr angenehm. Es nimmt den Appetit, belastet aber nicht den Magen.«

Er ging zum Regal, holte die Plastikdose herunter und hielt sie mir hin. Sie war weiß, nicht etikettiert.

»Banane ist besser«, sagte er, »schmeckt mehr nach Banane als Nuß nach Nuß.«

»Was hat das mit Banane zu tun«, fragte ich. – Ich wollte ja nicht ganz unengagiert bei dem Thema wirken.

»Was hat Banane mit Banane zu tun«, stellte er die Gegenfrage. Wieder klopften alle möglichen Mißverständnisse in meinem Kopf.

»Wenn Banane nichts mit Banane zu tun hat«, sagte ich und schwang die Plastikdose durch die Luft, »dann gibt es in letzter Konsequenz keine Erklärung für den Sinn des Lebens.«

»Sehr gut«, sagte er. »Also kann es nur so sein, daß Banane etwas mit Banane zu tun hat, nicht wahr.«

Ich nickte, nicht allzu begeistert, sonst hätte ich mich doch ein wenig vor mir selber geschämt.

»Also«, rief er aus, »kann man sagen, Banane ist, was nach Banane schmeckt.«

Seine Frau lachte.

»Bei uns schmeckt alles nach Banane«, rief sie. »Nach Banane und nach Nuß.«

Ich griff in das Schälchen mit Schokolade. Jedenfalls die Schokolade schmeckte nach Schokolade.

»Oder ist Banane«, fuhr er fort, »was eine Banane an Kostbarem enthält, an Kostbarem für unseren Organismus.« – Er nahm mir die weiße Plastikdose aus der Hand und hielt sie mir vors Gesicht. – »Dies hier schmeckt nach Banane und enthält alles Wertvolle von Banane...«

»Aber es sieht nicht nach Banane aus«, sagte seine Frau.

»Kartoffelpüree sieht auch nicht nach Kartoffel aus«, fuhr er sie an. – Und zu mir gewandt: »Dieses Pulver hier schmeckt nach Banane und hat alle wertvollen Stoffe der Banane in sich und darüber hinaus noch mehr, abzüglich der Insektizide und Pestizide, die jede Banane, die du kaufst, enthält – und abzüglich der ganzen Sauerei, die in der Dritten Welt aufgeführt wird, damit du in Europa eine Banane fressen kannst, die dann sogar noch billiger ist als ein Apfel aus Südtirol.«

»Sozusagen die ideelle Gesamtbanane«, sagte ich.

Minach und seine Frau lachten, und ich dachte, sie lachten über meinen Witz.

»Wie wird das erst bei Vanille sein«, rief sie. – Ich wollte nicht nachfragen, was mit der Vanille los sei.

Minach ging in die Küche. Ich hörte, wie der Wasserhahn lief.

»Das Wasser kommt zwar aus dem Boiler«, rief er, »aber es ist schon in Ordnung.«

Er kam zurück und reichte mir einen Becher mit einer schaumigen, gelblichen Flüssigkeit.

»Trinken Sie es in einem Zug hinunter«, sagte die Frau. »Das erste Mal schmeckt es scheußlich.«

Sie hatte recht. Ich spülte mit Wein nach.

»Es dauert Wochen, bis man merkt, daß es nach Banane schmeckt«, kicherte er.

Er hatte sich wieder zurechtgesetzt, drückte bei meinem Gerät auf Aufnahme und wartete, bis seine Frau die Musik einschaltete. Wir hörten den zweiten Teil von ›Ein deutsches Requiem‹ von Johannes Brahms.

Minach fuhr in seiner Erzählung fort:

»Nach Spitzbergen wollte ich eine Zeitlang nichts mehr mit dem Norden zu tun haben. Aber ich wußte, irgendwann einmal würde ich hierher zurückkehren. Oder wenn nicht hierher, dann in eine andere Region, wo Eis und Nebel und Sturm waren.

Ich bin in den folgenden Jahren in den Süden gegangen. Ich bin zusammen mit einem Freund zu Fuß durch die Sahara gegangen. Ich habe die Naomiwüste im Alleingang gemacht. Pakistan. Indien. Iran. Nebenbei habe ich Medizin studiert.

Während der ganzen Zeit habe ich mir Gedanken gemacht: Wie kann man das anders machen, anders als damals in Spitzbergen. Wir waren damals katastrophal ausgerüstet. Wir hatten Hochschlitten, die sanken im Schnee immer wieder ein. Mit solchen Schlitten kann man nur auf hartem Eis wirklich problemlos gehen. Wir mußten alle Kräfte aufbieten, um sie von der Stelle zu kriegen, obwohl sie verhältnismäßig wenig belastet waren.

Das ist das Schlimmste, was es gibt, in solchen Situationen: Daß man Kraft aufwendet für etwas, von dem man weiß, es ist unsinnig, man hätte es verhindern können. Das nimmt einem doppelt Kraft. Das macht so hoffnungslos.

Ich habe also Schlittenmodelle entworfen, dreißig, vierzig Modelle, Skizzen. Ich habe mir Gedanken gemacht über Kochgeräte, über Gasmischungen, über Schuhe, Gummimischungen für die Sohlen. Ich habe lange Zeit in einer Schuhfabrik gearbeitet. Ich habe Handschuhe gebaut, Gamaschen. Ich kam mir vor wie der erste Mensch, dem gerade das Fell von der Haut gefallen ist. Nicht denken: Was gibt es schon? Das machen wir besser. – Sondern denken: Es gibt nichts. Gar nichts. Das Fell ist ab. Du frierst. So. Was machst du?

Gut. Aber wie auch immer. Der springende Punkt war die Ernährung. Ich glaube, die Vertreibung aus dem Paradies bestand in der Erfindung der Verdauung. Im Paradies haben wir wahrscheinlich wirklich von Luft und Liebe gelebt. Und dann im selben Augenblick, als die Luft nicht mehr zur Ernährung ausgereicht hat, wars auch mit der Liebe vorbei. Wir nehmen täglich dreimal Speisen zu uns. Die müssen wir dann mühsam verdauen. Ein Großteil der Energie, die uns das Essen zuführt, brauchen wir, um es zu verdauen. Das ist ein höchst uneffizientes System. Man nimmt etwas ein, damit man genügend Kraft hat, es wieder hinauszuwerfen. Das ist Pfusch.

Niemand kann behaupten, das sei vernünftig. Aber niemand würde auch im Ernst Eigenschaften wie vernünftig oder unvernünftig an die Natur anlegen. Vernünftig ist der Mensch. Unvernünftig auch. Die Natur ist. Aus. Aus der Verdauung ist der Verstand erwachsen.

Ich habe mir dann schon die ganze Zeit überlegt: Wohin könnte man gehen? Zuerst habe ich gedacht: Klar, zum Nordpol. Den Neckermannpol besiegst du mit dem klassischen Pol. Von Kanada über den Pol nach Spitzbergen. Oder so etwas Lustiges. Ich war in meiner Rache maßlos. Aber das sind über zweitausend Kilometer. Das ist unmöglich. Kein Mensch kann das. Das wär keine Rache gewesen, sondern Selbstmord. Das könnte man in Südtirol billiger haben. Fenster auf und raus. Unten im Hof ist Beton.

Ich habe mir Literatur besorgt. Ich habe Bücher von Peary gelesen, den Bericht von Payer über den ersten Versuch, zum Pol zu kommen. Und vor allem Nansen.

Payer-Weyprecht, diese Expedition war wie die Arche Noah. Sechs verschiedene Sprachen an Bord. Analphabetismus. Bei minus dreißig Grad haben die Offiziere der Mannschaft auf Deck Lesen und Schreiben beibringen wollen. Aberglaube war da. Viele haben geglaubt, auf dem Pol ragt die Erdachse in den Himmel. Wenn sie sich die Füße angefroren haben, haben sie sie auf den Ofen gelegt.

Nansen habe ich mit großer Aufmerksamkeit gelesen. Nansen war ein Philosoph. Bei ihm hatte ich das Gefühl, daß auch er sich am Norden rächen wollte.

Ich habe mich in dieser Zeit sehr in meine Rache hineingesteigert. Das hatte eigentlich schon gar nichts mehr mit der Katastrophe von Spitzbergen zu tun. Ich habe mir manchmal gesagt, wenn ich es nicht schaffe, dann soll mein Leben ein Ende haben.

Die Ernährung war das Problem. Den Bauch schleppt man überall hin mit. Dann habe ich an der Universität Innsbruck Versuche mit dieser Astronautennahrung gemacht. Ich begann die Sache wissenschaftlich anzugehen. Ja, wissenschaftlich.«

Er warf seine Pfeife auf den Tisch. Sie fiel zu Boden. In seinem Gesicht zeichnete sich Bitterkeit ab. Dann kam er zum ersten Mal auf seine Begleiter bei der großen Expedition zu sprechen.

»Das haben die anderen natürlich ganz anders gesehen. Was weiß ich, wie sie es gesehen haben. Keine Verbindung diesbezüglich. Kein Austausch. Keine Kommunikation. Keine Problematisierung. Nichts. Nothing. Der eine . . .«

Er atmete tief durch und hob die Pfeife vom Boden auf. Dann drückte er auf die Stoptaste des Rekorders.

»Du wirst wahrscheinlich auch mit dem Degaspari und dem Gratt reden wollen«, fragte er mich.

»Das habe ich vor«, sagte ich.

»Ja, klar«, sagte er. »Das mußt du auch tun. Das mußt du schon machen.«

»Ich glaub schon«, sagte ich.

»Das muß er schon machen«, sagte die Frau. »Ob es brauchbar ist, was sie erzählen, ist fraglich.«

»Auf alle Fälle muß er mit ihnen sprechen«, sagte Minach.

»Das muß ich«, sagte ich.

»Hast du mit ihm telefoniert«, fragte er mich. »Mit dem Degaspari?«

»Ja«, sagte ich, »Das hab ich.«

»Hast du dich mit ihm verabredet?«

»Ja.«

»Bei ihm zu Hause?«

»Ja.«

»Und wann gehst du zu ihm?«

»Morgen nachmittag.«

Die Frau schaltete die Musik ab.

»Wissen Sie, was er danach vor der Presse gesagt hat? Was er alles gesagt hat«, fragte sie mich. – Ihre Stimme klang hysterisch. Die vermeintliche Gleichgültigkeit war aus ihrem Gesicht verschwunden.

»Ich kenne nur den Artikel, der im *Spiegel* gestanden ist«, sagte ich. »Und eben das Feature von Krabichler . . .«

»Lassen wir das«, sagte Minach. Er machte eine ungeduldige Handbewegung. »Weißt du, für mich war diese Grönlandexpedition niemals nur der Ehrgeiz, einen Rekord aufzustellen. Vielleicht einen persönlichen Rekord. Aber das ist etwas anderes ...«

Sie unterbrach ihn:

»Seine Frau ist zu mir gekommen und hat mich angeschrien: Der Reinold bringt meinen Mann um! Ich soll dem Reinold verbieten, ihren Mann zu diesem Wahnsinn zu verführen. Sie hat Fotografien von ihren Kindern vor mir auf den Tisch gelegt. Die da, hat sie geschrien, die da, die klagen ihn an!«

Minach wollte sie unterbrechen, aber sie winkte ab.

»Natürlich weiß ich auch, daß es ein Wahnsinn war. Das wußte ich damals genauso wie ich es heute weiß. Ich habe mir auch gedacht, vielleicht sehe ich ihn nie wieder. Wir haben auch eine Tochter. Die Frau Degaspari braucht mir nichts zu sagen!«

»Laß das, Lisbeth«, sagte Minach ruhig. Ihr Ausbruch schmeichelte ihm.

Sie nahm mit einer heftigen Bewegung mein Buch von der Kommode, schlug es auf und blätterte, als suchte sie eine bestimmte Stelle. Minach wartete, daß sie weitersprach. Er war sichtlich enttäuscht, daß sie schwieg. Sein Gesicht wurde müde.

Nach einer Weile sagte er:

»Entschuldige, ich bin im Augenblick etwas verwirrt. Ich bin noch nicht ganz da. Ich habe, seit ich hier bin, die Wohnung noch nicht verlassen. Ich habe nur geschlafen ... eigentlich habe ich nur geschlafen.«

Er kniff die Augen zusammen, als müßte er sie vor einem grellen Licht schützen. Sein Mund glänzte – ein wohlgeformter Bogen mit zwei scharfen Spitzen in der Mitte.

»Wer sich an der Ostküste von Grönland mit einem Helikopter absetzen läßt«, nahm er zögernd seine Erzählung wieder auf, »der ist ein anderer Mensch, wenn er dann an der Westküste steht. Auch die beiden anderen sind nicht mehr dieselben wie vorher. Nur: Man kann nicht mit ihnen darüber reden. Ich habe mit ihnen über gar nichts reden können, über gar nichts.

Oben auf dem Inlandeis ist mir der Kopf explodiert. Ich hätte jemanden gebraucht. Es war nicht möglich. Der Degaspari hat eineinhalb Monate hindurch kein Wort gesagt. Stell dir das vor! In dieser Wüste! Wo es nur drei Menschen gibt: Degaspari, Gratt, Minach. Da redet einer eineinhalb Monate lang kein Wort. Keine Silbe.«

Jetzt legte die Frau doch das Buch beiseite, beugte sich vor und blickte aufmerksam in das Gesicht ihres Mannes. Wer weiß, wie oft sie diese Geschichte schon gehört hatte. Mir war nicht klar, was in ihr vorging. Keine Spur mehr von ihrer Empörung. Kein Mitgefühl. Höchstens Neugierde. Sie studierte die Reaktionen ihres Mannes. Ich dachte, sie unterscheidet sich nicht viel von mir, der ich gekommen bin, um mir von einem fremden Mann eine verrückte Geschichte anzuhören.

Ich fragte sie, wie sie jetzt, im Abstand von drei Jahren, diese Expedition sehe. Sie schaute mich an, als hätte sie mich nicht verstanden.

»Wie meinen Sie das«, fragte sie.

»Haben Sie Angst gehabt während der Zeit, als er weg war?«

»Natürlich hatte ich Angst«, sagte sie. – Sie verstand nicht, was ich wollte.

Ich wurde verlegen. Es war eine dumme Frage von mir. Ich konnte ja nicht zu ihr sagen: Es wundert mich, wie Sie Ihren Mann anschauen.

Ich schwieg.

Minach achtete nicht auf uns. Mit einer heftigen Handbewegung schaltete er den Rekorder wieder ein.

4

»Eines steht fest«, sagte er und seine Stimme nahm einen offiziellen Ton an. »Ich habe mich auf diese Sache so gründlich vorbereitet, wie es ein Mann nur kann. Ich habe mich im Navigieren unterrichten lassen. Ich habe einen neuen Schlittentyp konstruiert, der inzwischen auf internationalen Messen vorgeführt wird. Ich habe sogar das Material für den Schlitten ausgesucht. Titan. Es ist leicht und widerstandsfähig. Seine Festigkeit nimmt bei Kälte zu. Ich habe darauf bestanden, eine Wannenform zu wählen. Ich habe mit der dänischen Regierung verhandelt, Verträge unterschrieben, Versicherungen abgeschlossen...«

Er ließ wieder sein Kichern hören.

»Das ist auch so ein Punkt. Wir gehen ein Unternehmen an, das von vornherein darauf abzielt, uns aus unserer Versicherungsgesellschaft zu katapultieren. Zweck war ja zu testen, was kann einer oder was können drei Männer heute schaffen, wie können sie überleben ohne das Netz unserer Sicherheit. Und dann noch bevor die Sache richtig losgeht, wird dieses Netz über dich geworfen.

Wir mußten also eine Versicherung abschließen. Allerdings hat diese sich nur auf Verletzungen bezogen, auf Invalidität. Also wenn einer von uns mit Spätschäden Schwierigkeiten gehabt hätte, kaputtes Kreuz oder so, kaputte Beine, kaputte Hüfte. Versicherungen konnten nur für vorher oder nachher gelten. Für die Expedition selbst wäre jede Versicherung sinnlos gewesen. Wenn uns etwas passiert wäre, ganz egal was, es wäre aus gewesen. Man hätte uns nicht gefunden. Wir hatten keine Funkgeräte bei uns.

Stichtag war der 24. Dezember. Das war mit der dänischen Regierung ausgemacht. Wir haben mit dem Grönlandministerium verhandelt. Der 24. Dezember, Weihnachten, war also Stichtag. Von diesem Tag an hätten wir als vermißt gegolten. Wir wären dann zwei Monate überfällig gewesen. In dieser Zeit ist oben arktischer Winter. Das nächste Flugzeug ist etwa zweitausend Kilometer entfernt. Und dann ist das ein Riesengebiet, etwa eine Million Quadratkilometer. Und so ein Suchflugzeug hätte frühestens im April wegfliegen können, und dann hätte es vielleicht zwei Stunden Tageslicht gehabt.

Also das war den Herren im Ministerium schon auch klar, daß das sinnlos gewesen wäre. Die haben mich angeschaut wie einen Todgeweihten. Der Minister selbst wollte gar nicht mit mir reden. Irgendein niedriger Beamter hat versucht, mich von der Sache abzubringen. Die höheren Beamten haben in diese Richtung erst gar keine Anstrengungen unternommen. Die waren sehr sachlich, kühl wie bei einem Geschäft. Aber Versicherung muß eben doch sein, anders kann man sich das Leben in unserer Zeit, in unserer Gegend nicht vorstellen.

Das Ministerium verpflichtete uns dann aber doch noch zu einer weiteren, zusätzlichen Versicherung, im letzten Augenblick übrigens. Wir mußten eine Suchversicherung abschließen. Damit hat sich allerdings eher der Minister abgesichert. Wir haben also dafür bezahlt, daß sich später eventuell der dänische Staat rechtfertigen kann. Alle wußten, daß man, wenn etwas passierte, höchstens unsere Leichname finden würde, und auch das wäre nur sehr unwahrscheinlich. Wir wären längst zugeweht worden. Alle wußten das. Aber der Minister mußte sich ja vor dem Parlament verteidigen können. Man hätte ihm ja vorgeworfen: Mensch, ihr geht die nicht einmal suchen, was seid ihr denn für Kannibalen!

Mir war zu dieser Zeit alles egal. Ich hätte jede Versicherung abgeschlossen, und wenn sie das letzte Geld gekostet hätte, wenn ich meinen letzten Besitz dafür hätte hergeben müssen. Das war alles Firlefanz!

Viel wichtiger war ein anderer Punkt. Wir drei hatten untereinander ein Abkommen getroffen. Das haben wir auch mit unseren Frauen besprochen. Und da ist der Finger auf der Wunde. Heute noch. Frage: Was passiert, wenn sich oben auf dem Plateau, oder was noch wahrscheinlicher ist, beim Aufstieg durch den Gletschergürtel oder beim Abstieg – was ist, wenn sich da einer von uns zum Beispiel ein

Bein bricht? Wenn er nicht mehr weiter kann? Oder wenn er zwar weiter kann, aber nur noch sehr langsam?

Ja. Was ist dann?

Er hätte zurückbleiben müssen. Das ist dann. Das und nichts anderes.

Und das war unser Abkommen. Das haben wir uns schriftlich gegeben. Bei einer Verletzung erwarte ich keine Hilfe von den anderen. Wenn ich nicht mehr weiter kann oder wenn ich nur noch so langsam weiter kann, daß ich damit die Expedition gefährde, das heißt das Leben der anderen gefährde, dann bleibe ich zurück. Hilfe nur, wo Hilfe sinnvoll ist.

Das war natürlich sehr anstößig. Wider die guten Sitten. So heißt das. So einen Vertrag hätte uns niemand angenommen. Kein Notar.

So haben wir ihn zwischen uns dreien geschlossen. Was sind gute Sitten? Es ist gegen die guten Sitten, überhaupt über Grönland zu gehen.

Man muß das nüchtern sehen. Wir waren ausgelastet bis auf das letzte Gramm. Unsere Schlitten hatten am Beginn ein Gewicht von hundertfünfunddreißig Kilogramm. Und dann noch etwas: Im selben Maß, in dem das Gewicht unserer Schlitten abnahm, nahmen auch unsere Kräfte ab. Das Verhältnis Gewicht zu Kraft war also fast die ganze Reise über dasselbe. Das hatte ich mir ausgerechnet. Das heißt, wir sind immer auf dem Maximum unseres Kräftehaushalts marschiert.

Ja, den Vorschlag mit diesem internen Abkommen, der kam von mir. Weil ich als einziger, das kann ich jetzt sagen, als einziger meine Begeisterung so weit unter Kontrolle hatte, daß ich noch klar denken konnte.

Als ich zum ersten Mal mit dem Leo Degaspari darüber gesprochen habe, hier in Südtirol, hat er gesagt:

›Mensch, Reinold, wir sind doch Freunde. Ein Freund läßt einen anderen Freund doch nie im Stich!‹

Der Leo hat etwas sehr Menschliches, sehr Warmes und das Wort Freundschaft ist ihm ungeheuer wichtig.

Ich habe zu ihm gesagt:

›Leo, es geht nicht darum, daß sich jeder selbst der nächste ist. Diese Expedition kannst du mit nichts in deinem bisherigen Leben vergleichen. Dort oben muß man das Wort Freundschaft neu definieren.‹

Wir sind in die Berge gegangen zum Reden. Aber wir haben gar nicht viel geredet. Es war sehr viel Einverständnis zwischen uns, stummes Einverständnis. Kletterpartien mit Leo waren ein Vergnügen. Ich hätte bis auf den kleinsten Griff genau sagen können, wie er eine Wand angeht. Ich wußte, was seine Hände tun würden, was seine Füße, in jedem Augenblick. Und umgekehrt war es dasselbe. Da war eine Vertrautheit mit der Kraft des anderen, das läßt sich nicht beschreiben. Aber wenn wir geredet haben, blieb nicht viel davon übrig. Da habe ich dann gedacht, warum muß man so viel reden. Aber das war falsch. Man muß Dinge aussprechen. Und was unser Abkommen betraf, da mußten wir reden.

Also stell dir vor: Einem bricht das Bein, oben in Grönland, zum Beispiel beim Aufstieg im Spaltenbereich, dort ist die Gefahr am größten. Also, das Bein ist gebrochen, der Mann kann nicht mehr gehen. Wir müßten ihn auf einen anderen Schlitten aufladen. Auch wenn er sich das Bein nur verstaucht. Geh einmal vierzehnhundert Kilometer mit einem verstauchten Bein. Geh über eine Wiese mit einem verstauchten Bein, das genügt. Unmöglich. Also wir laden ihn auf einen Schlitten, egal ob verstaucht oder gebrochen. Das Gepäck müssen wir umverteilen auf zwei Schlitten. Der dritte Schlitten bleibt zurück. Das würde dann pro Kopf eine Mehrbelastung von ungefähr achtzig Kilogramm bedeuten. Unmöglich. Da bleibt der Schlitten stehen. Da kann ich ziehen so viel, wie ich will. Es geht einfach nicht.

So. Frage: Wem ist damit gedient?

Ein Schritt nach vorne, das war das Leben. Ein Schritt zurück – ja wohin zurück? Stehenbleiben war der Tod.

Das war ein Gedanke, der mich zermürbt hat. Vor allem im Spaltenbereich. Ich habe keine Angst vor dem Sterben gehabt. Das kann ich heute, glaube ich, schon sagen. Du machst einen Schritt, der Schnee bricht ein, du fällst in eine Spalte, gut. Wenn du tot bist, ist es gut. Wenn du tot bist, bist du tot. Es gibt schlimmere Plätze zum Sterben als Grönland. Für dich hat dann das Denken aufgehört. Und für deine Kollegen eigentlich auch. Für die beginnt die Trauer. Gut. Sollen sie trauern! Aber wenn sich einer ganz simpel den Knöchel bricht oder verstaucht?

Ich habe mir manchmal überlegt, was passiert, wenn mir so etwas zustößt. Ich hätte mir halt das Gewehr für fünf Minuten ausgeborgt.

Oder was ist, wenn ein Schlitten in eine Spalte fällt? Die Nahrung auf den restlichen beiden Schlitten hätte für uns drei nicht ausgereicht. Wir wären verhungert. Oder wenn der Schlitten mit dem Zelt in eine Schlucht gefallen wäre! Dann wär die Sache sowieso klar gewesen. Meint man. Überhaupt nichts wäre klar gewesen! Denn dieser Tag hätte genauso ein Ende gehabt wie alle anderen Tage. Und auch am Ende dieses Tages wären wir müde gewesen. Irgendwo hätten wir schlafen müssen. Jetzt diskutiere so eine Lage einmal aus mit den Kollegen! Wer war schuld, daß der Schlitten in die Spalte gefallen ist? Man kann nur hoffen, daß niemand oder alle schuld gewesen wären. Wir würden alle erfrieren.

Aber das wären Umstände gewesen, von denen wir alle drei gleichermaßen betroffen gewesen wären. Wenn lediglich einem das Bein bricht, dann ist das – und das sage ich jetzt ganz offen und brutal – dann ist das in erster Linie sein Problem. Ich meine damit, für die anderen beiden bestünde deshalb noch nicht unbedingt die Notwendigkeit aufzugeben. Angenommen, es wäre einem anderen geschehen, nicht mir. Ich glaube schon, daß ich weitergegangen wäre. Ich weiß nicht, ob ich weitergegangen wäre. Ich weiß auch nicht, ob ein anderer weitergegangen wäre. Aber ich glaube schon, daß die zwei Gesunden weitergegangen wären. Ich glaube schon. Und ich sage, das wäre nicht Pietätlosigkeit gewesen. Sondern Pietät. Pietätlosigkeit wäre gewesen, wenn man sich zusammengehockt hätte und gemeinsam gestorben wäre.

Die Lisbeth ist Zeuge, gerade über diesen Punkt haben wir im voraus viel geredet. Lisbeth und ich haben fast jede Nacht, bevor ich abgefahren bin, wenn wir im Bett nebeneinander gelegen sind, über diese Situation geredet. Auch wir drei, der Degaspari, der Gratt und ich, haben darüber gesprochen. Ich glaube, die anderen haben es nicht begriffen. Sie haben einfach nicht begriffen, daß es um Leben und Tod geht.

Zuerst hat es mich Mühe gekostet, in den beiden anderen die Begeisterung für dieses Unternehmen zu wecken, und dann hat die Begeisterung so stark gebrannt, daß kein Überlegen mehr möglich war. – ›Wann geht es endlich los! Wann gehen wir endlich hinüber!‹ – Grönland, ein Schneefeld, vielleicht ein großes Schneefeld, aber ein Schneefeld, über das man hinüber geht. Was will man dazu sagen! Alles ist an mir hängen geblieben.

Der Degaspari hat zuerst nicht einmal einsehen wollen, daß ein Trainingslager notwendig ist. Er war drüben im Lager nicht einmal bereit, die Robbenjagd zu erlernen. – ›Was gibt es da zum Lernen! Ich hab ein Gewehr, und da ist eine Robbe, und die schieße ich ab wie ein Reh!‹ – Er war der Jäger. Er ist mit dem Gewehr auf dem Rücken durch das Eskimodorf gegangen, hat nach links und nach rechts gegrüßt. Wie der Herr Graf. Die Eskimofrauen haben gekichert. Die Männer haben gedacht, der ist verrückt.

Ich glaube, dem Degaspari ist erst aufgegangen, auf was er sich eingelassen hat, als dann der Helikopter hinter den Bergen verschwunden ist. Nachdem er uns an der Küste abgesetzt hatte. Als es dann auf einmal ganz still war.

Der Pilot des Helikopters, das war ein lieber Mensch. Der ist in der Nacht vorher, als wir noch im Süden im Lager waren, da ist er zu mir in die Hütte gekommen. Er hat mich aufgeweckt und mit mir geredet. Er war ein Engländer oder ein Ire oder ein Amerikaner. Ich weiß es nicht. Er hat schulterlanges, rotes Haar gehabt. Hat ausgesehen wie ein Alt-Hippie. Brandroter Bart bis auf die Brust.

›Reinold, Reinold‹, sagte er, ›ich habe einen Plan. Ich

kenne da ganz im Süden ein Dorf, dort habe ich Freunde, die verstecken euch.‹

Er machte mir tatsächlich den Vorschlag, wir sollten die ganze Expedition bluffen.

›Es ist ganz einfach‹, flüsterte er mir ins Ohr. – Er hätte ruhig laut reden können, meine Hütte war etwas abseits vom Lager. Niemand hätte ihn gehört. – ›Es ist ganz einfach. Ich bezeuge, daß ich euch an der Ostküste abgesetzt habe. Ihr wartet in dem Dorf und später dann bringe ich euch irgendwie an die Westküste . . .‹

Wir sollten dann so tun, als hätten wir gerade ganz Grönland durchquert. Wahrscheinlich mit Bügelfalten in der Hose. Mit frischen, ausgeruhten Gesichtern. Wohlgenährt von vorzüglichen Robbenfilets.

Er saß neben mir auf der Pritsche und hielt mein Gesicht fest mit seinen roten Händen, die er irgendwann einmal bei einem Rettungsflug erfroren hatte.

›Stell dir vor‹, sagte er, ›ich war noch nie dort, wo du herkommst. Wir steigen miteinander auf deine Berge, nur wir zwei.‹

Er probierte alles mögliche. Er wollte Fotos sehen von meiner Frau und meiner Tochter. Er zeigte mir ein Foto von seiner Mutter.

›Das ist eine Mutter‹, sagte er. ›Deine Frau ist auch eine Mutter.‹

Ich hatte keine Fotos bei mir.

Er machte mir Vorwürfe: Ich sei ein Barbar, ein typischer Weißer. Kein normaler Mensch würde freiwillig durch diese Wüste gehen, ohne ein Foto mitzunehmen von den Menschen, die er liebt.

Ich habe alles vorausberechnet.

›Herrgottnocheinmal‹, habe ich zu ihm gesagt, ›ich habe alles vorausberechnet! Willst du sagen, daß ich ein Idiot bin! Soll ich selbst zugeben, daß ich ein Idiot bin!‹

›Dann gib meinetwegen zu, daß du ein Idiot bist‹, hat er geschrien. ›Ich hab dich gern. Ich hab dich gern. Ich hab dich gern!‹

Das ist mir alles furchtbar auf den Magen gefahren.

Ich habe alles vorausberechnet. Auch das mit den Fotos. Keine Fotos, habe ich entschieden. Ich habe auch den andren beiden verboten, Fotos von Frau, Kindern oder Eltern oder von wem auch immer mitzunehmen.

Als die Begeisterung die beiden anderen gepackt hatte – am grünen Tisch zu Hause da packt einen schnell etwas – da habe ich gesagt: ›So, ich bin der Leiter dieser Expedition. Seid ihr damit einverstanden?‹ – ›Ja.‹ – ›Ich habe alles berechnet, kalkuliert. Habt ihr Vertrauen zu mir?‹ – ›Ja.‹ – ›Gut‹, habe ich gesagt, ›dann müßt ihr auch tun, was ich für richtig halte. Wenn uns der Helikopter einmal abgesetzt hat an der Ostküste, dann gibt es kein Zurück mehr.‹ – ›Klar‹, haben sie gesagt, ›kein Zurück. Wir wollen ja da hinüber. Was redest du denn von Zurück!‹

Heute weiß ich, es hätte vielleicht eine kleine Möglichkeit bestanden, die ganze Sache noch abzublasen, auch nachdem uns der Helikopter abgeladen hatte, auch nachdem er hinter den Bergen verschwunden war. Es wäre eine schwierige Sache gewesen. Wir hätten in der Bucht übersommern müssen. Psychisch wäre das Mord gewesen. Wir hätten auf den Winter warten müssen. Dann hätten wir aufs Meer hinausgehen können. Dann hätte uns das Eis wahrscheinlich getragen. Was bei der Strömungslage aber ganz und gar nicht sicher gewesen wäre. Aufs Meer hinaus und dann fünfhundert Kilometer zu Fuß nach Süden zur nächsten Station. Die grauenhafteste Vorstellung! Eine solche Strapaze, und dabei immer wissen, es ist eine Niederlage, wir haben versagt.

Damals sah ich kein Zurück. Es gibt einen Spruch von Nansen, der sagt: Laßt uns alle Brücken abbrechen, laßt uns die Schiffe verbrennen, damit unsere ganze Energie, unsere Augen, nur nach vorne gerichtet sind und nicht nach hinten. Auch Fotos zeigen nach hinten.

Die Schuhspitzen zeigen nach vorne. Ich habe zu den anderen beiden gesagt: ›Vertraut auf eure Schuhspitzen! Kein Energieverlust. Keine Fotos! Frau und Kinder sind im Kopf. Europa ist im Kopf. Alles ist im Kopf. Der Kopf wiegt schon schwer genug.‹

Ich habe mir in der letzten Nacht im Lager nicht die Mühe gemacht, dies alles dem Piloten zu erklären. Ich sagte zu ihm:

›Du kennst mich, Hank‹, – seinen Familiennamen weiß ich nicht, – ›Du kennst mich, wir haben viel und oft miteinander geredet in den letzten Wochen. Wir haben Erkundungsflüge unternommen. Du weißt, daß ich kein verrückter Selbstmörder bin. Ich habe mir das alles sehr gut überlegt.‹

Und dann habe ich zu ihm dasselbe gesagt wie zu Lisbeth und zu meiner Tochter, als wir uns hier in Bozen verabschiedet hatten.

›Wenn wir nicht zurückkommen, dann war es ein Unfall. Dann war es etwas nicht Berechenbares.‹

›Nein‹, sagte Hank, ›du hast grundsätzlich falsch gerechnet. Diese Expedition kann nicht gelingen, auch wenn sich niemand von euch ein Bein bricht. Fünfhundert Kilometer sind das Äußerste. Niemand schafft das Dreifache!‹

Ihm sind die Tränen heruntergelaufen. Er hat eine Kerze angezündet und sie sich vors Gesicht gehalten.

›Schau‹, sagte er, ›so weine ich. Wie werden erst deine Frau und deine Tochter weinen!‹

Ich habe ihn hinausgeworfen. Ich bin grob geworden. Ich wollte schlafen. Die Herumheulerei ging mir auf die Nerven. Ich brauchte Schlaf.

In den vorausgegangenen Nächten im Trainingslager hatten wir immer zu dritt in einer Hütte geschlafen. In der letzten Nacht wollte ich allein sein. Ich war der Meinung, auch die anderen beiden sollten allein sein. Jeder von uns würde eine lange Zeit nicht mehr allein sein können. Gut, sie wollten das nicht. Sie schliefen zusammen in einer Hütte. Blieb die dritte Hütte eben leer. Ich wollte es ihnen nicht befehlen. Ich jedenfalls schlief allein. Und der Degaspari hat das falsch verstanden. Oben auf dem Plateau hat er es dann herausgelassen. Es war für ihn ein Zeichen meiner Arroganz.

Am nächsten Morgen sind wir in den Helikopter

gestiegen. Die Schlitten hatten wir bereits am Abend zuvor eingeladen. Meine Kollegen waren gut gelaunt. Der Degaspari hat sogar gesungen und Späße gemacht. Die Eskimofrauen sind mit ihren Kindern um den Helikopter herumgestanden und haben zugeschaut. Die Männer waren seltsamerweise nicht da. Wir waren keine Attraktion mehr für sie. Auch die Frauen zeigten kein sonderliches Interesse. Ich hatte sogar das Gefühl, sie verachteten uns. Ja, für einen Augenblick kam mir die ganze Expedition, auf die ich mich jahrelang vorbereitet hatte, lächerlich vor.

Der Michael Gratt hatte auch gute Laune. Der Much ist sonst eigentlich mehr ein zurückhaltender Mensch, ruhig, manchmal macht er verrückte Späße, irgendwie ist er ein Clown, kann das Gesicht so verziehen, die Zunge bis zur Nase strecken, aber im allgemeinen ist er ein ruhiger Charakter. Er strahlte übers ganze Gesicht.

Mir war mulmig im Bauch.

Hank saß bereits im Helikopter. Er wünschte mir nicht einmal einen guten Morgen.

Much und Leo stiegen hinten ein. Sie mußten sich zwischen die Schlitten klemmen. Die nahmen viel Platz weg. Ich setzte mich neben Hank und stülpte mir den Kopfhörer mit dem Mikrofon über. Weil ich mit ihm reden wollte, wenigstens ein paar Worte, wenigstens wollte ich mich bei ihm dafür entschuldigen, daß ich ihn aus der Hütte geworfen hatte in der Nacht.

Aber dann während des Fluges ließ er mich gar nicht zu Wort kommen. Er fing wieder von vorne an, brüllte in sein Mikrofon: Das Dorf im Süden, wo er Freunde habe, und so weiter und so weiter ... Ehrlich, er ging mir auf die Nerven.

›Halt endlich das Maul, du Arschloch‹, schrie ich ihn an.

Ich war mit den Nerven knapp dran. Ich hatte wenig geschlafen. Ich hatte mir vorgenommen, die letzte Nacht, in der ich allein war, ganz für mich zu verwenden, für meine Gedanken, nein, eben nicht für die Gedanken, ich wollte meditieren. Vielleicht stirbst du, dachte ich, dann aber möchte ich vorher wenigstens ein paar Stunden ganz bei mir gewesen sein. Das hat mir Hank vermasselt.

Der Helikopter flog ab. Ich schaute nicht zurück zu dem Dorf, wo unser Trainingslager gewesen war.

Es war mit Hank ausgemacht worden, daß er bei der Stelle, die wir uns für den Aufstieg ausgesucht hatten, einen Rundflug machen sollte, damit wir von oben den Gletscher wenigstens einigermaßen abchecken konnten.

Das war ein anderes Problem, das mir vorher nie Ruhe gelassen hatte: Der Aufstieg durch die Gletscher. Wegener und Koch hatten in den zwanziger Jahren Monate gebraucht, um durch den Spaltengürtel zu steigen. Sie waren mit Pferden unterwegs gewesen. Oben am Rand des Plateaus errichteten sie dann eine Hütte und verbrachten dort die Wintermonate, ehe sie weitergingen.

Wir waren zwar leichter und bedeutend besser ausgerüstet waren wir auch, aber dafür hatten wir viel weniger Zeit zur Verfügung. Wir durften uns im Spaltenbereich nicht lange aufhalten. Wir mußten das Inlandeis so schnell wie möglich erreichen. Meine Berechnungen in Bezug auf die mitgenommene Nahrung ließen zwar einen gewissen Spielraum, aber die Zeit war dennoch recht knapp bemessen, mußte es sein, denn auch das leichte Nahrungspulver war schwer genug.

Außerdem war ich nicht sicher, ob die Schlitten für den Transport durch den Spaltenbereich nicht doch zu schwer waren. Wir würden jeden einzelnen Schlitten zu dritt schleppen müssen. Aber was würde sein, wenn wir klettern mußten? Konnte man klettern mit den Schlitten auf dem Rücken? Auch wenn wir vorher den Inhalt nach und nach hinauf transportierten, irgendwann kamen die Schlitten dran. Leer waren sie zwar nicht allzu schwer, aber sie waren sperrig. Der Wind konnte sich in ihnen verfangen. Wir hatten das nie ausprobiert. Es war mir nie in den Sinn gekommen. Ein großer Fehler. War das Fehler Nummer eins oder schon Fehler Nummer hundert?

Dies alles ging mir durch den Kopf, als ich im Helikopter neben Hank saß, der ununterbrochen in sein Mikrofon schrie. Zum Glück waren nur zwei Kopfhörer mit Mikrofonen an Bord, und der Lärm der Rotoren machte es unmöglich, ohne Kopfhörer etwas zu verstehen. Leo und Much hinten im Cockpit bekamen von all dem gar nichts mit. Zum Glück.

Hank warf mir vor, ich machte ihn zum Mittäter. Er warf mir vor, ich treibe wissentlich meine Kollegen in den Tod. Wenn ich mich schon umbringen wollte, dann solle ich es gefälligst allein tun. Dazu müsse ich aber nicht zuerst nach Grönland fahren. Es gebe ja schließlich auch in Italien Berge, von denen man herunterspringen könne.

Ich konnte Hanks Gesicht sehen, jedenfalls seinen Mund. Die Augen waren hinter den dunklen Brillengläsern verborgen. Ich brachte diesen Mund, der sich so schnell bewegte, in keinen Zusammenhang mit der Schimpftirade in meinem Kopfhörer.

Dann sagte Hank auf einmal nichts mehr. Wir flogen die Stelle an, wo er landen sollte.

Es war eine kleine Bucht, ganz mit Schnee bedeckt, umgeben von hellen Felsen.

Hank ging runter. Ich brüllte ins Mikrofon, was mit dem versprochenen Rundflug sei. – Er antwortete nicht. Ich rüttelte ihn am Arm. Er blickte schnell zu mir herüber:

›Warum ein Rundflug‹, rief er, ›soll ich einen Rundflug über ganz Grönland machen? Willst du dir ganz Grönland von oben anschauen?‹

Er ließ nicht mit sich reden. Ich nahm den Kopfhörer ab. Gut, soll es so sein!

Wir landeten. Ich stieg als erster aus. Dann Much. Leo reichte uns die Schlitten herunter. Er kippte sie über die Kante, und Much und ich nahmen sie von unten entgegen. Sie kamen mir auf einmal unsagbar schwer vor. Ich schaute immer wieder zum Gletscher hinüber. Es schien mir unmöglich, diese Monstren dort hinauf zu schleppen.

Leo und Much hatten sich im Lager gegenseitig versprochen, als erstes, wenn wir bei unserem Ausgangspunkt angekommen wären, gemeinsam in den Schnee zu brunzen. – ›Man muß eine Marke setzen, damit jeder weiß, daß hier unser Revier beginnt‹, hatte Leo gesagt. – Aber sie taten es nicht. Ich wartete darauf, daß sie es tun würden. Ich hätte mich zu ihnen gestellt und hätte auch mein Wasser abgelassen. Es wäre schön gewesen, wenn wir alle drei nebeneinander unser Wasser abgelassen hätten. Es wäre schön gewesen, wenn auch Hank sein Wasser abgelassen hätte. Aber der blieb im Helikopter sitzen. Und Leo und Much arbeiteten mit ernsten Gesichtern.

Ich kam mir so schuldig vor, schämte mich. Als ob es erst jetzt heraus wäre, wie schwer die Schlitten wirklich sind. Wir haben sie vorher ausprobiert. Oft genug. Wir haben sie durchs Schneefeld gezogen. Im beladenen Zustand. Wir haben sie sogar überladen. Wir haben sie über Eis gezogen. Aber ich muß zugeben, wir waren zu ungeduldig gewesen. Ich auch.

Überhaupt war das ganze Trainingslager im großen und ganzen nur ärgerlich gewesen. Da war so ein Kamerateam vom italienischen Fernsehen dabei. Die haben sich mit den Eskimofrauen vergnügt. Die meiste Zeit waren sie betrunken. Wir sind nur herumgesessen. Kein Mensch hat sich für uns interessiert.

Gleich zu Anfang haben sie zwar ein paar Minuten gedreht. Minach, Gratt und Degaspari in Grönland. Auf geht's: Wir sollen uns vor die Schlitten spannen. – Gut, haben wir gemacht. – Nein, nicht hier, an einer anderen Stelle, wo man im Hintergrund keine Häuser sieht. – Gut, sind wir zu einer anderen Stelle gegangen. – Dann sind wir an die zehn Mal mit den Schlitten vor der Kamera vorbeigezogen. Das hat dann auch wieder nicht gepaßt. Unsere Gesichter haben ihnen nicht gepaßt. – Wir sollen die Kapuzen aufsetzen. – Gut, haben wir die Kapuzen aufgesetzt. – Das hat dann auch wieder nicht gepaßt, weil man jetzt von den Gesichtern gar nichts mehr gesehen hat. – Also, Kapuzen herunter. Wir sollen die Gesichter verzerren, als ob wir Schmerzen hätten. – Gut, haben wir die Gesichter verzerrt, als ob wir Schmerzen hätten. – Dann hat mir einer Salbe an die Augenbraue geschmiert. Das sähe dann aus wie eine Erfrierung.

Den Leo hat dieser Firlefanz furchtbar aufgeregt. Recht hat er gehabt. Es war wirklich ein Firlefanz. Der Leo ist selber Kameramann. Er weiß, was notwendig ist und was nicht. Ich weiß nicht, was für ein Team die uns da mitgeschickt haben. Wenigstens in diesem Punkt waren Leo und ich einer Meinung. Der Much hat es leicht genommen.

Jedenfalls war das Trainingslager nicht das, was es hätte sein sollen. Aber es war nicht nur meine Schuld. Die Schlitten waren zu wenig erprobt. Das Verhältnis Kraft zu Gewicht in allen nur erdenklichen Lagen. Es war nicht meine Schuld. Aber schließlich war ich der Hauptverantwortliche.

Als wir die Schlitten nun aus dem Helikopter hieften, kam ich mir vor wie ein Versager. Wie ein Betrüger. Billiger: ein Schwindler, ein Falschspieler, knapp bevor man ihm in den Ärmel schaut.

Der letzte Schlitten verhakte sich irgendwo beim Helikopter. Es war Leos Schlitten. Bei ihm hatten wir das Zählrad angebracht.

Das ist ein Rad, dessen Speichen über den Radius hinausragen und in spitze Dornen münden. Wenn wir den Schlitten zogen, lag es am Boden auf und zählte auf den Meter genau die Strecke. Das war für unsere Orientierung enorm wichtig. Und nicht nur für die Orientierung, sondern auch für die Seele. Oben auf dem Plateau, wo es monatelang immer gleich aussieht, immer der gleiche Horizont, wo wir alle für Halluzinationen anfällig waren, da war der einzige sichere Beweis, daß wir überhaupt vorwärts kamen, der Zähler an diesem Rad.

Und dieses Rad hatte sich verhängt. Leo sprang aus dem Helikopter und riß an dem Schlitten. Der hing jetzt nur an diesem Rad, baumelte mit der Spitze nach unten. Wie ein geschlachtetes Schwein kam er mir vor. Das Rad war zwar sehr stabil, aber ich hatte dennoch Angst, es könnte beschädigt werden.

Sicher, ich hätte freundlicher reagieren können. Ich war angespannt und nervös. Ich stieß Leo beiseite.

›Kannst du es besser‹, schrie er gegen den Lärm der Rotoren an.

›Wenn das Zählwerk beschädigt wird, können wir gleich mit dem Helikopter zurückfliegen‹, brüllte ich zurück.

Der Ton war grob. Mein eigenes schlechtes Gewissen. Leo drückte die Fäuste an seine Brust. Er wird schneeweiß, wenn er sich ärgert. Er ist ein Choleriker. Sein Gesicht ist oft weiß. Er hatte die Handschuhe ausgezogen, als er die Schlitten aus dem Helikopter lud. Die Finger waren klammgefroren. Man darf bei diesen Temperaturen nicht mit nackten Händen Metall angreifen.

›Zieh die Handschuhe an‹, sagte ich.

Er tat es. Einen Augenblick standen wir da und starrten uns an. Dann grinste ich und boxte ihn in die Seite. Er boxte zurück. Gut, das war erledigt.

Ich stieg in den Helikopter und rief Much zu, er solle mit Leo den Schlitten ein wenig in die Höhe stemmen.

Es gelang ihnen nur mit äußerster Mühe.

Ich hakte das Rad aus. Der Schlitten fiel plump auf die Spitze in den Schnee, blieb einen Augenblick stehen und sackte dann langsam in die Waagrechte.

Leo und Much schauten hinauf zum Gletscher. Ich erriet, was in ihnen vorging: Mit diesem Gewicht sollen wir da hinüber!

Hank saß während der ganzen Zeit bewegungslos in seinem Cockpit. Er machte keine Anstalten, uns zu helfen. Er schaute uns nicht einmal zu. Irgendwie mußten wir uns ja von ihm verabschieden. Wir standen ziemlich ratlos unter den Rotoren. Der Schnee wirbelte um uns herum. Rufen hätte keinen Sinn gehabt. Hank hätte uns nicht gehört.

Wir schauten uns an. Die Situation war komisch. Im Trainingslager war Hank der einzige gewesen, mit dem wir uns alle drei immer gut verstanden hatten. Much lachte und wollte einen Schneeball ans Cockpitfenster werfen. Aber der Schnee ließ sich nicht formen. Er zerfiel. Ich kletterte also noch einmal in den Helikopter und hielt Hank die Hand hin. Aber er nahm sie nicht.

›Du bist ein Verrückter‹, schrie er, ›Hau ab, verrecke!‹ Das saß.

Ich sprang aus dem Helikopter.

Zu dritt zogen wir die Schlitten aus dem Bereich der Rotoren. Nur mit äußerster Mühe war es Leo und Much gelungen, einen Schlitten wenige Zentimeter hoch zu heben. Jetzt auf der Ebene im weichen Schnee mühten wir uns ab, sie wenige Meter weit zu ziehen. Waren sie seit dem Trainingslager schwerer geworden? Hatten unsere Kräfte nachgelassen? Alles dummes Gerede, aber was fällt einem ein!

Ich blickte wieder hinauf zu den Felsen, zwischen denen der Gletscher herunterdrückte. Wir mußten auf eine Höhe von über zweitausend Metern. Und dort erst begann der eigentliche Weg. Wie sollten wir diese Schlitten da hinauf bringen! Und wenn wir es schafften, waren wir oben nicht dermaßen erschöpft, daß gar nicht mehr daran zu denken war, sie weiter – über tausend Kilometer! – zu ziehen?

Der Motor heulte auf, der Helikopter kippte ein wenig nach vorne und hob ab. Wir winkten. Hank winkte nicht zurück. Nach wenigen Augenblicken war der Helikopter hinter den Bergen verschwunden. Noch eine Weile lang hörten wir den Motor und seinen Widerhall an den Gletschern. Dann war es still.

5

Ich weiß nicht, was Much und Leo taten. Ich stand da, den Blick auf die Berge gerichtet, ich wollte von hier unten einen möglichen Einstieg erkunden. Ich tat wenigstens so. Ich rechnete damit, daß mich die beiden beobachteten. – So, jetzt sind wir da. Hier, schau es dir an, dein Grönland! – Ich gab meinem Gesicht einen gefaßten, ernsten, sorgenlosen Ausdruck. Ach, mein Gott, ich merkte ganz genau, daß das alles zusammen gar nicht geht, wahrscheinlich habe ich geglotzt wie der Ochs vor dem Berg, wirklich wie der Ochs vor dem Berg. Ich konnte mich weder auf den Gletscher noch auf meinen Gesichtsausdruck konzentrieren. Es ging ja alles in mir drunter und drüber.

So ließ ich also die Gedanken fahren. Durch die Sonnenbrille war alles in ein warmes, freundliches Licht getaucht. Der Himmel war tiefblau. Wenn ich ihn länger anschaute, schien es mir gar nicht mehr möglich, seine Farbe zu bestimmen. Er hätte grün, weiß, blau, rot, sogar schwarz sein können.

Neben der Bucht stürzte der Gletscher in den Fjord, an der einen Seite lehnte er sich an eine dunkle, glattgeschliffene Felswand an, auf der anderen Seite verdünnte er sich in ein von Spalten und Brüchen zerrissenes Eisfeld, aus dem Steinbrocken ragten. Hier würden wir einsteigen. Eine andere Einstiegsmöglichkeit gab es nicht.

Allmählich kam eine Euphorie in mir auf, wie ich es noch nie gespürt hatte. Absolute Stille war um mich. Ich sah nur die Berge, den Gletscher, den Himmel. Meine Kollegen hörte und sah ich nicht. Ich war allein. Ich hätte gern laut gesprochen, aber dann wäre die Illusion verflogen, und ich hätte mich vor meinen Kollegen schämen müssen. So schwieg ich und ließ meine Augen blenden.

Eine Rede, brillant formuliert, wie ich glaubte, schoß mir durch den Kopf, eine Rede an den Nebel von Spitzbergen, den Eisbären. Ein Aufstapeln von Worten und Sätzen. Ich hörte sie einen anderen sagen, und ich applaudierte. Gleichzeitig drückte die Müdigkeit auf mich, Müdigkeit nach so vielen Jahren der Vorbereitung. Einen Fuß vor den anderen! Jetzt beginnt dein Weg. – Ich muß mich erst vorbereiten, ein paar Tage hier sein, diesen Augenblick auf ein paar Tage ausdehnen . . .

Ich hatte die Sonne im Rücken, sie schien mir in den Nacken. Ich spürte meine Haare heiß auf der Kopfhaut liegen. Dieses Wetter war ein erster Triumpf. Den Nebel hatte ich also bereits besiegt. Ich mußte nur noch einen

Fuß vor den anderen setzen, dann würde ich auch das Gewicht der Schlitten besiegen. Es wird schwer sein, sich von hier wegzubewegen. Ach Gott, es war mir, als wäre es viel selbstverständlicher, jetzt zu fliegen als zu gehen.

Größenwahn, ja. Aber ich genoß ihn. Ich tankte auf. So kann man das sagen. Mein Geist hat meine Seele und meinen Körper aufgetankt. So war es. Man muß es so ausdrücken. Man kann das auch lenken. In extremen Situationen, in der Wüste zum Beispiel oder wenn du an einer Wand übernachten mußt, dann kannst du das ganz bewußt lenken. Auch hier zu Hause manchmal. Das hat sehr viel mit Erotik zu tun. Du lenkst deine Liebesfähigkeit einfach auf dich. Es ist genauso einfach wie es kompliziert ist. Weil: Zuerst mußt du dich teilen, in drei Teile, du mußt dich analytisch zertrennen.

Es heißt Körper, Seele und Geist seien eine Einheit. Kann sein. Wenn es so ist, merkt man es nicht. Es ist so, darum merkt man es nicht. So wird es sein. Aber wer sagt, sie lassen sich nicht trennen, der hat unrecht. Ich möchte sogar behaupten, daß die Trennung zwischen Körper, Geist, Seele bei dieser Expedition der Normalzustand war – jedenfalls bei mir. Auf dem Plateau oben habe ich diese Trennung bewußt herbeigeführt. Ich weiß, daß ich sonst nicht überlebt hätte. Ich habe mit meinem Körper geredet wie mit einer Geliebten. Allerdings wie ein sehr berechnender Liebhaber, der etwas von der Geliebten haben will.

Plötzlich riß mich ein Knall aus meinen Gedanken. Ich fuhr herum und sah Leo auf dem Bauch liegen, den Stutzen im Anschlag an der Wange. Und wieder drückte er ab. Der Widerhall verstärkte den Knall und rollte in einem Donner aus. Na ja, so ein Gewehrschuß ist eigentlich nicht laut. Oh doch, er war sehr laut. Wie das erste Geräusch seit der Erschaffung der Welt.

Etwa zwanzig Meter von Leo standen auf einem Eiskamm drei oder vier blaue Gaskartuschen. Auf die zielte er. Ich lief zu ihm und riß ihm das Gewehr weg.

Die ersten Worte, seitdem der Helikopter abgeflogen war: Wir brüllten uns an. Wir brüllten gleichzeitig, so daß wir gar nicht verstanden, was der andere meinte. Ich sah in Leos Gesicht so viel Haß und Panik, nacktes Entsetzen und Angst.

Much fuhr dazwischen. Ich weiß nicht, was sonst passiert wäre. Jetzt brüllten wir uns zu dritt an. Leo und ich zerrten an Muchs Ärmel.

›Ihr zerreißt mir die Jacke‹, schrie er, ›ist jemand da, der sie mir dann flickt! Soll ich ohne Ärmel da hinüber gehen? Dann reißt mir doch gleich auch den Arm ab! Könnt ihr einen brauchen, der nur einen Arm hat?‹

Leo und ich setzten uns auf den Schlitten. Ich stützte den Kopf auf die Hände und drückte mir die Augen zu, bis ich nur noch goldene Sterne sah.

Mit einem solchen Ausbruch hatte ich nicht gerechnet. Niemand von uns hatte damit gerechnet. Ich mußte mir an den Kopf hauen, bis ich eine Stelle fand, die mir einigermaßen vertraut war. Ich war mir selbst fremder als irgendein anderer.

Much stand vor uns. Ich hörte ihn atmen. Er atmete wie ein Ringer. Dann redete er, und als er redete, war er ruhig.

›Du hättest ihm nicht einfach dürfen den Stutzen aus der Hand schlagen‹, sagte er. – Und zu Leo sagte er: ›Du brauchst ihn darum nicht so anzuschreien!‹

Dann begann dieses absurde Verhör. Leo und ich saßen vor Much auf dem Schlitten. Er blickte auf uns nieder.

›Also, was ist‹, sagte er. – Ich wollte antworten, aber er winkte ab. – ›Zuerst Leo.‹

›Er hat genauso laut geschrien wie ich‹, sagte Leo.

›Nein‹, sagte Much, ›du hast lauter geschrien.‹

›Das glaub ich nicht‹, sagte Leo.

›Aber es ist so.‹

›Ich kann gar nicht so laut schreien wie er!‹

›Du kannst total laut schreien.‹

›Das ist doch völlig wurscht, wer lauter geschrien hat!‹

›Nein, das ist nicht wurscht. Weil nämlich du lauter geschrien hast.‹

›Ich habe genauso laut geschrien wie er‹, sagte ich.

›Misch dich nicht ein‹, fuhr mich Much an. ›Leo hat

eindeutig am lautesten geschrien. Gib zu, daß du am lautesten geschrien hast!‹

›Das ist mir zu blöd‹, sagte Leo und wollte vom Schlitten aufstehen.

›Wo willst du denn hingehen?‹, fragte Much.

›Da hinauf.‹

›Da gehen wir doch mit. Oder meinst du nicht.‹ – Er drückte Leo auf den Schlitten. – ›Also, du hast also am lautesten geschrien‹, sagte er.

›Also gut, hab ich am lautesten geschrien‹, sagte Leo. ›Er hat mir das Gewehr aus der Hand gerissen. Er hat nichts mit dem Gewehr zu tun. Das geht ihn nichts an.‹

›Hast du etwas mit dem Gewehr zu tun‹, fragte mich Much.

›Er hat auf die Gaskartuschen geschossen‹, stammelte ich. – Ich war aufgeregt wie in der Schule.

›Was redest du denn von Gaskartuschen‹, sagte er. ›Ich habe doch gefragt, ob du etwas mit dem Gewehr zu tun hast.‹

›Das versteh ich aber nicht‹, sagte ich. ›Du hast doch auch etwas mit dem Gewehr zu tun. Alle haben wir etwas mit dem Gewehr zu tun.‹

›Alle haben wir etwas mit dem Gewehr zu tun‹, wiederholte Much. ›Aber wer ist der Jäger?‹

Dieses Verhör war absurd, kindisch, zum Lachen. Aber ich beruhigte mich allmählich. Ich beruhigte mich, obwohl ich es als ungerecht empfand, daß ich plötzlich der Schuldige sein sollte.

›Gut‹, sagte ich, ›Leo ist der Jäger.‹

Much ging vor uns auf und ab. Nein, er machte sich aus der Situation keinen Witz.

›Also‹, sagte er, ›ich sag jetzt alles auf einmal. Der eine schreit am lautesten. Der andere schlägt dem Jäger das Gewehr aus der Hand. Und beide wollen mir den Ärmel von der Jacke herunterreißen. Und jetzt will ich wissen warum.‹ – Er überlegte kurz, dann zeigte er mit dem Finger auf mich. – ›Zuerst du!‹ – Und zu Leo sagte er: ›Du bist still!‹

Mit einem Schlag ging mir im Kopf auf, daß ich mich bei dieser Expedition in einem Punkt verrechnet hatte. Wir vertragen uns nicht, schoß es mir durch den Kopf. Wenn wir streiten, sterben wir. Wenn wir bereits in den ersten Minuten streiten, werden wir weiterhin streiten. Wir streiten uns in den ersten Minuten schon so, als würden wir seit Jahren streiten, als wären wir gnadenlos verfeindet. Wir werden sterben. Es war klar wie dieser Tag. Wir werden sterben.

Mein Gesicht war eiskalt. Ich spürte die Kälte bis hinunter in den Gaumen.

›Warum hast du ihm den Stutzen aus der Hand geschlagen‹, fragte Much.

Ich mußte schlucken. Wie ein Schüler, der ungerecht behandelt wird, dem die Tränen aufsteigen, so fühlte ich mich. Und zu Much hatte ich dieses unterwürfige Vertrauen eines Schülers, der dem Lehrer sogar dann recht gibt, wenn er genau weiß, daß er unrecht hat.

›Alles, was wir bei uns haben‹, sagte ich, ›ist genau berechnet. Die Anzahl der Patronen ist begrenzt. Wenn uns Patronen fehlen, kann das der Tod sein. Er schießt auf Gaskartuschen. Wir müssen froh sein, daß er nicht getroffen hat. Ohne Gas verhungern wir, weil wir dann aus Schnee kein Wasser machen können. Und andererseits und außerdem macht es mir Sorgen, daß der Jäger auf diese kurze Distanz nicht getroffen hat.‹

›Jetzt du‹, sagte Much zu Leo.

›Ich muß doch den Stutzen einschießen. Er hat die ganze Nacht im Helikopter gelegen, in der Kälte. Ich bin der Jäger. Ich bin für das Gewehr verantwortlich. Und außerdem habe ich absichtlich neben die Kartuschen geschossen.‹

›Und jetzt‹, sagte Much – und da sah ich, daß er im Mundwinkel bereits lächelte, und da wurde es mir ganz warm. – ›Und jetzt‹, sagte er, ›und jetzt möchte ich von euch beiden hören, was für einen Grund es gibt, daß ihr wie die Spinner an meinem Ärmel herumreißt!‹

Er grinste, und wir grinsten auch. Ich konnte Leo in die

Augen schauen, und er konnte mir in die Augen schauen, und das Grinsen verging deswegen nicht.

Schön, wenn damit alles erledigt gewesen wäre. Aber in dieser Kälte heilt nichts.«

Minach wurde unterbrochen von einem Geräusch an der Wohnungstür. Er schaltete den Rekorder aus.

Seine Frau stand auf.

»Das ist unsere Tochter«, sagte sie zu mir herüber, verzog ihr Gesicht zu einer Grimasse und fügte hinzu: »Ich glaub, ich muß mit ihr schimpfen, weil sie so spät kommt.« – Es sollte wohl ironisch gemeint sein.

Sie ging hinaus.

Minach blickte vor sich hin. Er wandte den Kopf auch nicht zur Tür, als von draußen Stimmen ertönten.

Die Frau sprach italienisch. Dazwischen war eine helle, raunzende Mädchenstimme zu hören, die südtiroler Mundart sprach. Ich schloß daraus, daß die Frau nicht wollte, daß ich verstand, was sie sagte.

Das Gespräch wurde lauter. Die Mutter schrie. Die Tochter schrie. Jetzt beugte sich Minach etwas zur Seite. Er lauschte.

Ich wollte nicht den Eindruck von Neugierde erwecken und sagte:

»Ich hoffe, ich strenge dich nicht allzu sehr an. Wenn du möchtest, können wir abbrechen und morgen weiterreden.«

Er wehrte schnell ab.

»Nein, nein«, sagte er, »es tut mir gut, das alles einmal im Zusammenhang zu erzählen. Ich habe schon so viel vergessen. An so viel möchte ich mich nicht mehr erinnern. Das ist nicht gut. Das ist nicht gesund.«

Er rückte den Stuhl etwas näher.

»Während der ganzen Zeit, wenn ich rede, mache ich mir ein Bild von dir«, sagte er. »Ich baue mir den idealen Zuhörer. Vielleicht tue ich dir unrecht. Was heißt schon ein idealer Zuhörer. Ich müßte einfach zweifach sein. Ein Minach, der durch Grönland gegangen ist und einer, der zu Hause geblieben ist. Dem könnte ich dann erzählen. Wie fühlst du dich?«

Ich wußte nicht, was er meinte, runzelte die Stirn, schüttelte den Kopf. Er hob listig die Augenbrauen und deutete auf seinen Magen.

»Hast du noch Hunger?«

Nein, ich hatte keinen Hunger.

»Wenn du dich zwei oder drei Tage von diesem Pulver ernährst, fühlst du dich herrlich«, sagte er. »Du bist leicht wie nach einer Fastenkur, aber satt wie nach einem vorzüglichen Menü.«

Dann stand er auf und ging hinaus.

Seine Frau und seine Tochter waren inzwischen wohl in die Küche gegangen. Ich hörte sie jedenfalls nicht mehr.

Mir fiel ein, daß ich Pia versprochen hatte, sie gleich, wenn ich in Bozen angekommen war, zu Hause anzurufen. Es mußte schon bald Mitternacht sein oder sogar später. Ich zog den Stecker meines Recorders aus der Steckdose, legte den italienischen Adapter auf die Kommode und begann die Kassetten zu numerieren.

Nach einer Weile kamen sie zu dritt herein. Die Tochter mochte etwa achtzehn Jahre alt sein. Sie trug einen großen, weiten Pullover, der ihr über die Oberschenkel reichte. Sie war pummelig, hatte ein hübsches Gesicht und lange blonde Haare, die ihr in Strähnen über Rücken und Brust hingen. Ihre Augen waren verweint. Sie zwang sich zu einem Lächeln und drückte mir kräftig die Hand. Ihren Namen konnte ich nicht verstehen. Sie schaute von mir zu ihrem Vater, dann verschwand sie durch die Tür neben dem Bücherregal.

Ihre Mutter stand im Durchgang zum Flur, die Arme verschränkt, die Lippen aufeinandergepreßt. Das mit dem Schimpfen war doch nicht ironisch gemeint gewesen. Als sie merkte, daß ich sie ansah, wischte sie mit einer Handbewegung ihr ernstes Gesicht weg und sagte:

»Probleme. Haben Sie auch Kinder?«

»Ja, vier«, sagte ich.

»Vier Kinder«, rief sie aus.

Ich war es gewohnt, daß die Leute darüber staunten.

»Und wie alt«, fragte sie.

»Zwei große und zwei kleine«, sagte ich. – Damit sind die Leute nicht zufrieden, wenn sie sich einmal dafür interessieren, das wußte ich. – »Die zwei großen sind aus der ersten Ehe meiner Frau«, fügte ich hinzu.

Sie nickte.

Minach schien auf etwas zu warten. Schließlich sagte er zu ihr:

»Wenn du müde bist, geh ruhig schlafen.«

»Werden Sie mich nicht für unhöflich halten«, fragte sie mich.

»Natürlich nicht«, sagte ich.

Aber sie ging nicht gleich. Etwas ratlos standen wir mitten im Zimmer. Ich wollte mich nicht setzen. Es hätte wie eine Aufforderung an sie aussehen können. Schließlich drückte sie den Arm ihres Mannes und ging durch dieselbe Tür, durch die zuvor ihre Tochter gegangen war.

»Möchtest du noch einen Becher«, fragte Minach.

Ich verneinte.

Er nahm die Plastikdose vom Regal, und während er weitersprach, ging er in die Küche. Ich folgte ihm.

»Du wirst sehen«, sagte er, »der Leo Degaspari wird dir sehr sympathisch sein. Und das stimmt auch, er ist ein sehr liebenswürdiger Mensch. Ich hätte ihn niemals in eine solche Situation bringen dürfen. Er ist nicht mehr derselbe, der er vor der Expedition war. Er hat die *Grönländische Krankheit*. Ich nenne das so. Wir alle haben die *Grönländische Krankheit* gehabt. Nur der Leo hat sie nie überwunden. Bei ihm ist sie unheilbar. Sie ist bei ihm latent vorhanden. Chronisch. Und er tut nichts dagegen.«

Er ließ Wasser aus dem Hahn laufen, bis es heiß kam und dampfte, löffelte etwas von dem Pulver in einen Schüttelbecher und goß heißes Wasser darauf. Dann verschraubte er den Deckel des Bechers und schüttelte. Kräftig mit beiden Händen.

Wir gingen zurück ins Wohnzimmer. Mit einem Schluck trank er den Becher leer.

»Du kannst ruhig auch morgen bei uns schlafen«, sagte er. »Wenn du nichts anderes vorhast.«

Ich dankte ihm, und wir setzten uns wieder.

»Darf ich kurz zu Hause anrufen«, fragte ich. »Damit meine Frau weiß, daß ich gut angekommen bin.«

Er wies mit der Hand auf den Apparat und ging hinaus.

Ich ließ es zehnmal läuten. Pia war wohl schon zu Bett gegangen. Ich legte auf.

Ich wollte Minach in seiner eigenen Wohnung nicht rufen, also ging ich zu ihm hinaus in den Flur. Er stand, die Hände in den Hosentaschen, vor dem Regal und betrachtete die Rucksäcke oder das Kochgeschirr oder die Zeltstäbe.

»Hat es geklappt«, fragte er.

»Nein«, sagte ich, »es nimmt niemand ab. Sie werden vermutlich schon im Bett sein.«

»Verstehst du dich mit deiner Frau gut«, fragte er. Dabei schaute er immer noch das Regal an.

Die Frage war überraschend, und er wußte es. Meine Antwort interessierte ihn nicht. Ich nickte, aber er sah es nicht. Ich zog eine Grimasse. Er sah es auch nicht. Also noch eine Grimasse. Diesmal mit geschlossenen Augen. Wenn er sich in diesem Augenblick umdrehte, würde er sicher staunen. Er drehte sich nicht um.

»Ich habe mir angewöhnt auszusprechen, was ich denke«, sagte er. »Die Konventionen hiesiger Konversation sind mir ein Greuel. Ich will das alles ablegen. Alles vergessen. Noch vor einem Jahr hätte ich mich furchtbar geschämt, wenn sich meine Frau und meine Tochter in der Gegenwart eines Fremden streiten. Ich hätte mich in den Streit eingemischt und hinterher hätte ich mich noch mehr geschämt. Jetzt ist es mir egal. Ich denke, wenn sie sich streiten, ist es ihre Angelegenheit. Das geht mich nichts an. Und dich geht es auch nichts an. Und ich denke mir, es ist dir lieber, daß es dich nichts angeht.«

Jetzt erst drehte er sich zu mir um. Er war sich meines Verständnisses sicher. Ich hatte die Konventionen hiesiger Konversation noch nicht abgelegt.

Wir gingen zurück ins Wohnzimmer und setzten uns. Er rückte seinen Stuhl noch näher an mich heran und griff nach seiner Pfeife.

»Es sei denn, du bist müde und willst schlafen«, sagte er.

»Nein, ich bin nicht müde«, sagte ich, »aber ich habe keine Kassetten mehr. Ich muß mir morgen welche besorgen.«

Er stand auf und kramte neben der Kommode herum.

»Ich weiß nicht, ob wir eine Leerkassette haben«, sagte er. »Ich möchte nicht irgendeine Kassette nehmen. Vielleicht ist etwas drauf, das die beiden nicht gelöscht haben wollen.«

Er setzt sich wieder und machte einen resignierten Eindruck.

»Du hast also noch keine Ahnung, wie du das Material bearbeiten wirst«, fragte er. Aber er wartete wieder nicht meine Antwort ab, rückte seinen Stuhl ein Stück von mir weg, setzte sich auf und fuhr in seiner Erzählung fort.

»Der Aufstieg zum Plateau war zermürbend und fing vor allem ganz hoffnungslos an. Am ersten Tag schafften wir gerade hundert Meter, gerade bis ans Ende des Eisfeldes. Dort begannen die Felsen. Die Stimmung war gedrückt. Der Streit lastete immer noch auf uns. Wir hatten keine Zeit zu reden, und ich dachte, es ist auch besser, wenn wir nicht weiterreden. Man findet zusammen, wenn man arbeitet.

Die Gewichte waren exakt gleichmäßig auf die Schlitten verteilt. Keiner hatte auch nur ein halbes Kilo mehr zu schleppen als der andere. Den Hauptanteil der Nahrung hatte Much, auf meinen Schlitten war das Zelt gepackt, und Leo mußte seine Filmkamera und das Stativ schleppen.

Schon nach wenigen Metern auf dem abschüssigen Eisfeld war uns klar, daß wir jeden Schlitten einzeln transportieren mußten.

Gut. Wir verknoteten die Riemen bei einem Schlitten, Much und Leo schoben hinten, ich zog vorne.

Als der erste Schlitten am Rand des Felsens war, waren wir so erschöpft, daß wir uns setzen mußten. Unten konnten wir die blaue und rote Plane auf den beiden anderen Schlitten sehen. Wir stapften also wieder hinunter, spannten den nächsten an, zogen ihn hinauf, rasteten wieder – diesmal etwas länger – und weiter ging die Arbeit: Der letzte Schlitten. Am Schluß zitterten mir die Hände vor lauter Anstrengung.

Obwohl es nur wenige Handgriffe waren, benötigten wir eine halbe Stunde, um das Zelt aufzuschlagen. Dann stand es schräg am Hang. Mit dem Kopf nach oben legten wir uns hinein.

Man müßte meinen, wir hätten uns inzwischen daran gewöhnt, daß es nie richtig dunkel wurde. Im Trainingslager war das kein Problem. Dort hat es einen Tagesablauf gegeben. Der war vorgegeben von den Eskimos. Sie halten sich sehr streng an ihren Tagesablauf. Wenn der Himmel schon nicht den Tagesrhythmus bestimmt, dann muß man es selber tun. Hier in der Einsamkeit, wo wir nur zu dritt waren, wo es noch keine Gewohnheit gab, war es völlig willkürlich, welche Zeit wir zum Abend und welche wir zum Morgen erklärten. Jedenfalls schien es mir am Anfang so. Abend ist, wenn man müde ist. Später wird man sensibler, man nimmt auch die feinsten Nuancen in den Lichtunterschieden wahr.

Es ist besser, Abend ist, wenn es dunkel wird. Dann ist man nicht auch noch für den Abend verantwortlich. Wir hatten an diesem Tag hundert Meter geschafft auf einem Gelände, das keine besonderen Schwierigkeiten bot. Das lag um ein Vielfaches unter unserem Soll. Und da sagen wir: Es ist Abend, weil wir müde sind!

Aber wir waren müde! Wir waren zu müde, um Schnee zu schaufeln, ihn aufzutauen, zu kochen und mit dem Pulver zu mischen. Meine Augen schmerzten vom Licht. Der Gedanke, daß es in den nächsten Monaten nie richtig dunkel werden würde, schien mir in diesem Augenblick das schrecklichste aller Übel zu sein.

Dennoch bestand ich darauf, daß wir Wache hielten. So

nahe bei der Küste war die Gefahr, daß uns ein Eisbär entdeckte, sehr groß. In dieser Luft kann er die Witterung von sehr weit her aufnehmen. Much bot sich an, die erste Wache zu übernehmen. Es wäre als Leiter der Expedition meine Aufgabe gewesen. Aber ich war zu müde, um Stolz zu entwickeln.«

Minach ließ lange Pausen zwischen seinen Sätzen, gestikulierte, auch wenn er schwieg. Sein Ton hatte sich verändert, seit wir allein waren.

»Irgendwann weckte mich Much. Er drückte mir Leos Stutzen in die Hand und hielt mir das Tuch zum Zelteingang auf. Wir sprachen nichts, nickten uns nur zu, aufmunternd.

Ich war sehr froh, daß er da war. Die Strapazen, die uns bevorstanden, machten mir nicht allzu große Sorgen. Sie waren zu überwinden. Mit Solidarität läßt sich viel meistern. Solidarität vermehrt die Kräfte jedes einzelnen. Da kommt etwas dazu, was vorher gar nicht da war. Beim Streit ist es umgekehrt.

Ich halte mich nicht für einen Fanatiker. Irgend etwas Fanatisches muß ich wohl haben. Das ist ja klar. Glaubst du, daß jemand, der kein bißchen fanatisch ist, über Grönland geht? Der geht nicht über Grönland. Gut, bin ich in gewisser Hinsicht ein Fanatiker. Der Leo ist sicher ein Fanatiker. Ihm braucht man nur ins Gesicht zu schauen und man weiß, der ist ein Fanatiker. Einer, der immer laut redet. Der nur laut reden kann. Er kann nicht leise reden. Das kann er nicht. Nicht einmal normal, mit normaler Lautstärke kann er nicht reden. Er schreit immer.

Aber der Much, der ist wirklich kein Fanatiker. Das Gegenteil von einem Fanatiker. Warum ist der Much mitgegangen? Das habe ich mich oft gefragt. Den Leo habe ich überredet. Das lastet bis heute auf mir. Aber den Much nicht. Der hat sich gemeldet. Ich habe ihn nicht einmal gekannt vorher.

Ich habe in verschiedenen Zeitungen und Zeitschriften eine Annonce aufgegeben. Ich weiß den Wortlaut nicht mehr. Der Text war ziemlich ausführlich. Und sehr klar.

Da will einer über Grönland gehen, zu Fuß, ohne Funkgerät und so weiter und so weiter, und dieser jemand sucht einen Partner. Der Leo war schon fix. Einen habe ich noch gebraucht.

Auf solche Annoncen melden sich nicht so viele Leute wie auf Heiratsanzeigen. Ein paar Spinner, ein paar Witzbolde sind dabei, und dann, dann bleiben vielleicht fünf oder sechs übrig, die in Frage kommen.

Einer von denen war der Michael Gratt, der Much. Ich habe ihn mir als ersten vorgenommen. Ich hab ihn angerufen, hab mich mit ihm verabredet. So und dann haben wir gesprochen. Da hab ich gesehen, ja, der macht sich keine falschen Vorstellungen, der weiß genau, was ich will. Das war schon viel. Dann brachte er noch einige andere günstige Voraussetzungen mit. Er war Mechaniker. Das war günstig. Ich wollte ja unsere Schlitten selber bauen.

Er war Bergsteiger. Hohe Sachen hatte er noch keine hinter sich, Himalaya, Anden oder so. Egal. Hier in den Dolomiten ist er herumgestiegen.

Dann habe ich ihn getestet. Es war sensationell. Wir sind ein ganzes Tal auf Langlaufskiern durchgerannt. Wir sind gerannt, bis ich zusammengebrochen bin. Da ist er dann neben mir gestanden wie ein Einser. – ›Und jetzt‹, hat er gesagt, ›was kommt jetzt dran?‹ – ›Jetzt kommt nichts mehr dran‹, habe ich gesagt.

Ich hab ihn vom ersten Anfang an gemocht. Vielleicht, weil er ein bißchen wie ein Clown aussieht. Eine leichte Glatze, einen breiten Mund, lacht gern. Lacht auch einfach so vor sich hin. Du weißt gar nicht warum. Er weiß es schon. Sagt aber nichts. Schön ist das. Das ist schön, wenn man neben dem Much geht und ihn von der Seite anschaut und er lacht.

Beim ersten Hinsehen wirkt er fast unbeholfen, wenn er geht. Der Mann hat es in den Hüften. Die Kraft sitzt bei ihm mitten im Körper. Die Bewegungen des Körpers haben in der Mitte einen festen Punkt. Das gibt dem ganzen Mann ein Gleichgewicht. Und das wirkt seltsamerweise unbeholfen. Wir finden es elegant, wenn sich die Kräfte bei einem Mann auf Schenkel und Brustkorb verteilen. So wollen wir den athletischen Körper haben. In japanischen Filmen, zum Beispiel in Samuraifilmen, rennen die Männer herum in kurzen, schnellen Schritten, wie Kinder sehen sie aus, unbeholfen. Kein Regisseur im Westen würde in dieser Art und Weise einen Helden, einen Kämpfer herumrennen lassen vor der Kamera. Für uns wirkt das lächerlich. Diese Samuraikrieger haben es auch in den Hüften. Im Zentrum ihres Körpers. Wenn sie rennen, dann ist das Sache der Beine. Der übrige Körper bleibt beinahe unbeteiligt. Wenn sie fechten, dann ist das Sache der Arme und der Beine. Wenn die Kraft aufgeteilt ist zwischen Brustkorb und Schenkel, muß immer der ganze übrige Körper alles mitmachen, er schlenkert mit, Ballast, hat keinen Platz, keine Bestimmung. Das ist unökonomisch.

Der Much ist in jeder Hinsicht ein ökonomischer Mensch – was seine Seele betrifft, was seinen Körper betrifft und auch was seinen Geist betrifft. Er hat es seit seiner Schulzeit nicht mehr nötig gehabt, zu lesen und zu schreiben. Also hat er es vergessen. Ballast abwerfen, damit Platz frei wird für anderes. Das ist der Much.

An diesem Morgen nach dem ersten Tag, als mir Much durch die Öffnung des Zeltes zulächelte, wies ich ihm in Gedanken eine schwere Rolle zu. Die Rolle des Vermittlers.

Ich habe ihn schon lange nicht mehr gesehen. Ich weiß eigentlich auch nicht warum. Einmal hat er mich angerufen. Ohne Grund.

Wenn ich an ihn denke, habe ich ein schlechtes Gewissen. Er hat die Rolle des Vermittlers für die ganze Zeit der Expedition übernommen. Und am Schluß war er derjenige, der am meisten unter den Strapazen gelitten hat.«

Minach streckte seine langen Beine weit von sich und schloß die Augen. Die Hände faltete er auf der Brust. So lag diese lange Figur im Sessel.

Dann setzte er sich wieder auf. Er ließ die Gelenke in den Fingern knacken, rieb sich die Augen und fuhr fort:

»Ich trat vors Zelt. In der frischen klaren Luft wurde ich schnell wach. Mein Rücken schmerzte. Wir waren unbequem gelegen, in einem Winkel von weiß ich wieviel Grad. So schläft man nicht gut. Ich nahm mir vor, die Wache bis zum Aufbruch zu übernehmen. Es sollte ein Versöhnungszeichen sein. Richtung Leo. Wurde aber auf dem falschen Konto abgebucht. Er hat es mißverstanden. Das kam dann später bei unserer großen Auseinandersetzung auf dem Plateau alles heraus. Er interpretierte es als Mißtrauen.

Ich hätte ihn nur deshalb nicht geweckt, weil ich ihm zugetraut hätte, daß er wieder einschläft.

Das ist nicht wahr. Ich wollte ihn schlafen lassen. Ich wollte ihm einen Gefallen tun. Ich habe später Much auch schlafen lassen. Er hat es richtig verstanden. Und Much hat mich schlafen lassen. Und ich habe es auch richtig verstanden.

Ich gebe zu, der Gedanke, Leo zu wecken und während der Wachablösung mit ihm allein zu sein, war mir unangenehm. Aber das war nicht der Grund, warum ich ihn nicht geweckt habe. Der Grund war redlich.

Ich setzte mich also auf meinen Schlitten und dachte nach. Der Schnee glitzerte wie eine Glasur. Am Tag schmolz die Oberfläche des Schnees durch die Sonnenbestrahlung, und in der Nacht, wenn die Sonne ganz nah am Horizont lag, sank die Temperatur kräftig ab und die Oberfläche gefror. Ich zog die Handschuhe aus und befühlte mit den Fingern die trockene, glatte Oberfläche. Es wäre durchaus möglich gewesen, bei diesen Temperaturen im Freien auf den Schlitten zu schlafen. Wir haben das auch manchmal gemacht. In unseren Schlafsäcken war das kein Problem. Im Zelt konnte einem manchmal die Luft ausgehen.

Ich bin ein Morgenmensch. Am Morgen arbeitet mein Kopf am klarsten. Am unvoreingenommensten. Das ist meine analytische Zeit. Zuerst dachte ich über Leo und mich nach. Es erschreckte mich, daß dieser Riß bereits nach einem Tag so tief war. Aber was war es denn! Ich ging nur von mir aus. Wir hatten einen Tag lang nichts miteinander geredet. Aber hatten Much und ich miteinander geredet? Oder Much und Leo? Wir hatten alle drei keine Gelegenheit gehabt, miteinander zu sprechen. Und genau das war der Punkt, der mir jetzt doch Sorgen machte. Während der Anstrengungen des Tages ist jeder für sich allein. Da denkt es in einem. Dagegen kann man nicht an. Für nüchternes, unvoreingenommenes Nachdenken fehlt die Energie. Der Geist, so könnte man sagen, ist voll und ganz damit beschäftigt, auf den Körper aufzupassen, von dem Übermäßiges verlangt wird. Der Körper braucht die ganze Fürsorge des Geistes. Die Seele ist alleingelassen. Sie hat keinen Korrektor mehr. Sie schweift herum. Eine kleine Mißstimmung kann zu Haß werden. Eine winzige Kränkung wird zur tödlichen Beleidigung.

Jetzt da ich oberhalb des gleißenden Eisfeldes saß, den Felsen im Rücken, und hinab sah zur Bucht, wo der Schnee von unseren Füßen zertrampelt und von unseren Schlitten platt gedrückt war, hatte ich Gelegenheit, ein wenig jedenfalls, meine Seele ins Maß zu bringen. Ja, vielleicht hat der Leo recht, wenn er kritisiert hat, daß ich ihn gerade an diesem Morgen schlafen ließ. Ich glaube zwar nicht, daß er sich dessen bewußt war. Aber es stimmt: Ich habe ihm eine Gelegenheit genommen, mit sich selbst zur Ruhe zu kommen. Vielleicht war es dann zu spät. Später hatte sich wohl zu viel auf seiner Seele abgelagert.

Ich bildete mir ein, Leos Gesicht habe sich an diesem Tag verändert. Das war mir am Abend in den Kopf gefahren, als wir das Zelt aufstellten. Es hatte einen Zug von Hoffnungslosigkeit bekommen. Ich bildete mir ein, die Partie um die Augenbrauen wäre irgendwie abgesunken. Am Ende der Expedition waren unsere Gesichter zerstört. Wir waren wohl nicht wiederzuerkennen. Aber während sich in Muchs Gesicht immer noch derselbe

Charakter ausdrückte – unter der verbrannten, erfrorenen Haut –, hielt in Leos Gesicht der Ausdruck der Hoffnungslosigkeit stand – er hielt stand gegen die Tatsache, daß wir gerettet waren, daß wir nach Hause fuhren, daß mit seiner Familie alles in Ordnung war. Und dieser Ausdruck der Hoffnungslosigkeit hatte sich bereits am ersten Tag gebildet – in der Partie um die Augenbrauen.

Ich fand an diesem Morgen meinen Optimismus wieder. Mein Kopf arbeitete wunderbar.

Die Schlitten sind zu schwer, sagte ich mir. Wir hatten Nahrung dabei, berechnet auf hundertzwanzig Tage. Das war großzügig gerechnet. Alle Experten, mit denen ich gesprochen hatte, versicherten mir, daß zehn Kilometer pro Tag oben auf dem Plateau sehr niedrig angesetzt seien.

Es war eine Optimierungssache. Wenn wir mehr schleppen mußten, mußten wir auch mehr Nahrung zu uns nehmen, um den Kräfteverschleiß wettzumachen. Außerdem war die Gefahr eines Unfalls größer, je schwerer die Schlitten waren. Andererseits gab der gestrige Tag keinen Anlaß zum Optimismus. Wenn es in diesem Tempo weiterginge, hätten wir die Schlitten leergegessen, noch bevor wir oben auf dem Plateau waren.

Und noch einen Unsicherheitsfaktor gab es. Den Unsicherheitsfaktor Nummer eins bei jeder Expedition im Norden. Das Wetter. Zwar hatten uns alle versichert, daß um diese Jahreszeit die Wetterverhältnisse am günstigsten seien. Aber es war nicht ausgeschlossen, daß es Nebel geben würde. Und niemand, den ich gefragt hatte, konnte ausschließen, daß sich der Nebel oben auf dem Plateau unter Umständen bis zu zwei, drei Wochen halten konnte. Es wäre zwar möglich gewesen – und wir haben es auch tatsächlich getan – bei nebligem Wetter ohne Sicht zu gehen, orientiert lediglich am Kompaß. Ich hatte mir ein Gestell gebaut, das an den Mundharmonikaständer von Bob Dylan erinnerte. So hatte ich immer Sicht auf den Kompaß, ohne daß ich stehenbleiben mußte.

Aber lange war ein Marsch durch den Nebel nicht zu machen. Viel zu gefährlich. Und zwar aus psychologischen Gründen. Bei Nebel ist man oben auf dem Plateau im wörtlichen Sinn bodenlos. Es gibt einen Effekt, dessen Auftreten man bei vielen Forschern nachlesen kann. Den White-Out-Effekt. Das Gehen im absoluten Weiß. Man verliert jede Orientierung, auch die zwischen oben und unten. Du gehst in einer weißen Kugel. Man verliert das Gleichgewicht. Man fällt um und kommt nicht mehr auf. Oder man meint, es ginge steil aufwärts. Man bricht vor Erschöpfung zusammen, obwohl man über ebenes Eis gegangen ist. Da kann es dann sein, daß sich der Geist vorübergehend verabschiedet. Das kann den Tod bedeuten.

Wenn wir aber zwei oder gar drei Wochen im Zelt festsitzen, dann kommen wir mit dem Vorrat nicht aus.

Immer wieder zog ich die Schleife des Für und Wider durch meinen Kopf. Schließlich entschloß ich mich doch dazu, den anderen vorzuschlagen, Ballast abzuwerfen. Mindestens zehn Kilogramm pro Schlitten.

Ich fröstelte. Es war vielleicht zehn Grad unter Null oder kälter. Die Sonne lag noch sehr niedrig. Sie hüpft am Horizont, sie macht zwei lange, flache Sprünge.

Ich bewegte mich, stapfte ein Stück bergan, um auszukundschaften, wie es weitergehen könnte. Ich folgte dabei Muchs Fußspuren. Auch er hatte sich Gedanken gemacht. Wie es aussah, boten sich mehrere Möglichkeiten. Ich ging gerade so weit zwischen die Felsen hinein, daß ich das Zelt noch sehen konnte, wenn ich mich umdrehte. Zwischen zwei Felstürmen wand sich ein schmaler Gletscherstreifen hindurch. Er schien gut begehbar und weit nach oben zu führen. Ich wollte diesen Weg vorschlagen. Much würde mich sicher unterstützen, falls Leo anderer Meinung war.

Die Gedanken begannen von neuem zu kreisen: Ich nahm einfach an, Leo würde auf einem anderen Weg bestehen. Und während ich zum Zelt ging, führte ich mit ihm ein Gespräch. Dabei redete ich laut vor mich hin. Ich habe es erst gemerkt, als ich bereits vor dem Zelt stand. Ich äffte Leos grelle Art zu sprechen nach, legte ihm lauter dumme, unlogische Argumente in den Mund. Ich reckte den Kopf vor, wie er es tut, wenn er aufgeregt ist, sperrte dabei die Augen auf und ließ in den Pausen den Mund offen stehen. Schlimm.

Ich schaufelte Schnee in den Kochtopf, zündete das Kochgerät an und machte Frühstück. Inzwischen hatte ich einen ordentlichen Hunger. Dann weckte ich die beiden. Sie krochen aus dem Zelt. Leo sagte kein Wort wegen der Wache. Wir schütteten das Pulver in unsere Becher und tranken.

Much war guter Laune. Ohne daß ich darauf zu sprechen kam, schlug er den erwähnten Gletscherstreifen für den weiteren Aufstieg vor.

Leo war einverstanden. Er wirkte gelöster als gestern. Wir redeten ganz unbekümmert miteinander. Er fragte mich, ob ich ihm meine Sonnenbrille borgen könnte. Seine sei zu breit, die Bügel stünden zu weit auseinander. Er hatte recht. Seine war für mich bequemer, meine paßte ihm besser. Mir fiel ein Stein vom Herzen.

Nach dem Frühstück sah es sogar so aus, als sei er bester Laune. Er redete drauflos, er freue sich auf den Aufstieg, endlich Berge und so weiter. Er teilte mit uns das Stück Schokolade, das er aus dem Trainingslager mitgenommen hatte.

Ich mußte die Gelegenheit wahrnehmen, um über das Gewicht der Schlitten zu sprechen.

Ich machte einen schrecklichen Fehler! Schon mein erster Satz war ein Fehler. Mit diesem Satz habe ich in Leo ein Urteil geprägt. Bis heute hat er es nicht revidiert.

Ich muß mich nicht sehr anstrengen, um Leos Gefühle nachzuvollziehen. Ja, in gewisser Weise sind wir uns ähnlich. Das vertragen wir beide wahrscheinlich nicht. Auch er hat wie ich nie längere Zeit in einem Abhängigkeitsverhältnis gearbeitet. Er ist freier Kameramann von Beruf. Eine Zeitlang war er beim Österreichischen Rundfunk angestellt. Er hat ohne ersichtlichen Grund gekündigt. Er hat es wohl einfach nicht ertragen, über sich einen Herrn zu haben.

In diesem Punkt geht es mir genauso. Ich bin in einer untergeordneten Rolle ein schlechter Mitarbeiter. Ich mag es nicht, wenn mir einer befiehlt und ich mag auch selbst nicht befehlen. Mein klägliches Abschneiden als Leiter bei der Expedition in Spitzbergen läßt sich weitgehend darauf zurückführen, daß ich Scheu davor hatte, einen Entschluß bekannt zu geben. Ich wollte die Leute nicht überfahren. Ich hab es dann doch gemacht. Und dabei ist so eine Krampferei herausgekommen. Die Gruppe war aber völlig entscheidungsunfähig. Ich hätte befehlen müssen. Ich habe es getan, aber eben wie einer, der es tut, weil er weiß, er muß es tun, aber eigentlich will er es nicht. Das merkt man.

Als ich daran ging, Kollegen zu suchen für die Grönlandexpedition, legte ich besonderen Wert auf autarke Persönlichkeiten. Ich wollte gleichzeitig mit meinen Kollegen Entscheidungen besprechen und dann Entscheidungen fällen können.

Leo schien mir diesbezüglich geeignet. Ich hatte ihn kennengelernt hier in Südtirol bei einer Bergführeranwärterprüfung. Wir waren drei Tage zusammen in den Dolomiten gewesen. Bei grausigem Wetter. Wir mußten in der Wand biwakieren. Leo war krank. Er hätte ins Bett gehört. Er hatte fast neununddreißig Grad Fieber. Kein Mensch hätte es ihm verübelt, wenn er nach Hause gegangen wäre. Aber dieser kleine Mann biß auf die Zähne. Kiefer wie Schraubstöcke. Es war nicht Trotz, daß er nicht nach Hause gefahren ist. Wem hätte er dort oben etwas beweisen sollen? Er wußte einfach, er war mit seiner Kraft noch nicht am Ende. Ich war gesund und hatte eine fabelhafte Kondition. Aber er hat mir nichts nachgegeben. Gar nichts. Die anderen redeten am Anfang auf ihn ein. Ich nicht. Er wußte, daß mir sein Gesundheitszustand nicht gleichgültig war, aber ich überließ ihm die Verantwortung für sich selbst. Das war eine gemeinsame Basis.«

Minach lachte auf einmal laut auf. Dann verklärte sich sein Gesicht und er lächelte:

»Ich erinnere mich, wir haben dort oben unsere Armbanduhren getauscht. Ich weiß nicht, ob er die meine noch hat. Es war eine Uhr aus Stahl mit einem Stahlband und einem groben Zifferblatt. Ich habe die seine in einem Schwimmbad irgendwo in Südfrankreich in der Dusche liegen lassen. Das tut mir bis heute leid.«

Er lachte wieder, schüttelte den Kopf und fuhr dann fort:

»Ich hatte mir damals keine Sorgen um ihn gemacht. Ich wußte, er würde umkehren, wenn er es für richtig hielt. Aber wir beide haben uns Sorgen um die anderen gemacht. Da waren welche, die an der Wand einen Angstkoller bekamen. Die mußten wir behandeln. Auf sie einreden. Dem einen eine Ohrfeige herunterhauen. Erst ich – zack. Dann der Leo – zack. Dann schnell umarmen. Erst ich – komm her. Dann der Leo – komm her. Diese Methode haben wir dort oben entwickelt. Aus dem Stand. Ohne Absprache. Psychologie in den Bergen ist das.

Zwischen Leo und mir war eine solche Übereinstimmung in allem, was wir taten, daß es kaum irgendwelcher Worte bedurfte. Ich kannte ihn erst wenige Tage lang, seit Beginn der Tour. Aber ich hatte Vertrauen in ihn wie in einen lang bewährten Kameraden. Ihm ging es nicht anders. Und das Schöne war: Es war so selbstverständlich, daß wir uns beide erst viel später darüber wunderten.

Am meisten beeindruckt war ich von seiner Leidensfähigkeit. Ich dachte mir, wenn jemand im Biwak am Berg mit Fieber bei diesem Wetter so besonnen und kraftvoll mit sich und anderen umgehen kann und zurückkommt und Sieger bleibt, dann ist er der richtige Mann für eine Überquerung des Inlandeises von Grönland.

Allerdings – für die ganze wissenschaftliche Vorbereitung interessierte er sich nicht.

Zum Beispiel wollte ich ihm das Navigieren beibringen.

›Das machst du‹, sagte er, ›davon verstehe ich nichts. Ich bin Bergsteiger und kein Seemann.‹

Es dauerte sehr lange, bis ich ihm klargemacht hatte, daß man in Grönland nicht einfach mit dem Kompaß nach

Westen gehen kann, daß dort, wo der Kompaß Westen zeigt, nicht Westen ist, daß das Auseinanderfallen von geographischem und magnetischem Pol ein permanentes Rechnen nötig macht.

›Das kannst du‹, waren seine Worte, ›in diesem Punkt vertraue ich dir hundertprozentig.‹

›Das hat nichts mit Vertrauen zu tun‹, sagte ich. ›Es kann ja sein, daß mir oben etwas zustößt. Dann seid ihr verloren, wenn ihr nicht mit dem Kompaß, dem Sextanten und den Tabellen umgehen könnt.‹

Schließlich sah er das ein. Aber es fehlte ihm die Konzentration. Ich glaube, er hat bis heute nicht begriffen, wie man die Abweichung berechnet.

Gut, ich hatte ein Heft bei mir und je eine Kopie davon war in jedem Schlitten. Darin war in ganz einfachen Worten Schritt für Schritt aufgeschlüsselt, was zu tun war.

Much hat die Sache viel ernster genommen. Bei ihm war die Schwierigkeit das Lesen. Aber er hat sich alles gemerkt. Darauf konnte ich mich verlassen.

Aber auch für die anderen Dinge zeigte Leo wenig Interesse. Ich sprach mit beiden die Ausrüstung durch, die Handschuhe, die Socken – sie waren aus spezieller sehr fettreicher Wolle gestrickt – die Gummimischung der Schuhe und so weiter.

Leo: ›Theorie! Theorie!‹

Much baute eine Kältekammer für die Tests. Leo hat sich während dieser Zeit nicht ein einziges Mal in Muchs Werkstatt sehen lassen.

›Theorie! Theorie!‹

Dutzende von Schiern probierten wir aus. Schlafsäcke. Unterwäsche. Reißverschlüsse. Reißverschlüsse waren nichts. Knöpfe. Knöpfe aus Holz. Nur aus Holz. Metall konnte springen. Man konnte daran festfrieren. Also Schlaufen und Bänder. Alles Überlegungen. Vielleicht lebensnotwendig.

›Theorie! Theorie!‹

In all diesen Dingen mangelte es ihm an Interesse. Er trainierte seine Muskeln. Körperlich war er in Hochform, das stimmt. Aber wie schon gesagt: Der Körper wird vom Geist kontrolliert, und die Seele, vom Geist nicht beaufsichtigt, kann Schaden anrichten und Schaden erleiden, wenn sie Nahrung für Mißtrauen bekommt.

›Den ganzen wissenschaftlichen Senf vertraue ich dir an, voll und ganz‹, sagte er immer wieder.

Gut. Senf.

Und dann an jenem Morgen nach unserem ersten Tag sagte ich, und zwar mit der Absicht, ja nicht autoritär zu erscheinen:

›Ich glaube, ich habe mich verrechnet. Unsere Schlitten sind zu schwer.‹

Much nickte, er meine das auch, sagte er, man müsse das Risiko eingehen und Nahrung zurücklassen. Er habe sich das auch schon gedacht.

Leo wurde von einem Augenblick auf den anderen grau im Gesicht. Er fiel buchstäblich in sich zusammen. Und dann gings los.

Schon am ersten Tag müsse ich zugeben, daß ich mich verrechnet habe! Vielleicht hätte ich mich bei der ganzen Expedition verrechnet!

›Ja‹, schrie er. ›Du hast dich bei meinem Leben verrechnet!‹

›Es ist doch kein Problem, wenn wir uns korrigieren‹, sagte Much.

Ich versuchte ganz ruhig zu sein, so zu tun, als messe ich der Sache kein allzu großes Gewicht bei, eine Idee, mehr nicht.

›Ich glaube auch, daß wir uns korrigieren können, daß das kein Problem ist‹, sagte ich.

›Wir korrigieren?‹ schrie er. ›Wir korrigieren? Wir? Du korrigierst! Du!‹

›Das ist doch ganz egal‹, sagte Much. ›Die Schlitten sind zu schwer. Machen wir sie leichter.‹

Aber Leo hielt gar nichts von Muchs Pragmatismus. Er war nicht zu bremsen. Er schrie mich an. Er rückte so nahe an mich heran, daß ich die Banane riechen konnnte. Ach, der riecht nach Banane, dachte ich. Wie ein Kind, wie ein

Kleinkind, das aus der Flasche trinkt. Ich hätte ihm eins über den Kopf schlagen mögen. Wir alle rochen nach Banane.

So sah also meine Gescheitheit aus. Leo war wie besessen. Er verfluchte sich, daß er je auf mich gehört hatte. Riß sich an den Haaren. Es war entsetzlich. Es war so entsetzlich. Und die ganze Zeit über habe ich mir gedacht, hör doch endlich auf, daß wir losgehen können, du hältst den Betrieb auf.

Man dürfe nicht davon ausgehen, daß all jene, die uns gewarnt hätten, Idioten seien. Ich sei verrückt, ich, ich bildete mir etwas auf meine Wissenschaft ein! Was ich für Wissenschaft halte, das seien Hirngespinste! Wir seien verloren! Und so weiter und so weiter...

Er heulte und tobte. Ich achtete nicht mehr auf ihn. Ich nahm von jedem Schlitten einen Nahrungsbeutel und warf sie in den Schnee. Much half mir dabei. Dann brachen wir auf.

Much und ich gingen los, ohne uns nach Leo umzudrehen. Er würde uns schon folgen. Was hätte er anderes tun sollen.

Den ganzen Tag wurde kein Wort geredet.

Auch am nächsten Tag nicht. Nur das Notwendigste.

Allmählich besserte sich dann das Klima. Wir bekamen eine gewisse Routine.

Der erste Tag war tatsächlich einer der schwersten gewesen. Bereits nach drei Tagen hatten wir aufgeholt, was uns durch den ersten Tag verlorengegangen war. Ich hatte mir vorher einen Tagesleistungsplan ausgearbeitet. Nach weiteren vier Tagen hatten wir sogar einen Tag gewonnen.«

Minach stand auf, streckte seine Arme weit von sich und reckte seinen Körper empor. Dann schaute er auf mich herunter. Ein kindlicher Zug war in seinem Gesicht. Sein Mund erweckte diesen Eindruck. Dieser Mund sah so unberührt und jung aus zwischen den tiefen Kerben, ein Mund, wie ihn ein Kind hätte zeichnen können.

»Komm«, sagte er, »gehen wir in die Küche und schauen aus dem Fenster.«

Die Pfeife nahm er mit.

6

Das Küchenfenster war schmal. Wir hatten Schulter an Schulter nur knapp nebeneinander Platz. Draußen blies der Föhn, wirbelte den Staub aus dem Innenhof bis zu uns herauf. Ich mag Föhnwetter. Wir schauten hinunter in den Hof, der von einer Lampe schwach beschienen war. Sie schwankte. Die Schatten bewegten sich. Wir rauchten.

»Die Pfeife hatte ich in Grönland dabei«, sagte Minach. »Hast du eine Beziehung zu Dingen?«

»Ja, das habe ich«, sagte ich. »Eine ziemlich neurotische Beziehung sogar. Zum Beispiel fällt es mir sehr schwer, mich von alten Schuhen zu trennen. Ich bekomme Mitleid mit ihnen. Ich fürchte, daß sie es als ungerecht empfinden, wenn ich mir neue kaufe und sie weggeschmissen werden, nachdem sie so gut gedient haben.«

Er kicherte.

»Du bist wie ich, du hast immer ein schlechtes Gewissen.«

Jetzt hatte ich ein schlechtes Gewissen, weil ich mir gar nicht so vorkam wie er. Es zu sagen, wäre eine Kränkung gewesen. Es zu denken, verursachte bereits ein schlechtes Gewissen.

»So schlimm ist es bei mir mit den Dingen doch nicht«, sagte er. »Aber mit der Pfeife habe ich manchmal geredet.«

Mit einem lauten Krach wurde unten das Tor zur Straße zugeschlagen. Ein Mann und eine Frau gingen über den Hof. Die Absätze der Frau hallten zu uns herauf. Der Mann legte seinen Arm um sie. Sie blieben stehen und küßten sich. Man konnte die beiden Körper von oben nicht mehr unterscheiden. Schließlich lösten sie sich voneinander. Wir hörten Schlüssel klappern. Der Mann sperrte die Tür zum Hinterhaus auf. Die beiden standen nun unter der Laterne. Die Frau trug einen dunkelroten Mantel. Sie traten ein. Bald darauf ging die Lampe aus.

Ein Windstoß blies mir die Haare übers Gesicht. Wir fröstelten, schlossen das Fenster und setzten uns an den Küchentisch.

»Möchtest du irgend etwas«, fragte er.

»Einen Kaffee«, sagte ich.

Er nickte und holte das Nötige aus dem Kasten. Während das Wasser auf der Herdplatte stand, erzählte er weiter:

»Das muß jetzt für dich so klingen, als ob die ganze Grönlandexpedition nichts anderes gewesen wäre als die Sache mit dem Degaspari. Das ist völlig falsch.

Grönland war das Hochplateau, vor allem das Hochplateau, das Inlandeis. Man kann dazu nicht Landschaft sagen. Ist es eine Landschaft, wo das eigentliche Land zweitausend Meter unter deinen Füßen liegt? Eine Eisscheibe. Eine Unwirklichkeit.

Und die Wolken. Manche gelb. Wenn der Sturm kommt. Bei Sturm. Ein anderes Mal blauschwarz. Dann wieder fad und lahm und grau. Und der Wind. Wie ein Tier mit Launen. Auch der weiche. So treibt er manchmal nur auf dem Boden dahin, bläst Schnee vor sich her. Fährt dir nur um die Hosen. Spürst ihn nicht weiter als bis zur Hüfte. Er kann sich dort ausbreiten, wie es ihm paßt. Da entwickelt er Charakter. Hier oben verbringen die Winde ihre Kindheit, habe ich mir gedacht. Später habe ich in einem Eskimomärchen gelesen, daß es so ist. Daß das Inlandeis der Spielplatz der jungen Winde ist. Das ist doch ein schöner Gedanke. Wo aber, denkt man da weiter, wo verbringt der Wind seine alten Tage?

Dort oben war ich aus der Wirklichkeit herausgehoben. Diese unheimliche Weite. Diese diktatorische Ruhe. Man kann dort bei klarem Wetter bis zu zweihundert Kilometer weit sehen. Du bist der Mittelpunkt, der Horizont ist der Kreis. Und kein Mensch hat vor dir dieses Eis betreten.

Nicht an dieser Stelle. Zweitausend, manchmal bis zu dreitausend Meter Eis unter deinen Füßen. Kein Leben existiert dort. Nichts.

Aber Farben. Du wirst es nicht glauben. Das sind die reinen Farben, die uns die Natur gegeben hat. Das ist ein Farbenreservoir. Wenn einmal die Farben ausgehen, kann man sich dort oben welche holen. Du mußt wissen, bei diesen Temperaturen enthält die Luft praktisch keine Feuchtigkeit. Jede Feuchtigkeit, die aufsteigt, erstarrt sofort zu kleinen Kristallen. Und die fallen dauernd aus. Die kollern dann herunter, schweben langsam zu Boden. Und diese kleinen Plättchen glänzen und leuchten in allen Farben, wenn die Sonne heineinscheint. Blau, rubinrot, grün, türkis. Und alles vor dem undefinierbaren Blau des Himmels. Du brauchst ihn gar nicht lange anzuschauen und kannst nicht mehr sagen, ob er tatsächlich blau ist. Und diese glitzernde, irisierende Weite. Der Horizont wie mit einem Lineal gezogen. Mit einem Zirkel gezogen, und du bist der Mittelpunkt des Kreises.

Ich bin vorausgegangen. Das habe ich zur Bedingung gemacht. Nicht weil ich Führerambitionen hatte, sondern weil ich der einzige war, der sich verläßlich mit dem Kompaß auskannte. Das haben die beiden auch zugegeben. Am Schluß, als wir schon die Berge der Westküste vor uns hatten, da hat dann der Leo die Führung übernommen. Das ist ein Kapitel für sich. Na gut.

Jedenfalls die meiste Zeit, die größte Strecke auf dem Hochplateau habe ich geführt.

Die anderen, das geb ich zu, sind in gewisser Weise mir gegenüber im Nachteil. Der Leo ist klein, ein kleiner Mensch. Das macht sich bei langen Strecken natürlich bemerkbar. Der Much ist so in der Mitte, auch nicht sehr groß. Und ich mit meinen langen Beinen, ich habe natürlich bei jedem Schritt bedeutend mehr zurückgelegt als die beiden. Ich bin meistens bald fünfhundert Meter vor ihnen gegangen.

Bis zur Mitte des Plateaus war es so, daß sich unsere Gruppe weit auseinanderzog. Ich voran, der Much in der

Mitte, der Leo am Schluß. Manchmal kam es vor, daß ich zwei Kilometer voraus war und dementsprechend lang warten mußte, wenn wir Rast machten. Und das Stehen war sehr unangenehm. In verschiedener Hinsicht. Wenn du an der Grenze deiner Kraft gehst, setzt irgendwann eine Automatik ein, ziemlich bald. Das kann man überall beobachten. Geh zwei Stunden, dann trabst du dahin wie ein Motor. Aber bleib stehen, dann fährt es dir in die Knie. Und dann: Dort oben sind Temperaturen von minus vierzig Grad und noch tiefer. Wenn die Sonne nicht durchkam und ein Wind blies, waren Temperaturen von unter minus sechzig Grad. Trotzdem kommst du ins Schwitzen, wenn du gehst. Der Schweiß rinnt dir über den Rücken. Und wenn du dann stehst, bildet sich in sehr kurzer Zeit ein Eispanzer auf der Haut. Und das ist sehr unangenehm. Du kriegst diese Feuchtigkeit nicht los. Bevor sie verdunstet, gefriert sie.

Grönland 1983, das ist für mich das Inlandeis. Nicht der Aufstieg, nicht der Streit mit dem Leo. Das Wunder dieser Weite. Ich bin gemacht worden, damit ich einmal über dieses Inlandeis gehe. Und wenn ich oben gestorben wäre, dann hätte ich es wenigstens gesehen.

Den Aufstieg nahm ich auf mich. Stoisch. Ruhig. Stumpf. Je weiter nach oben wir kamen, desto mehr wuchs der Gletscher an. Die Berge waren die Klippen in einem gefrorenen Meer. Und bald hatten wir nur noch den Gletscher vor uns. In gewaltigen Wellen wälzte er sich auf uns herab. Es war Sisyphosarbeit, hier die Schlitten zu ziehen und zu schieben. Es gab keine Abwechslung mehr. Nur aufwärts, aufwärts. Die Eintönigkeit verführte zur Unachtsamkeit. Dabei sind diese Stellen, wo der Inlandgletscher in das Gebirge herunterdrückt, besonders gefährlich. Da gibt es Brüche, Gletscherspalten, zugewehte Spalten. Oder Wasserläufe. An manchen Stellen gefriert das Wasser nicht, weil der Druck der Eismassen zu groß ist. Da kann es dann passieren, daß sich unter dem Eis ganze Seen bilden. Da fall einmal hinein! Und auch wenn dich die Kollegen wieder herausziehen, du kriegst die

Kleider nicht mehr trocken, nur nach einem unsäglichen Aufwand.

Der Gletscher wurde immer flacher, je weiter wir nach oben kamen. Der Horizont rückte immer weiter, je höher wir kamen. Hier gab es keine Spalten mehr. In unserem Rücken die dunklen Spitzen der Berge der Ostküste. Bald waren diese Berge nicht mehr zu sehen.

Nun begann der eigentliche Weg. Der Weg über diese weite weiße Ebene.

Wir teilten den Tag in drei Etappen ein. Wir standen so gegen sieben Uhr am Morgen auf. Ich war der einzige, der grönländische Zeit gehabt hat. Die Uhr von Much ist kaputtgegangen. Ziemlich am Anfang schon. Da ist ihm der Schlitten dagegengerammt. Er hat sich dabei auch ein wenig verletzt. Und du mußt wissen, daß dort oben eine auch noch so kleine Verletzung eine komplizierte Sache werden kann. Aber das haben wir dann schon hingekriegt. Jedenfalls der Much hat keine Uhr mehr gehabt und der Leo hat sich geweigert, seine Uhr auf grönländische Zeit umzustellen. Er hat immer Bozener Zeit gehabt. Ich habe da kein Drama draus gemacht. Für ihn war das wichtig. Gut. Das war sein Nerv, über den er mit seiner Familie verbunden war. Gut. Kein Problem. Wieso auch. Hat ja kein Gewicht, so eine Uhrzeit. Ich habe ihn oft beobachtet, wie er auf die Uhr geschaut hat. Und manchmal habe ich ihn dann auch gefragt: ›Na wie spät ist es denn in Bozen?‹

Wir sind also so gegen sieben Uhr am Morgen aufgestanden. Es hat aber jedesmal ziemlich lange gedauert, bis wir dann wirklich aufgebrochen sind. Wir mußten Schnee schmelzen, das Wasser zum Kochen bringen. Das dauert sehr lange. Die Schuhe waren vereist. Das Zelt war vereist. Das war eine Sache, die uns manchmal verrückt gemacht hat. Das Zelt hatte an manchen Tagen das Fünffache seines Normalgewichtes, weil so viel Eis daran hing. Vor allem innen war es vereist. Unser Atem kondensiert, legt sich an der Zeltwand ab und gefriert. Das Zelt sah innen manchmal aus wie ein Iglu. Und es war sehr mühsam, das Eis herunterzukriegen. Wir mußten aufpassen, daß die Zelthaut nicht verletzt wurde.

Dann haben wir Frühstück gemacht. Banane oder Nuß. Abwechselnd. Vorlieben hatte keiner. Zum Frühstück eigentlich immer Banane. Das hat mehr Marmeladehaftes an sich, hat der Much gesagt. Oder so ähnlich.

Ja, dann ist es so neun, halb zehn geworden, bis wir weggekommen sind. Dann sind wir also auf die erste Etappe gegangen. Wir sind drei Stunden marschiert.

Während der ersten Etappe haben wir uns noch ziemlich eng beieinander gehalten. Dann haben wir fünf Minuten Pause gemacht. Haben etwas getrunken. Nach dem Frühstück haben wir drei Becher voll Nahrung in Styroporbecher gegossen und gut eingepackt, so daß der Saft drei Stunden später noch halbwegs lauwarm war. Er war grad so warm, daß man ihn noch als warm empfand. Aber man konnte ihn trinken. Gut.

Danach die zweite Etappe, wieder etwa drei Stunden. Dann wieder fünf Minuten Pause. Dann die dritte Etappe. Drei Stunden. Dann Ende des Tages.

Die erste Etappe – das waren die drei Stunden meines Lebens. Das waren die absoluten Hochgefühle, die ich in meinem Leben erleben durfte. Ich sage ganz bewußt ›durfte‹. Diese drei Stunden waren ein Geschenk des Himmels.

Ich habe während der ganzen Expedition kein einziges Mal gebetet. Auch am Schluß nicht, als wir uns schon auf das Sterben vorbereitet haben. Wenn Beten so etwas ist wie die Verherrlichung des Allerhöchsten – was auch immer das heißen mag, für mich ist das Allerhöchste die Natur, da braucht es kein noch Größeres, das sie gemacht hat, so ein Größeres braucht man nur, wenn man die Natur selbst zu klein sieht, wenn man ihr zu wenig zutraut – wenn also Beten Verherrlichung des Allerhöchsten heißt, dann waren diese drei ersten Stunden des Tages ein einziges Gebet für mich.

Mit dem Beten ist es so eine Sache. Der Leo hat gebetet. Immer hat er gebetet. Ich habe mir gedacht: Wer zweifelt, der betet. Wenn man eins ist mit allem, das einen umgibt, dann zweifelt man nicht.

Und dieses Gefühl hatte ich während der ersten drei Stunden. Ich war eins mit der Natur.

Ich war unheimlich wach. Ich bin in Philosophie versunken. Ich habe Gedanken gesponnen, habe im Kopf Konzepte entworfen, Konzepte zur Verbesserung der Welt. Ein euphorischer Zustand wie unter einer Droge. Ich habe mit dem Wind gespochen. Ich habe im Kopf Gedichte gebaut. Es war ein Wunder. Auch eine Entmenschlichung.

Den anderen ist es ähnlich gegangen. Wir haben zwar nie darüber gesprochen. Aber ich habe es gemerkt, wenn wir nach der ersten Etappe beieinander gestanden sind. Auch später, als Leo nicht mehr gesprochen hat. In diesen fünf Minuten nach der ersten Etappe, wenn wir das lauwarme Getränk schlürften, da war eine Einigkeit da. Da waren wir nicht Degaspari, Gratt und Minach, die drei, die aus Südtirol aufgebrochen sind, um den Wahnsinn einer Grönlanddurchquerung zu begehen. Und Degaspari und Minach waren nicht die beiden, die sich vom ersten Augenblick an, als der Helikopter hinter den Bergen verschwunden ist, gestritten haben. Minach und Degaspari waren nicht die Feinde. Und Gratt war nicht der Vermittler. Da waren wir Wesen dieser Ebene. Das habe ich ganz deutlich gespürt.

Der ganze Tagesablauf hatte etwas Magisches. Es gibt ein Buch von Swedenborg, diesem schwedischen Mystiker. Das heißt *Himmel, Hölle, Geisterwelt.* Auf unseren Tag übertragen müßte es hießen: Himmel, Geisterwelt, Hölle.

Ich habe beschlossen, mit dem Wind einen Pakt zu schließen. Zuerst war die Natur für uns ein Gegner. Und diese nördliche Natur war zudem mein besonderer Feind. Mit der Zeit habe ich mir dann gedacht: Warum eigentlich ist der Schnee mein Gegner? Der trägt uns ja. Das ist das Element, auf dem wir die Westküste erreichen werden. Den Schnee habe ich als Partner gesehen. Mit dem Wind habe ich gesprochen. Ich habe mit ihm Abmachungen getroffen.

Aber die Natur ist kein Koalitionspartner. Abmachungen treffen heißt, jeder muß sich an das Ausgemachte halten. Bring mich nicht um, habe ich zum Wind gesagt.

Es gab eine furchtbare Geschichte. Da war es dann zu Ende mit den Abmachungen. Da hat mir dann der Wind bewiesen, daß man ihn nicht einfach gebrauchen kann.

Es muß ungefähr in der Mitte gewesen sein, in der Mitte vom Hochplateau. Ich kroch am Morgen aus dem Zelt und das erste, was ich sah, waren jagende Wolken. Wir hatten den Zelteingang gegen Westen gerichtet. Das war eine Angewohnheit, unausgeprochen. Wir wollten als erstes, wenn wir aufwachten, in die Richtung blicken, in der unser Leben weiterging. Das war Westen. Die Wolken jagten in diese Richtung. Ich richtete den Kompaß. Ja, die Wolken flogen in unsere Richtung. Ostwind, exakt. Wind nach Westen, dachte ich. Starker Wind nach Westen.

Ganz außer mir vor Freude weckte ich meine Kollegen. Wir hatten Segelplanen dabei.

›Heute ist ein Segeltag‹, rief ich. ›Heute können wir hundert Kilometer schaffen, vielleicht noch mehr!‹

Wir beeilten uns mit dem Frühstück, warteten gar nicht ab, bis das Wasser kochte, schlugen das Eis nur nachlässig vom Zelt und von den Schlitten. Wenn uns der Wind die Arbeit abnahm, dann sollte er das Gewicht tragen, dann sollte er sich abplagen.

Ich takelte meinen Schlitten auf, Leo half mir dabei. Much war skeptisch. Ich solle das Segel halbieren, sagte er. Ich hörte nicht auf ihn.

Der Schlitten sah aus wie ein kleines Schiff, ein Mast in der Mitte. Das Segel ließ sich kaum halten. Leo stemmte sich vorne gegen den Schlitten.

Ich wollte es erst einmal probieren. Wenn es gelang, sollten es die anderen mir nachmachen. Leo steckte seine Schistöcke vor den Schlitten und half mir beim Anlegen der Gurte, Schultergurt und Hüftgurt. Diesmal stellte ich mich hinter den Schlitten. Ich wußte nicht, wie ich den

Schlitten lenken sollte. Darüber machte ich mir keine Gedanken. Der Wind blies nach Westen, er tobte nach Westen, hatte es genauso eilig wie wir. Gut. Ich wollte während der Fahrt den Kompaß genau beobachten. Wenn wir vom Kurs abkamen – und es würde sicherlich nur minimal sein –, spielte es keine Rolle. Wir würden es später korrigieren. Die große Strecke, die wir heute schaffen konnten, rechtfertigte alles.

Auf mein Kommando zog Leo die Stöcke aus dem Schnee. Der Schlitten machte einen Satz. Es riß mich nach vorne. Ich hatte keinen guten Stand. Ich mußte mich unbedingt zurücklehnen, damit ich nicht nach vorne kippte. Aber es war schon zu spät. Die Riemen zogen an meinem Oberkörper. Die Beine rutschen mir ab. Ich versuchte in die Hocke zu gehen. Keine zwei Minuten würde ich dieses Tempo und diese Anstrengung aushalten. Keine Rede von einem ganzen Tag! Dann verhakte sich mein rechter Schi, ich verlor das Gleichgewicht und stürzte.

Der Schlitten schoß weiter. Ich hing an den Riemen, überschlug mich, die Schier rissen mir von den Schuhen. Ich schleifte hilflos hinter dem Schlitten her.

Ich darf ihn nicht verlieren, dachte ich, ich darf ihn nicht verlieren. Das hämmerte in meinem Kopf. Wenn der Schlitten durchgeht, sind wir verloren. Das Zelt wäre weg. Ein Teil der Nahrung. Mein Schlafsack. Wir hätten uns erschießen können. Und bitte, ich wäre schuld gewesen.

Ich versuchte, mich mit den Füßen abzustemmen. Aber es gelang mir nicht. Ich fürchtete, mein Bein zu verdrehen. Spreizte es ab, um zu bremsen. Es stellte mich auf, wirbelte mich herum und ich landete wieder auf dem Bauch.

Dann verließen mich die Kräfte. Ich weiß nur noch, daß ich mich auf den Rücken warf. Nur nicht mit dem Gesicht nach unten, dachte ich.

Ich verlor das Bewußtsein.

Als ich wieder zu mir kam, hörte ich über mir den Wind

heulen. Es klang so höhnisch, so böse, so bitterböse. Und in meinem Kopf redete es: Das ist der Eingang zur Hölle.

Ich war mir nicht sicher, ob ich noch lebte oder schon tot war. Auf meinem Gesicht lag Schnee, aber ich spürte keine Kälte. Eine unheimliche Ruhe überkam mich. Ich machte mich für ein Plädoyer bereit. Irgend etwas in meinem Kopf diktierte eine Rede.

Bevor ich davon muß, laß mich zugeben, daß ich immer Angst gehabt habe. Was ist das mit meinem Leben, redete es in meinem Kopf. Ja, ich gebe zu, jetzt gebe ich zu, daß ich immer Angst gehabt habe, daß ich nie aus dem Zimmer gehen wollte, daß ich aber doch immer wieder weggegangen bin, weil mir meine Füße nicht gehorchten und einfach mit mir fortgingen. Trag es hinüber, sagte ich zum Wind, trag es an das Küchenfenster meiner Frau, sag ihr, daß ich auch vor ihr Angst gehabt habe. Angst sie zu verlieren, Angst sie zu besitzen.

Mir fiel ein, daß unter mir keine Erde war, sondern Eis, daß ich dreitausend Meter tief tauchen mußte durch eine bittere Kälte, bis mein Körper endlich auf die Erde traf. Und dort unten, dachte ich, ist nur Stein, kalter, blanker Stein. Mein Körper wird sich halten bis zum letzten Tag.

Ich bat den Wind, wenn ich tot wäre, mich vor sich herzurollen bis an die Südspitze von Grönland, bis Kap Farvel. Dort sollte er noch einmal fest blasen, daß ich weit übers Meer flöge. Trag mich fort, sagte es in mir, trag mich fort! Ich bin so weit gekommen, ich habe dein Mitleid verdient!

Jemand wischte mir den Schnee vom Gesicht. Es war Leo. Much schnallte mich von den Gurten los.

Der Schlitten war gekippt und liegengeblieben. Ich benötigte den ganzen Tag, um mich von dem Schock zu erholen. Much und Leo stellten das Zelt wieder auf, wir legten uns hinein und schliefen und warteten, bis der Sturm vorüber war.

Weder Leo noch Much erwarteten, daß ich ihnen half. Es war ganz selbstverständlich, daß sie arbeiteten und ich auf meinem Schlitten saß. Wir redeten nicht mehr über die Sache.«

Minach saß mit geradem Rücken auf dem Küchenstuhl. Er preßte die Lippen aufeinander.

Der Raum war voll Wasserdampf. Die ganze Zeit über hatte das Wasser auf dem Herd gekocht. Die Fensterscheiben waren beschlagen.

Ich wollte nicht, daß sich unsere Blicke trafen. Ich stand auf, goß das kochende Wasser über das Kaffeepulver und schaltete die Herdplatte aus.

»Damals habe ich gedacht, daß ich davon muß«, sagte er.

Ich stellte eine Tasse vor ihn auf den Tisch.

»Hast du schon einmal Todesangst gehabt«, fragte er mich.

»Angst zu sterben?« sagte ich.

»Nein, das ist nicht Todesangst«, sagte er. »Das hat jeder dreimal am Tag. Nein. Nicht fürchten, daß man stirbt. Sondern wissen, jetzt sterbe ich.«

»Ich weiß es nicht«, sagte ich.

Er ließ nicht locker. – »Man weiß das.«

»Und wenn«, sagte ich, »läßt es sich nicht mit Grönland vergleichen.«

»Ach was«, rief er ärgerlich, »warum sollte Todesangst in Grönland etwas anderes sein als hier. Todesangst ist Todesangst. Das Sterben gibt keinem Land den Vorzug. Tod ist immer Tod. Etwas Abstraktes. Wie eins und eins. Das ist in Spanien und in Italien und in Grönland gleich. Entweder Feuer oder kein Feuer. Wenn es brennt, dann brennt es. Egal ob Papier, Kerze oder Kaufhaus.«

»Ja«, sagte ich, »aber wo ich vielleicht Todesangst habe, da läutet bei dir wahrscheinlich noch nicht einmal die Alarmglocke.«

»Erzähl mir von deiner Todesangst«, sagte er.

Er verwirrte mich. Und er merkte es. Aber es war auch

klar, daß er meine Verwirrung völlig falsch interpretierte. Er meinte wohl, meine Erinnerungen verwirrten mich.

Es gab keine Erinnerungen. Irgend etwas mit dem Auto? Lächerlich. Ich hätte mir eine Geschichte ausdenken können. Aber um Himmelswillen warum! Er schaute mich herausfordernd an, meinte, jetzt hat er mich an einem Punkt.

»Jeder Mensch hat schon einmal Todesangst gehabt«, sagte er. »Auch wenn sie unbegründet war. Weil man dieses Gefühl braucht, das Gefühl, Todesangst gehabt zu haben. Weil man das sehr früh schon braucht. Kinder bringen sich in Situationen, in denen sie Todesangst haben. Nur damit sie das Gefühl kennen. Das ist so eingerichtet.«

Jetzt begann ich, ernsthaft über eine Geschichte nachzudenken. Er wurde ungeduldig. Trank einen Schluck Kaffee und setzte die Tasse so fest auf den Tisch, daß sie überschwappte.

»Das gibt es nicht«, sagte er. »Du willst nicht darüber sprechen. Ist es das?«

Das war eine Möglichkeit, also sagte ich:

»Vielleicht will ich nicht darüber sprechen. Ja.«

»Gut«, sagte er. »Das akzeptiere ich. Du willst nicht darüber sprechen. Gut.«

Ich kam mir dumm vor, opportunistisch. Außerdem konnte ich es jetzt drehen und wenden wie ich wollte, immer kam ein Ergebnis heraus, das nach einem schlechten Gewissen rief. So, mußte er denken, ich erzähle ihm alles, kehre mein Innerstes nach außen, und er will sein bißchen Todesangst für sich behalten.

»Ja«, wiederholte ich, »ich will nicht darüber sprechen.«

Er warf mir einen verständnisvollen Blick zu. Ich schaute weg. Ich fürchtete, ich müßte lachen, wenn sich unsere Blicke träfen. Andererseits würde dieses Wegschauen noch rätselhafter wirken. Wie komme ich dazu, rätselhaft wirken zu müssen! Also schaute ich ihn wieder an.

Er nickte nur. Jetzt war die Theatralik perfekt.

»Es bleibt eine Traurigkeit zurück«, sagte er.

Er schlürfte nachdenklich seinen Kaffee, leckte mit der Zunge über den Tassenrand, über seine Lippen, schlug leicht mit dem Porzellan gegen die Zähne und trank schließlich in einem Zug aus.

»Noch heute tut mir der Rücken weh«, sagte er. »Manchmal habe ich das Gefühl, wir bohren uns von Geburt an in das Leben hinein wie in einen Käse, in einen weißen Käse, der im Kühlschrank liegt. Kein vernünftiger Mensch legt Käse in den Kühlschrank.«

Es mußte schon sehr spät sein. Ich hatte keine Uhr und Minach hatte auch keine am Handgelenk. Mein Magen rührte sich und meine Blase drückte.

»Hast du noch einmal Banane für mich«, fragte ich.

Er blickte schnell zu mir herüber und grinste breit. Bewegung kam in ihn. Er wirkte beflissen.

»Leider«, sagte er, »kann ich dir kein Nuß geben. Das ist mir ausgegangen. Aber Banane ist wirklich besser. Es ist ein angenehmes Gefühl, nicht wahr?«

Immer noch grinsend tänzelte er hinüber ins Wohnzimmer, wohin er die Dose mit dem Pulver gestellt hatte. Ich fragte mich, warum er sie nicht in der Küche stehen ließ. Wenn es schon eine Speise war, gehörte sie doch auch in die Küche.

Ich ließ mir die Toilette zeigen.

Minach blieb vor der Tür stehen und redete weiter, während ich mein Wasser abließ.

»Das ist so eine Sache, auf die wir die Hersteller erst richtig aufmerksam gemacht haben«, sagte er. »Das Pulver entwässert sehr stark. Jedenfalls wenn man es über längere Zeit nimmt. Dieses Problem ist noch nicht gelöst. Ich stehe in ständigem Kontakt mit der Herstellerfirma. Ich finde, daß in dieser Nahrung ungeheuere Möglichkeiten stecken. Wasserlassen oben im Eis ist eine unangenehme Sache, das kannst du mir glauben.«

Ich hörte an der Art, wie er sprach, daß er den Becher schüttelte.

»Hier«, sagte er, als ich aus der Toilette kam. »Probier in kleinen Schlucken. Denk, es wäre Bananenmilch!«

Wir gingen zurück in die Küche und setzten uns. Minach wirkte frisch. Er hatte sein Tief überwunden. Er nahm den Faden wieder auf und erzählte weiter:

»Ja, so waren die ersten drei Stunden, die erste Etappe. Hochgefühle, Kraft, gute Laune, Blitzgescheitheit.

Die zweite Etappe war für mich schon schwieriger. Ich bin draufgekommen, daß nach einer Stunde, also nach der vierten Gehstunde des Tages, meine Gedanken unzusammenhängender waren. Philosophische Ergüsse gab es keine mehr. Das heißt, eigentlich war es so, daß die kurze Pause nach der ersten Etappe schlagartig einen Stimmungswechsel herbeiführte. Von da an war das Gehen einfach nur Arbeit. Ich war körperlich müde und geistig müde. Ich mußte mich mit Mühe auf den Kompaß konzentrieren und auf einen Punkt in der Landschaft, den mußte ich anvisieren, sonst nützt ja der Kompaß nichts, pure Arbeit, manchmal Schwerarbeit. Wo ist dort in diesem Weiß ein Punkt? Das sind kleine Schattenflecken, ein Schatten, den eine Düne wirft oder ein ausgewehter Eisbrocken. Da gibt es viele. Welcher war jetzt gleich derjenige, den ich angepeilt habe? Der da? Oder der da? Oder einer von den anderen Tausenden? Mit der Zeit flimmert es dir vor den Augen. Dann bildest du dir Dünen und Eisklötze und Schatten ein. Wenn du dich irrst, nur um ein Grad, um ein halbes Grad, wenn sich das wiederholt, dann zählt sich das am Schluß zusammen, dann kommst du ein paar hundert Kilometer neben deinem Ziel heraus.

Während der zweiten Etappe war es mir stets rätselhaft, warum mir die Orientierung während der ersten drei Stunden so leicht gefallen ist. Das gibts doch gar nicht, sagte ich mir. Und dann: Hallo, Achtung, mein Freund! Jetzt kam Mißtrauen gegen mich selbst auf. Verstehst du, ich sagte mir: Aha, in den ersten drei Stunden ist dir das leicht gefallen? So? Wie kann dir das leicht fallen? Das ist nicht leicht. Das ist mühsame, enervierende Arbeit! Ich war besorgt, daß ich in meiner morgendlichen Euphorie wenig Sorgfalt hatte walten lassen

In der zweiten Etappe war ich ein griesgrämiger Bürokrat. Über meine morgendlichen Höhenflüge konnte ich nur lachen. Kindereien!

Die Pause nach dieser Etappe war die kritischste Zeit des Tages. Wenn irgend etwas, das sich aufgestaut hatte, zum Ausbruch kam, dann in dieser Pause. Jeder von uns war streitsüchtig, geladen. Schlecht gelaunt. Wir hatten noch genügend Kraft, um zu streiten. Am Abend, wenn wir das Zelt aufbauten, hat es nie Streit gegeben. Da brauchten wir alle Kraft unseres Körpers und alle Kraft unseres Verstandes, damit wir uns nicht einfach auf die Schlitten legten.

Die Pause nach der zweiten Etappe war kritisch. In so einer Pause kam es dann auch zum größten Streit zwischen mir und Leo.

Obwohl Leo dann am Schluß die beste Kondition von uns hatte – das heißt, er hatte am Schluß noch am meisten Kraft –, war er oben auf dem Inlandeis der Schwächste. Schon ein paar Tage vorher hatte es Diskussionen gegeben. Er wollte längere Pausen.

›Schluß für heute! Stehen wir dafür morgen früher auf.‹

›Nein‹, hatte ich schon bei dieser Gelegenheit gesagt. Klar und strikt. ›Nein und keine Diskussionen.‹

Keine Diskussion. Man diskutiert, und gleich ist die Pause eine Viertelstunde lang oder eine halbe Stunde lang. Man kann so schön mit Argumenten spielen, wenn man Zeit herausschinden will. Nein, strikt und klar.

›Es kommt doch auf dasselbe heraus‹, fuhr er mich an. ›Ob wir jetzt abbrechen und morgen früher aufstehen ...‹

›Deine Rechnung ist falsch‹, unterbrach ich ihn und zog los.

›Ich will wenigstens noch einen Satz zu Ende reden dürfen‹, schrie er mir nach.

Much stand bei ihm. Ich sah ihm an, daß er mir meine Härte vorwarf. Also gut, drehte ich um. Ich versuchte es mit Argumenten, mit Logik.

›Deine Rechnung ist falsch, Leo‹, sagte ich. ›Dann sind wir morgen eben um so früher müde und dasselbe Problem stellt sich von Neuem.‹

›Ich kann nicht mehr‹, sagte er.

Oh, das war nicht wahr! Das war nicht wahr. Ich kannte ihn. Vielleicht fehlt ihm die Wut, dachte ich, der Haß, vielleicht fehlt ihm jetzt eine Portion Haß. Ich überlegte wirklich, ob ich ihn nicht provozieren sollte. Damit er seinen ganzen Haß mobilisiert. Meinetwegen gegen mich. Hauptsache, das würde ihm Kraft geben. Ja, ich hätte schon einen Gegenvorschlag gehabt: Sterben wir doch einfach! Er wollte ja auch hinüber kommen über das Eis. Er wollte ja auch leben.

Es stimmt, er war entsetzlich zugerichtet. Aber Much auch. Und ich auch. Unsere Gesichter waren Fratzen. Die Haut an Leos Stirn sah wie getrocknetes, angebranntes Eiweiß aus.

Jedenfalls ging das so einige Tage lang, immer in der Pause nach der zweiten Etappe. Da fing Leo jedesmal an: ›Ich kann nicht mehr! Machen wir eine längere Pause! Ich kann nicht mehr!‹

Much beruhigte ihn jedesmal einigermaßen. Aber ich merkte schon, auch Much war ziemlich am Ende. Er wirkte nicht sehr glaubwürdig. Die Diskussionen nahmen sinnlos Kraft und Zeit. Das war alles.

Und dann eines Tages blieb Leo einfach auf dem Schlitten sitzen.

So. Was jetzt. Er diskutierte nicht. Er sagte nichts. Er blieb einfach sitzen. Aus.

Wir konnten ihn ja nicht zurücklassen. Much redete auf ihn ein. Ich redete auf ihn ein. Ich wußte, jetzt ist es ernst. Da hat Schreien keinen Sinn. Ich versuchte es im Guten. Ich setzte mich zu ihm. Er reagierte nicht.

Much machte den Vorschlag, die Pause zu verlängern und die dritte Etappe dementsprechend zu verkürzen. – ›Nur heute‹, sagte er. ›Ausnahmsweise.‹

Ich hatte einen schweren Stand. Einerseits tröstete ich Leo, redete ruhig und verständnisvoll auf ihn ein, sagte ihm, wie gern wir ihn haben. Ich weiß gar nicht, was ich alles sagte. Aber auf der anderen Seite war klar, so beginnt das Ende. Erst kürzen wir die dritte Etappe, dann vielleicht die zweite, wieso nicht, dann die erste, dann lassen wir die dritte ganz aus. Am Schluß blieben wir im Zelt liegen.

Ich lehnte Muchs Vorschlag ab.

Wenn man sich einmal an eine längere Pause gewöhnt hatte, wollte man sie jeden Tag. Außerdem war man nach den Pausen noch erschöpfter als vorher. Je länger die Pausen, desto erschöpfter war man.

›Nein, wir können uns nicht eineinhalb Stunden schenken!‹

Leo schien uns gar nicht zuzuhören. Er saß auf seinem Schlitten, die Knie angezogen, die Arme um die Unterschenkel geschlungen. So starrte er vor sich hin.

›Ich geh jetzt‹, sagte ich.

Much, der hinter Leo stand, gab mir Zeichen. Er schüttelte den Kopf, rang mit den Händen.

›Nein‹, sagte ich. ›ich gehe. Wer bleiben will, soll bleiben.‹

Dumm geredet. Wer bleiben will, soll bleiben. Als ob es diese Möglichkeit gegeben hätte!

Aber ich zog die Gurte fest und marschierte los.

›Oder anderer Vorschlag‹, rief Much. ›Wir teilen ab morgen den Tag in vier Etappen ein. Jede Etappe etwas kürzer als die vorher!‹

Ich blieb stehen. Ich hatte mir schon etwas Ähnliches überlegt. Für Muchs Vorschlag sprach einiges. Hätte einiges gesprochen. Absolut gesehen, hätten wir zwar Zeit verloren, nervlich gesehen wäre es ein Vorteil gewesen, weil die schlimme Etappe verkürzt worden wäre.

Dafür war es nach meiner Einschätzung jetzt allerdings zu spät. Das Risiko war zu groß. Nach meiner Berechnung lagen wir fast drei Tage hinter unserem Soll. Wir konnten uns nicht eine halbe Stunde schenken. Im Gegenteil. Eigentlich hätten wir zulegen müssen.

Wir hatten ein paar Nebeltage gehabt. Da mußten wir im Zelt bleiben. Einmal sind wir zwar ein paar Stunden gegangen. Aber es war zu gefährlich. Schon sehr bald machte sich der White-Out-Effekt bemerkbar. Jedenfalls bei mir. Vielleicht reagierte ich auf diese weiße Orientierungslosigkeit sensibler als die beiden anderen. Das ist schon möglich. Daß ich die Auswirkungen schneller zu spüren bekam. Das lag auch daran, daß ich vorausging, daß ich vor mir nicht den Rücken eines Vordermannes hatte, an dem ich mich hätte orientieren können. Aber gerade bei Nebel wäre es unverantwortlich gewesen, einem anderen den Kompaß zu überlassen.

Wir waren also im Verzug. Um drei Tage. Nach meiner Berechnung. Das mußte nicht unbedingt katastrophal sein. Ich hatte großzügig gerechnet. Aber was wäre, wenn wir noch einmal im Zelt bleiben müßten, wegen Nebel, wegen Sturm? Und dann der Abstieg im Westen. Wer wußte, wie das sein wird? Ich wollte kein Risiko eingehen.

Also lehnte ich Muchs Vorschlag ab. Ich stand etwa zwanzig Meter von den beiden entfernt. Leo saß immer noch auf seinem Schlitten. Regungslos, als hörte und sähe er nichts.

›Wir gehen wie jeden Tag‹, sagte ich.

Es war diktatorisch. Diesmal war es so. Es blieb keine andere Wahl.

Much schnallte seinen Schultergurt fest, dann den Hüftgurt, sehr langsam. Er wollte Leo zeigen, daß wir ernst machten.

Leo rührte sich noch immer nicht.

Much kam zu mir.

Wir waren vielleicht zwanzig Schritte gegangen, da rief uns Leo nach:

›Dann nehmt mir wenigstens das Stativ ab!‹

Much blieb sofort stehen und drehte sich zu ihm um.

›Also komm schon‹, rief er.

›Oder die Kamera‹, rief Leo.

›Von mir aus beides‹, rief Much. ›Aber komm her!‹

Jetzt hatte ich genug. Das war Erpressung. Ich war zornig auf Leo, aber genauso zornig auf Much. Wenn er ihm das Zeug abnahm, hatten wir spätestens morgen nach der zweiten Etappe die gleiche Situation. Nur würde dann Much auf dem Schlitten sitzen.

›Wenn du das tust...‹, sagte ich zu Much. — Aber ich wußte nicht, womit ich ihm drohen sollte. Hätte ich sagen sollen: Wenn du das tust, dann setze ich mich auch auf den Schlitten oder gleich in den Schnee.

›Du nimmst ihm nicht die Kamera ab‹, sagte ich.

›Jetzt steht er, jetzt geht er‹, sagte Much. ›Jetzt kann man weitersehen.‹

Wie ich vermutet hatte: Leo hatte schlicht und einfach Zeit schinden wollen mit der ganzen Angelegenheit. Jetzt kam er gelaufen. Ich weiß nicht, ob er wirklich Much die Kamera und das Stativ gegeben hätte. Ich weiß es nicht. Ich bezweifle es allerdings. Das war auf mich gemünzt. Ich hätte ihm die Sachen abnehmen sollen.

›Wenn dir die Kamera und das Stativ zu schwer sind‹, sagte ich, ›dann schmeiß sie weg. Dann bist du leichter als jeder von uns.‹

›Die Kamera brauch ich‹, schrie er.

Aha, hab ich gedacht, so will er es also: Wenn nicht im Guten, dann im Bösen. Da will einer einfach Zeit schinden. Man kann ja auch streiten. Jetzt will da also einer streiten. Schon klar! Fünf Minuten normale Pause, fünf Minuten bocken, fünf Minuten streiten – und schon ist eine Viertelstunde beieinander.

›Gut‹, sagte ich, ›Wenn du meinst, du kannst deine Kamera essen. Dann behalt sie. Wenn sie besser schmeckt als unsere Nahrung. Dann behalt die Kamera und schmeiß das Pulver weg. Oder wenn sie wärmer ist als dein Schlafsack, gut, dann schmeiß den Schlafsack weg!‹

›Du bist ein Unmensch‹, brüllte er. ›Du siehst doch, wie ich beieinander bin.‹

›Also, reden wir nicht‹, sagte Much. ›Laden wir die Sachen um.‹

›Nein, nein, nein, so nicht‹, legte ich los, ›einer der immer Sondertouren fährt, der kann nicht von dir verlangen, daß du seine Sachen schleppst.‹

›Was hast du da gesagt‹, fuhr mich Leo an.

Na, jedenfalls hat er wieder Kraft bekommen. Wie ich gesagt habe: Haß mobilisiert. Jetzt ist er mich direkt angegangen, er hat sich die Gurte heruntergerissen und hat mich förmlich angesprungen. Da stand er vor mir, ich war noch in den Gurten, hatte die Schistöcke in der Hand, und er direkt vor mir, und wenn er einen Zorn hat, spielt es gar keine Rolle, daß er um so viel kleiner ist, und dann fauchte er mich an:

›Was heißt: einer, der Sondertouren fährt, ha!‹

›Das kann ich dir sagen‹, gab ich ihm zurück.

Das Folgende ist nicht so lächerlich, wie es klingen mag. Der Leo, der sich um gar nichts während der Vorbereitungen gekümmert hatte, hatte dann einige meiner Anweisungen mißachtet. Was Ausrüstung betrifft. Kleidung. Er hat Kleidung mitgenommen, die nicht vorgesehen war. Zusätzlich. Zusätzliche Handschuhe, Socken, Hemden. Ein Hemd. Alles mögliche, Erinnerungsstücke an zu Hause. Und so weiter. Sicher alles in allem wird es nicht schwer gewesen sein. Alles in allem, ich weiß nicht, vielleicht zwei Kilo, drei Kilo.

Ich hab später zu Hause eine Rechnung gemacht. Vielleicht ist die Rechnung falsch, vielleicht läßt sich das gar nicht berechnen. Aber nach meiner Rechnung läßt sich die Vermutung nicht abweisen, daß es genau diese zwei, drei Kilo waren, die Leo mehr bei sich gehabt hat, die ihn dann, in Summe aller vorangegangenen Tage, genau an diesem Tag um jenen Grad schwächer hatten sein lassen, so daß er diese Etappe nicht mehr schaffte.

Und was mich daran so ärgerte: Er hat sich nie um die Vorbereitungen, die Berechnungen gekümmert, immer: ›Theorie, Theorie!‹, er hat mir sein volles Vertrauen ausgesprochen und jetzt hier oben, mitten auf dieser weißen Scheibe, haben ihn dann die Konsequenzen eingeholt. Und jetzt wollte er uns erpressen, wollte einem von uns seine Kamera und sein Stativ aufladen. Nein.

›Dein Hemd‹, sagte ich, ›deine Handschuhe, mit denen du in Südtirol an Weihnachten in die Heilige Messe gehst! Das hättest du dir halt früher überlegen sollen!‹

Much versuchte uns auseinanderzuhalten. Aber daran waren jetzt weder ich noch Leo interessiert.

›Und deine Pfeife‹, sagte er. ›Und das Klopapier!‹

Ich hatte drei Rollen Klopapier zusätzlich mitgenommen. Die hab ich im Hotel in Kopenhagen abgestaubt. Es wär nicht notwendig gewesen. Es war so ein Einfall von mir. Man weiß nie. Klopapier ist nicht schwer, aber nützlich. Außerdem habe ich, das läßt sich ja leicht ausrechnen, drei Rollen Klopapier mitgenommen, weil wir zu dritt waren. Also für jeden von uns eine zusätzliche Rolle. Und die habe schließlich ich getragen. Das heißt, da waren ein paar Gramm mehr auf meinem Schlitten, die ich gezogen habe, die gar nicht auf mein Konto gingen. Natürlich ist da nie ein Wort darüber geredet worden von mir. Wär ja auch noch schöner gewesen. Ich hab schließlich das Klopapier freiwillig mitgenommen. Ich hab auch nie ein Theater daraus gemacht: Seht her, ich habe für euch vorgesorgt! Quatsch. Und wenn mir die Rollen zu schwer geworden wären, gut, hätte ich sie eben in den Schnee geworfen.

Und meine Pfeife ... Mein Gott. Darüber will ich gar kein Wort verlieren. Aber immerhin so viel: Ich habe die Vorbereitungen getroffen, habe jahrelang gerechnet und getestet. So. Und wenn ich die Cheopspyramide hinten auf dem Schlitten mitgeschleppt hätte. Gut. Ein Unsinn. Ein Beispiel. Aber solange ich keinem anderen zugemutet hätte, sie mir abzunehmen, wäre das mein Problem gewesen.

Dann faßte ich Leo am Kragen. Ich hab ihn richtig hochgelupft. Herrgott, darf denn nur er brüllen!

›Mit dir über Grönland zu gehen, das ist riskant‹, schrie ich ihn an. – Oder so ähnlich. Oder: ›Du bist ein Risiko.‹ – Oder: ›Dich habe ich nicht richtig berechnet.‹ – Nein so nicht. – ›Du bist unberechenbar, riskant.‹ – So etwa. Ich weiß es nicht mehr genau. Den Wortlaut. Es war auch nicht überlegt. Ich hab schließlich auch Nerven.

Da hatte ich ihn an der Gurgel. Ja, er hat mich gewürgt. Much hat ihn von mir runtergerissen. Sie sind im Schnee gerollt. Ich habe gebrüllt, sie sollen sofort aufhören. Much war immer noch in den Gurten. Da raufen zwei, einer hat einen Schlitten an sich hängen. Der andere beißt wie ein Hund. Leo hat ihm ein Loch in die Jacke gebissen. Much hat zwar hinterher gesagt, er habe sich das Loch selbst eingerissen, mit einem Schistock. Blödsinn. Ich habe es gesehen. Aber es ehrt Much, daß er das auf sich genommen hat. Damit sich nicht eine neue Diskussion einstellt. Es war ja auch schon alles egal.

Sie sind auseinandergegangen. Gut. Der Leo hat geheult, und der Much hat gezittert. Hat gar nichts reden können.

Ich muß dazu sagen, und nimm das jetzt sehr ernst: Der Leo war nicht bei sich selber. Nein, das war er nicht. Das war nicht der Leo, das war ein Rest aus der Urzeit, solche Reste haben wir alle in uns, irgendwo in einem Panzerschrank in der Seele, auf dem steht: Vorsicht, Hochspannung.

Der Much hat sich aus den Gurten gewickelt. Und da ist der Leo ganz ruhig geworden. Er ist zu seinem Schlitten gegangen. – Ich erzähl jetzt, wie es war. – Er hat das Gewehr von seinem Schlitten genommen und hat es auf sich gerichtet. Den Finger nicht am Abzug, das hab ich blitzschnell erfaßt, aber den Lauf im Mund. So ist er dann einfach dagestanden. Ein paar Minuten lang. Ich habe überhaupt nicht reagieren können.

Der Much hat geflüstert:

›Bittschön, Leo, jetzt schau einmal her. Streiten tut man bei Mama und Papa und überall, jetzt ist es doch vorbei.‹

Es war so rührend, wie er geredet hat. Mir wär nicht ein Wort eingefallen.

Das ist auch so eine Sache. Sonst kriegt der Much keinen normalen Satz heraus. Bei den Pressekonferenzen ist er immer still gewesen, hat mich und den Leo reden lassen. Wenn man drauflos geredet hat, wenn es eigentlich ganz egal war, was man sagt, nur daß Zeit vergeht, da hat er nichts gesagt und hat sich geschämt, daß er nicht reden kann; und jetzt, wo reden lebenswichtig war, da ist mir nicht eine Silbe eingefallen, und da hat der Much geredet. – ›Mama und Papa streiten auch . . .‹

Man soll die Sache nicht dramatisieren . . . Ich will auch gar nicht weiter darüber reden.

Der Leo hat dann das Gewehr umgedreht. Auf mich. Da hab ich dann schon gewußt, das hat nichts zu bedeuten, jetzt hat er sich abgeregt. Er hat dann noch eine ganze Schimpftirade herausgelassen, hat alles herausgelassen, was sich in ihm aufgestaut hatte. Die Sache mit den Gaskartuschen, auf die er geschossen hat. Die Sache mit der Wache in der ersten Nacht und so weiter und so weiter. Aber das Biest war wieder in die Kammer gesperrt. Er hat sich auch geschämt. Natürlich. Es war eine Tragödie, ihn anzusehen.

Der Much hat ihm den Stutzen aus der Hand genommen und auf seinen Schlitten gepackt, nicht auf den Schlitten, sondern ganz nach unten, auf den Boden vom Schlitten hat er das Gewehr gelegt und das andere Gepäck darüber. Später hat er zu mir gesagt:

›Daß man es sich gut überlegen muß, wenn man den Stutzen holt, daß man noch ein Stück mehr Zeit hat, wenn man das ganze Gepäck herunternehmen muß.‹

Jedenfalls: Für heute war Schluß. Die letzte Etappe fiel aus. Wir sind dagestanden und haben herumgeschaut.

Dann hat mir Leo einen Vorschlag gemacht:

›Hör zu‹, hat er gesagt – ganz ruhig hat er das gesagt, sein Blick hatte beinahe etwas Hilfebittendes –, ›reden wir zwei einfach nichts mehr miteinander‹.

›Gut‹, habe ich gesagt, ›wenn du meinst, daß es dir dann besser geht. Reden wir nichts mehr miteinander.‹

Und er hat genickt.

Und er hat das wahr gemacht. Er hat nichts mehr geredet. Zuerst nur mit mir nicht. Dann auch mit dem Much nicht. Eineinhalb Monate lang hat er nicht den Mund aufgemacht. Vierzig Tage lang kein Wort! Vierzig Tage von achtundachtzig!

Es muß für ihn furchtbar gewesen sein. Es war auch für

uns furchtbar. Aber sicher nicht so schlimm wie für ihn. Da ist der Leo durch seine Hölle gegangen.

Aber – eine Phrase: Jeder ist sich selbst der nächste. Eine Phrase hier, eine Wahrheit dort oben. Jeder von uns hat so viel mit sich selbst zu tun gehabt, daß es gar nicht möglich war, so viele Gedanken für den anderen abzuzweigen.

Der Hauptfeind – das war jeder für sich selbst. Und in der dritten Etappe des Tages, da hat dieser Feind gelauert. Und diesen Feind konnte man nicht erschießen, höchstens indem man das Gewehr gegen sich selbst richtete. Und mit diesem Feind konnte man kein Schweigeabkommen treffen.«

7

Als ich ein Bub war, hatte ich zum ersten Mal einen Traum, der mich in den Bergen zeigte. Ich schwebte über mir und sah mich in den Bergen. Ich war mit einer Gruppe von Menschen unterwegs und ich, der ich über allem schwebte, wußte mehr als ich, der ich in der Gruppe ging, nämlich daß diese Leute mich als einzigen nicht mochten. Diese Leute und ich gingen auf einem schmalen Weg, rechts ragte der Felsen in die Höhe, unabsehbar, links fiel er senkrecht ab, weit unten war ein Tal, zu erkennen nur an der Farbe Grün. Zuerst war ich in der Mitte dieses Zuges, dann überholten mich nach und nach die, die hinter mir gingen. Schließlich war ich der letzte. Ich verlor sie alle aus den Augen. Sie verschwanden hinter einer Biegung. Der Felsen, an dem der Weg entlang führte, war wie der Faltenwurf eines Vorhangs. Und wir gingen auf einem Saum. Bei der nächsten Falte sah ich die anderen dann wieder. Ich war weit abgeschlagen, gehörte nicht mehr zu ihnen. Ich nahm all meine Kraft zusammen, war ja nicht müde oder geschwächt. Aber ich geriet immer weiter ins Hintertreffen. Dann brach plötzlich der Weg ab. Nur eine fußbreite Felskante war übriggeblieben. Es schien unerklärlich, wie die anderen so schnell über diese Stelle gekommen waren. Meine Angst, sie zu verlieren, war aber größer als die Angst abzustürzen. Ich klammerte mich an Griffe und Tritte und kletterte über diesen abgebrochenen Weg. Denn es war ein abgebrochener Weg. Dann sah ich sie wieder, sie waren bereits drei Felsfalten voraus. Ich rief, rannte ihnen nach. Aber hinter der nächsten Biegung war der Weg zu Ende. Die Wand war glatt und senkrecht und nie war hier ein Weg gewesen. Ich ging zurück, aber ein zweites Mal über den abgebrochenen Weg zu klettern, hatte ich keinen Mut.

Ich glaube, ich habe diesen Traum dreimal gehabt. Jedesmal beschäftigte er mich den ganzen folgenden Tag.

Minach war aufgestanden und ging in der Küche hin und her. Es war wenig Platz, mehr als zwei Schritte in jede Richtung konnte er nicht machen.

Mir war dieser Traum eingefallen, weil er gesagt hatte: »Wir hätten dort oben einen Fetisch gebraucht, irgendein Ding, über das keiner von uns etwas wußte, einen Gegenstand, der irgendwie gemacht aussieht, damit wir ihn am Abend nach der dritten Etappe hätten anbeten können.«

Ich verstand nicht, was er meinte.

»Am Tag«, sagte er, »wäre dieses Ding oben auf einem der Schlitten gestanden. Das Ding hätte alles übersehen. Dem Ding wär nichts entgangen. Kein Mensch, sondern ein Ding. Aber ein belebtes. Belebt, weil es irgendwann einmal von irgend jemandem gemacht worden ist. Ein gebrauchtes Ding. Aber eines, das nichts von sich preisgibt. Weil wir nicht wissen, was es ist. Und am Abend nach der dritten Etappe hätten wir uns vor dieses Ding hinknien können und es betrachten oder zu ihm beten oder was weiß ich, es einfach nur anschauen. Weil wir dann gesehen hätten, es ist so, wie es vorher war. Es hat sich also nichts verändert.«

Ihm sei dieser Gedanke erst jetzt gekommen, sagte er.

»Ja«, sagte er, »das ist ein guter Gedanke.«

Dann stand er auf und fing an, in der Küche auf- und abzugehen. Er war mit den Gedanken an diesen Fetisch beschäftigt. Auch ich dachte darüber nach. Dabei fiel mir jener Traum ein. Ich konnte mich an alle Einzelheiten deutlich erinnern, nur nicht daran, wie er ausgegangen war. Wahrscheinlich war ich aufgewacht.

Dann setzte sich Minach wieder und erzählte weiter.

»Die dritte Etappe, also die letzten drei Stunden«, sagte er, »waren so schlimm, daß ich manchmal in einer Stunde hundert verschiedene Lieder gesungen habe und keine einzige Strophe zu Ende gebracht habe. Ich konnte mir keinen Gedanken vorsagen. In diesen letzten drei Stunden war die Trennung zwischen Körper und Seele und Geist perfekt. Meine Seele wurde von Alpträumen geplagt, mein Körper war ein einziger Schmerz und mein Geist, ja, der wird wohl irgendwie vermittelt haben. Der hat sich auf den Kompaß konzentriert.

Es ist mir heute schleierhaft, daß in dieser Situation das Peilen und Ausrichten und Orientieren immer noch funktioniert hat.

Das war faszinierend.

Denn irgendwo über dieser Spaltung von Seele, Körper, Geist war ich doch noch als Einheit vorhanden. Je weiter wir in diese orientierungslose Ebene hineinkamen und je weiter wir in die dritte Tagesetappe hineinkamen, desto plastischer vollzog sich diese Aufspaltung.

Ich habe mich selbst gesehen wie durch ein magisches Auge, ich bin vor mir hergegangen, ich habe von oben auf mich heruntergeschaut, habe die Naht auf meiner Kapuze gesehen, überdeutlich, wie auf einem fotorealistischen Gemälde, habe zuschauen können wie mein Körper zerfällt, wie meine Gelenke aufschwellen, wie meine Zunge groß und hart wird wie Holz, wie mir der Schweiß aus allen Poren rinnt, wie ich austrockne, wie mir die Zähne ziehen vor lauter Anstrengung, wie mein Atem in der Lunge schmerzt, wie der Herzschlag im Kehlkopf schmerzt, wie die Augen fiebrig zwischen Kompaß und Landschaft hin und her fliegen. Meine Wangen fallen ein, die Finger werden schwarz, die Nase friert an, die Schläfe friert an, meine Augenbraue ist verletzt, meine linke

Backe ist angeschwollen. Ich habe meine Angst gesehen. Ich habe die Angst gesehen von dem, der da ging, der zufällig ich war.

Ich habe mir zugeschaut, ohne Bedauern, ohne Leid. Ich habe zugeschaut aus einer Distanz von vielleicht zwei Metern oder drei Metern, wie der Körper, der Geist, die Seele, alle zusammen, die da Minach Reinold heißen, wie die zerfallen, einfallen, anschwellen, wie alles aus der Lunge geblasen wird.

So stirbt man, dachte ich. Und ich akzeptierte es. Die Trennung war perfekt.

Der Schauder darüber ist im Nachhinein gekommen. Nachts im Zelt. Da dachte ich mir: Mensch, bist du wahnsinnig! Ich habe mich zurückversetzt und gesagt: Das ist Wahnsinn, der absolute Irrsinn.

Jeden Tag dasselbe. Die dritte Etappe.

Dann sind auch immer wieder diese Halluzinationen aufgetreten. Du hast gesagt, du hättest den Artikel im *Spiegel* gelesen. Die haben sich an diesen Halluzinationen hochgezogen. Wenn du dich erinnerst: Die haben den Artikel überschrieben mit *Der Porsche kommt*. – Ja, der ist gekommen. Immer pünktlich.

Ich habe gehört, ganz von weitem habe ich ein Motorengeräusch gehört. Zuerst sagte ich mir: Aha, so, da ist er wieder. Da ist wieder meine Halluzination. Aber diesmal nicht! Keine Chance heute! Heute nicht! Heute bist du vorbereitet.

Und dann kam das Geräusch näher. ich wußte, das ist ein Porsche, das hab ich am Ton gehört, ein Porsche, und ich wußte, der ist rot. – Komm schon, habe ich gesagt, na, komm schon! Heute bin ich bereit, heute bin ich stark!

Und er: Immer langsam, schön langsam ist er nähergekommen.

Und dann habe ich doch gestutzt. Nein, habe ich gesagt, diesmal ist es anders, diesmal ist es wahr.

Blödsinn, dreh dich nicht um!

Jetzt schaltete er in einen niedrigeren Gang. Mit Zwischengas. Und dann blieb er stehen. Schaltete den Motor ab. Zog die Handbremse. Öffnete die Tür.

Jetzt, sagte ich, schlag die Tür zu!

Dann ist die Tür zugeschlagen worden.

Wunderschön, dachte ich, genau wie gestern. Schwachsinn, alles Einbildung!

Aber gleichzeitig: Mensch, du bist doch nicht hinüber, du kontrollierst doch immerhin den Kompaß! Wenn deine Sinne noch so gut beieinander sind, daß du den Kompaß kontrollieren kannst, dann können sie nicht so zerrüttet sein, daß du Sachen hörst, die es nicht gibt!

Dann habe ich angefangen zu rationalisieren. Schritt für Schritt. Also: Es könnte ja sein. Angenommen. Warum nicht. Sie suchen uns. Mit einem Spezialhubschrauber zum Beispiel. In den haben sie einen Porsche geladen und jetzt fahren sie uns nach.

Nein, habe ich gesagt, das ist doch nicht zu glauben, warum ausgerechnet ein Porsche. Wenn schon, dann ein Jeep!

Und wenn gerade kein Jeep da war?

Ein Porsche in Grönland, oben auf dem Plateau!

Dann habe ich gehört, daß einer hinter mir hergegangen ist, ganz deutlich habe ich das Schlurfen im Schnee gehört. Ich wußte, es kann niemand hinter mir sein. Meine Kollegen sind fünfhundert Meter weit zurück. Ich wußte, es darf niemand hinter mir sein. Aber ich habe die Schritte gehört. Und obwohl ich diese Halluzination kannte, sie war ja fast jeden Tag die gleiche, war ich mir nicht sicher.

Und dann ist etwas Eigenartiges passiert. In dem Augenblick, als ich nahe daran war, mich umzudrehen, und sagte, du darfst nicht, jetzt bist du an der Grenze des Wahnsinns, jetzt bist du wirklich so weit gekommen, daß du nicht mehr reagieren kannst, jetzt bist du drauf und dran, dich auszuliefern, die Verantwortung für dich und deine Kollegen aufzugeben, fahren zu lassen – in diesem Augenblick mußte ich mich wegducken, denn der hat mit dem Stock zugeschlagen, und er hat mich getroffen.

Ich habe den Schlag gespürt. Ein Schlag ins Genick. Ich

spürte den Schlag noch am Abend im Zelt. Als ich wieder bei Sinnen war.

Ich habe mit den Kollegen nicht darüber gesprochen. Es war auch keine Gelegenheit dazu da. Am Abend waren wir erledigt. Da sind wir froh gewesen, wenn wir das Zelt noch einigermaßen aufstellen konnten.

Und außerdem: Der Degaspari war in einer schrecklichen Verfassung. Ausgeliefert. Wenn ich jetzt da auch noch angefangen hätte, von meinen Halluzinationen zu sprechen. In seinem ganzen Haß hat er doch auf mich vertraut. Jetzt noch mehr als vorher. Und einer, der Halluzinationen hat, der kann einen doch nicht halten, dem kann man sich doch nicht ausliefern, dem kann man doch nicht folgen!

Dem Much gegenüber hätte ich vielleicht davon reden können. Aber wäre das ratsam gewesen? Wieviel würde genügen, daß der Much seine Kraft verliert? – ›Du Much, bitte, paß auch noch auf mich auf, ich bilde mir nämlich ein, daß ein roter Porsche hinter mir herfährt. Paß bitte auf mich auf, sonst steige ich vielleicht ein und fahre weg.‹ – Nein.

Es hat mich erschüttert, wie der Leo ausgesehen hat. Er war grau im Gesicht. Es war nicht nur die körperliche Erschöpfung. Er hat geglaubt, er kommt nie wieder heim. Es war erschütternd. Ich dachte mir, er wird nie wieder herzustellen sein. Der ist fertig. Auch wenn wir durchkommen, der ist fertig. Das geht auf mein Konto. Diesen Mann habe ich umgebracht.

Dann eines Morgens hat uns der Much geweckt. Er hat einen Lärm gemacht, zuerst dachte ich, jetzt ist er übergeschnappt.

›Land in Sicht‹, rief er. ›Land in Sicht! Land in Sicht!‹

Land in Sicht – wie ein Matrose!

Am Tag zuvor war Nebel gewesen, schlechte Sicht, aber gut genug, um zu gehen. Jetzt am Morgen war die Sicht klar. Deutlich vor uns am Horizont konnten wir die winzigen Spitzen der Berge sehen. Die Westküste!

Wir hüpften im Kreis, tanzten, sangen. Much und ich.

Leo stand da und schaute nach Westen. – Und auf einmal hat er geredet.

›Wir haben keine Zeit zum Herschenken‹, sagte er. ›Los vorwärts.‹

Es war der erste Satz, den ich von ihm seit eineinhalb Monaten gehört hatte. Ich hätte heulen können vor Glück. Ich ging zu ihm hin, streckte ihm meine Hand entgegen und sagte:

›Schön, Leo, daß du wieder sprichst!‹

Much rollte im Schnee herum und machte seine Faxen. Ich rief ihn her:

›Der Leo redet wieder‹, rief ich.

›Mach jetzt nicht so ein Theater‹, sagte Leo, und meine Hand hat er nicht genommen.

Der Tag war wunderbar. Wir hatten Rückenwind, takelten die Schlitten auf, vorsichtig, der Wind sollte uns nicht das Gehen abnehmen, er sollte nur die Schlitten ein wenig schieben. Wir haben nicht viel geredet, aber wir blieben den ganzen Tag eng beieinander.

Aber es war noch ein sehr, sehr langer Weg. Und wenn man das Ziel vor Augen hat, aber es kommt einfach nicht näher, dann macht das einen fertig. Es war, als ob wir gegen ein Förderband gingen. Wir gingen und gingen und gingen, aber der Abstand zu den Bergen blieb immer gleich. Man kann bei so guter Fernsicht Entfernungen nicht richtig abschätzen. Es war noch sehr, sehr weit, bis zu den Bergen im Westen.

Die Orientierung war zwar erheblich leichter. Wir hatten einen fixen Punkt, den wir anpeilen konnten. Unsere Kräfte allerdings gingen rapid zu Ende. Mein rechter Schi war gebrochen. Dort wo der Schuh aufliegt. Er hielt nur noch am Belag.

Am schlimmsten allerdings hatte es Much erwischt. Seine Füße waren aufgeschwollen. An den Schienbeinen löste sich die Haut von den Knochen. Eine Knochenhautablösung. Damit ist er dann noch fast hundert Kilometer gegangen. Er hatte furchtbare Schmerzen, das konnten wir sehen.

Bei meinem rechten Bein kündigte sich dasselbe an. Die unterschiedliche Belastung wegen des gebrochenen Schis machte das Bein kaputt. Aber ich schwankte noch, ob ich die Reserveschi anlegen sollte. Much fuhr bereits auf Reserve. Schließlich tauschte ich doch aus.

Leo hatte die Führung übernommen. Wie ein wild gewordener Leithund rannte er los. Seit er die Berge im Westen gesehen hatte, war er wie ausgetauscht. Nicht, was seinen Umgang mit mir, mit uns betraf. Er gewann von Tag zu Tag mehr an Kraft. Es war eigenartig. Manchmal war er drei vier Kilometer voraus.

Ich blieb hinten bei Much. Wir mußten oft stehenbleiben, weil er nicht mehr weiterkonnte. Manchmal phantasierte er beim Gehen, redete mit seiner Mutter oder mit seinem Kompagnon aus der Werkstatt in Bozen. Ich erzählte ihm Geschichten. Alles, was mir so einfiel. Märchen, meinen Lebenslauf, Filme, die ich gesehen hatte, alles. Er brauchte Medikamente gegen die Schmerzen. Später gab ich ihm Morphium. Jedenfalls am Abend, damit er schlafen konnte.

Es wäre falsch zu sagen, in einer solchen Lage zeigt sich der wirkliche, der wahre Charakter eines Menschen. Das darf man nicht sagen. Man bleibt, wer man ist, solange man einer Situation gewachsen ist. Wenn die Welt über einem zusammenbricht, wird man ein anderer. Und das geht schnell.

Eines Abends, Much lag bereits im Zelt und schlief, da nahm Leo meinen Arm und zog mich fort.

›Wir müssen reden‹, sagte er.

Seine Augen waren weit aufgerissen. Seine Lippen waren zerfetzt, aufgeplatzt und verdorrt. In seinem Bart hing das Eis. Er hatte Schwierigkeiten mit dem Sprechen. Das ging uns allen so. Die Kiefergelenke waren wie verschraubt wegen der Kälte. Und weil wir das Kauen nicht mehr gewöhnt waren. Und weil wir beim Gehen vor Anstrengung so fest auf die Zähne bissen.

›Wir müssen reden‹, wiederholte er. – Mir schien, als müßte er gegen ein Lachen ankämpfen. – ›Es kann sein, daß wir durchkommen‹, sagte er, ›du kannst sagen, was du willst, ich sehe selber, daß wir da vielleicht hinüberkommen jetzt.‹

Ich dachte, so nun will er unseren Streit abklären. Ich gebe zu, ich hatte keine besondere Lust zu einer Versöhnung. Daran dachte ich im Augenblick nicht mehr. Das war irgendwie vorbei. Ich war ihm nicht böse. Aber eine Versöhnung kam zu spät. Wir hätten ja auch ohne Versöhnung wieder gut sein können. Einfach so hineinschlittern in den Normalzustand, so stellte ich mir das vor. Versöhnungsfreude hätte mich zu sehr angestrengt, jetzt.

›Herrgott‹, sagte ich, ›zuerst redest du eineinhalb Monate kein Wort und jetzt willst du reden!‹

Aber er wollte nicht über unseren Streit reden und auch nicht über eine Versöhnung.

›Ich will nichts anderes, als hier herauskommen‹, sagte er. ›Und mit ihm schaffen wir es nicht. Schau her‹, sagte er und zeigte auf die Berge, die jetzt schon groß und breit und dunkel am Horizont standen, ›wir sind so nahe, aber wir schaffen es nicht mit ihm. Wir müssen ihn zurücklassen.‹

Ich drehte mich um und ging zurück zum Zelt.

Noch einen Monat zuvor wäre Leo für jeden von uns gestorben. Da war ich mir sicher. Er hätte auch mich, den er haßte, nicht liegen lassen.

Mir war zum Heulen. Die ganze Nacht blieb ich wach. Wär er doch nur in Bozen geblieben!

Er unternahm keinen Vorstoß mehr in dieser Sache. Von da an rannte er auch nicht mehr mit diesem Tempo voraus.

Wir kamen durch. Unser Ziel, das Dorf Nugssuag, verfehlten wir um knapp zwanzig Kilometer. Der Abstieg durch den Gletschergürtel war bedeutend leichter, als wir erwartet hatten. Dann sahen wir das Meer.

Im Süden reichte eine Halbinsel weit hinaus. Dahinter lag Nugssuag. Unter uns in der Bucht sahen wir Hütten.

Wir waren so aufgeregt und zitterten so, daß wir kaum

unsere Becher halten konnten. Was sollten wir tun? Den weiten Weg zur Halbinsel gehen, sie überqueren und so doch noch Nugssuag erreichen? Oder sollten wir über den Gletscher hinunterklettern zu den Hütten. Es war eigentlich keine Frage. Bei den Hütten würden wir in einem halben Tag sein. In Nugssuag in vier Tagen oder in fünf Tagen. Unser Vorrat war knapp. Unsere Fähigkeit zu hoffen und zu warten völlig erschöpft und aufgezehrt. Außerdem war ich nicht sicher, ob Much einen Marsch von vier bis fünf Tagen durchhalten würde.

Die Hütten gehörten wahrscheinlich Jägern. Ein Jägerstützpunkt, wo keine Frauen waren. Von oben konnte man nichts sehen. Es war zu weit.

Am nächsten Tag machten wir uns auf den Weg nach unten.«

Minach faltete die Hände vor seinem Gesicht und schüttelte den Kopf.

»Es war unfaßbar«, sagte er.

Er stand auf und begann wieder hin und her zu gehen, zwei Schritte in die eine Richtung, zwei Schritte in die andere Richtung.

»Die Hütten waren leer«, sagte er. – Und im selben Atemzug: »Willst du noch Kaffee?«

Ich schenkte mir ein. Er hielt die Hand über seine Tasse.

»Ich nicht«, sagte er. »Kein Mensch, kein Hund. – ›Gott liebt uns nicht‹, sagte Leo. – Es war ein solcher Schock für uns, das kann sich niemand vorstellen. Einen Tag lang saßen wir herum auf alten Holzplanken, auf dem moosigen Fels, im Gras, das noch da war. Alles aus. Alles vorbei.

Wir gingen uns gegenseitig aus dem Weg. Der eine saß da, der andere dort. Zwanzig, dreißig Meter voneinander entfernt. Ich habe den Rücken vom Much gesehen. Der hat so gezittert. Er hat geweint. Ich bin zu ihm gegangen. Bin hinter ihm stehen geblieben. Habe mir auf einmal gedacht: Der muß doch allein weinen dürfen. Es hat ihn am ganzen Körper geschüttelt. Er hat gewimmert. Ich hätte ihn gern festgehalten, ihn umarmt. Es hätte mir selbst auch gutgetan. Ich bin wieder umgekehrt. Ich habe dieses Elend nicht ausgehalten.

Der Leo ist herumgegangen, hat Gras ausgerissen, hat sich damit die Hände gerieben. Er ist immer auf und ab gegangen, direkt neben dem Wasser. Wenn sich unsere Blicke trafen, hat er kehrt gemacht. Er hat laut mit sich geredet. Manchmal hat er Anfälle bekommen, ist in die Knie gegangen, hat die Hände zum Himmel gestreckt, hat sich auf den Bauch fallenlassen und hat geschrien, geflucht.

Ich bin die meiste Zeit einfach dagesessen und hab vor mich hingestarrt. Zuerst war da ein Schock. Klar. Der hat dir den Kopf leergemacht. Aber mit der Zeit hat es dann wieder angefangen zu denken. Ich war schockiert. Natürlich. Aber ich war nicht verzweifelt. Es war noch eine Ruhe da. Irgendwo in meinem Kopf war noch ein Fleck Ruhe. Darauf habe ich mich konzentriert. Wer bist du und was willst du, habe ich gesagt. Die Antwort waren zwei Wörter: Ein *Mensch* und *leben*. Das genügt. Das ist eine Basis. Das ist die Basis. Du weißt, wer du bist, und du weißt, was du willst. Elementare Dinge.

Wir hatten Muchs Schlitten oben im Gletscher gelassen. Nahrung war noch da für knapp drei Tage. Wir scherten uns nicht darum. Jeder nahm, soviel er wollte. Jeder Extraportionen.

Die Halbinsel Nugssuag konnte man nur erreichen, indem man wieder hinauf auf den Gletscher, ganz hinauf und dann über den Spaltenbereich hinüber ging. Noch einmal einen Aufstieg! Damals am ersten Tag hatten wir knapp hundert Meter geschafft. Frisch, ausgeruht. Jetzt waren wir fertig. Da noch einmal hinauf? Niemals! Unmöglich! Ausgeschlossen! Dem Sisyphos ist der Stein heruntergerollt.

Nein, für so eine Unternehmung hatten wir zu wenig Kraft. Und zu wenig Nahrung. Kein Gedanke daran.

Interessant ist, daß Leo doch noch die meiste Energie hatte. Jedenfalls hat es so ausgesehen. Als er sich einigermaßen gefaßt hatte, lief er von mir zu Much und wieder zurück, rief die ganze Zeit:

›Ich geh hinauf! Ich geh voraus! Hilfe holen! Hinauf! Gehen! Gehen! Laufen! Laufen!‹

Und dann sagte Much zu mir, ganz ruhig sagte er zu mir:

›Schau, Reinold‹, sagte er, ›wir haben es geschafft, wir sind hinüber. Hocken wir uns zusammen, tun wir uns versöhnen, und dann legen wir uns nieder.‹

›Nein‹, sagte ich zu ihm, ›ich will nicht sterben. Fürs Sterben braucht man sich nicht noch extra anstrengen, das tut man schon von allein.‹

Nach eineinhalb Tagen hatten wir unseren Vorrat aufgegessen.

›Du bist der Jäger‹, sagte ich zu Leo. ›Schieß uns etwas!‹

Ganze Schwärme von Vögeln waren in der Bucht. – Aber er konnte nicht mehr zielen. Er schoß und die Vögel flogen davon. Heruntergefallen ist nichts. Seine Energie war Gaukelei. Leere Kilometer.

Dann probierten wir die Algen aus dem Meer. Das Kauen tat gut. Jetzt, habe ich gedacht, jetzt gehts bergauf! Dann haben wir gekotzt.

Wertvolle Zeit ließen wir vergehen. Taten nichts.

Much blieb apathisch. Er war nicht deprimiert. Einfach still. Hatte abgeschlossen.

›Komm‹, sagte ich zu Leo, ›wir bauen ein Floß.‹

Leere Ölfässer lagen Dutzende herum. Die meisten hatten allerdings Rostlöcher.

›Wir bauen ein Floß aus Fässern und Brettern‹, sagte ich, ›Wir reißen einfach die Hütten ab. Dann rudern wir über den Fjord, steigen über die Halbinsel und sind da.‹

Er begriff sofort.

›Du mußt mit dem Much reden‹, sagte ich.

Gut, wir machten uns an die Arbeit. Leo und ich. Das war gut. Wir hatten Hunger. Und ein bißchen Mut. Lange würden wir nicht mehr durchhalten.

Wir banden unsere beiden Schlittenwannen mit drei Ölfässern, die einigermaßen dicht waren, zusammen, bauten mit Stricken einen Bretterrost, legten ihn darüber. Sogar ein Segel zogen wir auf. An den Seiten machten wir

Schlingen fest für zwei Paar Paddel. Hinten brachten wir ein breites Ruder an.

Much war nicht zu bewegen. – ›Ich will nicht versaufen‹, sagte er.

Noch einen Tag mußten wir drangeben, um ihn zu überreden. Der Hunger machte uns schwer zu schaffen. Wir hatten Kreislaufbeschwerden, die Knie sanken uns ein. Ich hatte einen entsetzlichen Geschmack im Mund. Ich lutschte Schnee und spuckte das Wasser aus, sonst hätte ich mich übergeben. Und mit leerem Magen kotzen, dann hätte es mich umgehauen. Endgültig.

Dann schoß Leo doch etwas. Einen Seehund. Wir nahmen ihn aus, kochten erst wenig von dem Fleisch und aßen vorsichtig. Wir behielten es bei uns. Nach ein paar Stunden brieten wir uns ein Gulasch. Neben einer Pakkung verschimmelter, ungenießbarer Kekse fanden wir in einer der Hütten sogar Salz. Das Essen gab uns Kraft und Mut, und schließlich ließ sich Much überreden. Den Rest von dem Seehund wickelten wir in ein Segeltuch und dann ruderten wir los.

Prompt kam Nebel auf. Grade als wir vielleicht hundert Meter vom Ufer weg waren. Wir mußten uns mit dem Kompaß orientieren. Verfahren haben wir uns auch noch. Nach sechs Stunden erreichten wir die Halbinsel und nach drei Stunden Fußmarsch waren wir im Dorf Nugssuag.«

Minach ging zum Fenster, öffnete es und lehnte sich hinaus. Von draußen drangen die Geräusch der erwachenden Stadt zu uns herauf.

»Gehen wir schlafen«, sagte er.

Zweiter Teil

Der Jäger

I

Ich hatte mit Leo Degaspari telefonisch verabredet, daß ich zwischen drei und vier Uhr am Nachmittag zu ihm hinauskommen würde. Michael Gratt sollte um diese Zeit etwa auch dort sein.

Minach weckte mich so gegen elf. Wir tranken Kaffee. Ich aß ein Stück Käse. Seine Frau und seine Tochter waren bereits aus dem Haus.

Er war zuerst sehr zurückhaltend und wortkarg, sagte aber dann, es wäre ihm recht, wenn ich am Abend zurückkäme und ihm erzählte, wie es bei Degaspari und Gratt gewesen sei. Ich könne ohne weiteres wieder bei ihnen übernachten, ich könne bleiben, solange ich wollte. Als ich mit dem Käse anfing, stand er auf, überließ mir den Tisch allein, mir und dem streichholzschachtelgroßem Stück Käse. Ich schnitt mit dem Messer Streifchen ab und leckte sie mit der Zunge von der Klinge. Minach beobachtete mich dabei. Es war eine kleine Käseeßvorführung. Wenn ich meinen Mund öffnete, öffnete er den seinen. Als ob er studierte, wie man so etwas macht. Mit Geduld brachte ich den Käse zu Ende.

Er zeigte mir vom Küchenfenster aus den Busbahnhof, ein Haus vis à vis mit einem Blechgiebel, und brachte mich schließlich über die Stiegen hinunter zum Hauseingang. Meinen Koffer ließ ich in der Wohnung. Zwei Bücher für Gratt und Degaspari und den Kassettenrecorder hatte ich in einer Plastiktüte bei mir. Minach beugte sich tief zum Schlüsselloch nieder und sperrte die Tür auf. Auf dem Trottoir blieb er stehen und blickte mir nach.

Er war schwarz gekleidet wie am Abend zuvor, seine lange, hagere Gestalt paßte nicht auf die Straße zwischen die Fußgänger.

Ich ging zum Busbahnhof, erkundigte mich nach einer Verbindung nach Terlan und schlenderte in die Stadt.

Ich hatte Gusto auf überwürzte Spaghetti.

Auf dem Platz vor dem Dom war Markt. Ich kaufte mir in einer Bäckerei eine Semmel und an einem Obststand einen Golden Delicious, der nach Zuckerwasser schmeckte. Während ich aß, spazierte ich zwischen den Ständen herum. Keine Häuserfront, kein Toreingang, keine Geschäftsfassade, nichts kam mir bekannt vor. Als wäre ich nie hier gewesen.

Und doch: Vor elf Jahren waren wir alle miteinander im VW-Bus von Eppan hierher gefahren, um eben diesen Markt zu besuchen. Es hieß, dort solle es günstige Lederjacken und günstige italienische Schuhe geben. Ich wollte mir eine Lederjacke kaufen von dem Geld, das ich zuvor bei einer Autorenlesung verdient hatte. Aber das Geld reichte nicht aus. So günstig waren die Lederjacken auch wieder nicht.

Wir waren zu neunt: Da waren einmal der Journalist Vinzenz Falter und seine Frau Bernarda, mit denen ich sehr eng befreundet war. Ich war in diesem Sommer fast jeden Tag bei ihnen zu Hause gewesen, meistens hatten sie mich zum Essen eingeladen. Sie hatten eine kleine Tochter, mit der ich mich gut verstand. Wenn sie abends ausgingen, paßte ich auf das Kind auf. Einmal haben wir ein ganzes Marmeladeglas pur aufgegessen, nur um zu schauen, ob das geht. An den Vormittagen, wenn Vinzenz in der Redaktion war, saß ich mit seiner Frau auf dem Balkon, und wir unterhielten uns stundenlang. Bernarda hatte großes Vertrauen zu mir, erzählte mir die intimsten Dinge aus ihrer Ehe. Daß sie es nie lieber machen als am Nachmittag und so weiter. Sie war sehr eifersüchtig, rief oft mehrmals am Tag in der Redaktion an. Wenn wir am Abend zusammensaßen, tranken wir Rotwein, Vinzenz legte Schnulzen aus den Fünfzigerjahren auf, und das war alles sehr schön. Ich übernachtete oft bei ihnen. Sie gaben mir einen Schlüssel für ihre Wohnung, manchmal gingen sie alle miteinander den ganzen Tag ins Schwimmbad: Damit ich die Wohnung für mich allein habe, wie sie sagten. Sie wußten, daß ich dann nicht allein war. Ich traf mich dort mit Franziska, der Frau eines Architekten.

Franziska und ihr Mann waren auch nach Südtirol mitgefahren. Er hatte den VW-Bus organisiert.

Dann waren noch der Rockmusiker Bilgeri und seine damalige Frau Johanna dabei. Ich war ein paar Jahre vorher ihr Trauzeuge gewesen. Bilgeri hatte sich noch nicht recht entschieden, ob er Kabarettist, Literat oder doch schlicht Rockstar werden sollte. Seine vielen Talente machten ihm die Entscheidung nicht leicht. Er hatte ein Imageproblem. Wenn er sich mehrere Hundertmeterläufe im Fernsehen anschaute, bekam er ernsthafte Ambitionen, ein Spitzensportler zu werden. Wir kannten uns von früher Kindheit her.

Schließlich Willi, Student der Chemie. Er ist der einzige außer Bilgeri, mit dem ich bis heute befreundet bin. Er war damals so etwas wie ein Jungstar der Literatur. Hauptsächlich war er allerdings Alkoholiker. Heute ist er weder das eine noch das andere. Das eine hat er sich abgewöhnt, für das andere ist er inzwischen zu alt. Aber an Silvester vergißt man das Neue Jahr, wenn er gerade dabei ist, den Sternenhimmel zu erklären.

Und eben Pia und ich.

Ich lebte damals in Deutschland, war Student knapp vor dem Abschluß und im Sommer nach Hause gefahren, weil die Frau, mit der ich draußen in Marburg zusammenwohnte, eines Morgens mit zerkratztem Rücken nach Hause gekommen war und gesagt hatte, sie habe die Nacht mit einem Mann auf dem Rücksitz eines Ford Escort verbracht, sie wisse nicht, ob es deshalb mit uns aus sei, aber sie wolle noch ein paar weitere Nächte mit demselben Mann – und zwar in einem Bett – verbringen, denn der Rücksitz eines Ford Escort sei zu unbequem, um hinterher wirklich entscheiden zu können, ob es gut gewesen wäre oder nicht.

Ich war von den Socken.

»Ist es dir wirklich so wichtig«, jammerte ich hinter ihr her, während sie das Frühstück bereitete.

»Nein, es ist gar nicht wichtig«, sagte sie und probierte den Fruchtsalat.

Sie mochte zum Frühstück gern Fruchtsalat. Aber weil die Zutaten so teuer waren und wir kein Geld hatten, gab es das nur bei besonderen Anlässen. Ich weiß gar nicht, was für Anlässe das waren. Der einzige besondere Anlaß, der mir einfällt, war an diesem Morgen – die Tatsache, daß sie mit einem anderen Mann geschlafen hatte. Aus welchem Grund hatten wir vorher jemals Fruchtsalat zum Frühstück gegessen? Keine Ahnung, alles aus dem Kopf.

Auf jeden Fall ärgerte es mich, daß es ausgerechnet an diesem Morgen Fruchtsalat gab. Außerdem war mein Magen zu. Ich brachte nichts herunter.

»Man muß doch abwägen«, sagte ich weiter. »Wenn es schon nicht wichtig für dich ist, ob du es tust, dann ist es aber doch wichtig für mich, daß du es nicht tust.«

»So gesehen ist es vielleicht doch wichtig für mich«, sagte sie. – Sie hatte keine Spur Mitleid mit mir.

Sie wollte mir schöpfen. Ich zog den Teller fort.

»Was heißt *so gesehen*? Bist du verliebt? Dann wäre es wichtig.«

»Wie sollte ich verliebt sein«, sagte sie, hatte nicht einmal Probleme, mir in die Augen zu sehn. – »Ich kenne ihn ja gar nicht. Ich weiß kaum, wie er aussieht. Es war ja dunkel.«

»Dann ist es dir also nicht wichtig.«

»Vielleicht ist es nicht wichtig.«

»Wie kann etwas vielleicht nicht wichtig sein?«

»Kann es das nicht?«

»Entweder – oder. Entweder wichtig oder nicht wichtig.«

»Das weiß ich jetzt noch nicht. Wie soll ich das alles

wissen, was du mich da fragst. Vielleicht wird er mir wichtig, wenn ich ihn besser kenne.«

Rein logisch gesehen, war ich unschlagbar im Vorteil. Ich probierte doch etwas von dem Fruchtsalat.

»Bin ich dir wichtig?« – Hauptsächlich Bananen und Äpfel und Rosinen.

»Natürlich bist du mir wichtig, sonst würde ich ja nicht mit dir zusammenwohnen.«

»Ja, aber dann«, rief ich, »dann ist es doch unsinnig, etwas aufs Spiel zu setzen, was dir wichtig ist, für etwas, von dem du gar nicht weißt, ob es dir jemals wichtig sein wird!«

»Aber es könnte ja sein, daß es mir doch wichtig wird. Vielleicht morgen, vielleicht in drei Tagen.«

»Wann?«

»Was heißt wann?«

»Wann heißt: Wann es dir wichtig ist.«

»Ich hab keine Ahnung!«

»Ungefähr?«

»Ich kann es nicht sagen.«

»Spätestens?«

»Ich weiß es doch nicht!«

Das ging so weiter. Am Nachmittag saßen wir immer noch vor dem Fruchtsalat. Die Bananen waren inzwischen schwarz geworden, die Äpfel braun, die Rosinen hatten sich prall gesogen, das ganze war ein lauwarmer Matsch, an den Rändern verkrustet.

Schließlich stand sie vom Küchentisch auf. Sie müsse sich etwas hinlegen, sie habe die ganze Nacht nicht geschlafen.

Sie habe die ganze Nacht nicht geschlafen!

»Dann gehen wir eben heute abend früher ins Bett«, murmelte ich ziemlich kümmerlich.

»Aber«, sagte sie und schnippte mir ihrem Finger an meine Wange, »ich schlaf doch heute nacht gar nicht hier.«

Ach, es war entsetzlich.

In dieser Nacht und in zwei weiteren Nächten stand

ich am Fenster und wartete. Der Fruchtsalat, Bild meiner Seele, verdorrte auf dem Küchentisch.

Schließlich fuhr ich ab – im Morgengrauen, ohne zu warten, bis sie kam –, zuerst in die Bretagne, dann nach Paris, dann zu meinen Eltern nach Vorarlberg.

Ziel dieses Sommers: Die Frau mit dem zerkratzten Rücken aus dem Kopf zu kriegen. Am meisten Erfolg versprach ich mir dabei von anderen Frauen.

Mit Franziska, der Frau des Architekten, hatte ich schon im vorangegangenen Sommer etwas gehabt. Das heißt, wir wollten miteinander schlafen, wurden aber durch ihren Mann, der an die Tür pumperte, gestört. Wir schlüpften schnell in unsere Kleider, arrangierten eilig eine harmlos aussehende Situation – aufgeschlagene Kunstzeitschriften auf dem Bettvorleger – und warteten, bis er wieder gegangen war. Das hatte sich im Zimmer ihres siebenjährigen Sohnes abgespielt, den sie vorher zu einem Freund geschickt hatte. Aber Franziskas Mann kam gar nicht auf die Idee, daß jemand bei ihr sein könnte. Die beiden hatten sich vorher gestritten, und er nahm an, sie sei beleidigt und schließe sich ein.

Als ich nun aus der Bretagne kam, besuchte ich sie wieder. Ihr Mann war auf einer Baustelle, ihr Sohn bei seinen Großeltern. Die Wohnung war heiß wie ein Backofen. Große Fensterscheiben nach Süden, draußen über dreißig Grad im Schatten. Wir tranken Tee, Franziska trug einen blutroten Kimono, und ich zog den königsblauen Kimono ihres Mannes an. Niemand störte uns diesmal.

Franziska schrieb Gedichte. Das war ihr sehr wichtig. Alle möglichen Jugendhäuser, Kulturreferate, engagierte Kapläne und sozialistische Ortsgruppen veranstalteten Lesungen mit ihr. Durch sie lernte ich Vinzenz Falter und seine Frau kennen.

In diesem Sommer fanden in Vorarlberg eine Reihe von Veranstaltungen statt, die darauf aufmerksam machen sollten, daß eine junge Kultur im Land blühte. Und zu dieser jungen Kultur zählten wir alle dazu. Bilgeri trat als Kabarettist, Literat und Rocksänger auf; ich las aus einem

Roman – die ersten und letzten elf Seiten, es waren dieselben; Franziska trug Gedichte zu Jazzmusik von Schallplatte vor; Willi, der Star, Verfasser einer einzigen Erzählung, ließ lesen, weil er selbst zu aufgeregt war – das blähte sein Image ordentlich auf –, und Vinzenz Falter schrieb über all das in der Zeitung. Es gab nie den geringsten Grund, sich bei ihm zu beklagen.

Pia gehörte nicht eigentlich zu dieser Gruppe. Sie war die einzige Autorin, von der eine Buchveröffentlichung bevorstand. Sie hatte bereits in Wien gelesen und in München. Sie hatte auch bei den offiziellen Stellen des Landes einen besseren Ruf als wir.

Die Idee, nach Südtirol zu fahren, stammte von Franziska. Das habe ich später herausgebracht. Irgend etwas hatte sie sich wohl vorgenommen. Da sollte irgend etwas geschehen. Zwischen mir und ihr. Sicher nicht bloß ein gemeinsamer Urlaub. Aber sie wollte nicht diejenige sein, die den Vorschlag machte. Also hat das Vinzenz Falter für sie übernommen. Er hat dann von sich aus noch Pia eingeladen. Ich weiß auch, daß er ohne seine Frau fahren wollte. Aber Bernarda lud sich selbst ein. Daß Pia zusagte, war ihr gar nicht recht. In diesem Punkt war sie sich mit Franziska einig. Ansonsten konnten sich die beiden nicht besonders leiden.

Am Morgen vor der Fahrt trafen wir uns bei Franziska zu Hause. Sie war zornig, oder besser, sie spielte vor mir zornig: Weil sich ihr Mann in letzter Minute entschlossen hatte, mit uns zu fahren. Er bot an, uns mit einem VW-Bus seiner Firma zu chauffieren. Dann müßten wir nicht mit verschiedenen Autos fahren, das sei lustiger.

Damit war Franziskas Plan wohl ins Wasser gefallen.

Bilgeri, seine Frau, Willi und ich warteten bereits in der Wohnung. Willi war betrunken. Franziskas Mann hatte – ich weiß nicht mehr, wie er darauf kam – das Thema Mittelalter angeschnitten – ich weiß wirklich nicht, wie er darauf gekommen war so früh am Morgen –, jedenfalls holte Willi ordentlich aus, erzählte von Karl dem Dicken, der einen ganzen Sommer lang hier in Vorarlberg, nämlich in Lustenau, gewesen sei, und ging dabei brüllend im Wohnzimmer auf und ab. Ganz egal, wann, wo und wie sehr Willi betrunken war, wenn er erzählte, hörte man ihm zu. Franziska, ihr Mann, Bilgeri, seine Frau und ich standen Spalier. Sich zu setzen lohnte sich nicht, wir wollten ja gleich losfahren.

Als letzte kamen Vinzenz und Bernarda. Sie machten Willis Rede ein Ende. Er hatte großen Respekt vor Vinzenz. Jedenfalls damals noch. Vinzenz und Bernarda hatten Pia im Auto mitgenommen. Sie wartete draußen.

Franziska und ich interessierten uns nicht all zu sehr füreinander. Aber wenn wir zusammen waren, spielten wir uns so etwas wie verrückte Liebe vor. Wenn wir uns bei Vinzenz in der Wohnung trafen, schliefen wir recht prosaisch miteinander, und ich nehme an, auch sie dachte dann daran, um wie vieles wilder und poetischer unsere Phantasien waren, wenn wir uns die ganze Sache am Telefon ausmalten. Sie hatte einen Hang zum Theatralischen. Darum glaube ich auch, daß es ihr gar nicht so unrecht war, daß ihr Mann mitfuhr. So würde uns der Reiz der Blicke und Knüffe sicher sein, der schnell geflüsterten Worte, der flüchtigen Hände.

Ihr Mund zog mich an. Er war groß und weich, die Mundwinkel hatten etwas Leidensbereites. Sie waren eine dauernde Regieanweisung für mich. Wir spielten uns Hoffnungslosigkeit vor. Das erregte uns. Aber ich liebte sie nicht. Ich war nicht einmal verliebt in sie. Jedenfalls dachte ich nicht dauernd an die Frau mit dem zerkratzten Rücken.

In den Gesprächen zwischen Franziska und mir herrschte eine andere Wirklichkeit, da waren wir zwei immer knapp davor, unseren Ausbruch zu planen. Alles lief bei uns übers Reden. Geredet haben wir am liebsten am Telefon. Jede tatsächliche Berührung war fad gegen den am Telefon gehauchten Satz: ›Ich kann ohne dich nicht leben. Ich halte es nicht mehr aus.‹ – Keine Ahnung, was damit gemeint war.

In Gesellschaft gab sie sich vornehm, im Bett spielte sie

auf ordinär. Ich dagegen gab mich ordinär, wenn ich mit ihr unter Leuten war, und im Bett war ich ein langweiliger, nüchterner Liebhaber, der hinterher nicht ungern schnell wieder in die Hosen kam.

Die ganze Geschichte ging mir allmählich auf die Nerven. Wenn ich den Telefonhörer aufgelegt hatte, war ich traurig und konnte mich selbst nicht leiden. Ich begann, Franziska aus dem Weg zu gehen, jedenfalls einem Treffen mit ihr allein. Ich gab an, ich wollte Vinzenz und Bernarda nicht allzu tief in unsere Affaire hineinziehen; log, die beiden sähen es nicht gern, wenn wir am Nachmittag in ihrem Bett lägen, und sie sich mit ihrer Tochter ins Schwimmbad verziehen müßten.

Ich konnte mir noch so sehr vornehmen, meine Stimme kontrollieren zu wollen, wenn ich dann mit ihr zusammen war oder mit ihr telefonierte, verfiel ich automatisch in jenen Existentialistenton, den sie, wie ich mich erinnerte, schon bei unserem ersten Flüstern auf dem Bettvorleger im Kinderzimmer ihres Sohnes vorgegeben hatte; als wir darauf warteten, daß ihr Mann entweder noch einmal klopfen oder die Tür einschlagen oder gehen würde.

Also ich sagte ihr, daß wir uns nicht mehr bei Vinzenz treffen könnten. Sie sagte »Lieber, Lieber«, – ich sagte »Liebe, Liebe«, – und dann lamentierten wir über die feindselige Umgebung, die unsere Liebe nicht zulasse.

Ich war zu Hause bei Falters, als ich mit ihr telefonierte. Bernarda lag auf dem Balkon im Liegestuhl. Ihre Tochter war im Schwimmbad. Bernarda hatte nie gesagt, daß es sie störe, wenn Franziska und ich uns bei ihnen träfen. Aber ich wußte, sie verstand sich nicht besonders mit ihr.

Als sie merkte, daß ich telefonierte, kam sie ins Wohnzimmer, tat, als ob es ihr peinlich wäre, mich gestört zu haben, und verschwand in der Küche.

Jetzt konnte ich nicht mehr laut reden, die Tür zur Küche stand offen. Flüstern wollte ich nicht. Ich wechselte also den Ton von leidenschaftlich zu kurz angebunden. Prompt interpretierte Franziska das falsch:

»Du willst es genauso wie ich«, sagte sie. »Ich hör dir ja

an, daß du ganz verrückt nach mir bist. Dein Hals klemmt, ach, ist das schön!«

Es war mir unmöglich, dem zu widersprechen, jedenfalls nicht am Telefon. Dabei hatte ich sie angerufen, um ihr zu sagen, es sei vorbei; klar, irgendwie schmerzensreich verpackt: Ich kann so nicht mehr weiterleben ... oder so.

Jetzt sagte ich knapp:

»Du hast recht.«

Bernarda kam zur Tür herein, in der Hand ein Glas Limonade. Demonstrativ ging sie auf Zehenspitzen. Bevor sie das Glas auf dem Tischchen neben mir abstellte, wischte sie über die Platte. Das brauchte alles seine Zeit.

»Sag es mir«, säuselte Franziska am Telefon.

»Was denn«, fragte ich – im Ton völlig neutral.

»Du mußt dich arg beherrschen, stimmts?«

Bernarda gab mir ein Zeichen, sie wolle auf keinen Fall stören. Sie brauche nur Feuer für ihre Zigarette.

»Stimmt«, sagte ich ins Telefon. Dabei suchte ich in meinen Hosentaschen nach Streichhölzern.

»Du sollst nicht *stimmt* sagen, ich will hören, daß du verrückt nach mir bist.«

»Ich bin verrückt«, sagte ich tonlos.

Bernarda runzelte die Stirn und schaute mich fragend an. Ich warf ihr die Streichhölzer zu.

»Das laugt mich ganz aus, wenn ich höre, daß du keine Spucke mehr im Mund hast«, sagte Franziska am anderen Ende der Leitung. »Sie sollen sich denken, was sie wollen, ich komme. Schick sie aus der Wohnung!"«

»Nein«, stieß ich hervor.

Bernarda hatte eine Zigarette für mich angezündet und steckte sie mir in den Mund.

»Wieso nicht?« – Franziskas Stimme schlug blitzschnell um. Anderer Ton, andere Rolle: Das mit Mühe unterdrückte Leid. – »Willst du nicht?«

»Doch, doch«, sagte ich und fing die Zündhölzer auf, die mir Bernarda zurückwarf.

»Warum sagst du das dann in so einem Ton?« jammerte Franziska.

Bernarda stellte einen Aschenbecher neben mich.

»Weil ich keine Spucke mehr im Mund habe«, sagte ich – in eben diesem Ton.

Bernarda reichte mir das Limonadenglas. Da klingelte es an der Wohnungstür. Widerwillig ließ mich Bernarda allein. Es war ihre Tochter. Sie weinte, jemand hatte ihr den Schwimmreifen zerstochen.

Schnell flüsterte ich in den Hörer:

»Natürlich will ich, daß du kommst, aber sie wollen es nicht. Ich kann sie ja nicht aus ihrer eigenen Wohnung schmeißen...«

Und dann, ich weiß nicht warum, schlug ich vor, wir sollten uns in einem Hotel treffen, irgendwo in der Schweiz, vielleicht in St. Gallen oder in Deutschland, in Meersburg zum Beispiel.

Da schob nun Franziska einen Riegel vor: Ihr Mann habe Verdacht geschöpft und kontrolliere sie.

»Was kümmert mich dein Mann«, sagte ich und diesmal hatte ich den Schmerzton drauf.

Ihre Stimme dagegen klang nüchtern.

»Es geht nicht«, sagte sie.

»Warum nicht?«

»Es geht nicht.«

Ich wußte ja, auch sie wollte nicht, daß wir uns trafen. Es ging ihr nur ums Telefonieren.

Warum sie dann allerdings eine Fahrt ohne ihren Mann nach Südtirol einfädeln wollte, ist mir nicht klar. Wahrscheinlich sollte dort ein theatralisches Ende unserer Affaire stattfinden, ein italienisches Finale. Ich weiß nicht.

Wir sahen uns bald nur noch bei Gelegenheiten, die irgendetwas mit Kultur zu tun hatten. Dann verhielten wir uns zwar immer noch wie die Gehetzten – als wären uns nur noch diese wenigen Augenblicke geblieben, als würden uns auch diese Augenblicke durch die Anwesenheit der vielen Leute vergällt, (die uns daran hinderten, über einander herzufallen wie die Tiere). Mein Part bei diesen Gelegenheiten war es, ihr zu stecken, mir sei jetzt alles egal, ich werde ihr im nächsten Augenblick die Kleider vom Leib reißen; ihr Part war es, die Augen zu schließen und mir die Leidensbereitschaft ihrer Mundwinkel vorzuführen. Keine Ahnung, wie man in so etwas hineingerät! Aber die Gewißheit, daß sich daraus nichts ergeben würde, daß wir hinterher nicht plötzlich doch allein dastünden und gezwungen wären, nun all das wahr zu machen, was wir uns ins Ohr geflüstert hatten, ließ doch wieder etwas von dem Reiz aufkommen, der erklärt, warum wir aus dem Kreis dieses Spiels nicht herausfanden.

Bei einer solchen Kulturveranstaltung – wenn ich mich recht erinnere, war es die Eröffnung einer Ausstellung – sah ich Pia zum ersten Mal. Sie lehnte hinten an der Wand. Ihre Haare standen wild vom Kragen der Jacke ab. Ein Fisch aus Silber mit zwei grünen Steinen als Augen hing an einer feinen Kette um ihren Hals. Die Schwanzflosse des Fisches lag in dem Grübchen zwischen ihren Schlüsselbeinen. Sie hatte eine enge schwarze Hose an, die die Knöchel freiließ, und hochhackige, rote Lackschuhe. Die Füße hatte sie ein wenig einwärts gekehrt. Aus der Brusttasche ihrer Jacke schaute eine Zigarettenschachtel, die aufgeklappt und mit Schokolade verschmiert war.

An der Hand hielt sie ein kleines Mädchen. Das war Eva, damals fünf Jahre alt. Sie blickte feindselig auf das Treiben in dem Raum, ihre dunklen Augen blitzten zornig unter den Stirnfransen hervor.

Franziska machte mich auf Pia aufmerksam:

»Sie ist unsere schönste Dichterin«, sagte sie. »Wenn du sie ansprichst, hau ich meinem Mann in aller Öffentlichkeit eine herunter.«

Natürlich wußte ich, daß sie das niemals tun würde. Aber es gehörte zu unseren traurigen Regeln, daß ich nun vorzuspielen hatte, aus Franziskas Bann, der auf mich *ruinös* wirkte, ausbrechen zu wollen, um dann unter dem Druck ihrer – ebenfalls vorgespielten – Verzweiflung schließlich doch nachzugeben.

Ich machte also einen Schritt auf Pia zu, Franziska einen Schritt auf ihren Mann zu. Er unterhielt sich mit einem alten Dichter, den alle für verrückt hielten, weil er sich angeblich halbtot lachte, wenn er von seiner Zeit als Häftling in Dachau erzählte. Ich wollte mich schon zu Franziska umdrehen und ihr ins Ohr flüstern, sie solle nur warten, bis ich mit ihr allein wäre, dann würde ich ihr einen Tritt in den Arsch geben – so oder ähnlich hätte nach den Spielregeln meine Niederlage auszusehen gehabt –, da begegnete ich Pias Blick und mir war, als erriete sie, was ich dachte, als durchschaute sie diese ganze unwürdige Farce. Sie lachte, ließ Eva los und verbarg den Mund hinter ihrer Hand.

Ich wurde fahrig, und weil ich nun schon sehr nahe bei ihr war, strich ich Eva über den Kopf und sagte irgend etwas Nettes. Eva schob meine Hand grob beiseite und umklammerte Pias Beine.

Ich ging, ohne mir ein Bild der Ausstellung angesehen zu haben. Franziska folgte mir. Sie meinte, es gehöre zu unserem Spiel, ich hätte nur die Regeln ein wenig geändert. Bei der Tür riß sie mich am Arm.

»Du gehst nicht allein«, zischte sie.

»Laß mich in Frieden!« fuhr ich sie an. – Sie meinte, auch das gehöre zum Spiel.

Sie stand auf dem Parkplatz vor der Galerie und winkte mir nach, als ich in meinen Wagen stieg und davonfuhr.

Am nächsten Tag ließ ich mir unter einem Vorwand, von Vinzenz Pias Telefonnummer geben. Ich merkte, er gab sie mir nicht gern, konnte aber keinen Grund finden, sie mir vorzuenthalten.

Von einer Telefonzelle aus rief ich an.

Ihr Mann war am Apparat. Ich stammelte herum, sagte, er möge seiner Frau doch ausrichten, ich sei ein Kollege und ich hätte vor kurzem ein Hörspiel von ihr gehört, das mir außerordentlich gut gefallen habe, und das wolle ich ihr eigentlich nur mitteilen und so weiter und so weiter ...

Er war sehr freundlich, freute sich ganz ehrlich über meinen Anruf, sagte, ich solle doch auf eine Tasse Kaffee vorbeikommen, jetzt gleich, das Wetter sei ja so herrlich, man sitze gerade im Garten ... Mein Auto sei in Reparatur, log ich, vielleicht ein anderes Mal. Ich solle ihm sagen, wo ich im Augenblick sei, er würde mich abholen. Wirklich sehr gern, log ich weiter, wenn ich nicht gleich einen wichtigen Termin hätte... Schade, sagte er, dann solle ich einen Augenblick warten, er werde Pia holen.

Ich hörte, wie er ihren Namen rief, zuerst Pia, dann Piola, dann noch einmal Pia, dann war sie am Apparat.

»Ja?« sagte sie.

Ich widerholte, was ich bereits ihrem Mann vorgetragen hatte: daß ich ein Kollege sei, daß wir uns bei der Ausstellung gesehen hätten, daß ich ihr Hörspiel gehört hätte und so weiter und so weiter ... Zum Schluß entstand eine lange Pause, weil ich einen Satz angefangen und mich dann in der Syntax verheddert hatte, und Pia mich wohl nicht unterbrechen wollte.

Schließlich legte ich auf, ohne mich richtig verabschiedet zu haben und in der festen Überzeugung, ein Riesenarschloch zu sein.

Wenige Tage später fuhr ich mit Vinzenz nach Hause. Auf dem Parkplatz schaltete er den Motor ab und bat mich, noch einen Augenblick im Auto sitzenzubleiben. Er müsse mit mir reden, wolle aber nicht, daß Bernarda dabei sei.

»Ich beobachte dich und Franziska«, sagte er. »Wenn es inzwischen doch etwas Ernstes geworden ist, müßt ihr mit ihrem Mann darüber reden.«

Ich hätte selbst am meisten lachen können über das, was ich darauf antwortete:

»Ja, es ist etwas Ernstes«, sagte ich. »Wir werden vielleicht miteinander weggehen.«

Es war ohne jede Überlegung gesagt. Wenn die Gedanken auf Franziska kamen oder darauf gebracht wurden, setzte eine Automatik ein, die ums Verrecken nicht zu bremsen war: Die Stimme senkte sich, der Tonfall wurde pathetisch, die Augenbrauen kräuselten sich, und der Mund begann zu leiden und verlogene Dinge zu sagen.

Vinzenz legte die Stirn auf das Lenkrad und hauchte: »Mein Gott!«

»Also Vinzenz, hör zu«, sagte ich, wollte endlich reinen

Tisch machen, über die Stränge schlagen, hinausschreien, daß Franziska eine blöde Kuh sei und ich ein hirnverbrannter Hornochse, wollte von dem zerkratzten Frauenrücken erzählen, der mich, wie ich stolz glaubte, inzwischen gar nicht mehr interessierte, aber zur Vorgeschichte meiner Feigheit gehörte, wollte ihn bitten, mir zu helfen, aus dem Kreis dieses traurigen Spiels auszubrechen – er ließ mich nicht zu Wort kommen:

»Es wird schwer für euch werden«, sagte er. Ein guter Freund.

»Aber, Vinzenz, wieso denn ...«

Er ergriff meine Hände. – »Ihr werdet«, sagte er und blickte durch mich hindurch, als ob da irgendwo hinter mir beim Haltegriff in seinem VW unsere Zukunft aufgehängt wäre. »Ihr werdet vielleicht sehr einsam sein.«

Am zweitlautesten hätte vermutlich Franziska gelacht.

Nun war die Gelegenheit verpaßt. Ihm jetzt die Wahrheit über Franziska und mich zu sagen, wäre eine Beleidigung gewesen – ihm gegenüber. Also schwiegen wir eine Weile. Dann erzählte er mir von Franziskas Idee: Südtirol, ein Wochenende.

»Und ihr Mann fährt nicht mit«, sagte er. »Jetzt versteh ich, was ihr vorhabt.«

Mir wurde mulmig.

»Ich weiß nicht, was wir vorhaben«, sagte ich.

»Aber ich weiß es«, sagte er. »Fahr nicht mit nach Südtirol! Es wird eine Katastrophe sonst. Ich weiß, was ihr beiden euch bedeutet, aber es wird eine Katastrophe, es wird eine Katastrophe.«

Natürlich wollte er, daß ich mitfahre, und die Wahrheit hätte er mir gar nicht geglaubt. Es lag ihm selbst viel zu viel daran, durch Franziska und mich die Möglichkeit einer verrückten Liebe, einer *amour fou*, vorgeführt zu bekommen.

Ich sagte, ich werde es mir überlegen und fragte so nebenbei, wer sonst noch mitfahre.

»Pia«, sagte er, ohne mich anzusehen und noch viel mehr *nebenbei*, als ich gefragt hatte.

So war es dann. Franziskas Mann fuhr doch mit. Wir waren zu neunt.

Wir fuhren über den Brenner nach Südtirol. Vorher kehrten wir in Innsbruck ein, aßen Pizza in einem Restaurant am Fluß.

Schon das Hinsetzen war ein Durcheinander. Der Kellner wies uns einen Ecktisch zu, der von drei Seiten durch eine hufeisenförmige Bank umschlossen war. Wir zwängten uns mit geknickten Knien zwischen Bank und Tisch, stiegen auf die Sitzfläche, überholten im Sitzen rutschend einer den anderen, fädelten am Ende der Bank wieder aus, um das Umundum von neuem zu beginnen. Ich setzte mich erst ganz nach hinten, stand aber wieder auf, setzte mich auf den Stuhl an der Stirnseite des Tisches, stand auch hier wieder auf. Alle machten es so.

Franziska wollte neben mir sitzen, ich wollte neben Pia sitzen, Vinzenz wollte neben Pia sitzen, Willi wollte auch neben Pia sitzen, und Bernarda wäre am liebsten rechts und links und gegenüber von Vinzenz gesessen. Erst standen die anderen da und schauten zu, warteten, bis wir uns gefunden hätten. War aber völlig aussichtslos, außerdem kam der Kellner mit den Speisekarten, und er gab sie nicht aus der Hand, bevor nicht alle saßen. Also mischten Bilgeri, seine Frau und Franziskas Mann jetzt auch noch mit.

Alles wäre ganz einfach gewesen, wenn Pia auf irgendeinem Stuhl sitzengeblieben wäre, dann hätte sich zwangsläufig eine Ordnung ergeben. Ein Mensch hat ja zwei Seiten und ein Gegenüber hat er auch noch. Aber jedesmal wenn sich halbwegs eine Gruppierung ergeben hatte, stand sie wieder auf, sagte zu Willi: »Aber wenn du hier sitzen willst?«, sagte zu Vinzenz: »Nimmst du die Bank, nehme ich den Stuhl«, sagte zu Bernarda: »Ich muß nicht ans Fenster ... Wenn du willst«, und so weiter.

Wann ist der Punkt, an dem ein Entschluß gefaßt wird? Irgendwann saßen wir, erschöpft und verärgert. Inzwischen hatte jeder durchschaut, was der Sinn dieses Gerangels war.

Dann bestellte Vinzenz für alle dieselbe Pizza. Meinetwegen hätte er auch Kutteln bestellen können.

Und ausgerechnet während des Essens kam Franziska auf die Idee, ihre Ohrringe zu wechseln. Sie tauschte die nördlichen falschsilbernen gegen die südlichen roten. Schließlich gehört Südtirol ja zu Italien. Einer der Falschsilbernen glitt ihr aus der Hand und rutschte in den Ärmel. Sie war begeistert, zupfte an ihrer Bluse herum und machte laut Meldung. Schließlich bekam sie den Ohrring unter dem Stoff zu fassen:

»Was soll ich jetzt tun«, kicherte sie. »Was soll ich jetzt tun«, rief sie in die Runde. »Was soll ich jetzt tun«, sagte sie zu Vinzenz, der neben ihr saß.

»Laß ihn einfach raus«, rief ihr Mann am anderen Ende des Tisches. – War ja kein unvernünftiger Vorschlag. Eben. Deshalb uninteressant. Außerdem kam er von ihm.

Franziskas Stimme überschlug sich vor Freude, so stolz war sie in diesem Augenblick auf ihre Ungeschicklichkeit.

»Wie denn«, rief sie.

Vinzenz griff nach ihrem Ärmel, hielt den Ohrring fest.

»Jetzt«, sagte er, »fang ihn unten auf!«

Ich sah noch, wie sich Pia und Bilgeri einen Blick zuwarfen, wie sie ihre Köpfe über die Teller beugten, wie sie grinsten.

»Die Pizza wird kalt, und das Ding ist eh nichts wert«, sagte Bernarda.

»Er ist ein Andenken aus Paris«, jammerte Franziska.

»Du hast ihn ja nicht verschluckt«, sagte Bernarda.

»Er ist aus Alpaka«, erklärte ihr Mann und es klang so nachdenklich.

»Wenn er aus Silber ist und sie verschluckt ihn«, meinte Willi mit vollem Mund, »dann ist es kein Problem. Bei Alpaka weiß ich es nicht. Ich kann ja nicht alles wissen.«

»Er ist aus Alpaka«, wiederholte Franziskas Mann. »Aber er hat eine schöne Form.«

»Ein Silbergemisch«, gab Franziska nach.

Willi schob Dreiviertel seiner Pizza von sich weg. – »Also wenn es kein echtes Silber ist«, donnerte er, »dann kann es eine Entzündung des Ohrläppchens geben. Das Ohr muß sich erholen. Das ist alles Dreck!«

Ich versuchte einen Blick von Pia aufzufangen. Sie konzentrierte sich auf ihren Salat, sie konzentrierte sich, sortierte die Blätter nach Farben, wie mir schien, Radici zu Radici, Blattsalat zu Blattsalat, die Bohnen zu den Bohnen, mehr war nicht auf dem Teller, vielleicht sortierte sie auch nach Sorten und gar nicht nach Farben.

Dann sah sie mich an. Blickte mir fest in die Augen. War ganz ernst. Ich lächelte verlegen. Sie spießte ein Radiciblatt auf die Gabel, prostete mir damit zu und schob es in den Mund. Ich fühlte mich nun von allem Unsinn freigesprochen, konnte mich also beruhigt einmischen. Dachte ich.

»Laß ihn doch einfach aus dem Ärmel rollen«, sagte ich.

Vinzenz hielt immer noch den Ohrring unter Franziskas Ärmel fest.

»Ich fang ihn auf«, sagte er.

»Ja, fang ihn auf«, sagte Bernarda. Aber sie sagte es zu mir, streckte die Zunge heraus und rollte mit den Augen. Zu Vinzenz sagte sie: »Schneid ihn doch einfach aus der Bluse!«

Franziska kreischte auf.

»Die Bluse ist aus Seide«, rief sie.

»Aus synthetischer Seide«, stöhnte ihr Mann.

»Es ist ein Seidengemisch«, fauchte sie ihn an.

»Rein synthetisch«, sagte er ruhig.

»Sie ist sogar aus purer Seide«, konterte sie. »Die du meinst, ist die andere.«

Er zog eine Augenbraue hoch, sog die Wangen ein, nickte und blickte vor sich auf den Tisch. Die Wahrheit argumentiert nicht.

Inzwischen hielt keiner auch nur noch eine Gabel in der Hand. So ein kleiner Ohrring hatte gegen neun radgroße Pizzas gewonnen.

»Also«, witzelte Vinzenz, »bilde aus deinem Ärmel einen Kanal.«

Er hielt seine andere Hand vor der Öffnung des Ärmels

auf, Franziska streckte den Arm aus, der Ohrring hüpfte aus ihrer Bluse, über Vinzenz' Hand, unter den Tisch.

»Jetzt liegt er bei den Füßen«, sagte sie. Die Augen zwei kleine Monde, der Mund ein breites Lachen. So ein Vergnügen!

Bernarda knallte ihre Tasche auf den Tisch.

»Zahlen!« rief sie.

Ich wischte mir den Mund ab, wollte mir noch einen Blick von Pia holen – jetzt wäre er wichtig gewesen, eine Vorausinterpretation für das Folgende: ironische Unterwerfung unter den Willen einer Irren, eine Variante des alten *Der Klügere gibt nach* – und rutschte unter den Tisch.

Als ich all diese Beine und Schuhe und Hosen und Socken vor mir sah, war mir schlagartig klar, daß kein wirklich Klügerer sich hinunter zu den Füßen begibt. Ich hätte mich am liebsten mit einem Schalter irgendwo an meiner Brust selbst ausgeschaltet. Ich mußte mir auf die Lippen beißen, um nicht zu bellen.

Der Ohrring lag vor Franziskas Füßen. Ich kickte ihn mit dem Finger in den hintersten, dunkelsten Winkel unter der Bank. Pia war mit einem Fuß aus dem Schuh geschlüpft, und ich fragte mich, ob es mich irgendwie weiterbringen würde, jetzt diesen Fuß zu küssen. Ich war drauf und dran es zu tun. Er wippte leicht, die Zehen unter den Nylonstrümpfen bewegten sich. Der leere Schuh daneben war umgekippt. Es waren dieselben roten, hochhackigen Lackschuhe, die sie in der Galerie angehabt hatte. Sie hatte die Beine übereinander geschlagen, der Saum ihres langen, geblümten Kleides fiel über ihre Fesseln. Sollte ich ihr eine schnelle Nachricht in den Schuh schieben? In der Brusttasche meiner Jacke steckte ein Kuli. So gut hatte ich im Umgang mit Franziska meine Rolle gelernt, daß ich offenbar keinen Feierabend mehr kannte.

Allmählich mußten sie mich oben vermissen. Ich kroch unter dem Tisch hervor und sagte:

»Ich finde den Ohrring nicht.«

Mein Auftauchen war bereits uninteressant. Als wären Monate vergangen. Man hatte sich Zigaretten angezündet. Pia sprach mit Bilgeri und seiner Frau, Franziska putzte ihre Zigarettenspitze mit dem Zipfel eines Papiertaschentuchs. Nur Willi erwartete mich:

»Wenn er aus Alpaka ist«, sagte er, »würde ich den anderen auch wegschmeißen.«

Dann im VW-Bus war es mir egal, neben wem ich saß. Und den anderen war es auch egal, neben wem sie saßen.

Wir waren schon über dem Brenner – Franziskas Mann war bald von der Autobahn abgefahren –, da fiel jemandem ein, wie schön doch eigentlich die Gegend sei und wie schade, hier einfach durchzurasen.

Wir hielten also an. Ich weiß mit dem besten Willen nicht mehr, wo das war. Der Bus parkte in einem Waldweg, der Boden war matschig, in den Fahrrinnen stand das Wasser.

Bilgeri, seine Frau und Willi gingen gleich, ohne auf die anderen zu warten, vom Weg ab in den Wald hinein. Sie hatten sich schon während der Fahrt über Pink Floyd unterhalten. Es war die einzige Rockband, die Willi, der Wagnerianer, einigermaßen akzeptierte. Bernarda ging allein in eine andere Richtung, Vinzenz und Franziskas Mann ließen, nebeneinander stehend, an einer Tanne ihr Wasser ab, Franziska wartete auf mich. Sie saß vorne auf der Stoßstange, rauchte und bohrte mit einem Streichholz im Ohr herum. Es war für sie selbstverständlich, daß ich mit ihr einen Spaziergang machte. Sie drehte sich gar nicht zu mir um.

Pia hatte offensichtlich keine große Lust, den Bus zu verlassen. Die Schiebetür an der Seite war offen, Pia saß auf der Sitzbank und ließ die Beine baumeln.

Ich nahm meinen ganzen Mut zusammen und fragte sie, ob sie ein Stück mit mir gehe. Sie öffnete ihre Lippen zu einem breiten Lachen, drückte schnell die Augen zu und hob die Schultern. So schaut sie, wenn sie verlegen ist, dachte ich. Sie hatte dunkelrot geschminkte, glänzende Lippen.

»Ich kann mit den Schuhen nicht gehen«, sagte sie.

»Dann geh barfuß«, sagte ich.

»Einen Augenblick«. Mit einem kräftigen Ruck zog sie die Schiebetür zu.

Franziska kam um den Bus herum.

»Gehen wir«, fragte sie.

Ich schüttelte den Kopf. Sie wollte noch etwas sagen, kam aber nicht dazu, weil Pia die Tür öffnete und heraussprang. Sie hatte die Nylonstrümpfe ausgezogen, rollte sie zusammen und sagte:

»Also, gehen wir.«

Sie steckte die Strümpfe in die Schuhe und warf sie auf die Sitzbank.

Ich drehte Franziska den Rücken zu und lief voraus. Pia hinter mir her. Ich rannte zwischen den Fichtenstämmen hindurch, sprang über Wurzeln, setzte über eine Lichtung, rannte durch den hohen Farn über einen Abhang hinunter. Schließlich ließ ich mich schwer atmend auf einem Baumstrunk nieder.

Was bist du doch für ein Feigling, dachte ich. Vor wem rennst du eigentlich davon, vor Franziska oder vor Pia? Ich hörte die Vögel über mir im Geäst der Bäume. Sonst war es still. Pia wird es aufgegeben haben, mir zu folgen, dachte ich und ließ alle bisherigen Begegnungen mit ihr Revue passieren. Ich schnitt dabei trostlos ab: Stottern in der Galerie, Stottern am Telefon, freiwilliges Unterdentischkriechen. So nicht, dachte ich, nein, so wirklich nicht!

Sie kam über den Abhang herunter, ihr Kleid hielt sie dabei hoch, damit es nicht im Farn hängen blieb. Ich ging ihr entgegen, streckte meine Hand nach ihr aus.

»Du bist ein komischer Mensch«, sagte sie.

Was, um Himmelswillen, dachte ich, tut ein komischer Mensch! Das hatte nämlich nach einem Kompliment geklungen. Also war komischer Mensch gut. Also verhalte dich gefälligst wie ein komischer Mensch! Aber wie verhält sich ein Mensch, der in der Art komisch ist, die sie meint? Komischer Mensch ist umgangssprachlich, soll eigentlich heißen: interessanter Mensch. Ich muß also interessant tun, rätselhaft, ich muß einer sein, den bisweilen, völlig unberechenbar, die seltsamsten Launen überfallen ... Blitzschnell gedacht, ein weites Feld an Überlegungen. Wie wünschte ich mir, sie könnte in diesem Augenblick in meinen Kopf schauen und nicht nur auf meine Stimme hören. Denn alles in allem brachte ich nicht mehr heraus als:

»Wieso bin ich komisch?«

»Ich hätte mich schieflachen können, wie du unter den Tisch gekrochen bist ...«

Also alles wieder retour. Komisch hieß einfach komisch. Interessant war etwas anderes. Interessant war das gewiß nicht, als ich mit rotem Kopf unter dem Tisch hervorgekrochen kam. Hätte ich ihr eine kleine Nachricht in den Schuh geschrieben, hätte ich jetzt sagen können: Schau einmal in deinen Schuh! Aber ich hätte nicht einmal das sagen können. Ihre Schuhe lagen ja im Wagen.

»Dann geh ich auch barfuß«, sagte ich und zog mir Schuhe und Socken aus.

Und es fiel mir sehr, sehr viel ein, ich redete und redete, ich will gar nicht daran denken, was ich alles geredet habe! Vom Barfußgehen der Feuerländer, über das Südtirolproblem, bis zu den Gedichten von Ezra Pound ...

Als wir wieder zum Bus zurückkamen, warteten die anderen bereits auf uns. Franziska ließ es nicht zu, daß ich mich neben Pia setzte. Sie wartete, bis ich einstieg, dann schwang sie sich neben mich.

»So«, sagte sie, »das wär ja noch schöner!«

2

In Eppan wohnten wir in einer Pension. Die Aufteilung der Zimmer hatte Vinzenz schon vorher telefonisch erledigt. Eheteil zu Eheteil, Willi und ich in ein gemeinsames, Pia in ein Einzelzimmer.

Wir stellten unsere Sachen ab, machten uns frisch und trafen uns dann auf der Straße. Als wir über das Stiegenhaus hinuntergingen, sagte Willi zu mir:

»Also wenn es schon so ist, daß du die Franziska hast, dann laß die Pia mir.«

»Wieso hab ich die Franziska«, sagte ich. »Ihr Mann ist ja hier.«

Er packte mich am Jackenkragen.

»Ich habe den ganzen Tag nichts getrunken«, preßte er hervor. »Und dann will ich auch wissen warum.«

»Du warst ja am Morgen schon betrunken«, sagte ich.

»Das ist ja gar nicht wahr«, sagte er.

»Ich habs doch gerochen!«

»Das war noch von gestern.«

Vinzenz unterhielt die Runde. Einen Witz nach dem anderen ließ er ab, kommentierte jeden Passanten mit seinen Sprüchen. Wir gingen hinter ihm her, er wußte irgendwo in der Nähe ein Restaurant.

»Ich habe das Kapital von Marx gelesen«, brüllte er, »drei Seiten von hinten und drei Seiten von vorne. Keine Spur von Erotik.« – Das war einer seiner Standardsprüche.

Vinzenz kannte Eppan. Regelmäßig fuhr er im Herbst zum Weintrinken hierher. Franziska sagte, sie wolle hinterher in ein Nachtlokal gehen.

»Heute bin ich ein Mann«, rief sie. »Ich will eine nackte Frau sehen.«

Das Restaurant war sehr gemütlich. Wir saßen im Garten unter einer Kastanie. Es waren nur wenig Gäste da. Für die Speisekarte war es zu spät. Also aßen wir Pudding.

Franziska unterhielt sich mit Pia. Sie nahm sie ganz für sich in Beschlag. Ständig flüsterte sie ihr etwas zu. Dann lachten sie. Ich hatte das unangenehme Gefühl, es gehe dabei um mich. Aber das war wohl ein Irrtum. Ich habe Pia später einmal danach gefragt. Sie konnte sich gar nicht daran erinnern, daß ihr Franziska in dem Restaurant ins Ohr geflüstert hatte.

»Aber ich habe es doch gesehen«, sagte ich.

»Warum merkst du dir so etwas«, fragte sie.

Die beiden waren sich sympathisch. Das verwirrte mich. Auch Franziska verwirrte das. Es gelang ihr nicht, ihre aufräumende, rundumschlagende Art zu entwickeln, mit der sie sonst einen ganzen Tisch auf sich konzentrierte. Es verwirrte sie, daß Pia nicht ihren Vorurteilen entsprach.

»Sie ist nett«, flüsterte sie mir zu, während sie mir ihren Daumen heimlich in den Oberschenkel bohrte. »Sie ist nett, aber sie muß noch viel an sich arbeiten.«

»Was meinst du damit«, fragte ich.

»Sie sollte Lyrik schreiben«, antwortete sie. »Weil das kann ich besser als sie.«

Vinzenz war ziemlich abgerutscht. Bernarda unterhielt sich mit Bilgeri und seiner Frau, Willi predigte zu Franziskas Mann und mir, Pia unterhielt sich mit Franziska. Vinzenz sprang von einem Gespräch zum anderen. Das machte ihn fuchsteufelswild. Er hatte schon ordentlich getrunken.

»Von Shakespeare hat keiner von euch einen Schimmer«, brüllte er schließlich so laut, daß Franziskas Mann seinen Pudding fallen ließ. – »Wer schaut gern nackte Frauen an?«

»Ich«, sagte Pia.

Er mußte schlucken, zog einen gequälten Grinser auf, stellte die Augenbrauen schief und sagte leise und mit Timbre:

»Ach so?«

Was ist das, dachte ich, jeder kommt irgendwann bei ihr zu Wort, nur ich hab noch nichts gesagt. Bitte, lieber nichts reden als Blödsinn reden. Aber es war niemand da, der mein Schweigen zu schätzen wußte. In so einer Runde ist man gar nicht anwesend, wenn man nichts sagt. Ich machte den Mund auf, ohne zu wissen, was draus wird. Machte ihn gleich wieder zu. Vinzenz war schneller:

»Und nackte Männer«, fragte er.

»Mag ich auch«, sagte Pia.

Von diesem Augenblick an konnte ich Vinzenz nicht mehr leiden. Ein panischer Bock. Er griff nach Pias Schulter, sie wich ihm aus, er haschte nach, rief, für diese Antwort habe er einen Kuß verdient, sie lehnte sich zurück, bis sie außerhalb seiner Reichweite war, da rutschte er hinüber zu Franziska, forderte von ihr einen Kuß, saugte sich an ihrem Hals fest, schmatzte, der Witz sollte heißen: Ich bin ein Vampir. Franziska ließ es sich gefallen. Sie hatte hinterher einen Knutschfleck. Sie tat, was man in einer solchen Situation von ihr erwartete. Sie kicherte. Sie kicherte, als sie in ihrer Handtasche nach einem Spiegel suchte und sie kicherte tapfer weiter, als sie sich ihren Hals im Spiegel besah. Ich habe nie jemanden so besorgt kichern hören, habe gar nicht gewußt, daß man überhaupt besorgt kichern kann. Mit diesem Kichern hat sie einigermaßen die Stimmung gehalten.

Vinzenz bezahlte für alle und ließ sich eine Rechnung mit Stempel geben.

»Also«, sagte er, als wir wieder auf der Straße waren, »ich werde euch jetzt etwas zeigen, was ihr Kulturfuzzis das ganze Leben lang nicht vergessen werdet.«

»Nackte Frauenhintern anschauen ist mir zu blöd«, sagte Bernarda, »dann kehr ich um.«

Und dann hat Vinzenz zu prompt reagiert.

Er legte seinen Arm um sie und sagte mit seiner Kinderehestimme, die bis vor einer Stunde das einzige gewesen war, was ich an ihm zum Kotzen fand:

»Du, ja, klar, du, Blödsinn, klar, aber wir gehen eben dort einmal gern hin, weil es dort den einzigen literarischen Striptease in ganz Westeuropa gibt.«

»Ach, komm«, sagte ich und hakte mich bei Bernarda ein und wollte weiterreden und sagen, sie solle doch mitgehen, es sei ein Spaß und die Frauen würden sich schließlich auch ausziehen, wenn wir nicht zuschauten. Aber Vinzenz war wieder schneller – und wieder zu prompt.

»Nein, nein«, sagte er – vielleicht hat er in diesem Augenblick vor lauter Pia im Kopf vergessen, seine Kinderehestimme voll auszusäuseln –, »nein, nein, wenn du jetzt so eine richtige Müde bist, dann bring ich dich zurück«, – jedenfalls hat Bernarda deutlich gemerkt, daß sie ihm auf die Nerven ging. Das hab ich ihr angesehen. Sie mußte sich die Tränen verbeißen.

Sie klemmte meinen Arm an ihre Seite und marschierte mit mir voran – übrigens in die falsche Richtung. Franziskas Mann pfiff uns zurück. Vinzenz hätte uns weitergehen lassen. Er war schon damit beschäftigt, sich in das Gespräch zwischen Pia und Willi einzumischen. Später erzählte mir Pia, Willi habe ihr den Unterschied zwischen einem Rosé und einer Weißweinrotweinmischung erklären wollen.

Wir gingen also in den Nachtclub *Dolomiti*.

Mit dem einzigen literarischen Striptease in Westeuropa war die Ausziehnummer ›Hamlet‹ gemeint. Daran erinnere ich mich noch einigermaßen. Eine Dame, ganz in schwarz und silbergrau, neben sich einen Barhocker, auf dem ein Totenkopf aus Plastik thronte – die Spritznaht warf im Scheinwerferlicht einen scharfen Schatten –, zog sich, »Sein oder Nichtsein« hauchend, nackt aus. Das war alles.

Ansonsten habe ich keine Erinnerung an das Lokal behalten. Ich habe nicht die geringste Ahnung, wie es dort aussah, wo die Band stand – wenn überhaupt eine Band gespielt hat –, wo die Tanzfläche war, wo die Bühne. Alles vergessen oder nie richtig gesehen. Was haben Vinzenz und Bernarda gemacht, was Bilgeri und seine Frau – nicht die geringste Ahnung! Ich weiß nur noch, daß Willi, sofort nachdem der Striptease vorbei war, Pia zum Tanzen aufgefordert und sie nicht mehr losgelassen hat, bis ich quer über die Tanzfläche zu ihnen hinging, und während sie sich drehten, Pia fragte, ob sie nicht gescheiter mit mir tanzen wolle.

Es war ja so: Nach dem ärgerlichen Abend kam ich mir

wie das geringere Übel vor. Ganz bestimmt wollte ich nichts weiter, als mit ihr tanzen, ein Gentleman sein, der auf die Schönheit der Bewegung Wert legt, ich, der einzige, der sich zu benehmen weiß.

Sie trug eine enge schwarze Hose und einen dünnen blauweiß gestreiften Pullover, die Ärmel hatte sie über die Ellbogen geschoben. Sie sah aus wie ein Matrose, aber so sah sie gar nicht aus, ich weiß nicht, warum ich damals dachte, sie sieht aus wie ein Matrose, die Haare hatte sie sich im Nacken zusammengesteckt, ihr Mund war tiefrot, wirkte schwarz in dem ultravioletten Licht der Tanzfläche, warum dachte ich nur, sie sieht aus wie ein Matrose, ich habe nie wieder seither gedacht, sie sieht aus wie ein Matrose, aber damals dachte ich es, ich weiß nicht mehr warum.

Sie entzog sich Willis Griffen und legte ihre Arme um meinen Hals. Wir hörten nicht auf die Musik, bewegten uns nicht, umarmten uns, standen den anderen im Weg.

Franziska ja, Franziska legte wunderbare Figuren aufs Parkett, überforderte damit ihren Mann total. Er ging neben ihr her, als hätte er einen Gang zur Post zu erledigen.

Und dann bremste sie eine Pirouette damit ab, daß sie mir ihren Ellbogen ins Kreuz rammte.

Durch die Wucht des Aufpralls wurden Pia und ich beinahe umgestoßen, unsere Köpfe schlugen aneinander. Für einen Moment habe ich die Sterne gesehen. In Pias Augen flammte Zorn auf.

Sie sagte irgend etwas. Aber ich verstand sie nicht, weil die Musik zu laut war.

»Ich habe dich nicht verstanden«, rief ich.

»Das ist kindisch«, schrie sie mich an.

»Was ist kindisch«, schrie ich zurück.

Sie dachte, ich hätte sie absichtlich mit meiner Stirn geschlagen.

Franziska war inzwischen mit ihrem Mann an der Hand über die Tanzfläche davongekreist, sie in ihrem weiten, purpurnen Zigeunerrock: ein boshafter Vogel; er in – ich weiß nicht, was er anhatte: ein klassischer Spaziergänger.

Pia nahm ihre Arme von meinen Schultern. Ein Ärmel rutschte zum Handgelenk. Wir standen uns gegenüber und schauten uns in die Augen, dann schlug sie zu, mit ihrem Kopf, gezielt auf meine Stirn, absichtlich.

Es tat so weh, daß mein Magen rebellierte. Aber was hätte ich anderes tun sollen, als ebenfalls zu schlagen. Das tat ich. Mit dem Kopf, gezielt auf ihre Stirn. Und es muß ihr noch mehr weh getan haben als beim ersten, unabsichtlichen und noch mehr als beim zweiten, absichtlichen Schlag. Mir begannen Augen und Nase zu laufen.

Und dann standen wir mitten auf der Tanzfläche und gaben uns einen Zungenkuß.

Sonst weiß ich nur noch, daß Pia und ich auf dem Weg zur Pension hinter den anderen hergingen, daß uns Vinzenz und Bernarda keines Blickes würdigten, daß Bilgeri seine Frau wegen irgend etwas tröstete, daß Willi besoffen war und einmal auf uns wartete und zu mir sagte: »Gott sei mir gnädig!« und dann wieder den anderen nachtorkelte.

Ich war verliebt in sie. Wir hatten noch einen Samstag und einen halben Sonntag.

Als wir gegen Mittag alle zusammen nach Hause fuhren, wurde nicht geredet. Pia und ich hatten die ganze hintere Sitzbank für uns allein. Die anderen drängten sich vorne – wir hatten Platz. Diese Art der Verachtung war angenehm. Pia streckte sich aus, legte ihren Kopf auf meinen Schoß. Tatsächlich hätte niemand mehr auf unserer Bank noch Platz gehabt.

Sie gaben Pia die Schuld, daß aus dem schönen Wochenende so ein Scheißdreck geworden sei. Nein, Bilgeri nicht. Er war solidarisch mit uns. Aber das war mir damals genausowenig aufgefallen wie die Wut der anderen.

Franziska hat schon eine Woche später darüber gelacht, und zwischen Willi und mir gab es zwar eine längere Pause, aber schließlich ging es weiter, als wäre nichts gewesen. Heute ist er ein guter Freund von uns, Pate unserer Tochter.

Bei Vinzenz und Bernarda allerdings war der Ofen aus.

Später einmal sagte Bilgeri zu mir, seine Frau habe Angst gehabt, unser Verhalten würde ein Vorbild für ihn sein; wenn sie das billige, was in Eppan geschehen sei, müsse sie grundsätzlich auch billigen, wenn er eines Tages ... Heute ist die Situation die: Franziska ist von ihrem Mann geschieden, Bilgeri ist von seiner Frau geschieden, und Pia und ich sind verheiratet. Was mit Vinzenz und Bernarda los ist, weiß ich nicht.

Ich hatte meinen Wagen bei Franziska vor dem Haus stehen. Ohne uns lange von den anderen zu verabschieden, stiegen Pia und ich um und fuhren ab.

Sie wohnte etwas abgelegen, um diese Tageszeit nur mit dem Auto zu erreichen. Wir hofften, ihr Mann würde nicht zu Hause sein. Er würde übers Wochenende mit den Kindern nach München zu seinen Brüdern fahren, habe er gesagt, er werde eventuell sogar bis Dienstag oder Mittwoch bleiben. Dann hätten wir noch zwei Tage für uns allein gehabt.

Ich fuhr zuerst zu meinen Eltern, wollte ihnen nur mitteilen, daß ich zurück sei, aber vielleicht doch noch ein paar Tage irgendwo anders übernachte, bei Vinzenz oder jemand anderem. Pia blieb im Auto sitzen.

Meine Eltern hatten Besuch. Die halbe Verwandtschaft war da, lauter solche, die man selten sieht. Ich gab ihnen reihum die Hand, flüsterte meiner Mutter zu, ich könne nicht bleiben, unten im Auto warte jemand auf mich, – und wollte mich gerade verdrücken, als das Telefon klingelte.

Mein Vater nahm ab, und ich erkannte an seinem Ton, wer dran war. – Ich habe sie die Frau mit dem zerkratzten Rücken genannt. Ich bleibe dabei. – Mein Vater behandelte sie wie eine Schwiegertochter. Er grinste breit und hielt mir den Hörer hin.

Ich dachte, sie sei mir aus dem Kopf. Keine Spur davon.

Ich mußte mich setzen, hörte mir an, was sie sagte, sagte selbst nichts weiter als: »Ich ruf dich später an«, und legte auf.

»Was ist mit dir los«, fragte Pia, noch ehe ich den Wagen startete.

»Meine Freundin hat angerufen«, sagte ich. »Sie wartet, daß ich komme. Das sei ihr seit einigen Tagen sehr wichtig.«

»Fährst du morgen«, fragte sie.

Ich zuckte mit der Schulter.

Pias Mann war zu Hause. Sein metallblauer Citroen parkte vor der Garage. Das Haus stand abseits vom Dorf, war umgeben von einer Mauer und sah unglücklich aus, selten besucht. Es war ein Zweifamilienhaus, oben wohnten Pias Schwiegereltern.

Ihr Mann hatte uns vorfahren hören. Er lehnte im beleuchteten Hauseingang und winkte uns zu. Pia drückte mir die Hand und stieg aus.

»He«, rief er, »trink noch etwas mit uns!«

Es war mir ganz egal, ob die Situation unangenehm werden würde. Vielleicht eine Stunde, vielleicht zwei Stunden, einmal den Kopf an sie lehnen, wenn er in den Keller geht, um Bier oder Wein zu holen, wenn er in die Küche geht, um den Kaffee aufzugießen, wenn er aufs Klo geht, wenn er einen Blick aus dem Fenster wirft.

Ich fuhr meinen Wagen rückwärts in die Einfahrt. Ich wollte den beiden, die nebeneinander vor dem Haus standen, nicht ins Gesicht leuchten. Pia und ich hatten in Eppan kaum über ihn gesprochen. Ich hatte keine Ahnung, wie es die beiden miteinander hatten.

Er ging um meinen Wagen herum, öffnete mir die Tür und hielt mir seine Hand hin. Ich nahm sie, schüttelte sie herzlich.

»Es ist sehr freundlich von dir, daß du Pia hereingefahren hast«, sagte er.

»Wir haben unterwegs in einem Waldweg angehalten und miteinander geschlafen, daß hinterher die Scheiben von innen beschlagen waren«, sagte ich.

»Das habe ich mir gedacht«, sagte er, »darum bin ich nämlich nicht in München geblieben. Darum habe ich am Fenster gewartet, bis ich einen Wagen gesehen habe.

Darum bin ich vor der Tür gestanden, als sie ausgestiegen ist. Darum habe ich dich gebeten, noch etwas mit uns zu trinken, weil ich sehen wollte, wie er aussieht.«

Stimmt nicht. Habe ich nicht gesagt. Hat er nicht gesagt. Er hat gesagt: »Es ist sehr freundlich von dir ...« – Und ich habe gesagt: »Es ist jetzt schon viel angenehmer zu fahren, wenn es am Abend nicht so schwül ist.« – Dann gingen wir hinein.

»Die Kinder schlafen schon«, sagte er. »Wir haben damit gerechnet, daß du erst so spät kommst.«

Pia ging ins Kinderzimmer, beugte sich über die Betten.

»Schau sie dir an«, sagte er zu mir.

Auf der Schwelle zum Kinderzimmer blieb ich stehen. Er stand dicht hinter mir. Pia ignorierte uns.

Ihr Mann redete viel und lachte viel. Er führte mich ins Wohnzimmer, goß Schnaps ein. Durch die offene Tür konnte ich ins Schlafzimmer sehen. Pia packte ihren Koffer aus. Ich mußte von meinem Studium erzählen. Er interessierte sich wirklich. Stellte Fragen, bei denen ich nachdenken mußte, weil ich zu unkonzentriert war und die Fragen zuerst nicht verstand.

»Pia«, rief er, »laß uns nicht allein!«

Sie kam herein, setzte sich auf die Kante des Sofas und zündete sich eine Zigarette an. Er stand auf und schloß die Tür.

»Wie war es denn«, fragte er.

Pia wiegte den Kopf.

»Es geht«, sagte sie.

»Die Kinder haben gewartet, daß du anrufst.«

Pia reagierte nicht. Sie paffte an ihrer Zigarette und schaute ins Leere.

Zu mir sagte er: »Sie telefonieren wahnsinnig gern« und lachte.

Zu Pia: »Ich hab ja nicht gewußt, wo ihr wohnt, sonst hätten wir dich angerufen.«

Pia nickte und lächelte geistesabwesend. Dann stand sie auf:

»Ich bin furchtbar müde«, sagte sie und ging, ohne mich angesehen zu haben.

Ich fühlte mich unbehaglich, stand ebenfalls auf.

»Ja«, sagte ich, »dann mach ich mich auch wieder auf den Weg.«

Er legte mir den Arm auf die Schulter und drückte mich sanft in den Sessel zurück.

»Jetzt bleib doch noch einen Augenblick. Ich hab wenig Gelegenheit, jemand kennenzulernen.«

Also blieb ich und unterhielt mich mit ihm. Ich weiß nicht mehr worüber.

Zum Schluß schenkte er mir drei Schachteln Roth-Händle. Die habe er irgendwann einmal aus München mitgebracht. Aber er rauche andere. Später erzählte mir Pia, er habe sie die halbe Nacht ausgefragt. Aber sie habe ihm nichts von uns gesagt.

So hat es zwischen uns begonnen, vor elf Jahren. Seither war ich nie mehr in Südtirol gewesen. Ja, es ist schon so: Die Tatsache, daß Minach, Gratt und Degaspari Südtiroler sind, hat mein Interesse an ihrer Expedition mindestens ebenso geweckt wie die Expedition selbst.

Aus Südtirol stammen die großen Gefühle.

Von irgendwo her hörte ich eine Turmuhr schlagen. Ich war, ohne auf den Weg zu achten, in der Stadt herumgegangen, wußte nicht, wo ich war, wußte nicht, wie weit es zum Busbahnhof war. Ich fragte jemanden nach dem Weg und beeilte mich. Auf die Spaghetti mußte ich verzichten.

Es war nicht weit. Ich kam bei einer Post vorbei – eine halbe Stunde hatte ich noch Zeit – ging zum Schalter, ließ mir eine Fernsprechmünze geben und rief zu Hause an.

Pia war am Apparat.

»Ich bin gut angekommen«, sagte ich.

»Wohnst du bei Minach«, fragte sie.

»Ja.«

»Was machst du gerade?«

»Ich fahr mit dem Bus nach Terlan zu Degaspari.«

»Ist das weit von Eppan?«
»In der entgegengesetzten Richtung.«
»Die Kleinen vermissen dich.«
»Ich komme bald.«
Als ich beim Busbahnhof ankam, hatte es zu nieseln begonnen. Ich hatte vergessen, Tonbandkassetten zu kaufen. Jetzt war es zu spät. Ich wußte nicht, wie groß Terlan ist, ob es dort Geschäfte gab, wo man Leerkassetten kaufen konnte.

Außer mir warteten nur noch eine Frau mit einem kleinen Buben und ein grauhaariger Mann auf den Bus nach Terlan. Der Mann saß auf einer Bank, hatte die Ellbogen auf die Knie gestützt und das Kinn in seinen Händen. Der Bub rannte auf den ölverschmierten Busparkplätzen herum, rief immer wieder seiner Mutter etwas zu, sie antwortete geistesabwesend. Ich verstand nicht, sie sprachen italienisch.

Dann setzte sich der Bub neben den Mann auf die Bank. Drei Blicke des Mannes sind der Grund, warum ich diese Beobachtung erzähle. Der erste Blick sagte: Nanu, da setzt sich ein Kind neben mich. Der zweite Blick: Fürchtet sich das Kind denn gar nicht vor mir? Der dritte Blick: Nein, das Kind fürchtet sich nicht vor mir.

Der Mann lehnte sich zurück, rieb seine Hände, breitete die Arme aus, legte die Hände auf die Lehne. Nun saß der Bub unter seinen Fittichen. Mann und Kind schauten sich an. Der Bub ernst und einverstanden, der Mann stolz. Sein Mund unter dem grauen Schnurrbart war ein einziges Lächeln, so daß es mir ganz warm ums Herz wurde.

Noch im Bus lächelte der Mann. Der Bub saß ganz vorne bei seiner Mutter, der Mann hinten in der letzten Bank. Er konnte den Buben nicht sehen, die Sitzlehnen waren zu hoch. Aber er lächelte immer noch.

Wir fuhren aus dem Stadtgebiet hinaus durch ein Tal voll von Apfelbäumen. Die Bäume waren kahl, ihre Äste streng geschnitten, wie Arme neigten sie sich dem Boden zu. Verkrüppelt sahen sie aus ohne ihr Laub.

Ich wußte nicht, wo Degaspari in Terlan wohnte. Er

hatte es mir zwar am Telefon beschrieben, ich war aber daraus nicht klug geworden.

Beim Ortseingang stieg ich aus. Ich hielt mich mit der rechten Hand am Haltegriff fest, schwang mich über die Metalltreppe des Busses und hätte beinahe aufgeschrien, so fuhr mir der Schmerz ins Handgelenk. Als ich am Morgen aufgestanden war, hatte ich meine Hand gedreht, zur Faust geballt, hatte sie massiert, hatte meinen Koffer gehoben, aber nichts mehr gespürt. Jetzt tat mir das Gelenk wieder weh.

Außerdem hatte ich Hunger. Der Lebensmittelladen gegenüber der Haltestelle war geschlossen, öffnete erst um drei Uhr. Noch immer fiel der feine Nieselregen. Die Straße war leer.

Ich ging ortseinwärts, betrat ein Gasthaus. Es roch nach saurer Milch und Stall. Die Frau hinter der Theke schaute von ihrer Zeitung auf, strich sich das dunkle Haar aus der Stirn und grüßte mich in deutscher Sprache. – Nein, zu essen gebe es nichts, das hier sei ein Lokal, das erst am Abend Küche habe, jedenfalls wenn keine Saison sei. – Ob ich telefonieren dürfe, fragte ich. Sie zeigte in den Gang hinaus und richtete den Zähler, der neben dem Zapfhahn auf der Theke stand.

Ich hatte Degasparis Telefonnummer bei meinen Sachen in Minachs Wohnung gelassen. Ich schlug also im Telefonbuch nach. Es gab mehrere Degaspari in Terlan, aber nur einen Leo.

Seine Frau meldete sich. Ich beschrieb ihr, wo ich im Augenblick war.

»O je«, sagte sie, »dann haben Sie noch einen weiten Weg zu uns.«

»Wie lange«, fragte ich. »Ich bin zu Fuß.«

»Vielleicht zwanzig Minuten«, sagte sie.

Ihr Mann marschiert über Grönland, dachte ich, und sie hält einen Spaziergang von zwanzig Minuten für lang.

Sie wohnten am anderen Ende des Ortes.

»Auf einem Hügel«, sagte sie. »Unten an der Abzweigung ist ein Weinlokal, dort fragen Sie.«

Ich machte mich auf den Weg. In der Ortsmitte war ein Elektrogeschäft, das offen hatte. Ich kaufte mir einen Fünferpack Sechzigminutenkassetten.

Als ich weit außerhalb des Ortes bei dem Weinlokal anlangte, waren meine Haare und meine Jacke naß und mein Hemd durchgeschwitzt. Ich bestellte einen Expresso. Auch hier war ich der einzige Gast. Die Bedienung, ein Mädchen, nicht älter als fünfzehn, stellte die Tasse vor mich auf den Tisch. Sie sprach italienisch.

Ich sagte: »Degaspari« und betonte ein Fragezeichen.

Sie ging mit mir vor das Lokal, zeigte hinauf zum Hügel, zu dem ein schmaler geschotterter Weg führte. Dort oben standen drei Häuser. Sie hob drei Finger und zeigte auf den mittleren. Es war also das mittlere Haus.

Der Weg wand sich um den Hügel herum, er war auf der einen Seite von Johannisbeersträuchern, auf der anderen von sorgfältig gestutzten Brombeerranken gesäumt.

Die drei Häuser waren sich ähnlich, sahen aus wie Schauobjekte einer Baufirma. Unbewohnt. Alpenländischer Fertigbaustil. Zwei Hunde rauften sich auf dem Rasen zwischen den Häusern. Als sie mich sahen, senkten sie die Köpfe. Es waren Schäfermischungen.

Inzwischen regnete es stärker. Ich überlegte, ob ich umkehren, zu dem Weinlokal zurückgehen und noch einmal bei Degaspari anrufen sollte. Die Hunde machten nicht den Eindruck, als würden sie mich zum mittleren Haus durchlassen. Aber dann ertönte von irgendwoher ein Pfiff und sie rannten davon.

Frau Degaspari öffnete mir, noch ehe ich geläutet hatte. Sie war klein, dick, hatte eine starke Brille und ging an Krücken. Ihr rechtes Bein war in einen Stützapparat aus Leder und Aluminium geschient. Sie lehnte eine Krücke an ihre Hüfte, richtete sich auf und gab mir die Hand.

»Mein Mann ist noch nicht da«, sagte sie. »Aber Sie sind auch überpünktlich!«

Drei Kinder kamen in den Flur gerannt. Das jüngste, vielleicht zwei Jahre alt, hielt mir sein Fläschchen mit

Orangensaft entgegen. Die Mutter lachte, schob es mit einer Krücke beiseite.

»Der Herr will dein verspucktes Saftele nicht.«

Das größte der Kinder, ein Mädchen, zehn bis elf Jahre alt, schätzte ich, riß dem Kleinen das Fläschchen aus der Hand und tanzte durch die offene Tür in die Küche. Der Kleine rannte ihr schnaufend nach. Übrig blieb die Mittlere.

»Das ist die Maria«, sagte die Frau. »Sie hat den Namen von der Mami.«

Sie wollte das Kind an der Hand nehmen, aber es zog schnell den Arm weg. Dann lächelte es pflichtbewußt, reichte mir die Hand und machte einen Knicks. Gleich zogen sich ihre Augenbrauen wieder zusammen, und sie starrte finster vor sich auf den Boden.

Im Flur standen zwei alte Bauernkommoden und ein rosa bemalter Bauernstuhl. Sie sahen aus, als wären sie erst abgestellt worden und warteten darauf, an die vorgesehenen Plätze gerückt zu werden. Die Wände waren leer und grell weiß. Es roch nach Dispersionsfarbe.

Frau Degaspari deutete mit ihrer Krücke auf eine Tür und bat mich vorauszugehen. Dem Raum war nicht anzusehen, wofür er bestimmt war oder wofür er nach einer bevorstehenden Einrichtung bestimmt sein würde. Die Möbel waren von den Wänden abgerückt. Auch hier der Geruch nach Dispersionsfarbe. Mitten auf dem geklebten Parkett war eine Eckbank abgestellt worden, dahinter, gefährlich hoch und schmal ein Wohnzimmerschrank, gestützt auf der einen Seite durch ein blaues Kinderbett, auf der anderen Seite durch zwei hochgestellte Matratzen.

Frau Degaspari sagte kein Wort zu der Unordnung. Es war auch nicht nötig. Dieses Haus wurde innen renoviert. Das konnte jeder sehen.

Durch ein breites Panoramafenster blickte ich hinaus auf die Wiese und über den Hügel hinunter ins Tal zu den tausenden Apfelbäumen.

Vor dem Fenster balgten sich die Hunde. Sie gehören

dem Nachbarn, sagte sie auf meine Frage, sie seien harmlos, behaupte jedenfalls der Nachbar, sie selbst könne Hunde nicht leiden, aber es solle nur einmal einer kommen und etwas von ihr wollen, dann … Sie drohte mit der Krücke, machte ein tapferes Gesicht und sah dabei so komisch aus, daß ich herauslachen mußte. Sie stimmte in das Lachen ein, ließ sich in einen der beiden Kunstledersessel fallen und rief laut – überlaut – nach ihren Kindern.

Nun stellte sie mir die drei vor – mit Namen, Alter und hervorragenden Eigenschaften.

»Der Markus«, sagte sie und zeigte auf das jüngste, das mir vorhin seinen Saft angeboten hatte, »kann das M und das N nicht voneinander unterscheiden, und die Mama hofft, er lernt es nicht so bald, aber vor einem Fremden macht er keine Vorstellung. Ab!« – Sie gab ihm einen Klaps auf das Windelpaket.

»Haben Sie auch Kinder?«

»Ja, vier.« – Keine weitere Frage.

»Die Doris«, sie winkte die Älteste zu sich, »geht in die dritte Klasse Volksschule und tut am liebsten Tiere zeichnen, was sie auch gut kann.«

Ein sehr, sehr hübsches Mädchen. Sie schenkte mir einen gelangweilten Blick unter gesenkten Wimpern hervor und schwänzelte zur Tür hinaus. Maria, die Mittlere, folgte ihr.

»Die Maria ist beleidigt auf mich«, sagte Frau Degaspari. – »Maria«, rief sie ihr nach. – Das Mädchen drehte sich um, und ihre Mutter riß die Augen weit auf, formte die Finger zu Krallen und knurrte. Das Mädchen streckte ihr die Zunge heraus und gab der Tür einen Stoß. Frau Degaspari lachte.

Der Bub kletterte auf ihren Schoß und legte sein Gesicht an ihre Brust.

»Was Markus«, sagte sie, »jetzt will auch noch ein Schriftsteller über den Blödsinn vom Papa schreiben.« – Und sie lachte noch lauter.

Ich hörte im Flur eine Männerstimme, flugs rutschte

der Bub vom Schoß seiner Mutter und rannte zur Tür. Frau Degaspari erhob sich mühsam aus dem Sessel.

»So«, sagte sie, »jetzt ist er da. Jetzt braucht es mich nicht mehr zur Unterhaltung.«

Diese Frau mochte ich.

3

Leo Degaspari trat zur Tür herein. Er war klein und drahtig, hatte kupferrotes Haar und einen Vollbart in derselben Farbe. Die Hand, die er mir entgegenstreckte, war weiß, zart und voll Sommersprossen. Er sah mich aber nur kurz an und gab seiner Frau Erklärungen, die eigentlich an mich gerichtet waren, warum er erst so spät komme, warum er unterwegs nicht habe anrufen können und so weiter. Er sprach in einem sehr ausgeprägten Südtiroler Dialekt. Seine Stimme war laut, bellend, jeder Satz war gerufen. Die lange, dünne Nase gab dem Gesicht etwas Vogelhaftes. Die flinken Augen, die keinen Moment lang auf einer Sache bleiben konnten, verstärkten diesen Eindruck. Den Kopf hielt er ein wenig im Nacken, das Kinn reckte er vor.

»Aber wer etwas will, der kann warten«, rief er und gab mir noch einmal die Hand. Er hatte vergessen, daß wir uns schon begrüßt hatten.

»Er hat ja nicht lang gewartet«, sagte die Frau.

Sie stand immer noch zwischen Tür und Angel. Er reichte ihr die Krücken hin.

»Habt ihr schon darüber geredet?«

»Um Gotteswillen«, lachte sie heraus. »Über das werde ich reden!« Sie richtete sich die Krücken. – »Kaffee und Kuchen gibt es.« – Dann ging sie.

»Erst wenn dann der Much kommt«, rief ihr Degaspari nach. Er wartete, bis sie in der Küche verschwunden war, dann schloß er die Tür. Er wies auf einen Sessel, setzte sich auf die Kante des anderen.

»Nehmen Sie Platz, es wird ja nicht all zu lange dauern.«

»Na ja«, sagte ich, »eigentlich dachte ich schon, daß Sie ausführlich erzählen . . .«

». . . bis der Much kommt«, unterbrach er mich. »Zum Reden gibts wohl genug.«

Er saß da wie ein Prüfling. Der Rücken gerade, die Hände gefaltet. Seine Daumen hopsten ungeduldig.

Ich setzte mich, führte eine bequeme Haltung vor, wollte zeigen: das soll ein Gespräch und kein Verhör werden.

Er wartete, daß ich anfing zu reden, starrte mich an, den Kopf leicht geneigt, den Mund offen. Er war mißtrauisch, das merkte ich.

Schließlich sagte er:

»Also, was ist es?«

Ich richtete mich auf und erklärte, was ich schon vor ihm Minach erklärt hatte: daß ich die Sendung von Krabichler gehört habe, daß mich die Sache allgemein interessiere, daß ich aber noch nicht wisse, was ich damit anfangen will.

Er schwieg. Meine Erklärung schien ihn weder zu interessieren noch im geringsten zu erstaunen. Was wollte er denn wissen? Ich hatte weiter nichts zu sagen. Und dasselbe hatte ich ihm bereits am Telefon mitgeteilt. Er hatte mir zugesagt, er werde mir viel erzählen, er werde mir alles erzählen, ich komme genau zur richtigen Zeit, hatte er gesagt, jetzt könne er darüber sprechen und das werde er tun, auspacken werde er, hatte er gesagt.

Er schwieg immer noch. Ich griff in die Plastiktüte, holte mein Buch heraus und gab es ihm. Er erriet meine Gedanken.

»Nein, nein«, sagte er, »ich glaube Ihnen schon.«

»Gut«, sagte ich, »dann fang ich einfach an. Mit dem Fragen.«

»Ach so«, sagte er. »Ich habe gedacht, wir warten, bis der Much kommt. Aber von mir aus. Reden kann ich auch allein.«

»Also«, fing ich umständlich an, »Sie haben vor drei Jahren gemeinsam mit Gratt und Minach ...«

»Haben Sie schon mit ihm gesprochen?« unterbrach er mich.

»Ja«, sagte ich und bereute es sofort. Hoffentlich macht er jetzt nicht zu, dachte ich.

Aber meine Befürchtungen waren unberechtigt. Er lachte, die Oberlippe gab viel Zahnfleisch frei.

»Ja dann«, rief er, »dann kennen Sie mich ja schon. Dann werden Sie alles wissen. Er ist ein viel besserer Redner als ich. Und was er so redet, das weiß ich.«

Jetzt lehnte er sich im Sessel zurück, seine Stimme wurde weicher, seine Gesten runder. Die Tatsache, daß ich mit Minach bereits gesprochen hatte, schien ihn zu beruhigen und auch zu amüsieren.

»Ich weiß, was er Ihnen gesagt hat. Ich kann es mir jedenfalls denken. Das Liebenswürdige am guten Minach ist, daß man sich immer bei ihm auskennt. Der ändert sich nicht. Der ist ein völlig Berechenbarer. Soll ich Ihnen sagen, was er Ihnen erzählt hat? Ich kann es Ihnen auch vorlesen. Kennen Sie die Interviews, die er überall gegeben hat? Die kann ich Ihnen vorlesen. Die halbe Nacht lang, wenn Sie es aushalten. Die hat er schon im Trainingslager geschrieben. Er hat uns gefragt, was für welche Fragen die Journalisten hinterher wohl stellen werden, und dann hat er sich Notizen gemacht für die Antworten. Der gute Minach. Der ist doch ein Träumer, wissen Sie, ein Phantast. Der lebt ja heute noch in Grönland. Ein Grönländer. Ein typischer Grönländer.«

»Stimmt«, sagte ich, »er ist gerade aus Grönland zurückgekehrt.«

Das erstaunte ihn. Flugs saß er wieder in seiner aufrechten, steifen Haltung da, faltete die Hände, ließ die Daumen hüpfen.

»Hat er das gesagt«, fragte er.

Ich nickte.

»Was will er denn dort oben?«

Ich zuckte mit der Schulter.

»Dort oben braucht doch kein Mensch den Herrn Minach.«

Ich zuckte mit der Schulter.

»War er wirklich oben?«

»Hat er gesagt.«

»Dann wird es schon nicht gelogen sein. Aber ich habe das anders gemeint.«

»Er ist auf diese Expedition von damals fixiert, haben Sie gemeint.« – Er soll denken, ich bin auf seiner Seite, dachte ich.

Es wirkte.

»Genau«, rief er, »er ist fixiert!«

»Er kriegt die Expedition nicht aus dem Kopf«, legte ich nach.

»Ganz genau, genau! Er kriegt sie nicht aus dem Kopf! Ich hab das Wort nicht gefunden. Er kriegt es nicht aus dem Kopf.«

Er ließ sich erleichtert in den Sessel fallen, blickte mich an, nickte und grinste. Wir waren also Verbündete. ›Der hat ihn also auch durchschaut‹, dachte er wohl.

»Er fährt ein- bis dreimal im Jahr hinauf«, sagte ich.

»Immer noch Grönländer«, lachte er. »Ich weiß ja nicht, was er dort oben macht. Aber ich kann mir denken, was er sagt, wenn man ihn fragt, was er dort oben macht. Wetten, er sagt: Forschen. Forschen für die Wissenschaft. Er hat nicht mehr zurückgefunden. Jetzt geht er ein- bis dreimal im Jahr hinauf, weil er den Anschluß wieder finden will, den er dort oben verloren hat. Aber in Wirklichkeit lebt er immer noch auf dem Eis, ganz oben, vor drei Jahren. Das ist es. Zu finden gibt es dort nichts.«

Er rutschte auf seinem Sessel hin und her und vor und zurück und rief zu mir herüber, als ob ich hundert Meter von ihm entfernt säße:

»Der ewige Grönländer, nicht wahr! Minach, das Gespenst von Grönland. Vielleicht nimmt ihn die dänische Regierung ins offizielle grönländische Sagenbuch auf!«

Dieser Gedanke machte ihm viel Spaß. Er schlug mit

seiner Hand auf meinen Unterarm, so verbündet waren wir. Dann beruhigte er sich, wurde ernst.

»Für mich war das eine Episode«, sagte er. »Eine schlimme Episode. Das schon. Ich wär ja verrückt, wenn ich sagen würde, das war einfach ein Sommer, halt ein Sommer in Grönland. Aber es war eine Episode. Ich gebe zu, daß es furchtbar war. Er sagt natürlich, das war der Höhepunkt in seinem Leben. Dann hat er es mit der Freiheit. Das hat mich verrückt gemacht: Pfeife in den Mund – Freiheit. Für mich war das alles eine Episode. Für den Much auch. Sie können ihn ja fragen. Da denkt man manchmal daran, dann denkt man entweder, beschissen war es, oder man denkt: Dankschön, daß ich wieder da bin. Aber mehr auch nicht. Also, wo soll ich anfangen?«

Seine älteste Tochter, Doris, kam zur Tür herein. In der Hand hielt sie ein Schulheft. Die Haare hatte sie sich mit zwei Spangen hinter die Ohren geklemmt. Das Heft legte sie aufgeschlagen neben ihren Vater auf die Lehne des Sessels.

»Das soll ich dir zeigen, hat die Mama gesagt.«

Im Heft war eine Buntstiftzeichnung. Einige Tiere standen übereinander. Degaspari nahm das Heft, hielt es einmal nahe vor seine Augen, einmal weiter weg. Das Mädchen ignorierte mich, lehnte sich an die Knie ihres Vaters und beobachtete genau seine Reaktion.

Er nickte.

»Schön, sehr schön.«

»Weißt du, was das ist«, fragte sie.

»Stadtmusikanten«, sagte er.

Sie kletterte auf seinen Schoß, kroch unter dem Heft hindurch zwischen seine Arme und drückte ihr Gesicht an seinen Bart.

»Komm, nicht, spinnst du«, rief er und schob sie weg. »Hast du das selber gemacht?«

Sie sprang von seinen Knien, wiegte sich in den Schultern, grinste und nickte. Er reichte mir das Heft hinüber.

»Das soll so ein Lehrer einmal malen können«, sagte er. »Er läßt kein gutes Haar an ihr.«

Ich hatte gar keine Zeit, das Bild anzusehen, schon nahm er es mir wieder weg.

»Das macht mich unheimlich wild«, rief er. »Schauen Sie das Bild an! Besser als im Buch! Von einem neunjährigen Mädchen! Und er, der blöde Trottel, läßt kein gutes Haar an ihr! So ein blöder Trottel!« – Und zu seiner Tochter: »Du kannst ihm ruhig sagen, der Papa hat gesagt, Sie sind ein blöder Trottel!« – Er schlug mit den Händen auf die kunststoffüberzogenen Lehnen des Sessels, daß es klatschte, und lachte schallend. »Ist ja wahr, oder!«

Das Mädchen warf mir einen schnellen Blick zu – fragend, ob es sich für seinen Vater zu schämen hatte. Ich nickte heftig. Sie zog die Nase kraus.

»Das sag ich aber nicht.«

»Natürlich nicht!« – Er wedelte mit den Händen vor seinem Gesicht herum. »Aber denken tun wir das, oder?«

Wieder streifte mich ein Blick des Mädchens. Ich beeilte mich zu sagen, daß auch ich das Bild ausgezeichnet fand. – »Ganz ausgezeichnet sogar!«

»Zeig es ihm noch einmal«, befahl er seiner Tochter. »Und dann laß uns in Ruh!«

Anstatt mir das Bild noch einmal zu zeigen, küßte sie ihren Vater auf den Bart. Er drückte sie an sich, rieb seine Wange an ihrer Schläfe und freute sich.

»So, aber jetzt«, gurrte er, »ab mit dir.«

Mit gesenktem Kopf und braver Miene ging sie hinaus, schloß die Tür so vorsichtig leise, daß es schon fast ärgerlich war.

Er starrte auf die Türschnalle, die sich langsam hob, dann lehnte er sich zu mir herüber:

»Man darf ihr nicht sagen, wie schön sie ist. Sie hat vor keinem Lehrer Respekt, weil sie so schön ist. Das geht natürlich auch nicht. Aber der eine ist ein Trottel. Jetzt unabhängig von ihr. Ganz objektiv ...«

Er reckte seine ganze kleine Gestalt im Sessel empor und unterbrach sich selbst.

»Was ist«, sagte er ungeduldig, »wir wollen ja nicht

über die Kinder reden. Sie wollen ja etwas wissen, nehme ich an, oder?«

»Also von Anfang an«, sagte ich.

»Als er zum ersten Mal von Grönland angefangen hat?«

»Wie bitte?«

»Der Minach. Als er gekommen ist und gesagt hat: He, Leo, Grönland!«

»Wie Sie wollen. Vielleicht, wie Sie Minach kennengelernt haben . . .«

»Das ist uninteressant. Nein. Also, stellen Sie sich vor, da kommt einer, sagt: Du, gehen wir zu Fuß über Grönland, an der breitesten Stelle! So – und jetzt schaut er dich an und will eine Antwort. Der gute Minach denkt über eine Frage ein Jahr lang nach und dann will er in zehn Sekunden eine Antwort. Also: Grönland. Gehst du mit? Da kannst du ja nicht einfach ja sagen, oder! Aber derjenige will dir gar keine Zeit lassen. Wenn Sie den Minach kennengelernt haben, dann wissen Sie ja, wie er ist. Er wird ja immer noch so sein, wie er war, als ich ihn noch gekannt habe. Und dann redet man mit der Familie: Da will einer, daß ich mit ihm über Grönland gehe. Für die ist das ein harter Schlag.«

»Wie hat Ihre Familie reagiert?«

»Die Frau?«

»Ja, Ihre Frau.«

»Jesus Maria und Josef. Nicht gehen! Bitte, nicht gehen!«

»Und jetzt? Wie sieht sie es jetzt?«

»In der ersten Nacht, als wir wieder da waren, hat sie zu mir gesagt: Also, paß auf, Leo, wenn dir noch einmal so etwas einfällt, dann bring ich dich lieber vorher um. Das war natürlich Spaß. Aber so ungefähr.«

»Und was haben Sie zuerst gedacht, als Minach Ihnen den Vorschlag gemacht hat?«

»Er spinnt. Jetzt spinnt er komplett.

›Nein, Reinhold‹, habe ich gesagt. ›Tut mir ehrlich leid. Aber über Grönland geh ich nicht. Wenn du etwas anderes auf Lager hast, bitte. Aber nicht Grönland.‹

Sagt er: ›Nein, Leo, ich bin ja auch kein Trottel! Das geht, das geht wirklich!‹

Und dann fängt er an und rechnet es dir vor. Du denkst immer noch, der spinnt. Dann fängt er wieder von vorne an. Dann sagt er das mit dem Pulver, mit dieser Nahrung. Also probiers einmal. Na ja, und dann plötzlich hast du es im Kopf. Und dann ist alles klar. Das ist die Art vom Minach: Er sagt etwas in einem ganz bestimmten Tonfall, und du hast nicht den geringsten Zweifel daran, daß er hundertprozentig recht hat. Das kann er, das muß man ihm lassen. Man kann über diesen Menschen sagen, was man will, eines kann er: reden.«

»Sie meinen, er hat Sie zu dieser Expedition überredet«, sagte ich.

»Ich bin ein erwachsener Mann und ein guter Bergsteiger; ich war vor kurzem im Himalaja und ich habe schon jeden Berg gemacht, den es hier in Südtirol gibt. Ich kann nicht einfach sagen, der Minach hat mich überredet, und ich, der naive Bub, ich bin halt auf ihn hereingefallen. Man hat schon selber so etwas in einem drinnen. Es ist auch nicht normal, daß man hier in Südtirol überall hinaufklettert auf die Türme. Einen Sinn hat das nicht. Und dann macht man es trotzdem. Ich habe nie nachgedacht, was das ist, und wenn mich einer fragt, was das ist, dann sage ich halt irgend etwas, aber nachdenken tu ich darum auch nicht darüber. Der Minach weiß sicher ein Wort dafür: Ich nicht.

Der Minach ist eines Tages dagestanden, vor dem Büro beim Österreichischen Rundfunk. Das war, weil ich da als Kameramann gearbeitet habe, nicht angestellt, frei, aber fast jeden Tag, viel öfter als die Angestellten war ich dort. Da hat er mich abgeholt. Sagt er: ›Darf ich dich etwas fragen?‹ Dürfen. Mich darf jeder alles. Warum soll man mich nicht fragen dürfen.«

Er zog ein schäbiges Grinsen.

»Darf ich Sie auch etwas fragen, ganz unwichtig, würde mich nur interessieren.«

»Klar«, sagte ich, »bei mir darf auch jeder alles.« – Das

war zu dick aufgetragen. Er warf mir einen mißtrauischen Blick zu.

»Bei mir nicht«, widersprach er sich. »Absolut nicht. Das ist so dahergeredet gewesen. Keiner darf alles bei mir. Aber fragen darf jeder.«

Er ließ den Mund offen stehen, kniff die Augen zusammen.

»Man redet so daher«, meinte ich beiläufig, »niemals darf einer alles.« – So ein billiges Gerede. Aber was sollte ich tun? Ich rechnete ständig damit, daß er es sich anders überlegte und mich nur noch mit Allgemeingut abspeiste.

»Alles schwarz, stimmts?«

Ich wußte nicht, was er meinte.

»Die Kleider... vom Minach... schwarz... stimmts?«

Ich nickte.

Er platzte mit einem Lacher heraus, als hätte er eine Wette gewonnen.

»Minach hat sich nur positiv über Sie geäußert«, log ich.

Er lachte weiter.

»Das glaub ich. Das glaub ich wirklich. Der meint ja auch, es sei gar nichts gewesen, dort oben, zwischen uns. Das trau ich ihm zu. Minach, der schwarze Eremit. Heute dürfte er mir nicht einmal ein paar Schuhbänder verkaufen.«

Mein lieber Degaspari, dachte ich, das ist alles Theater. Das strengt dich ja alles viel zu sehr an, man sieht ja die Adern auf deiner Stirn, und dein Hals ist rot.

»Ja, ja«, fuhr er fort, nachdem er sich den Mund am Ärmel abgewischt hatte, »es ist schon so. Man fällt auf ihn herein. Der Grund ist sehr einfach. Er fällt auf sich selbst herein. Er macht dir nichts vor. Er glaubt an das, was er sagt.«

Degaspari hat sich auf die Unterhaltung mit mir vorbereitet, dachte ich. Minach hatte aus einem seiner Vorträge referiert. Wenn ich Degaspari unterbrach, kam er aus dem Konzept. Minach war flexibler. Degaspari wurde zornig.

Würde ich ihn nicht unterbrechen, gäbe er nur Allgemeinheiten von sich, dachte ich. Ich entschied mich fürs Unterbrechen, auch auf die Gefahr hin, daß er gar nichts mehr sagte.

»Und dann, wie ging es weiter?«

»Dann sind wir drübergegangen.«

»Vorher.«

»Was vorher?«

»Die Vorbereitungen.«

»Klar, haben wir uns vorbereitet.«

»Wann ist Michael Gratt dazugekommen?«

»Ja, der ist dann dazugekommen.«

»Haben Sie sich selbst nicht auch nach einem Kollegen umgesehen?«

»Das hat der Minach gemacht.«

»Mit einer Zeitungsanzeige.«

»So war es. Der Kompagnon vom Much hat den Much darauf aufmerksam gemacht. Schau, da will einer über Grönland gehen. Das wär doch etwas für dich.«

»Das ist doch sonderbar, daß man für so eine Unternehmung, bei der es um Leben und Tod geht, einen Kollegen über eine Zeitungsanzeige sucht.«

»Wieso? Der Much war ja in Ordnung. Man hätte ja nicht jeden genommen.«

»Waren Sie beim ersten Gespräch zwischen Minach und Gratt dabei?«

»Ich hab den Much dann schon kennengelernt. Wenn das ein Arschloch gewesen wäre, hätt ich das dem Minach gesagt.«

Ich mußte ihm jeden Satz aus der Nase ziehen. Immer wieder wollte er auf seine vorbereitete Ansprache ausweichen.

»Eines möchte ich grundsätzlich sagen: Das war eine Expedition. Und das war nicht die erste Expedition, die ein Mensch gemacht hat. Es ist ein Blödsinn, wenn man so tut, als ob das die erste Expedition gewesen wäre ...«

Es waren wenige Sätze, die er immer wieder abspulte: Der Minach solle nichts aufbauschen, es sei eine Expedition gewesen wie viele andere auch, von einem Streit könne nicht die Rede sein, es seien Auseinandersetzungen gewesen, wie sie bei jeder Unternehmung dieser Art vorkämen, hinterher habe man sich auseinanderentwikkelt, auch das komme vor, überall.

»Sie haben mir am Telefon versprochen, Sie wollten auspacken«, sagte ich. »Aber Sie tun es nicht.«

»Natürlich tu ich das«, rief er aus. »Alles, was ich erzählt habe, das war es. Mich hat niemand gefragt, und vorgedrängt habe ich mich nicht. Das hat ein anderer besorgt. Darum weiß man nur, was der Minach erzählt. Und so wie er die Sache darstellt, so war es nicht.«

Er wurde immer nervöser, je mehr ich fragte. Seine Antworten wurden kürzer, seine Stimme lauter. Entweder ich setzte ihm zu viel zu oder zu wenig.

Ich lehnte mich in meinem Sessel zurück, zwang mich zu Geduld. Den Kassettenrekorder hatte ich bis jetzt noch in der Plastiktüte gelassen. Es hätte nicht gelohnt, etwas aufzunehmen.

»Wie war es zum Beispiel im Trainingslager?«

»Dort haben wir trainiert.«

»Wie trainiert?«

»Mit den Skiern... mit den Schlitten... trainiert eben.«

»Schießen auch?«

»Nein, Schießen nicht.«

»Warum nicht?«

»Was soll man da trainieren?«

»Und Probleme hat es keine gegeben?«

»Natürlich hat es Probleme gegeben.«

»Was für Probleme?«

»Mit den Leuten vom italienischen Fernsehen. Mit uns nicht.«

»Was war mit den Leuten vom Fernsehen?«

»Das waren räudige Typen. Schlimm.»

Einen Versuch wollte ich noch unternehmen. Wenn er ebenfalls fehlschlüge, würde mir nichts anderes übrigbleiben, als zu warten, bis Gratt kam.

»Minach hat mir gesagt«, formulierte ich vorsichtig, »er habe den Eindruck, das heißt, er sei heute sicher, daß Ihnen erst in dem Augenblick bewußt geworden sei, auf was Sie sich eingelassen hätten, als der Helikopter abgeflogen war.«

Er sank langsam in seinem Sessel zurück, sagte lange nichts. Dann hustete er kurz und fing an:

»Vielleicht hat er recht. In gewisser Weise hat er da recht, der Minach. In diesem Augenblick ist mir wirklich vor Augen getreten, was ich zwar schon vorher gewußt habe, aber was man einfach nicht glauben will, was man hinunterschluckt: Nämlich was der Minach für einer ist. Jetzt stehst du mitten im Eis, und der Helikopter fliegt davon, und dir wird klar, daß du einen Wahnsinn vor dir hast, tausendvierhundert Kilometer lang ist der Wahnsinn, und daß dich dazu ein Träumer überredet hat, daß derselbe Träumer die Vorbereitungen getroffen hat, einer der von Luft und Liebe lebt, daß du dein Leben praktisch in die Hände von einem Träumer gelegt hast, und dann noch dazu in die Hände von einem Träumer, mit dem du nicht diskutieren kannst, der dir ums Verrecken nicht recht geben kann, wenn er eine andere Meinung hat, weil er diese Meinung und alles miteinander eben nur träumt, und du ja gar keine Chance hast mit deiner Meinung, auch wenn du sie ihm wie eins-und-eins-ist-zwei auseinandersetzen kannst.«

Ich beugte mich zu der Plastiktüte nieder, die neben meinem Sessel stand, nahm das Gerät heraus, legte eine Kassette ein und drückte auf den Aufnahmeknopf. Der Akku war geladen. Eine Zeitlang würde ich ohne Netzanschluß auskommen. Degaspari achtete gar nicht auf mich. Als ich ihn unterbrechen wollte, um zu fragen, ob er etwas gegen eine Aufnahme habe, winkte er mit der Hand ab und nickte.

»Als es einmal darum gegangen ist, ob man die Schlitten mehr vorne oder mehr hinten belasten soll, und der Much und ich einstimmig der Meinung waren, es ist besser, sie hinten zu belasten, weil sie sich dann besser über die Eiskämme heben lassen – das war noch ganz am Anfang beim Aufstieg –, wissen Sie, wie wir das dem guten Minach beigebracht haben? Das ging so – alles nach genauer Absprache mit dem Much, da haben wir Regie geführt wie bei einem Fernsehfilm: Ich bin zum Minach gegangen und habe gesagt:

›Reinold, ich bin der Meinung, es ist besser, wenn man die Schlitten vorne mehr belastet.‹

Ich habe also genau das Gegenteil von dem gesagt, was ich wollte. Er hat mich nicht einmal angeschaut. Blick in die Ferne. Es war am Morgen noch während dem Frühstück.

›Nein‹, hat er gesagt, ›die Schlitten bleiben so belastet wie sie sind.‹

Ich kann Ihnen sagen, das hat vielleicht Nerven gekostet, so zu reden. Er ist ja sehr groß, überdurchschnittlich groß, groß und dünn; und ich, ich bin jetzt nicht grad ein Zwerg, aber ich bin weniger vom Zwerg entfernt als der Minach vom Riesen. Und dann hat er immer die Angewohnheit gehabt, jedenfalls wenn es sich irgendwie einrichten ließ, daß er sich bergwärts gestellt hat und der andere dadurch unter ihm gestanden ist, also talwärts. Mir ist das gar nicht aufgefallen. Der Much hat mich darauf aufmerksam gemacht. Du hast dich stellen können, wie du wolltest, sofort ist er um dich herumschlawenzelt, und siehe da, steht er wieder über dir. Und jetzt steh einmal talwärts, wenn es da steil einen Berg hinaufgeht, und der andere steht nur zwei Schritte über dir. Und du bist klein, und der ist groß. Da reichst du ihm ja nicht einmal bis zum Hosenladen. Und jetzt red in dieser Position mit ihm. Mich hat das immer geärgert, daß ich da in den Himmel habe schreien müssen, aber gedacht habe ich mir dabei nichts. Erst als mich der Much aufmerksam gemacht hat.

Ich steh also vor dieser langen Stange und sage:

›Vorne belasten.‹

Sagt er: ›Es bleibt, wie es ist, nämlich in der Mitte.‹

Mach ich einen Wirbel: ›Ich will aber vorne!‹

Sagt er: ›Nein.‹

Sag ich: ›Vorne!‹

Sagt er: ›Nein!‹

War alles vorausgeplant vom Much und mir.

›Herrgottnocheinmal‹, hab ich geschrien, ›siehst du das denn nicht ein, du hast ja kein Gefühl für Gleichgewicht! Warum bist du denn so ein sturer Hund!‹

Jetzt hätte ein Streit angefangen, wenn nicht der Much... Alles vorausgeplant von ihm und mir.

Der Much ist dazwischengegangen, hat sich neben den Minach gestellt und mich angepfiffen:

›Jetzt leg dich doch nicht immer wieder mit dem Reinold an‹, hat er gesagt, ›der Reinold hat sich schließlich viel länger mit der ganzen Sache beschäftigt als wir und nicht nur dem Gefühl nach, der hat sich wissenschaftlich damit beschäftigt.‹

Der Minach hat nicht einmal gemerkt, daß er ihn damit auf den Arm genommen hat. Ich mußte mir ja auf die Zähne beißen, daß ich nicht einen Lachkrampf gekriegt habe.

›Also‹, hat der Much gesagt, ›hack jetzt da nicht darauf herum, daß wir den Schlitten vorne belasten sollen, ich vertraue dem Reinold, es ist eh schon ein Kompromiß, daß wir den Schlitten in der Mitte belasten, es wär viel gescheiter, wir würden uns an das halten, was der Reinold von allem Anfang an gesagt hat, daß es nämlich besser wäre, wenn wir den Schlitten hinten belasten würden.‹

Und dann hat der Much den Minach ganz treuherzig angeschaut, ganz knapp an seinem Clownsgesicht vorbei war der Blick, der Much kann nämlich wie ein Clown schauen, und manchmal ist in seinem Gesicht nur so ein Streifer von seinem Clowngesicht, so ganz knapp am Clown vorbei, dann weiß man, jetzt hat er es besonders dick hinter den Ohren. Und genau so hat er den Minach angeschaut und gesagt:

›Oder hab ich dich da falsch verstanden, Reinold, wo du das mit dem Hintenbelasten gesagt hast.‹

Und jetzt ist natürlich dem Minach die ganze Eitelkeit von so einem Forscher in den Kopf gestiegen. Der wird sich gedacht haben: Hinten belasten? Keine Ahnung, daß ich das gesagt habe. Aber vielleicht habe ich das wirklich gesagt. Wenn der Much sagt, daß ich das gesagt habe, dann wird das schon stimmen. Weil ein Forscher ist ja auch zerstreut, der hat ja viel im Kopf, der kann sich ja nicht alles merken, was er gesagt hat, und da gibt es dann die anderen, solche wie der Much, die dann den Forscher an das erinnern, was er einmal gesagt hat.

›Nein, nein‹, hat der Minach zum Much gesagt, ›da erinnerst du dich schon richtig. Natürlich ist es viel besser, wenn wir die Schlitten hinten beladen. Aber wenn der Leo das nicht will, dann ist es besser, wir belasten sie wenigstens in der Mitte.‹

›Leo‹, hat jetzt der Much zu mir gesagt, ›bitte, Leo, sei nicht so bockig, gib halt zu, daß du nicht recht hast. Das haut keinen um, wenn er zugibt, daß er nicht recht hat.‹

Da hat der Much eine richtige Freude daran gehabt, dieses Spiel zu treiben. Manchmal ist mir das auf den Wecker gefallen.

›Ja, ist ja gut‹, habe ich gesagt. ›Von mir aus, belasten wir die Schlitten eben hinten.‹

So ist es dann gekommen, daß die Schlitten hinten belastet wurden.

Aber lustig ist das nicht, wenn man so mit einem Menschen umgehen muß, das können Sie mir glauben. Ich hätte den Zirkus nicht durchgehalten. Aber der Much hat sich einen richtigen Sport daraus gemacht. Man mußte alles so inszenieren, daß es hinterher aussah, als wäre der gute Minach auf die glorreiche Idee gekommen. Auf die Dauer ist das zermürbend. Später war dann alles anders. Man hält das eben auch nicht aus. Mit tausend Kilometer Eiswüste vor dir vergehen dir die Späße, da hockt dir dann einer im Hirn, der dauernd nur heult. Dem kannst du nicht einmal eine ins Maul hauen.

Hinterher kommt man drauf, daß alles von Anfang an schon so war, wie es sich dann gezeigt hat. Sie haben nach dem Trainingscamp gefragt. Das sogenannte Trainingscamp! Was soll ich denn sagen, wenn mich einer fragt: Wie war es im Trainingscamp? Soll ich sagen: Wo? Ist etwa ein Trainingscamp, wenn man einfach sagt: Das ist jetzt ein Trainingscamp. Ist dann so etwas schon ein Trainingscamp? Wenn das stimmt, klar, dann war das dort oben ein Trainingscamp. Weil der Minach hat gesagt, das ist ein Trainingscamp. Aber ich stell mir darunter etwas anderes vor, leider etwas anderes vor, Herr Minach.

Was haben wir dort gemacht? Wenn der Much und ich auf Touren gegangen sind, das Gelände erforschen oder einfach, weil wir uns bewegen wollten, dann ist er immer hinter uns her.

›Wenn euch etwas passiert, wenn ihr euch ein Bein brecht . . .‹

Ja, wenn sich einer ein Bein bricht, dann bricht er sich ein Bein, ob der Herr Minach dabei ist oder nicht. Ich habe bei meinem Bein während der ganzen Expedition nie ein Bedürfnis verspürt, sich nach dem Willen des Herrn Minach zu erkundigen.

Ich hab ihn dann gefragt: ›Warum hast du uns denn überhaupt mitgenommen, wenn du uns jetzt nicht einmal zutraust, daß wir so kleine Entdeckungsfahrten machen. Wozu soll denn dieses famose Trainingslager gut sein, wenn nicht zum Trainieren?‹

›Das Trainingsprogramm‹, hat er gesagt, ›ist wissenschaftlich ausgearbeitet worden. Es ist eingeteilt in einzelne Schritte.‹

›Ja, einzelne Schritte‹, hab ich gesagt, ›genau das wollen wir ja machen. Einen Schritt vor den anderen. Mehr wollen wir ja nicht.‹

›Wenn ihr euch nicht daran haltet, vermasselt ihr meine ganze Arbeit‹, hat es dann geheißen.

Ich habe nie etwas von wissenschaftlichen Einzelschritten gemerkt bei diesem sogenannten Training. Von Wissenschaft hat der Herr Minach viel geredet, vor allem am Anfang, als er noch nicht gemerkt hat, was für Falotten die Leute vom italienischen Fernsehen waren. Das haben wir alle zuerst nicht gemerkt. Aber wenn der Aufnahmeleiter in der Nähe war, dann hat der Minach immer irgend etwas von wissenschaftlich aus dem Mund gekriegt, ganz egal, was grad für ein Thema dran war. Und wenn es ums Sockenanziehen gegangen ist! Das kann man vielleicht auch wissenschaftlich tun.

Und wenn der Much und ich eine Tour machen wollten, dann hat er eben auch wissenschaftlich davon abgeraten. Das heißt, er wollte einfach nicht, daß wir allein gehen. Alles sollten wir zu dritt machen. Da waren ein ganzer Haufen Hütten leer herumgestanden. Hat sich jeder hineinlegen können, wenn er gewollt hat. Hat sich niemand darum geschert. Aber wir mußten zu dritt in einer Hütte schlafen.

Er wollte jeden Handgriff, den unsereiner macht, überwachen. Wir haben wissenschaftlich gegessen. Beim Essen hat er aufgepaßt wie ein Haftelmacher. Wir sind sogar wissenschaftlich aufs Klo gegangen. Das heißt, das sind wir nicht. Jedenfalls ich nicht. Da hab ich einen Riegel vorgeschoben. Im wörtlichen Sinn. Da ist er gestanden vor diesem Holzwedel, der die Tür von dem Klo sein sollte, mit einem Glasröhrchen in der Hand. Ich hab gebetet, lieber Gott, mach daß keiner vorbeikommt und uns sieht. Das kann einem das Wasser sperren, wenn einer vor der Tür steht mit einem Glas in der Hand und auf dich einredet, er will deinen Urin untersuchen.

›Geh weg‹, hab ich ihn angeschrien. ›Es zerreißt mir schon die Blase, aber ich kann nicht, wenn du dastehst!‹

Also hat er mir das Glas über die Tür hineingegeben und hat gesagt:

›Bitte, ich möchte eine Urinprobe.‹

Und ich habe gesagt: ›Danke, ich möchte keine‹ und hab das Glas in das Loch hinunter geschmissen.

So jetzt. Ob ich überhaupt wisse, was das kostet, so ein Glas. Hab ich in den Hosensack gegriffen und ihm die Lira, die ich noch bei mir gehabt habe, hingeknallt.

›Bitte, der Herr, genügt das als erste Rate?‹

Wenn sie keiner von den Grönländern mitgenommen hat, dann liegen sie jetzt noch auf dem Scheißhaus. Wahrscheinlich haben sie sich damit den Arsch abgewischt. Kann mir nicht vorstellen, daß man in Grönland viel andere Freude mit Lire hat.

Von mir wollte er jedenfalls keine Urinprobe mehr. Der Much hat mitgemacht. Ich nicht. Der Much hat gesagt, ihm sei es wurscht, wo er hinbrunzt, solange er sich dabei nicht die Hosen naß macht. War seine Einstellung.

Wie gesagt, ein Träumer. Das ganze Lager hat sich über ihn lustig gemacht. Und er hat es nicht gemerkt. Nichts gemerkt. Überhaupt nichts hat er gemerkt, was da oben los war. Wie sich diese Typen vom Fernsehen aufgeführt haben. Sie haben es mit den Eskimomädchen getrieben. Eine Schande, wenn man nur hingeschaut hat. Ich wollte den gutgläubigen Leuten sagen, daß ich mit diesen Idioten nichts zu tun habe.

›Sagt wenigstens nicht Eskimo zu ihnen‹, hab ich zu dem einen Kameramann gesagt. ›Eskimo heißt Rohfleischfresser. Du willst ja auch nicht, daß ich zu dir Spaghettifresser sage.‹

Hätt ich dann noch fast eine auf die Ohren gekriegt. Wär ja lustig gewesen, wenn wir zwei uns dort oben geprügelt hätten. Ein Held, der zu Fuß durch Grönland marschieren will und einer, der den auch noch dabei filmen will.

›Sag entweder Inuit oder Grönländer‹, hab ich gesagt.

Von dem Tag an hat er Inuit zu mir gesagt. Hat mich nicht geärgert. Sieht man aber, was das für Ignoranten waren. Die haben halt vorher auch nicht viel anderes gefilmt als deutsche Urlauber in Caorle. Den ganzen Tag haben sie gejammert, wie kalt es ist.

›Ja, was denn! Habt ihr gedacht, Grönland liegt südlich von Sizilien oder was!‹

Pure Arschlöcher!

Den Minach hat das nicht gestört.

›Das geht mich nichts an‹, war seine Rede.

›Und wir, wir gehen dich so viel an, daß wir deine wissenschaftliche Zustimmung brauchen, beim Essen und beim Scheißen.‹

Ich habe ja heute so meine Vermutungen, ich nehme an,

er hat Geld bekommen von diesen Firmen, die dieses Pulver herstellen. Das muß ja eine günstige Gelegenheit gewesen sein für die. Ich meine, welcher normale Mensch findet sich, der sich eine so lange Zeit ausschließlich von diesem Pulver da, das sie herstellen, ernährt. Das ist ja unzumutbar. Aber bitte. Die werden sich gedacht haben, prima, wenn sich schon drei Idioten gefunden haben, die so verrückt sind, dreieinhalb Monate lang freiwillig dieses Pulver in sich hineinzuschütten, dann kann es uns ja egal sein, wenn die so ganz nebenbei während dieser Zeit quer durch Grönland gehen. Jedenfalls solange sie vorher und nachher ihre Urinproben abgeben.

Alles in allem haben wir in diesem hochwichtigen Trainingslager die Zeit totgeschlagen und dabei gedacht, das ist eben das Trainingslager, hoch lebe die Wissenschaft.

Damit ich es nicht vergesse und weil Sie vorhin gefragt haben: Es stimmt, ein Punkt in diesem Trainingsplan hieß: Degaspari – Robbenjagd. Nachzulesen in Minachs Büchlein, unterstrichen, auf einer rechten Seite oben.

›Was hat das zu bedeuten‹, frag ich.

›Daß du die Robbenjagd lernen sollst‹, sagt er.

›So‹, sage ich. ›Ich soll die Robbenjagd lernen.‹

›Ja‹, sagt er, ›ich habe dir einen Lehrer besorgt.‹

›Aha‹, sage ich, ›einen Lehrer. Wunderbar.‹

Sagt er: ›Und ich will, daß du mit ihm gehst.‹

Sag ich: ›Flieg ab!‹

Ich bin einer von den besten Schützen hier in der ganzen Gegend. Das kann ich laut sagen und da denkt sich keiner, ich bin ein Angeber. Und das hat der Minach ja auch gewußt. Ich war ja mit ihm öfter Jagen hier. Und auf dem Schießstand waren wir auch. Und zuletzt hat er mich ja auch ausgesucht für die Expedition unter anderem, weil ich mit dem Gewehr umgehen kann.

Sag ich zu ihm: ›Soviel ich weiß und soviel ich sehe, wenn ich mich hier umschaue‹, ich bin dann schon äffig geworden, ›soviel ich sehe, ist eine Robbe auch ziemlich ein Tier, das so ungefähr umgerechnet auch nicht viel weniger Rauminhalt hat als ein Hase plus ein Reh dividiert durch zwei, und alles was ungefähr so groß ist, das trifft ein Degaspari auf fünfzig Meter und zwar auch dann noch, wenn man ihm einen Knoten in den Lauf macht.‹

Aber gut, das waren eigentlich keine richtigen Streitereien, das waren so kleine Auseinandersetzungen, die ich genauso angeheizt habe. Oft war ich schuld. Das schon. Da hat sich aber nichts Großartiges daraus ergeben. Wir waren alle nervös, das konnte man sehen. Ich bin nervös, der Minach ist nervös. Der Much ist eben ein anderer Mensch. Aber eines: Den Minach habe ich durchschaut. Ich habe mir gedacht, das ist ein Angeber, macht da weiß Gott für einen Wissenschaftler aus sich. Lächerlich.

Als wir in Dänemark waren, vorher, am Beginn, da haben wir in einem sehr vornehmen Hotel gewohnt. Wirklich erstklassig. Mitten in Kopenhagen. Da waren wir Gäste der dänischen Regierung. Für eine Nacht jedenfalls. Wenn ich von meinem Zimmer aus hinuntergeschaut habe, das war ein Ding, also wirklich, wie Graf Bumsti, da war so ein kleiner Balkon, zufällig hat es nämlich mich getroffen mit dem größten Zimmer, aber das muß ich sagen, das war dem Minach wurscht, mir auch, dem Much sowieso, uns ist es doch völlig egal gewesen, wie wir da untergebracht sind, aber das war wirklich ein Ding, der Balkon, unten war ein Platz, eine Art Hauptplatz, und wenn man da hinausgegangen ist auf den Balkon, dann so, als ob man gleich einen Staatsvertrag vorlesen würde.

Aber jetzt, was soll man da anziehen? Was zieht man da an in einem so feinen Hotel? Wir sind die ganze Zeit praktisch in den Unterhemden herumgelaufen in den Zimmern, weil wir ja keine Sachen dabei hatten, keine anderen Sachen. Das mit der Kleidung war ja alles berechnet. Aber es war ja Sommer! Alles, was wir dabei gehabt haben, wär viel zu heiß gewesen. Die Anzüge aus Daunen. Und auf so einen Balkon kannst du nicht in Unterhosen und Unterhemd hinausgehen.

Am Abend sind wir in der Hotelhalle gesessen, dann

allerdings in voller Adjustierung, Anorak, gefütterte Hosen, unten drunter nackt, das ist klar, geschwitzt haben wir trotzdem. Das wollte der Herr Minach so. Weil er Journalisten erwartet hat. Eine Pressekonferenz. Gut, das versteh ich noch. Die wollten Fotos machen. Die Journalisten sind auch gekommen. Viele waren es gerade nicht. Unter einer Pressekonferenz stelle ich mir etwas anderes vor. Aber bitte. Ich bin auf solche Sachen nicht scharf.

Aber jedenfalls, während wir so dasitzen und auf die Leute warten, wird über den Lautsprecher ein gewisser Doktor Minach ausgerufen. Doktor Minach. Na, wer wird das wohl sein!

›Ich weiß doch ganz genau, daß du kein Doktor bist‹, habe ich hinterher zu ihm gesagt. ›Das kannst du meinetwegen machen, wenn wir nicht da sind. Aber bitte vor mir zieh nicht eine solche Schau ab!‹

Doktor Minach! Als Mediziner hat er sich ausgegeben. Hat ein Jahr lang Medizin studiert in Innsbruck. Wenn es wahr ist. Herr Doktor Minach, Leiter einer wissenschaftlichen Expedition nach Grönland. Das war er. Doktor Minach mit seinen beiden Gehilfen. Das sollten dann der Much und ich sein. Danke.

Nächste Station: Flughafen. Da hatten wir drei Stunden Aufenthalt. Saßen in der Halle und warteten auf die Sondermaschine. Da schaut mich der Minach an, ich denke mir, so, was ist jetzt wieder, wächst mir ein Ast aus der Stirn oder was.

›Dein Hemd‹, sagt er und zieht mich am Kragen.

›Was zupfst du denn an meinem Kragen herum‹, sage ich.

›Das Hemd ist nicht vorgesehen‹, sagt er. – Hat geklungen wie: nicht polizeilich gemeldet.

Ich muß dazu sagen: Als Bergsteiger, als Bergführer – der Minach und ich haben uns übrigens bei einer Bergführeranwärterprüfung kennengelernt – da hat man so seine Eigenarten, jeder richtige Bergführer hat solche Eigenarten. Dem Minach seine Eigenart ist, daß er keine hat. Das ist auch eine Eigenart. Und meine Eigenart ist es, daß ich immer mit dem gleichen Hemd in die Berge gehe. Vielleicht ist das Aberglaube. Das mag schon sein. Aber bitte, ich möchte, daß man das akzeptiert. Da bin ich stur, kaum zu glauben, wie stur ich da bin. Wenn ich heute irgendeinen Deutschen oder was weiß ich wen in die Berge führen soll und der sagt zu mir, he, dein Hemd paßt mir nicht, dann sag ich zu ihm, he, du paßt mir nicht, und dann kann er hinter den Murmeltieren hergehen von mir aus, weil ich bin dann nicht mehr sein Bergführer, und wenn ich das den Kollegen erzähle, daß der da an meinem Hemd herumkritisiert, dann kann er schauen, daß er in ganz Südtirol noch einen findet, der ihm das Land von oben zeigt.

Jedenfalls dieses Hemd hatte ich an, als wir da auf dem Flughafen waren. Ein kariertes Flanellhemd.

›Dieses Hemd nimmst du nicht mit‹, sagt der Minach.

›Und warum nicht‹, frage ich.

Sagt er: ›Die Ausrüstung habe ich zusammengestellt, sie ist auf jede Faser genau berechnet. Die Ausrüstung, die wir in Südtirol verwenden, lassen wir zurück.‹

›Und jetzt, was soll ich mit dem Hemd machen?‹

›Ausziehen und wegschmeißen!‹

Ja, kannst du denken! Ich schmeiß mein Hemd weg, in einen Papierkorb auf dem Flugplatz von Kopenhagen! Daß das dort in dem Papierkorb liegt! Ja, noch etwas!

Da bin ich stur geblieben.

›Ich bin Bergführer und ich gehe so in die Berge, wie ich es gewöhnt bin. Und Grönland ist für mich auch nichts anderes als ein Bergerlebnis, ein besonderes Bergerlebnis, das schon, aber es ist nicht die Oper.‹

Was soll man da sagen. Für den Minach war dieses Hemd ein Vertrauensbruch.«

Degaspari wischte mit der Hand vor seinem Gesicht herum. Er konnte nicht ruhig sitzen, ruckte auf seinem Sessel, war immer auf dem Sprung aufzustehen.

»Also dann«, rief er, »sagen Sie mir, wer recht hat!«

4

»Kann ein Flanellhemd das Vertrauen brechen«, fragte er.

»Inwieweit haben Sie sich an den Vorbereitungen beteiligt?«

»Natürlich habe ich mich beteiligt.«

»Hier in Südtirol?«

»Hier in Südtirol.«

»Haben Sie mitgearbeitet beim Zusammenstellen der Ausrüstung?«

»Die Ausrüstung haben wir ihm überlassen.«

»Ohne weiteres?«

»Ohne weiteres. Ich habe ja wenig Zeit gehabt. Ich mußte ja noch meine Filmgeschichten zu Ende bringen. Ich mußte ja vorarbeiten.«

»Sie haben während der ganzen Vorbereitungszeit hier in Südtirol noch regulär gearbeitet?«

»Ja klar.«

»Wie lange hat denn diese Vorbereitungszeit gedauert?«

»Sie reden von Vorbereitungszeit. Jetzt habe ich Sie gerade fragen wollen, was Sie damit meinen.«

Er grinste, als hätte er mich in eine Falle gelockt.

»Eben die Vorbereitungszeit«, wiederholte ich unbeholfen.

»Das Wort riecht direkt nach Minach«, kicherte er. »Es hat keine Zeit gegeben, von der man hätte sagen können, so, das ist jetzt die Vorbereitungszeit. Man hat immer herumgetan, das gemacht, das besprochen; das war schon so, als der Much noch gar nicht dabei war, als noch gar nicht klar war, daß wir überhaupt wirklich gehen. Das ist dann eben so übergegangen. Es ist immer mehr Arbeit geworden. Aber daß man gesagt hätte: So ab jetzt. Nein. Der Much hat das einmal vorgeschlagen. Er hat gesagt: So, jetzt legen wir das ganze Geld in eine Kassa und dann sagen wir: Ab jetzt geht es los, ab jetzt wird jedem von uns ein Gehalt ausgezahlt. Das wär vernünftig gewesen. Aber das wollte der Minach nicht. Dann verfressen wir das Geld in Bozen, hat er gesagt.«

»Sie sind also ganz normal Ihrer Arbeit nachgegangen.«

»Bis einen Tag vor Abreise.«

»Und Sie haben sich das irgendwie eingerichtet.«

»Nein, das ist ein Wahnsinn gewesen. Arbeiten, arbeiten, arbeiten. Ich hab ja fast doppelt so viele Filmgeschichten gemacht als sonst. Ich hab jeden Auftrag angenommen. Es hat ja Geld herein müssen! In der Nacht dann Schlittenbauen und sonst noch alles, wie man halt dazugekommen ist. Und dann will man die Familie ja auch noch anschauen, wenn man sie schon vielleicht nie mehr wieder sieht. Hätte ja sein können. Und dann kommt man drauf, daß man selber ja auch noch da ist. Ich muß ja eine Expedition machen! Mich braucht es da! Mich! Ich hätte mich pflegen müssen. Ich hab eine Knieverletzung gehabt. Ich hab schon trainiert, aber nur oberflächlich. Das war unverantwortlich. Ich bin mir vorgekommen wie einer, der für einen anderen so etwas vorbereitet. Aber dann selber daheim bleibt.«

»Haben Sie die Expedition vielleicht doch unterschätzt?«

»Davon kann nicht die Rede sein. Ich bin doch kein Anfänger. Aber auf der einen Seite ist die Expedition und auf der anderen Seite ist das Leben, das sich einen Dreck darum kümmert, ob da drei Spinner über Grönland gehen wollen.«

»Ihr Leben hat ja von den Vorbereitungen abgehangen. Wenn die Vorbereitungen schlecht sind ...«

»Ich red ja nicht von unserem Leben. Das hat ja mit dem wirklich Leben gar nichts zu tun gehabt. Das war ja im Grunde eine unnötige Angelegenheit. Ich meine meine Familie, hier in Südtirol. Die brauchen keine Spezialschlitten zum Leben. Die brauchen einfach etwas zum Fressen und zum Kreditabzahlen. Es war ja niemand da, der meine Familie ernährt hätte. Bei einem freien Kameramann gibt es keine Karenz. Ich war ja insgesamt fast ein halbes Jahr weg. Länger. Und in den letzten zwei Monaten, bevor wir abgefahren sind, haben der Much und ich die Schlitten gebaut. Da war ich ja auch die meiste Zeit weg.«

»Sie haben also an den Schlitten mitgebaut?«

»Wenn ich Zeit gehabt habe.«

»Aber hauptsächlich hat Michael Gratt an den Schlitten gebaut.«

»Klar hat der Much mehr Zeit gehabt als ich.«

»Minach hat gesagt, Sie hätten sich bei Michael Gratt in der Werkstatt nie sehen lassen.«

»Das ist verlogen. Und eine Sauerei, wenn er das gesagt hat. Woher will er denn das wissen!«

»Er sei jeden Tag dort gewesen.«

»Er ist immer nur gekommen zum Kontrollieren. Ich bin gegangen, bevor er gekommen ist.«

»Warum?«

»Ich war halt schon wieder ade!«

»Gab es damals schon Spannungen?«

»Nein. Aber er ist am Abend gekommen, wenn ich zur Familie gefahren bin, zum Abendessen, weil da die Kinder ins Bett gegangen sind und ich die Kinder noch sehen wollte. Und dann wenn ich wieder in die Werkstatt gekommen bin, in der Nacht, da war er schon wieder fort. Ich kann mich auf jeden Fall nicht erinnern, daß er je mitgeholfen hätte.«

»Sie haben beim Bau der Schlitten mitgeholfen?«

»Sowieso. Der Much und ich haben die Schlitten gebaut.«

»Nach Minachs Plänen?«

»Na ja, was soll man da sagen.«

»Minach hat die Schlittenmodelle geliefert. Das stimmt doch?«

»Wollen wir gnädig sein und ja sagen.«

»Was heißt das? Hat er die Schlitten entworfen oder nicht?«

»Doch, doch. Er hat Schlitten entworfen. Das schon.«

Er grinste.

»Waren Minachs Pläne nicht gut?«

»Weiß ich nicht. Werden schon in Ordnung gewesen sein.«

»Aber Sie sind davon nicht ganz überzeugt?«

»Doch, doch. Daß die Schlitten gut waren, davon bin ich

überzeugt. Da hat es nie Schwierigkeiten gegeben. Die Schlitten waren schon in Ordnung. Die schon.«

»Wollen Sie damit sagen, er hat sie gar nicht selber entworfen?«

»Das würde ich nie behaupten. Das wär ja gelogen.«

»Dann versteh ich Sie nicht.«

»Minach und die Schlittenmodelle. Das ist ein eigenes Kapitel. Darum.«

»Wieso?«

»Wieso! Viel Papier und immer dasselbe.«

»Er hat ein neues Modell entwickelt.«

»Es gibt zwei Arten von Schlitten. Prinzipiell nur zwei Arten. Den Hochschlitten und so eine Wannenform. Er hat sich für die Wannenform entschieden.«

»Und hat diese Form weiterentwickelt.«

»Das kann ich nicht beurteilen.«

»Aber Sie müssen doch die Schlitten gekannt haben, die sonst auf dem Markt waren.«

»Das hab ich schon.«

»Dann konnten Sie doch vergleichen. Dann konnten Sie doch beurteilen, ob die Schlittenmodelle von Minach tatsächlich neu waren.«

»Das haben wir dem Minach überlassen.«

»Nur die Schlitten oder auch die übrige Ausrüstung?«

»Die ganze Ausrüstung. Im großen und ganzen.«

»Dann kann ich verstehen, daß er sich geärgert hat . . .«

»Kein normaler Mensch auf dieser Welt macht ein Flanellhemd zum Maßstab von Vertrauen.«

»Vielleicht war er einfach nur gekränkt. Das ist doch verständlich. Das Hemd war für ihn vielleicht nur ein Indiz, daß Sie ihm eben doch nicht vertraut haben.«

»Natürlich hab ich ihm vertraut. Oben im Eis haben wir ja gesehen, daß dieses Vertrauen durchaus nicht unbedingt gerechtfertigt war. Zum Beispiel die Handschuhe. Wir haben drei Paar verschiedene Handschuhe dabei gehabt. Die waren kriminell. Da gibt es hervorragende Handschuhe für extremste Situationen zu kaufen. Die bekommt man in jedem Sportgeschäft. Im kleinsten Wintersportort kann man die kriegen. Nein, der Herr Minach, der mußte spezielle Handschuhe selber entwerfen und dann auch noch selber machen. Er sagt ja nicht, er macht Handschuhe oder er hat die und die Handschuhe gemacht. Er sagt: Ich habe diese Handschuhe gebaut. Wie man ein Haus baut, so baut der Minach Handschuhe. Lauter so Kindereien. Wenn bei dem die Tür offensteht, dann gräbt er ein Loch unter der Schwelle hindurch. So ist er.«

»Er ist so stolz auf seine Arbeit. Kann man das einem verübeln?«

»Auf die Handschuhe braucht er nicht stolz zu sein. Aber das weiß er selber. Bei den Schuhen war es nicht besser. Am letzten Tag vor der Abfahrt haben wir die Schuhe bekommen. Wir haben sie gar nicht testen können. Er hat sie ganz einfach zu spät bestellt. Das waren die Vorbereitungen. Wenn man Spezialschuhe nach eigenen Entwürfen haben will, dann muß man die rechtzeitig bestellen. Ich sag ja, der Minach ist ein Träumer. Wenn er einen Abend lang über die Expedition geredet hat, dann hat er hinterher das Gefühl gehabt, jetzt hat er schon weiß Gott wie daran gearbeitet, dann hat er sich zurückgelehnt, der Gute. Reden ist für ihn Arbeiten. Und wenn man die Schuhe nach Strich und Faden durchdiskutiert hat, ja dann braucht man sie doch gar nicht mehr zu bestellen, das ist dann ja schon fast überflüssig. So denkt er.

Bei den Schuhen haben die thermischen Sohlen gefehlt. Die haben sie vergessen einzubauen. Das war nicht die Schuld vom Minach, das nicht, aber wenn er die Schuhe früher bestellt hätte, dann hätte man reklamieren können. So war es zu spät. Das waren die groben Fehler, die gemacht worden sind! Wenn wir Kälten gehabt hätten, andauernde Kälten von dreißig, vierzig Grad minus, dann wären uns die Zehen abgefroren. Zum Glück haben wir noch Daunenüberstrümpfe dabei gehabt. Die haben wir dann von Zeit zu Zeit angezogen.

Der Minach wollte der uneingeschränkte Führer sein. Ich habe ihm gleich gesagt, wenn du glaubst, du kannst uns da Hü! und Hott! sagen und Vor! und Zurück! und Stehen!

und Sitzen! und Essen! und Aufs Häusel gehen!, das funktioniert bei mir nicht. Du bist einer von dreien, und drei gehen durch Grönland!«

»Minach würde wohl dagegenhalten, daß er sich zehn Jahre lang auf diese Expedition vorbereitet hat ...«

»Das ist Schwachsinn!«

»Stimmt das nicht?«

»Er hat vielleicht zehn Jahre lang mit dem Gedanken gespielt. Aber zehn Jahre Vorbereitung, das ist ein Witz!«

»Wie lange denn?«

»Das weiß ich nicht. Bei den Pressekonferenzen hinterher hat er damit angegeben. Und wenn ich dann widersprochen habe, ist er mir über den Mund gefahren.«

»Wie waren diese Pressekonferenzen?«

»Reden, reden, reden.«

»Sie sind ihm in den Rücken gefallen?«

»Wie bitte?«

»Sie haben gesagt, Sie haben ihm öffentlich widersprochen, wenn er zum Beispiel das mit den zehn Jahren gesagt hat.«

»Ich bin ihm nie in den Rücken gefallen. Noch schöner! In einer Stunde habe ich vielleicht drei Piepser gesagt. Dabei waren die Reporter genauso darauf gespannt, was der Much und ich sagen. Immer dieselbe Sitzordnung: Der Minach in der Mitte, der Much und ich rechts und links. Und dann fragt so einer von einer Zeitung, ich weiß jetzt nicht mehr, welche Zeitung es war, eine deutsche, fragt er: ›Herr Degaspari, haben Sie Angst gehabt?‹ – Will ich grad den Mund aufmachen, sagt der Minach:

›Das mit der Angst muß man philosophisch sehen.‹ Oder so ähnlich. Hab ich den Mund eben wieder zugemacht.

Der Much und ich haben dann hauptsächlich die Semmeln und die Wurst gegessen, die wir selber bezahlt haben. Die Reporter wollen ja, daß es etwas zum Essen gibt.

›Das ist keine Pressekonferenz‹, hat der Much gesagt, ›das ist eine Fressekonferenz.‹

Da geht man zu Fuß über Grönland und dann muß man denen hinterher Semmeln und Wurst hinstellen, daß sie einen Furz darüber ablassen!

Später hat uns der Minach gar nicht mehr zu diesen Pressekonferenzen mitgenommen. Zuerst hat er nur zu mir gesagt:

›Du, Leo, ich mach das lieber allein.‹

›Gut‹, habe ich gesagt.

Und dann ist der Much auch nicht mehr mitgegangen.«

»Also war Minachs Vorbereitung im großen und ganzen schlecht?«

»Was heißt schlecht. Sie war mangelhaft. Kriminell mangelhaft. Ich, Doktor Reinold Minach, habe mich zehn Jahre auf diese Expedition vorbereitet. Wer traut sich da noch zu fragen, ob die Vorbereitung in Ordnung war. Wenn sich einer zehn Jahre vorbereitet, und dann ist die Vorbereitung mangelhaft, dann ist der doch schwachsinnig. Dann muß der doch schwachsinnig sein. Und das nimmt ja niemand an. Mit der Geschichte von den zehn Jahren hat er einfach jede Frage nach dem *Wie* abgewürgt. Gut, haben die Journalisten gesagt, das mit der Vorbereitung ist klar, weil der hat sich ja zehn Jahre lang vorbereitet.

Er redet immer davon, er hat an die zwanzig Schlittenmodelle gebaut. Das ist Käse! Wenn er viel gebaut hat, dann waren es vielleicht drei oder vier Modelle. Das ist eh hoch geschätzt. Und halt viel, viel Papier. Papier ist ja geduldig. Was man da alles hinaufzeichnen kann, mein Gott! Die Modelle haben sich kaum voneinander unterschieden. Nur das Material hat sich verändert. Die Modelle waren im Wesentlichen immer gleich. So wannenförmige Schlitten. Und das letzte Modell, das sogenannte computergetestete Modell – am liebsten hätte der Minach einen Computer mit nach Grönland genommen –, das hatte diese Kufen, diese Kufen in der Form eines halben Rohres, mit den Kanten darauf, die Rohre für den weichen Schnee, die Kanten für das Eis. Die Überlegung war nicht schlecht. Daß dann diese Halbrohre auch noch von vorne nach hinten schmaler werden, so verjüngt, das ist vielleicht ein zusätzlicher Gag.

Bitte, ich kann das nicht beurteilen. Er geht jedenfalls mit unseren Schlitten auf internationalen Messen hausieren. Aber was wissen die schon von Schlitten. Da hat dann gleich einer den Mund offen, wenn er hört: Grönlandschlitten, selber gezogen, selber gebaut, zwanzig Modelle, zehn Jahre Vorbereitung.«

»In welchen Punkten hat es bei der Vorbereitung am meisten gemangelt?«

»Das zählt sich zusammen. Die Handschuhe waren schlecht, die Schuhe waren nicht ganz gut, die Sonnenbrillen waren mittelmäßig. Alles zusammen genommen kann dann bitter werden.«

»Ist es aber letztendlich nicht geworden.«

»Das kommt darauf an, wie man es sieht.«

Ich drehte das Band im Rekorder um. Degaspari schrie inzwischen so laut, daß ich befürchtete, es würde nichts Brauchbares drauf sein, alles übersteuert.

»Minach hat gesagt, der kritischste Punkt war ein psychologischer...«

»Ja, wunderbar!«

Ich rückte das Gerät etwas weiter von ihm weg.

»Minach, der Psychologiemensch«, lachte er heraus. »Das darf ja nicht fehlen!«

»Er meint damit, die Zusammensetzung der Gruppe...«

»Ich weiß, was er damit meint!«

»Er meint, daß er während der Vorbereitungszeit zu wenig Augenmerk auf die einzelnen Charaktere...«

»Er meint ganz etwas anderes«, unterbrach er mich. »Wenn der Minach von Psychologie redet, ja stell dir vor! Der weiß vielleicht, was Psychologie ist. Die Kunde von der Seele. Aber was eine Seele ist, da hat er keinen Schimmer. Ich hab ja die Vorträge noch im Kopf. Körper, Seele, Geist. Manchmal frag ich mich direkt, ja Herrgott, gibt es denn das, daß man über alles mit dem Maul wackeln kann, daß es da gar nichts gibt, wo einer nicht drüber reden kann. Muß man irgend etwas verstehen, wenn man über irgend etwas reden will?

Aber von allem kann mir der Minach von mir aus reden. Bitte. Vielleicht versteh ich überall viel weniger als er. Das kann sein. Das juckt mich nicht. Aber von der Seele nicht. Nein, von der Seele braucht er nicht anfangen. Zum Beispiel wie der Abschied daheim war. Da ist er draußen gestanden, in seinem Auto ist er gesessen. Grad daß er ausgestiegen ist. Grad daß er der Maria die Hand gegeben hat.

›Mach vorwärts‹, hat er gesagt. ›Ich wart derweil draußen.‹

Jetzt müssen Sie sich vorstellen: Die Maria mit roten Augen, total verweint. Die hat sich so etwas ausgedacht für uns. Im Wohnzimmer. Aber weil der Minach so gehetzt hat, bin ich hinaus vor die Tür. Und die Maria, die kleine und meine Frau, meine Frau hat die kleine Maria auf dem Arm gehabt, die sind dann hinter mir her hinaus vor die Tür.

Aber vor allem die Doris. Die Doris ist dagestanden so in einem weißen Kleidchen und hat einen Blumenstrauß in der Hand gehabt. Die war damals sieben Jahre alt, ach was, sechs Jahre alt. Sie ist dagestanden und hat geweint. Ich hab gesagt:

›Wein nicht, der Papa kommt eh gleich wieder. Er fährt grad bloß weg. Sei brav und folg der Mama!‹

Ja, was willst du denn sagen!

Aber sie hat geweint. Ich weiß auch nicht warum. Sie hat ja gar nicht gewußt, wo ich hingehe. Und wenn sie es gewußt hätte, ein Sechsjähriges kann ja mit dem Wort Grönland nichts anfangen. Das nehmen die ja erst viel später in der Schule durch. Das haben sie bis heute nicht durchgenommen.

Das merken die Kinder. Daß da etwas nicht stimmt. Das merken sie. Ich bin ja öfter weggegangen. Wochenlang. Wenn etwas mit dem Fernsehn war. Oder auch bei Berggeschichten. Da hat es nie eine Träne gegeben. Immer nur: Papa, bringst du mir etwas mit. Klar, bringt der Papa etwas mit.

›Schau, Doris‹, hab ich gesagt, ›jetzt tust du die Tränen abtrocknen und nimmer weinen, der Papa bringt dir auch etwas Schönes mit von Grönland.‹

So ein Kind, steht da, einen Blumenstrauß in der Hand. Der hängt schon so herunter. Ich hab den Kindern schon etwas mitgebracht aus Grönland. So kleine Puppen, die die dort oben selber machen. Eine ganze Schachtel voll. Aber dann, als wir gekommen sind, hat sie die Puppen nicht gewollt. Sonst, wenn ich wegfahre, das erste: Papa, zeig mir, was du mir mitgebracht hast. Aber damals nicht. Sie ist weggerannt, die Doris. Hat laut geschrien. Zwei Tage lang hat sie nicht gewollt, daß ich sie angreife. Das war schlimm für mich. Und die kleine Maria, die hat ihr das dann nachgemacht. Der Markus war ja noch nicht auf der Welt. Gott sei Dank, möcht man da fast sagen. Der kennt seinen Vater so, wie er heute ist.

Und bevor wir abgefahren sind, hat die Doris auch schon so komisch getan. Hat geheult. Die Doris ist schon eine, die alles merkt. Die hat gemerkt, daß da irgend etwas läuft. Weil ja ihre Mama immer geweint hat. Weil ja daheim immer Streit gewesen ist wegen diesem Wort Grönland.

Sie ist also dagestanden mit dem Blumenstrauß in der Hand und hat sich so bemüht, daß sie nicht heulen muß, weil sie hätte ja ein Gedicht aufsagen sollen. Und ich seh, wie sie würgt und einfach nichts herauskriegt. Neben ihr ist die Maria gestanden, mit der Maria auf dem Arm. Die war ja noch viel kleiner. Die hat die kleinen Arme ausgestreckt zu mir. Irgendwie haben die Kinder gemerkt, daß da etwas passiert.

Das war ja ein Bild, das man im Lebtag nicht vergißt. Das ist mir dann erschienen oben im Eis.

Und dann der Minach. Ich steh eh schon fast bei ihm beim Auto, will aber noch warten, bis die Doris das Gedicht aufgesagt hat. Die Maria, meine Frau, hat ja mit ihr geübt. Aber sie kriegt es nicht heraus.

Sagt der Minach: ›Komm, flott jetzt! Aber bitte nur eine Strophe!‹

Sag ich: ›Ja, Reinold, sie ist eh gleich fertig.‹

Sagt er: ›Sie soll halt aufhören zu plärren, dann gehts besser.‹

Das sagt er. Sicher, er ist auch unter Streß gestanden. Mit

Kinder kann der nicht umgehen. Und von der Seele hat er keine Ahnung. Das war ja wirklich herzzerreißend, wie die Doris an dem Gedicht herumgemurkst hat. Das hat er schon auch gemerkt. Aber so kann man da doch nicht reagieren. Auf jeden Fall nicht, wenn man dann die ganze Zeit von Psychologie redet. Wenn man der Psychologiemensch schlechthin sein will.«

»Ihm wird der eigene Abschied auch an die Nieren gegangen sein«, sagte ich.

»Sicher«, sagte er. »Das schon.«

»Ich habe vorhin etwas anderes gemeint«, hakte ich ein. »Wenn Minach sagt, der kritischste Punkt sei ein psychologischer gewesen, dann meint er damit die Zusammensetzung der Gruppe . . .«

»Psychologie«, rief er dazwischen. »Was ist für den denn Psychologie! Daß man anfängt zu spinnen. Wenn man anfängt zu spinnen, dann fängt bei dem die Psychologie an! Zum Beispiel der White-Out-Effekt! Das Wort White Out, das hat ja unsereiner schon gar nicht in den Mund nehmen dürfen, so heilig war es dem Minach.«

Das Wort White Out sprach er mit einer solchen genüßlichen Verachtung aus, verdrehte dabei die Augen und ließ die Fingerspitzen von den Daumen springen, daß ich unwillkürlich lachen mußte.

»White Out! Du mußt nur White Out sagen, das ist wie: Grönland öffne dich! Ich mache jede Wette, wenn ich einmal bei einer Pressekonferenz gesagt hätte: Ja, meine Herren, der White-Out-Effekt, der White-Out-Effekt, das war das große psychologische Problem! Dann hätte mir hinterher der Minach einen Urlaub gezahlt für mich und die ganze Familie. So hätte ihm das getaugt. Und wenn ich gesagt hätte: Der White-Out-Effekt, das ist ein Hirnfurz vom Herrn Minach, ich glaub, dann hätte er mich öffentlich erschlagen. Weil der White Out, der ist heilig.

Und was ist es wirklich? Wenn Sie irgendwo in den Alpen in den Nebel kommen und über ein Schneefeld gehen oder über einen Gletscher und Sie irren zwei Tage durch den Nebel oder auch nur vier Stunden, dann haben

Sie auch den White-Out-Effekt. Sie wissen nicht mehr, wo oben und wo unten ist. Das ist schlimm. Aber muß man dafür nach Grönland fahren? Das ist einfach Nebel. Nebel klingt natürlich nicht so spektakulär wie White-Out-Effekt. Und dann die Kombination von White Out und Grönland! Das ist ja wie beides allein mal zehn und dann noch zusammengezählt! White Out! Zwei Tage White Out in Grönland auf dem Inlandeis und du stehst neben den Schuhen, du bist in ›Todesnähe‹!

Nebel ist Nebel, in den Alpen genauso wie in Grönland. Aber wenn er sagt, das dort oben ist nicht Nebel, sondern White Out, dann glaubt man ihm das, dann glaubt man auch, daß es etwas völlig anderes ist. Weil: Wer war denn schon in Grönland? Wer hat denn das Inlandeis zu Fuß durchquert? Wenn wir behauptet hätten, dort oben gibt es Tiere mit Apfelbäumen auf dem Rücken, dann hätte man uns das auch geglaubt!

Ich kann den guten Minach schon verstehen. Wenn man schon so eine Strapaze auf sich nimmt, dann will man wenigstens nicht Nebel sagen müssen.

Dieser White Out war völlig harmlos. Wir sind ja bei Nebel im Zelt geblieben. Wir waren ja nicht verrückt. Einmal sind wir bei Nebel gegangen. Vielleicht zwei Stunden. Dann haben wir das Handtuch geworfen. Was uns wirklich Angst gemacht hat, war etwas anderes. Wie lange wird der Nebel bleiben? Ich habe mir inzwischen sagen lassen, es kann ohne weiteres vorkommen, daß der Nebel dort oben drei Wochen hält. Dann Mahlzeit! Dann hätten wir den Löffel abgeben können. Oder besser gesagt, den Plastikbecher.

Und dann schreibt der Minach im Trainingslager an seine Frau:

›Liebe Lisbeth, wenn wir nicht zurückkommen, dann war es ein Unfall und kein Rechenfehler.‹

Und sagt zu uns:

›Kommt, schreibt schöne Grüße darauf!‹

Hab ich nicht getan. Nicht, weil ich der Lisbeth nicht schöne Grüße ausrichten wollte. Das wär ja lächerlich!

Aber um das ist es ihm ja gar nicht gegangen. Es war die Unterschrift, die er wollte. Angenommen, wir kommen nicht mehr zurück. So und dann liegt da so eine Karte. Hätte der Minach geschrieben: Wenn *ich* nicht mehr zurückkomme..., gut, dann hätte ich noch unterschrieben. Aber da war ja gestanden: Wenn *wir* nicht mehr zurückkommen. Das war ja in Wirklichkeit keine Ansichtskarte aus Grönland, das war ja schon ein Testament. Ich unterschreib doch nicht ein Testament, mit dem ich nicht einverstanden bin. Hat er halt die Karte abgeschickt mit nur seinem Namen drauf. Weil der Much, der tut sich schwer mit dem Schreiben.

Jetzt frag ich mich: Wär das ein Unfall gewesen, wenn wir drei Wochen im Zelt hätten bleiben müssen? Gleich am dritten Tag oder sogar schon am zweiten Tag, das weiß ich nicht mehr so genau, da ist er draufgekommen, daß die Schlitten zu schwer sind. Ist das eine wissenschaftliche Berechnung? Da denkt einer zehn Jahre nach und muß sich dann schon am zweiten Tag korrigieren. Und zwar nicht eine Kleinigkeit muß er korrigieren, sondern beim Wichtigsten, beim Essen. Der sitzt dann ganz ruhig am Morgen da, wir sitzen neben ihm, ganz ruhig, gut ausgeschlafen, schauen zum Gletscher hinauf, denken darüber nach, wie wir am besten dort hinaufkommen, trinken unser Gesöff, und dann sagt er in einem Ton, als ob er übers Marmeladebrotschmieren redet: Leute, ich, der große Wissenschaftler, habe einen Fehler gemacht, unsere Schlitten sind zu schwer, wir müssen jeder zehn Kilo Nahrung zurücklassen.

So.

Zehn Kilo von dem Pulver, das sind drei Wochen Verpflegung. Drei Wochen! Das sagt er in einem ganz friedlichen, lieblichen Ton. Ich habe gedacht, mir bleibt das Herz stehen. Wissen Sie, was mir schlagartig in den Kopf gekommen ist? Der Mann ist verrückt! Mir ist der Rücken kalt geworden bis hinunter zum Arsch. So, habe ich gedacht, was machen wir jetzt. Wir haben uns da mit einem Verrückten eingelassen. Der hat von gar nichts eine

Ahnung. Das ist ein Modellrodler. Das ist ein Bluffer. Aber was noch viel schlimmer ist, der blufft ja gar nicht absichtlich, der bildet sich die Sachen alle ein, der glaubt daran.

So, habe ich gedacht, und wegen dem sterbe ich.

Ich bin schon in Situationen gewesen, mit zwei Fingern an einer Wand gehangen, und was es da noch für Scherze gibt, aber ich habe mir nie gedacht: Du stirbst.

Der Much war genauso baff, das habe ich ihm angesehen. Aber er hat mit dem Minach geredet. Ich habe ja nicht ein Wort mehr herausgebracht.

Natürlich war es wahr, daß die Schlitten zu schwer waren. Und das war ja genau das, was alle Fachleute vorausgesagt haben – Fachleute, keine Idioten. Sie haben gesagt: Das kann gar nicht gutgehen, warum, weil ihr die Nahrung, die ihr braucht, gar nicht schleppen könnt.

Dann haben wir das Pulver in den Schnee geschmissen. Und Diskussion hat es keine mehr gegeben. Ich habe nicht einmal Gelegenheit gehabt, mit dem Much darüber zu reden. Grad ein zwei Worte. Der Minach hat aufgepaßt, daß wir zwei ja nie allein sind. Davor hat er sich gefürchtet. Da hat er sich gefürchtet, es könnte dann zwei zu eins ausgehen.«

Degaspari schlug mit der Faust auf die Lehne seines Sessels.

»Dieser Affenarsch«, brüllte er. – Dann hob er hilflos die Schulter, als wollte er sich entschuldigen.

»Ich kann mir vorstellen, was Sie denken«, sagte er, und ich war überrascht, wie ruhig er es sagte. »Sie denken, er redet laut, er schreit, er regt sich auf, also hat er unrecht. Wer schreit, hat unrecht. Der Minach hat das gesagt. Er ist ja einer, der leise redet. Immer schön leise. Man versteht ihn ja kaum. Ich habe eine laute Stimme. Ich bin jetzt bald vierzig, in einem Monat werde ich vierzig, ich kann nicht so tun, als ob ich nicht laut reden würde. Mich stört es nicht, daß ich laut rede. Und meine Frau und meine Kinder stört das auch nicht. Der Papa redet eben laut. Den Papa hört man im ganzen Haus. Das hat auch Vorteile. Wenn die

Doris sagt, ich hab den Papa nicht verstanden, dann weiß man, daß sie lügt.

Wissen Sie«, sagte er und sah mich dabei flehentlich an, »ich habe in meinem ganzen Leben nie so lange Zeit eine solche Angst gehabt wie dort oben. Da muß es doch bei Gott verständlich sein, daß das einen nach drei Jahren immer noch hernimmt. Was heißt da Berechnung! Dort oben können Stürme auftreten mit Geschwindigkeiten bis zu zweihundert Stundenkilometer. Dann sind wir in den Wolken!«

»Aber das haben Sie doch schon vorher gewußt«, sagte ich.

Er schwieg, rieb sich die Augen mit den Handrücken, riß den Mund auf, zog die Lippen zu einer kleinen dunklen Höhle zusammen.

»Wir haben Glück gehabt«, sagte er. »1983 war ein grönländischer Jahrhundertsommer. Auf die Wissenschaft des Herrn Minach pfeif ich. Ich bin ein religiöser Mensch. Mehr brauche ich dazu nicht zu sagen. Das habe ich auch bei den Pressekonferenzen gesagt. Punkt genau so.«

»Was wäre gewesen«, formulierte ich vorsichtig, »wenn sich einer von Ihnen zum Beispiel ein Bein gebrochen hätte? Zum Beispiel beim Aufstieg durch die Gletscher.«

»Aha«, rief er, »Minachs Lieblingsthema. Ja, was wohl! Mitgeschleppt hätten wir ihn. Was denn sonst. Das sind auch so Hirnfürze vom guten Minach. Das klingt natürlich unheimlich romantisch:

›Wenn einer umfällt, dann bleibt er liegen. Dann borgt man ihm das Gewehr für zwei Minuten. Und dann, wenn es geknallt hat, dann holt man sich das Gewehr wieder. Weil das Gewehr, das brauchen die beiden anderen ja noch.‹

Den möchte ich sehen, der dann dem mit dem Loch im Kopf das Gewehr aus der Hand nimmt. ›Ciao, Kamerad, schön ist es gewesen, sei uns nicht bös, daß wir auf die Salutschüsse verzichten, aber wir müssen Patronen sparen!‹

Und dann liegt er da in seinem blauen oder roten Anzug. Den siehst du dann noch drei Tage lang hinter dir, weil man dort so weit sehen kann. Der liegt dann hinter dir, und wenn du dich umdrehst, dann kannst du ihn sehen.

Das sind wunderbare Berechnungen. Aber das schafft keiner. Wir sind ja Menschen, die ein Herz haben.

Niemand wäre allein zurückgeblieben. Niemand. Entweder alle oder keiner. Da hätte ich mich dagegen gewehrt, daß man einen zurückläßt. Ja, was hätte man denn sagen sollen, dann zu Hause. Ja, Servus, da bin ich, der Degaspari ist in eine Spalte gefallen, der Gratt hat sich das Bein gebrochen, der liegt noch oben und schaut sich den White Out von unten an. Und ich, der gute, der große, der starke, der Minach, ich habs halt geschafft. Was denken Sie denn, hätten die zu Hause mit ihm gemacht! Auch der gute Minach hätte keinen zurückgelassen. Da macht er sich schlechter, als er ist. Das sind Angebereien von ihm. Bei so einer Pressekonferenz hat ihn so ein Journalist gefragt:

›Was wäre gewesen, wenn ein Schlitten in eine Gletscherspalte gefallen wäre?‹

Sagt der Minach darauf: ›Dann? Dann hätte einer von uns gleich nachspringen können.‹

Uhhh, haben da alle gemacht. Uhhh, was ist das für ein harter Mann. Ich hab nur herausgelacht, und der Much hat gegrinst. Und der gute Minach war beleidigt. Vorgerechnet hat er mir hinterher nach dieser Pressekonferenz, was ich alles gesagt habe.

Aber das, was er zu mir gesagt hat, oben im Eis, das will er natürlich nicht mehr wissen. Dort ist dann das Hemd wieder aufgetaucht, der Vertrauensbruch. Als ich wieder zu Hause war, habe ich das Hemd in den Ofen geworfen, ich habe es nicht mehr sehen können, grad schlecht ist mir geworden, wenn ich es angeschaut habe. Mitten auf dem Plateau ist das Hemd wieder aufs Tapet gekommen. Das Hemd und drei Paar Socken, die ich zu viel mitgenommen habe. Er hat ja auch drei Klopapierrollen mehr mitgenommen. Sagt ja niemand etwas, hat ja alles zusammen kein Gewicht. Er hat ein Drama draus gemacht. Nicht aus seinen Klopapierrollen, sondern aus meinem Hemd und meinen Socken.

Ich geb ja zu, beim Aufstieg und auch beim ersten Teil oben auf dem Plateau, da war ich der Schwächste. Ich habe eine Knieverletzung gehabt, die ist erst wenige Wochen, bevor wir von hier abgefahren sind, operiert worden. Es ist ja keine Schande, der Schwächste zu sein. Man kann ja auch Rücksicht nehmen. Einer ist immer der Schwächste.

Ich habe gesagt: ›Ich kann nicht mehr, für heute muß Schluß sein.‹

Und der Minach sagt: ›Mensch, bin ich heute gehgeil, ich könnte marschieren, marschieren, marschieren!‹

Und ich sag: ›Nein, es geht nicht mehr.‹

Und so halt hin und her. Ich hab kaum die Kiefer auseinandergebracht, so war ich fertig.

Und dann sagt der Herr: ›Degaspari, du bist das größte Risiko der Expedition.‹

Das sagt er zu mir. Mitten im Eis. Ich, so beieinander. Ich bin also kein Kollege mehr, kein Kamerad, von Freund keine Rede, ich bin das größte Risiko der Expedition.

Das ist nämlich nicht zu beschreiben, wie weh so etwas tut. Wenn man sich sowieso schon wie der letzte Dreck vorkommt, weil man ja merkt, daß man der Schwächste ist. Da macht man doch einem Mut, wenn man merkt, er hat noch nicht die Form, die er braucht! Da redet man dem doch Kraft zu! Weil er die ja braucht! Er braucht ja, daß man ihm sagt: Nein, du bist in Ordnung, du kommst schon noch in deine Form.

Und da sagt er: ›Degaspari, du bist das größte Risiko der Expedition.‹

Und du sagst dir dann: Alles, was du meinst, das du bist, das kannst du vergessen. Weil alles zusammen, was du bist, das paßt in so ein Wort hinein. Du bist ein Risiko. Sonst nichts.

Das kann man zu einem sagen hier in Südtirol, am grünen Tisch. Aber dort oben darf man das nicht sagen. Das vergesse ich diesem Mann nie.

Wir sind in dem engen Zelt gehockt. Der Much hat sich eh schon zwischen uns gelegt in der Nacht. Und dann schlaf ein! Gute Nacht, Risiko. Wach auf: Guten Morgen, Risiko.

Ja, ich habe halt zum Minach gesagt: ›Von mir aus, aber du bist dafür das größte Arschloch der Expedition. Und jetzt paß auf‹, habe ich gesagt, ›wir haben jetzt grad zwei Möglichkeiten: Entweder ich schieß dir jetzt eine Kugel in die Kapuze oder du hältst von jetzt an die Goschn.‹

Das hat er dann verstanden. Ich hab von da an nichts mehr geredet. Eineinhalb Monate lang. Das sagt der Much. Ich weiß es gar nicht. Ich habe nicht gezählt.«

5

Ich könnte an dieser Stelle sagen: Minach ist mir sympathischer als Degaspari. Ich hätte es wohl sagen können damals im Gespräch und auch hinterher. Jetzt, da ich niederschreibe, was er mir erzählte, bin ich mir nicht mehr sicher.

Bevor ich dieses Kapitel begann, habe ich mir noch einmal die Bänder angehört. Wer ist hier ein Sieger? Sieg heißt ja nicht, überlebt zu haben. Die Frage ist auch nicht, wer recht hat. Das Recht zieht der Sieger nur deshalb neben sich auf sein Podest, weil es so schön aussieht. Wie Männer, die Männer sein wollen, sich mit Frauen ausweisen müssen. Ein Sieg muß ausgewiesen sein. Es geht um den Sieg und nicht um das Rechthaben. Es würde ja keiner gern Sieger sein, wissend, daß er nicht recht hat. Und es würde keiner Sieger sein wollen, ahnend, daß Sieg nichts mit Recht zu tun haben wird.

Je weiter sie vorankamen, desto weniger Zeit hatten sie. Je weniger Zeit sie hatten, desto größer wurden die Ansprüche an ihren Körper. Sie hatten immer weniger Zeit für immer mehr Wünsche. Aber ihr Können nahm nicht mit den Wünschen zu, sondern mit der Zeit ab.

Da kommt es auf die Einbildung an. So zu tun, als nähme das Können mit den Wünschen zu. So zu tun, als wäre noch genug Zeit. Das ist Minach. Er ist der Angeber. Er simuliert einen anderen Mann und einen anderen Weg, eine andere Zeit und andere Wünsche: einen starken Mann, einen bewältigbaren Weg, genügend Zeit. So schießen die Wünsche nicht übers Ziel hinaus.

Degaspari verfügt nicht über Minachs Einbildungskraft. Er sieht: Er ist kein starker Mann mehr, der Weg ist nicht zu bewältigen, die Zeit reicht nicht aus und die Wünsche wachsen ins Absolute. Der Gedanke, seine Kinder in die Arme schließen zu dürfen, ist vermessen. Aber was gibt es Geringeres zu wünschen! Was er sich wirklich wünscht, ist zu groß; aber etwas Kleineres zu wünschen, hat keinen Sinn.

Und dann ist der Sieger jener, der Unrecht hat, der ein Angeber ist, der das Können simuliert hat, die Zeit, den Weg. Das darf doch kein Sieg sein! Das darf doch nicht als Sieg anerkannt werden! Da ist Degaspari im Eis der Verlierer, weil er der Schwächste ist, und dann ist er auch hinterher noch der Verlierer. Er konnte und kann nicht so tun als ob. Er ist kein Angeber, aber der Angeber ist der Sieger. Und weil der Angeber der Sieger ist, hat er auch recht.

Mir fällt etwas ein, das Minach erzählt hatte. Ich hatte es ganz vergessen. Einmal oben auf dem Plateau, sei ihm in den Sinn gekommen, daß sie drei Weiße seien, die über eine weiße Fläche gehen. Drei weiße Männer gehen über ein weißes Land. Wie sollte man feststellen, daß sie Männer seien, könne man doch nur wissen, was ein Mann ist, wenn man auch wüßte, was eine Frau ist. Aber in diesem Land war nie eine Frau gewesen. Und siehe da: Auch das Land ist ja in Wirklichkeit kein Land, sondern ein Eishelm über einem Land, ein Eishelm, der so schwer ist, daß er das Land unter den Meeresspiegel drückt. Habe also nur die Farbe Weiß ihre Berechtigung, weil sie klar von allen anderen Farben des Spektrums unterscheidbar sei. Also hebe sich alles andere auf, das Mannsein und das Landsein, und übrig bleibe nur die Farbe Weiß. Aber Weiß sei ja eigentlich keine Farbe, sondern ein Farbbehälter, in dem alle Farben als Möglichkeiten enthalten sind. So bleibe also von ihnen nichts übrig. Über diesen Gedanken habe er so lachen müssen, laut lachen müssen, daß ihm die Bauchmuskeln hinterher weh getan hätten.

Und dann fiel mir noch etwas anderes ein, was mir Minach erzählt hatte. Eines Abends nach der dritten Etappe, als er gesehen habe, in welch schlechtem Zustand seine Kollegen, vor allem Degaspari, waren, und er sich dagegen, obwohl am Ende seiner Kräfte, so übermäßig stark gefühlt habe, habe er sich vorgenommen, am nächsten Tag so zu tun, als wäre auch er schwach, als hätte auch er Zweifel, damit die anderen aus seiner Schwäche Stärke gewännen. Das sei eine zweischneidige Sache gewesen, die viel Fingerspitzengefühl benötigt habe; denn würde er seine Schwäche zu gut spielen, verlöre er ihr Vertrauen, und das Vertrauen in ihn und seine Stärke sei für die anderen ebenso wichtig, wenn nicht sogar wichtiger gewesen, als ihre Einsicht, daß auch er ein schwacher Mensch sei, dem gegenüber man sich seiner eigenen Schwäche nicht zu schämen brauche.

Den Rechthaber mag man nicht, vor allem, wenn das, worin er recht hat, selbst so zweifelhaft ist. Und den Angeber mag man erst recht nicht. Wenn aber der Rechthaber und Angeber so viel Kraft und Zeit simuliert, daß darin die Wünsche von drei Männern Platz finden, dann hat der Verlierer keinen Trost. Er muß wenigstens mit meiner Sympathie rechnen dürfen.

Degaspari fragte, ob ich etwas zu trinken wolle. Ich lehnte ab.

»Wie hat Much Gratt auf Ihr Schweigen reagiert?«

»Mit ihm habe ich am Anfang ja noch geredet.« – Er lehnte sich im Sessel zurück, faltete die Hände auf seinem Bauch und streckte die Beine von sich. Er blickte mich mit ausdruckslosen Augen an. Ich wartete, bis er mit den Wimpern zuckte.

»Hat er Sie verstanden?«

»Was meinen Sie damit?«

»Hat er Ihren Redestreik für richtig gehalten?«

Er war jetzt ganz ruhig, wirkte sogar gleichgültig.

»Wieso Redestreik? Ich habe einfach nichts mehr gesagt. Ich habe einfach nicht mehr mit dem Minach geredet. Das war kein Redestreik. Ich habe es Ihnen ja erklärt.«

»Hat Much Gratt das auch so gesehen wie Sie?«

»Das nehme ich an.«

»Haben Sie mit ihm darüber gesprochen?«

»Ja.«

»Haben Sie sich mit ihm beraten?«

»Nein, ich werde den Much doch nicht fragen: Was meinst du, soll ich weiter den Mund halten oder nicht? Es ist ja mein Mund.«

»Mit Gratt haben Sie also noch geredet?«

»Hab ich. Ja.«

»Was haben Sie mit ihm geredet?«

»Mein Gott. Ich hab doch kein Protokoll geführt. Das weiß ich doch nicht mehr, was wir alles geredet haben. Wir sind hinter dem Minach hergezogen, er weit voraus. Über hier haben wir geredet, Südtirol, über zu Hause. Am Vormittag während der ersten Etappe haben wir geredet. Alles mögliche. Dann nicht mehr. Dann war das Reden zu anstrengend.«

»Und Minach hat nichts dagegen gehabt, daß Sie beide hinter ihm allein waren?«

»Was hätte er dagegen machen können! Das wär ja noch schöner gewesen!«

»Weil Sie gesagt haben, er sei eifersüchtig gewesen. Daß er es nicht gern gesehen hat, wenn Sie beide allein . . .«

»Das war im Trainingscamp. Und vielleicht noch am Anfang.«

»Auf dem Plateau nicht mehr?«

»Oben war alles anders. Da gehst du wie auf einem Fließband. Als ob du nicht vom Fleck kommst, und unter dir läuft die Landschaft ab. Wenn viel Abwechslung ist, redet man mehr. Wenn alles gleich ist, hat man auch weniger zu sagen.«

»Und Much Gratt hat zu Ihrem Schweigen keine Stellung bezogen?«

»Er hat es akzeptiert.«

»Hat er mit Minach darüber gesprochen?«

»Das weiß ich nicht. Kann schon sein. Sie haben schon miteinander geredet. Im Zelt, wenn wir nicht gehen konnten. Bei Schlechtwetter. Da haben die beiden die ganze Zeit geredet. Ununterbrochen. Ich habe mir die Schlafsackkapuze über den Kopf gezogen.«

»Haben Sie verstanden, was die beiden geredet haben?«

»Zum Teil.«

»Haben sie auch über Sie gesprochen?«

»Auch.«

»Was?«

»Weiß ich nicht mehr. Der Leo hat das und der Leo hat jenes und so weiter. Nichts Wichtiges.«

»Hat Minach versucht, von sich aus mit Ihnen zu reden?«

»Nein.«

»Haben Sie erwartet, daß er anfängt?«

»Noch etwas!«

Er lag in seinem Sessel, ließ die Daumen hüpfen und tat so, als interessierte ihn die ganze Sache nicht mehr. Ich kam nicht vorwärts.

»Sie haben gesagt, am Anfang haben Sie noch mit Gratt geredet. Später nicht mehr?«

»Nein, später nicht mehr.«

»Hat es Sie gestört, daß er weiter mit Minach gesprochen hat?«

»Warum denn?«

»Haben Sie nicht erwartet, daß er auch nichts mehr redet?«

»So ein Unsinn! Ich habe einfach nichts mehr gesagt. Ich habe nichts mehr gesagt. Es muß ja ein anderer nicht tun, was der eine tut. Warum muß man sich rechtfertigen, wenn man nichts redet. Man sollte sich eher rechtfertigen müssen, wenn man zu viel redet.«

»Aber«, sagte ich, und mir war jetzt gleichgültig, wie er darauf reagieren würde, »unter solchen Bedingungen nichts mehr miteinander zu reden, ist doch eigentlich Terror. Damit waren Sie vielleicht wirklich das größte Risiko der Expedition.«

Er reagierte gar nicht. Sein Gesicht blieb ausdruckslos. Er schien gar nicht zugehört zu haben, oder er hat sofort vergessen, was ich gesagt hatte.

Ich wollte noch einmal ansetzen. Da schaute er mir gerade ins Gesicht und lachte. Ich kannte mich nicht mehr bei ihm aus. Er stützte sich an der Lehne auf und rutschte im Sessel zurück. Und dann machte er diese italienische Geste, die schuld daran war, daß mir meine Hand wehtat.

»Was heißt Risiko!«, rief er. »Risiko war immer da. Alles ist Risiko. Außer man legt sich freiwillig nieder. Man muß abwägen, man muß halt kalkulieren. Welches Risiko ist das größte? Das ist die Frage. Und für den Minach wäre es ein größeres Risiko gewesen, wenn wir weiter miteinander geredet hätten. Der Much hat mir zwar das Gewehr abgenommen und es zu unterst unten in seinem Schlitten verstaut. Aber man kann einen Schlitten ja auch abladen. Nein, nein, das war schon so, daß das Mundhalten viel, viel günstiger war.«

»Und warum haben Sie dann auch mit Gratt nicht mehr geredet?«

Er wischte mit der Hand meine Frage weg, lachte noch immer.

»Das weiß ich doch nicht mehr. Was man sich alles merken soll! Man redet halt immer weniger und dann redet man gar nichts mehr. Das fällt einem nicht einmal auf. An jedem Tag ein paar Wörter weniger. Und viel Wörter hat man eh nicht dort oben. Und dann ist auf einmal keines mehr da.«

»Es tut mir leid«, sagte ich, »aber Sie können es drehen und wenden, wie Sie wollen. Es ist entsetzlich für mich, wenn ich höre, daß einer bei so einer Unternehmung, wo es darauf ankommt, daß man zusammenhält, eineinhalb Monate lang nicht ein einziges Wort sagt.«

»So?« sagte er, lachte immer noch, aber es war ein starres Lachen.

»Ja«, sagte ich. »Ich finde das entsetzlich!«

»Sie haben keine Ahnung«, schnauzte er mich an.

»Das kann schon sein«, gab ich ihm zurück. – Allmählich wurde ich wütend.

Er lehnte sich zu mir herüber.

»Dann hacken Sie doch nicht auf dieser Sache herum.« – Immer noch das starre Lachen.

»Für mich ist das nicht nachvollziehbar.«

»Dann lassen Sie es doch bleiben!«

»Ich möchte aber wissen, was da im Kopf vorgeht!«

Jetzt wurde auch er wütend. Das Lachen blieb in seinem Gesicht. Es klemmte fest zwischen Nase und Kinn.

»Das ist aufgebauscht worden! Glauben Sie, dort oben hält man Redewettbewerbe ab? Da hat überhaupt niemand viel geredet! Keiner. Der Much nicht und auch der Minach nicht.«

»Und Sie überhaupt nichts!«

»Soll ich mich jetzt vor Ihnen rechtfertigen, daß ich das Maul gehalten habe!« schrie er mich an.

»Natürlich nicht, verzeihen Sie!«

Mir schoß das Blut in den Kopf. Eine Weile starrten wir uns an. Dann gab ich seinem Blick nach.

Das Schweigen von Degaspari hatte mich von allem Anfang an entsetzt. Jeder, dem ich von dieser Expedition erzählt hatte, war fassungslos, wie das möglich sein konnte, eineinhalb Monate lang unter solchen Bedingungen nichts zu reden. Das hat ja nichts mehr mit Beleidigtsein zu tun! Ich habe mit Willi darüber gesprochen. Der hat gesagt:

»Einer, der das tut, der ist bereits tot.«

»Wenn ich mit meiner Frau zwei Tage lang nicht rede, weil wir uns gestritten haben«, beharrte ich dann doch, »dann hängt es mir aus!«

Er lachte laut heraus:

»Das kann ich verstehen! Wenn die Maria beleidigt ist und nichts mit mir redet, dann halt ich das keine zwei Stunden aus.«

Und er lachte so fröhlich und ansteckend, daß ich mitlachte.

Blitzschnell kippte seine Stimmung um. Schluß mit dem

Lachen. Ganz nah rückte er an mich heran. Er deutete mit dem Zeigefinger auf mich, klemmte ein Auge zu.

»Eines möchte ich klarstellen«, sagte er und er sagte es sehr leise. »Wenn der Much redet, dann, was er denkt. Als es ums Austeilen von Lügereien gegangen ist, war der nicht dabei, da hat er irgendwo gefehlt...«

»Was hat das damit zu tun«, unterbrach ich ihn schnell.

»Alles.«

»Glauben Sie, Michael Gratt hat nicht auch darunter gelitten, daß Sie so lange nichts gesagt haben?«

»Das weiß ich nicht.«

»Haben Sie ihn nie gefragt. Hinterher?«

»Hinterher!« rief er. – Kann ein Hund rufen? Wenn ja, dann war es das Rufen eines Hundes. Warum bellt dieser Mann so, dachte ich, das ist so provozierend. Es machte mich richtig streitsüchtig, wie er redete.

»Haben Sie hinterher nie gemeinsam über die Zeit dort oben geredet?«

»Hinterher ist überhaupt nicht mehr, über gar nichts geredet worden. Ja, soll man über das denn auch noch reden!«

»Ich kann mir vorstellen, daß es für Michael Gratt schlimm gewesen sein muß, zwischen Ihnen und Minach zu stehen.«

»Der Much war auf meiner Seite!«

»Sind Sie davon überzeugt?«

»Ja, davon bin ich überzeugt. Fragen Sie ihn doch! Er wird ja gleich da sein!«

»Natürlich frag ich ihn.«

»Mischen Sie sich nicht ein«, schnauzte er mich an. »Der Much hat Grönland gemacht. Und damit fertig. Das hat er mir später immer wieder gesagt: Ich habe Grönland gemacht, hat er gesagt, und damit ist für mich basta. Was interessiert mich da eine Pressekonferenz. Und zum Minach habe ich gesagt: Mensch, Dr. Großkotz, genügt es dir denn nicht, der Reinold Minach zu sein.«

»Ich versteh Sie nicht«, sagte ich, »jetzt haben Sie drei eine Leistung vollbracht, die vorher für völlig unmöglich gehalten wurde. Alle Experten haben Ihnen abgeraten. Die einen haben sogar hinterher noch behauptet, alles sei getürkt, erlogen ...«

»Nichts ist gelogen«, fuhr er mir dazwischen. »Grönland haben wir gemacht!«

»Eben«, nahm ich seinen Ton auf, »Sie haben Grönland gemacht! Eine unglaubliche Expedition! Da ist es doch verständlich, daß man stolz darauf ist, daß man Pressekonferenzen abhält, weil man will, daß die Leute drüber reden! Da ist es doch verständlich, daß man damit angibt!«

»Das kann ich nicht finden!« sagte er in einem Ton, der meinte: Das kann ich nicht verzeihen. – »Und wissen Sie auch warum nicht: Weil ich davon überzeugt bin, das haben wir nicht allein zustandegebracht. Weil das eine große Sauerei ist, zu behaupten, so etwas kann der Mensch. Für mich ist das ein Grund, mich öffentlich zu blamieren und zu sagen: So, ihr schlauen Arschlöcher, es gibt nämlich einen Herrgott. Beweis: Hier, greift mich an! Leb ich oder bin ich tot?«

Ich wollte ihn unterbrechen, irgend etwas über Rache sagen, daß ich sein Schweigen für eine Art hilfloser Rache an Minach deutete. Oder etwas Ähnliches wollte ich sagen. Er wies mich mit einer energischen Handbewegung zurück.

»Ich habe immer an den Herrgott geglaubt. Ich bin ja nicht verrückt. Wer nicht an ihn glaubt, der ist ja verrückt! Woher sollen sonst die Sterne und der Mond herkommen und die Vögel meinetwegen und die Tannenzapfen. Warum zum Teufel soll ausgerechnet der Sommer, in dem ein Degaspari und ein Minach und ein Gratt durch Grönland marschieren – verblendet, vernarrt, verrückt, verführt –, warum soll ausgerechnet dieser Sommer ein Jahrhundertsommer sein! Nie länger als drei Tage Nebel! Nie länger als drei Tage extreme Temperaturen! Keine richtigen Stürme! Kein Beinbruch! Und der Reinold Minach in allen seinen Pressekonferenzen, in seinen Artikeln, in seinen Interviews läßt überhaupt keinen Satz darüber fallen. Da ist immer nur er, der selbstherrliche Mensch, und sein Logbuch und sein Logarithmenbuch und sein Notizbuch und seine selbstgestrickten Handschuhe. Da bietet er doch tatsächlich seine Handschuhe, die so beschissen waren, gegen die ganze Schöpfung vom Herrgott auf! Der Herrgott macht die Temperaturen und ich mache die Handschuhe! Kann man mit so einem reden?«

»Er glaubt nicht an Gott, und darum reden Sie nicht mit ihm«, fuhr ich dazwischen. »Entschuldigen Sie, aber das ist doch ...«

»Was!« schrie er. »Wer behauptet denn, daß ich nichts geredet habe! Natürlich habe ich geredet. Jeder hat meine Stimme hören können! Jeder, der es gewollt hat. Ich habe gebetet. Ist das nicht geredet? Ist das nicht geredet, wenn einer mit dem Herrgott redet? Dort oben habe ich gebetet wie ein Gestörter! Was ich dort oben zusammengebetet habe, das geht in keine Kirche hinein! Mehr als ich und meine Frau und meine Kinder im ganzen Leben zusammen! Ich habe nichts geredet, aber ich habe gebetet. Ist das nichts?«

Er schüttelt den Kopf, drückte die Hände vor das Gesicht und murmelte etwas, das ich nicht verstand. Dann blickte er mich traurig an.

»Ich weiß selber nicht, warum ich so lange nichts mit ihnen geredet habe. Das war nicht richtig, wahrscheinlich. Soll ich jetzt anfangen zu heulen deswegen.«

Jammer und Kummer waren in seinen Augen. Ich machte mich am Kassettenrekorder zu schaffen. Das Band war längst abgelaufen. Geistesabwesend reichte er mir eine der leeren Kassetten herüber, die vor ihm auf dem Tisch standen.

»Das hat mir selber doch am meisten weh getan«, brachte er schließlich heraus. »Ich hab halt mit dem Herrgott geredet. Vaterunser habe ich heruntergelassen. Schau, habe ich gesagt, laß uns halt durchkommen, was spielt es denn für eine Rolle für dich, ob du an uns drei blöden Trotteln deine Macht beweist. Wir bemühen uns ja, aber du weißt eh, gegen den Sturm und die Natur kann man nichts machen. Laut habe ich geredet. So laut wie ich konnte. Ja, und dann hat der Nebel aufgehört, dann hat der Sturm aufgehört. Soll ich hinterher sagen: Na gut, das war eben ein Zufall. Wäre das günstig fürs nächste Mal? Ich bin doch nicht wahnsinnig!

Ich bin mir gar nicht sicher, ob der Minach so scharf darauf war, daß ich wieder mit ihm rede. Ich glaub es eigentlich nicht. Er hat nie den Eindruck gemacht, als ob ihm etwas mangelt, weil ich nicht rede. Daß ich gebetet habe, das hat ihn gestört. Wen das Beten stört, den stört das Reden auch. Hab ich mir gesagt. Beim Gehen war es ja wurscht, wenn ich da laut gebetet habe. Da hat es ja niemand stören können. Da hat ja jeder von uns vor sich hingefaselt. Der Minach hat laut gesungen. Und ich hab laut gebetet.

Und ich mach jede Wette, wenn ich nicht gebetet hätte, wären wir verreckt! Jeder, der noch einigermaßen seine fünf beieinander hat, der muß das zugeben! Jeder, der weiß, was Grönland ist, der muß das zugeben!

Aber einmal habe ich dann wohl auch im Zelt laut gebetet. Da sind wir gelegen, zu dritt nebeneinander. Der Minach auf der einen Seite, ich auf der anderen Seite. Der Much dazwischen in der Mitte. Auf das hat der Much bestanden. Daß wir zwei nicht nebeneinander liegen. Der Much hat es am feinsten gehabt in der Mitte. Zwei Öfen, einer links, einer rechts. Das ist ihm auch zugestanden. Er hat ja unsere Krampferei schlichten müssen. Und dafür hat er dann im Zelt den besten Platz für sich beansprucht. Kein Wort dagegen. Ich bin manchmal am Morgen mit dem Gesicht an der Zeltwand geklebt, angefroren. Ein schneller Ruck, dann hätte ich mir mein halbes Gesicht anschauen können, wie ein Poster an der Wand.

Einmal sind wir zwei Tage lang so gelegen. Drei Tage lang. Weil draußen der Sturm war, der Wind geblasen hat, daß es das Zelt gebeutelt hat, als ob es mitten auf einem Fußballplatz stehen würde, und alle darüber rennen würden mit den Genagelten. Da hat es keinen Sinn, auch nur einen Schritt nach draußen zu machen. Außer man will ganz weit fort und endgültig. Da waren wir einerseits ganz froh, daß es so war, weil man sich endlich einmal mit ruhigem Gewissen hat ausruhen können. Auf der anderen Seite hat es mich fast verrückt gemacht. Wie lange geht das so weiter? Was, wenn dieser Sturm jetzt drei Wochen lang dauert?

Da hab ich dann im Liegen gebetet. Und ohne daß ich das gewollt habe, bin ich laut geworden. Hab ich laut gebetet. Im Liegen. Die Kapuze über dem Kopf. So war ich dagelegen, zusammengerollt, daß das eine vom anderen nicht weit weg ist, man muß den Körper zusammenhalten, das wärmt.

Das war jedesmal das Glück vom ganzen Tag! Am Abend, am Abend, da legst du dich in den Schlafsack, und das ist dann dein Eigenes. Was du dann denkst. Einen Tagesablauf in Bozen. Das war das schönste. Ich hab richtig gespielt. Das hat mit dem Weckerklingeln angefangen. Guten Morgen, ihr Lieben! Dann bin ich freiwillig einkaufen gefahren, dann hat es Semmeln gegeben mit Honig und Butter und einen Hafen Kaffee, und ein Tag war draußen, wunderbar mild, im Mai und so weiter. Das hab ich mir im Schlafsack ausgedacht. In Wirklichkeit geh ich ja nie einkaufen und am Morgen schon gar nicht. Aber im Schlafsack und im Kopf war ich ein 1a-Ehemann und Vater.

Und da war noch so eine kleine Besonderheit, eine Spezialität des Hauses Degaspari: Ich hab nämlich im Schlafsack im Innenfutter eine Fotografie von meiner Frau und den Kindern eingenäht gehabt. Das war mein Geheimnis. Ein großes Geheimnis. So ist man dort oben zusammengeschrumpft, daß eine Fotografie zu einem großen Geheimnis wird. Aber so war es.

Auf das hat der Minach ja bestanden: Keine Fotografien! Red du nur, hab ich gedacht, ich weiß, was für mich gut ist. Und dann im Hotel in Dänemark hab ich das Bild in den Schlafsack hineingenäht. Nicht weil ich mich vor dem Minach gefürchtet hätte, Quatsch, ich hätte genausogut sagen können: Hallo, ich nehme ein ganzes Album mit. Um das hat es sich nicht gedreht. Hinterher habe ich es den beiden gezeigt. Da haben sie gelacht. Auch der Minach. Auf dem Schiff Richtung Heimat. Da hab ich mein Geheimnis nicht mehr gebraucht.

Da kann mir jeder kommen und sagen, es ist nicht gut, wenn man Fotografien mitnimmt, das lenkt ab, das saugt Kraft weg. Ich weiß ja nicht, wie das bei anderen ist, mir hat diese Fotografie geholfen. Wo die Maria drauf ist, sie sitzt auf dem Rand von unserer Kellertreppe und die beiden Kleinen hat sie um sich herum. Der Markus war ja noch gar nicht auf der Welt. Die kleine Maria sitzt der großen auf dem Schoß, die Doris steht und verzieht so das Gesicht, weil ihr die Sonne in die Augen blendet. Ich hab auf dieses Foto geweint, bis es geklebt hat.

Ja, das war das Schönste vom Tag: Am Abend in den Schlafsack. Außer man war so beieinander, daß man gleich hinübergekippt ist. Und an den drei Tagen, als draußen der Sturm war, war das ja irgendwie wunderbar. Ich war in meinen Schlafsack gerollt, das Foto vor den Augen, die Hände habe ich zwischen die Beine geklemmt und so gefaltet und so gebetet.

Das wollte ich erzählen. Ich wollte erzählen, wie ich laut gebetet habe. Man braucht ja keinen Rosenkranz, man hat ja seine zehn Finger. Immer den Schmerzensreichen, immer den Schmerzensreichen.

Wir zu Hause, wo ich aufgewachsen bin, wir haben immer laut gebetet. Als Kind habe ich überhaupt nur laut gebetet. Warum hätte ich denn leise beten sollen? Das wär mir irgendwie nicht richtig vorgekommen, wenn ich so allein für mich und leise gebetet hätte. Gebetet hat man mit den anderen zusammen und dann laut. Und immer den Schmerzensreichen. Oder gar nicht. Warum soll man denn sonst beten? Ehrlich? Wenn einem etwas weh tut, dann betet man. Und dann bietet sich der Schmerzensreiche an.

Und ich lieg da so da, ganz zusammengerollt und bete und bete ganz automatisch laut – und da schreit er mich an:

›Sei still! Beten nützt nichts! Denken nützt!‹

Oder so ähnlich. Wunderbar, jetzt hab ichs gehört. Da hätte ich ihm den Kocher um die Ohren hauen mögen. Da hat mich grad davon gehalten, daß man das nicht tut, beten und jemandem wehtun in einem.

Ein Gottverlassener – so hat sich der gute Minach gern gesehen.

›Das ist unser Sieg über die Natur‹, hat er gesagt und den Mischbecher geschüttelt. Ein Pulver der Firma Sowieso ist also unser Sieg über die Schöpfung. Mahlzeit!

Das war so seine Arroganz. Vielleicht hat er es gar nicht ernst gemeint. Das kann ja ein Mensch nicht ernst meinen. Aber man spielt sich nicht mit solchen Sachen. Jetzt haben wir vielleicht einmal den Segen vom Herrgott, weil er herschaut und denkt, lassen wir halt die Deppen da drüber, und dann setzt der eine das aufs Spiel: Beten nützt nichts, Denken nützt! Da kommt mir vor, daß der das größte Risiko war. Weil das das größte Risiko überhaupt ist, wenn man dem Herrgott die Zunge herausstreckt.

Mir hat es nichts ausgemacht, daß ich der Schwächste war. Das heißt, es hat mir schon etwas ausgemacht, aber es hat mir nichts ausgemacht, das zuzugeben. Da hab ich gesagt:

›Ich bin der Schwächste, weil ich die kürzesten Beine habe.‹

Am Schluß hat sich dann schon herausgestellt, daß ich noch ordentlich Butter gehabt habe. Auf einmal hat sich da ein Reserveschrank aufgetan. Dann ist es gelaufen. Aber auch wenn es nicht so gewesen wäre: Warum kann man nicht zugeben, daß man schwach ist? Das versteh ich nicht. Der Mensch ist schwach. Die Natur ist stark. Da braucht man doch keinen Minderwertigkeitskomplex zu haben. Beim Wind hat das zum Beispiel auch unser Doktor Minach merken müssen. Da wollte er segeln. Schön wärs gewesen ...«

»Diese Geschichte hat er mir erzählt«, unterbrach ich ihn.

»Aha?« – Das erstaunte ihn offenbar. Für einen Augenblick verlor er den Faden. Er blickte verständnislos im Zimmer umher, von einem Gegenstand zum anderen. – »Wo war ich stehen geblieben?«

»Beim Wind«, sagte ich.

»Ah ja, beim Wind«, sagte er, wußte aber immer noch nicht, wie er seine Erzählung fortsetzen sollte. »Was war beim Wind?«

»Daß der Minach klein ist gegen den Wind«, sagte ich.

Mit einem Ruck setzte er sich aufrecht hin.

»Wir beide, er und ich, wir beide haben unsere Schwierigkeiten mit dem Wind gehabt. Von mir hat er auch erzählt?«

»Ich weiß jetzt nicht, was Sie meinen.«

»Daß mir der Schlitten davon ist?«

»Hat er nicht erzählt.«

Er schüttelte den Kopf.

»Versteh nicht, warum er das nicht erzählt.« – Dann lachte er. »Da hat es uns ordentlich gewuzelt, das können Sie mir glauben. Wissen Sie, als es den Minach fortgeblasen hat, und er hinter seinem Schlitten hergerutscht ist und dann liegengeblieben ist und uns so angeschaut hat, als ob wir vom Mars kommen, da haben der Much und ich gedacht: So, jetzt hat er einen Schaden.

Das kann schon passieren, daß einer von einem Schock nicht mehr richtig aufkommt. Daß etwas im Kopf bleibt. Er hat ja Glück gehabt, daß der Schlitten umgefallen ist. Den hätte es ja fortgetrieben, weiß Gott wohin, und eine schlechte Sicht war noch dazu. Wir hätten ihn ja nie mehr gefunden, auch wenn er sich selber noch gefangen hätte. Angenommen, es weht ihn einen Kilometer weit weg oder zwei Kilometer. Was tut er dann? Zuerst bleibt er einmal liegen. Wenn er das überhaupt überlebt hat. Dann ist er schon so zugefroren, daß er sich kaum mehr biegen kann. Und dann? Soll er schreien? Soll er uns rufen? Das ist dann wortwörtlich in den Wind gerufen. Soll er uns suchen? Was macht er mit dem Schlitten? Soll er warten, bis die Sicht besser wird? Gut, drei Tage später war die Sicht hervorragend. Aber da hätte es den guten Minach nicht mehr gegeben. Da wär er dann tiefgekühlt gewesen. Und uns hätte es auch nicht mehr gegeben. Weil er das Zelt auf seinem Schlitten gehabt hat.

Er hat auf jeden Fall Glück gehabt. Wir haben auch Glück gehabt. Er sagt: Ich habe Glück gehabt. Ich sage: Der Herrgott hat seine Hand über ihm gehabt. Vielleicht nicht einmal ihm zuliebe, vielleicht mehr uns zuliebe. Das will ich nicht entscheiden. Wir wären ja ohne den Minach genauso dahin gewesen. Niemand hätte da ausfallen dürfen. Er ist auf jeden Fall nach ein paar Metern schon stehengeblieben, der Schlitten, ist umgekippt.

Ich hab mir immer überlegt: Warum ist der umgekippt? Er hat gar keine Veranlassung gehabt zum Kippen. Das war alles bretteben. Aber er ist gekippt. Das wär mir noch eingefallen, mit dem Minach darüber zu streiten, warum der Schlitten umgekippt ist! Man kann ja einem nicht einreden, bei wem er sich bedanken soll, daß er noch lebt.

Der Minach war jedenfalls völlig weg vom Fenster. Der Much und ich haben ihn gestützt und auf seinen Schlitten gesetzt. Da hat es keine Frage gegeben.

›Mit ihm ist heute kein Weiterkommen‹, hat der Much gesagt.

Wir haben das Zelt aufgestellt. Ich hab die Eisnägel wieder eingeschlagen. Es war erst Mittag. Wir wollten grad den Tag anfangen. Also Pause für heute.

Dann hat er so wirres Zeug geredet. Mein Gott, hab ich gedacht, jetzt ist er verrückt! Gezittert hat er. Schock und Unterkühlung. Ich hab dann zum Much gesagt:

›Es bleibt nichts übrig, heute muß er in die Mitte.‹

Der Much hat das natürlich eingesehen. Er hat sich auf die Seite gelegt, in den Schlafsack gerollt und ist sofort eingeschlafen. Draußen hat der Sturm getobt. Drüben hat der Much geschnarcht, und neben mir hat der Minach phantasiert. Er hat mit sich selber geredet. Oder vielleicht hat er auch mit mir reden wollen oder er hat gar nicht gemerkt, daß der Much schläft.

Ich hab ihm halt zugehört. Was hätte ich machen sollen. Er hat einen so trockenen Mund gehabt. Mein Gott, hab ich gedacht, jetzt kriegt der Fieber! Und geschluckt hat er, immer leer geschluckt. Ich hab dann vors Zelt gegriffen und eine Handvoll Schnee genommen und in der Hand gedrückt, daß das Wasser auf seinen Mund getropft ist. Dann ist es besser gegangen. Eigentlich hat er geschlafen, mit offenen Augen geschlafen. Und geredet, aber nicht einmal so wirr eigentlich.

Das eine muß man schon sagen, der Hundling hat eine Kondition, das ist unvorstellbar. Ein anderer hätte eine Woche liegen müssen, um sich von so einem Schock zu erholen. Irgendwie ist bei ihm alles zusammengekommen. Er hat ja müssen unbedingt die ganze Zeit vorne gehen! Das hält einer nicht lange aus. Die hinten haben es um ein Vielfaches leichter. Bei klarem Wetter ist alles in Ordnung. Aber bei Nebel! Muß nicht einmal ein White Out sein. Einfach Nebel, ein bißchen Nebel. Dann bist du froh, wenn du einen vor dir hast. Aber auch bei klarem Wetter. In der dritten Etappe war es gut, wenn du vor dir einen gehen gesehen hast. Aber der Minach hat es so gewollt.

Der Much hat immer wieder zu ihm gesagt:

›Mensch, Reinold, laß mich oder den Leo vor.‹

›Nein‹, hat es da geheißen.

Bitte, kann man nichts machen. Daß ihm der Schlitten davon ist und er hinten drangehängt ist, das war dann nur noch der Auslöser. Er ist eben zusammengebrochen.

Ich hab auf jeden Fall an diesem Tag kein Auge zugetan. Der Much hat geschlafen wie ein König. Ich hab Wasser gekocht und das Pulver hineingemischt und dem Minach den Becher gegeben. Er hat ganz gierig getrunken. Gut, hab ich gedacht, spielt ja keine Rolle, kannst dich ja hinterher selber in den Arsch beißen, hab ich ihm eben noch eine Extraportion gemacht.

Drei Tage sind wir insgesamt im Zelt geblieben. Der Minach hat sich schnell erholt. Aber geredet hat er immer noch, wie ein Buch.

›Das Eis werd ich schon aufhobeln‹, hat er gesagt.

›Wir alle müssen getröstet werden‹, hat er gesagt.

Der hat Predigten gehalten.

Ich bin zwar ein religiöser Mensch, aber Pfarrer kann ich nicht ausstehen. Weiß auch nicht, warum. Der Minach hat etwas von einem Pfarrer an sich. Ich hab immer das Gefühl, daß Pfarrer an den Händen schwitzen.

Ich hab ihm zugehört und gedacht, es ist jemand anderer, der da redet.«

Er beugte sich weit in seinem Sessel vor, umfing sich selbst mit seinen Armen, als ob ihm kalt wäre, und blickte vor sich hin, hinaus aus dem Fenster. Es regnete immer noch. Der Föhn verfing sich in der Fichte, die nahe beim Haus stand. Ihre Zweige wiegten sich, die unteren haschten nach den oberen, die oberen wichen aus.

Degaspari starrte ins Leere, seine Stimme war ganz leise geworden, aber immer noch war sie ein Bellen, ein leises Bellen.

»Ich hab auf mich selber eingeredet: Das muß dich doch fuchsteufelswild machen, was der da zusammenfaselt, hab ich mir gesagt, das hältst du doch keine zwei Minuten aus, das gibt es doch gar nicht, daß du das aushältst. Aber es stimmt nicht.

Ich bin heute soweit, daß ich ehrlich sein kann zu mir. Ich habe ihm gern zugehört, wenn er gepredigt hat. Ich seh genau seine Hand vor mir. Immer dieselbe Bewegung. Und um die Stirn dieses rote Tuch, damit ihm die Haare nicht ins Gesicht fallen. Das war nämlich angenehm, immer dieselbe Handbewegung zu sehen. Er ist gesessen, der Much und ich sind gelegen, er ist gesessen, halt so, wie der riesige Minach in einem so kleinen Zelt sitzen kann.

Es wär richtig gewesen, wenn einer von uns beiden jetzt die Hand vom anderen genommen hätte und etwas gesagt hätte, irgend etwas gesagt hätte. Aber das geht einfach nicht.

Ich hab zugeschaut, wie er mit der Hand herumgefuchtelt hat, immer gleich, immer so vor dem Gesicht, als ob es im Zelt Mücken gegeben hätte. Die Mücke möchte ich kennen, die dort oben herumfliegt. Aber es war beruhigend, ihm zuzuschauen, wie er so herumfuchtelt. Das war etwas Lebendiges. So hätte man es aushalten können. Im Zelt, einer redet, die anderen liegen, dann schläft man wieder. Wieso soll man eigentlich da hinaus? Und gehen, daß einem am Abend das Kreuz beim Scheitel heraussteht. Mein Gott, wär das jetzt schön, wenn jetzt einer kommen würde mit einem Caterpillar und das Zelt aus dem Schnee ausheben würde und dann vor sich hertragen würde bis hinüber zur Westküste. Und dann: Guten Morgen, die Herren, Frühstück, Wiener Schnitzel mit Pommes frites.

Dann war es auch schon wieder vorbei. Scheiße, hab ich gedacht und froh war ich, draußen hat die Sonne geschienen, ein Tag zum Abküssen.«

Ich hustete, und es klang unverschämt.

»Sie haben ihm den Schnee aus dem Gesicht gewischt nach seinem Unglück mit dem Schlitten«, sagte ich.

Er begann wieder, seine Augen zu reiben.

»Sein Gesicht war ganz weiß vom Schnee, ganz weiß. Ich mußte ja nachschauen, ob ihm etwas passiert war. Das war ganz normal.«

»Wäre das nicht eine Gelegenheit gewesen ...«

»Nein. Das nicht. Im Zelt, als er gepredigt hat, da hätte man sich vielleicht wieder zusammenreden können. Aber ich kann ihn ja nicht von mir aus fragen: So, Minach, was jetzt? Bin ich immer noch das größte Risiko der Expedition? Ich kann ihn ja nicht bitten, das zurückzunehmen.«

»Hat er Ihnen von seinen Halluzinationen erzählt?«

»Nein«, sagte er. »Die Geschichte mit dem Porsche, der angeblich hinter ihm hergefahren ist, halt in seinem Kopf herumgekurvt ist, das habe ich dann erst im *Spiegel* gelesen. Das ist so eine typische Minachangeberei.«

Plötzlich sprang er auf, machte zwei große Schritte auf die Tür zu und verschwand.

Ich hörte im Flur Stimmen, die Tür wurde aufgerissen, lachend rief Degaspari:

»Schauen Sie sich den an, das gibt es doch nicht. Versteckt sich in der Küche! Läßt mich da allein den ganzen Blödsinn verbreiten!«

Hinter ihm stand Michael Gratt, grinsend. Neben ihm Degasparis Frau. Ich erhob mich aus dem Sessel, hielt Gratt die Hand hin. Er nahm sie und sagte:

»Servus.«

6

Michael Gratt hatte tatsächlich etwas von einem Clown an sich. Er war deutlich größer als Degaspari und kräftiger in den Schultern. Er hatte ein dunkel gebräuntes Gesicht, eine breite, aufgeworfene Oberlippe, seine Nase war ein wenig gestülpt und in der Mitte eingesunken, die Augen kugelrund und braun. An den Schläfen rechts und links der glänzenden Glatze stand buschiges, dunkles Kraushaar ab. Mir fielen seine wohlgeformten Hände auf, weil sie ein Widerspruch zu den schmutzigen, abgekauten Fingernägeln waren. Sie flatterten unruhig an seinem Körper auf und ab, immer in Bewegung, wischten breitflächig über das Hemd, strählten durch die Haarbüschel, verschwanden kurz in den Hosentaschen, stemmten sich in die Hüften. Dabei wiegte sich der Mann in den Schultern. Ich mußte daran denken, was Minach über ihn gesagt hatte: Seine Kraft sitzt in der Mitte.

Er lachte ein wenig verlegen, zeigte unregelmäßige Zähne. Er trug eine grobe Leinenhose, modisch geschnitten, und ein Flanellhemd mit ausgebleichten Karos. Der Kragen war abgetrennt und schlecht vernäht. Wie er dastand, wirkte er unbeholfen und bäurisch.

Degaspari freute sich. Kinn vorgereckt, Mund offen, schaute er hinauf in Gratts Gesicht.

»Wie lang bist du denn schon da?«

»Vielleicht eine Stunde«, sagte Gratt. – Er sprach einen so stark ausgeprägten Dialekt, daß ich Mühe hatte, ihn zu verstehen.

»Und da gibt er keinen Laut von sich«, rief Degaspari und boxte ihn in die Seite.

»Er wollte halt nicht stören«, sagte seine Frau. »Der Much weiß halt, was sich gehört.«

Sie nahm beide Krücken in eine Hand und lehnte sich an Gratt. Er legte seinen Arm um sie. Nun wurden seine Hände ruhig. Sie reichte ihm gerade bis an die Schulter, schaute ihn, verschmitzt lächelnd, von der Seite an und gurrte.

»Mein Gott, wenn der Much einmal da ist, dann soll er tun dürfen, was er will.«

»Wenn man mich fragt, dann red ich schon«, sagte Gratt. »Nur nicht, wenns grad fürs Radio ist.«

Für einen Augenblick erlosch das Lachen in Degasparis Gesicht. Er schaute mich an, er schaute Gratt an.

»Er ist ja nicht vom Radio, Much.«

»Ich weiß eh.«

»Das hat doch nichts mit dem Radio zu tun, oder?«

»Überhaupt nichts«, sagte ich.

»Da war ja schon der Krabichler da«, sagte er. »Das hätte ja keinen Sinn, zweimal, oder?«

»Ich weiß eh«, sagte Gratt und zog seinen Arm von Frau Degasparis Schulter. »Das ist überhaupt kein Problem, Leo!«

Wir standen dicht beieinander in der Tür. Degaspari duckte sich und schlüpfte an den beiden vorbei, stand jetzt hinter Gratt. Der wußte nun nicht, mit wem er reden sollte, mit mir oder Degaspari.

»Ich hab euch drinnen gehört«, sagte er, zu mir blickend. Und zu Degaspari: »Dich hört man ja bis hinunter zur Straße« – Und zu mir: »Da hab ich mir gedacht, laß sie reden ...« – Zu Degaspari: »... ich helf derweil der Maria, vielleicht merken sie, daß sie mich gar nicht brauchen.«

Er drückte sie an sich. Sie strahlte ihn durch ihre dicken Brillengläser hindurch an.

»Da hat er mir geholfen beim Speckschneiden, gell.«

Sofort fuhr der Appetit derart in meinen Magen, daß mir schwindlig wurde.

»Ich glaube, den Kuchen vergessen wir«, sagte sie, tauchte unter Gratts Arm hindurch, stützte sich auf die Krücken und schwang ihre Beine einen Schritt auf die Küche zu. – »Dafür ist es jetzt zu spät. Ich hab was anderes gerichtet. Auf jetzt!«

Wir gingen in die Küche.

Es war ein großer, gemütlicher Raum, der von etlichen kleinen Blechlampen beleuchtet war. Der Tür gegenüber prangte ein wuchtiger Herd, ein Herd mit sechs Kochplatten und zwei Bratröhren, viel zu groß für einen normalen Haushalt, ein Stück aus einem Hotel vermutlich. Er war fettig und schwarz, von blanken Messingläufen eingerahmt. Auf der Fensterseite der Küche war eine halbrunde Ausbuchtung in der Wand, in die eine Bank eingelassen war. Sie umschloß von drei Seiten einen Tisch, groß genug, daß zwölf Personen bequem daran Platz gehabt hätten. Über eine Holzplatte von einem halben Meter Durchmesser waren Käse, Bündnerfleisch, Speck, kalter Braten und geräucherte Würste ausgebreitet, umgeben von Schüsselchen mit Oliven, Paprika, Peperoni, kleinen Maiskolben in Essig, Knoblauchzehen und Zwiebelringen.

Wir setzten uns. Mir lief das Wasser im Mund zusammen. Frau Degaspari, die sich nur auf eine Krücke stützte, hiefte nacheinander zwei Krüge mit Apfelmost und einen Korb mit Brot herüber. Weder ihr Mann noch Gratt machten Anstalten, ihr zu helfen. Ich nehme an, sie hätte sich auch gar nicht helfen lassen. Sie schob mir den Brotkorb zu und nickte kräftig. Ich nahm eine dunkle, grobkörnige Scheibe und legte sie auf meinen Teller.

»Das hat der Much mitgebracht«, sagte sie.

»Das macht er selber«, ergänzte Degaspari.

Er blickte mich voll Erwartung an. Ich brach ein Stück von dem Brot ab und steckte es in den Mund. Es schmeckte vorzüglich. Ich achtete darauf, nicht allzu gierig zu wirken, nickte nach allen Seiten und kaute.

»Ausgezeichnet«, sagte ich mit vollem Mund, »ganz ausgezeichnet.«

»Mit Butter drauf und sonst nichts«, sagte Frau Degaspari, angelte sich mit dem Griff ihrer Krücke das Butterfäßchen und schob es zu mir hin.

Ich strich Butter auf einen nächsten Bissen und schob es in den Mund. Die drei beobachteten mich. Gratt hatte ein schalkhaftes Grinsen in den Mundwinkeln.

»Ich glaub, man kann es ohne etwas essen«, sagte er.

Degaspari riß ein Stück von dem Brotlaib ab, aß und lehnte sich in seinem Stuhl zurück. Er griff nach Messer und

Gabel, hielt sie in den geballten Fäusten, streckte die Arme weit von sich und lachte zufrieden hinüber zu seiner Frau.

»Jawohl, dieses Brot macht der Much selber«, rief er. »Setz dich endlich auf deinen Hintern!«

Sie hörte nicht auf ihn, stand immer noch da, beide Krücken in einer Hand.

»Die Butter ist ganz normal gekauft«, wandte sie sich an mich. »Ich nehm sie immer aus dem Papier und dann stopf ich zwei Stück davon da hinein und schmier oben mit dem Messer drüber, dann sieht das nach etwas Richtigem aus.«

»Butter muß man mögen«, sagte Gratt.

»Da hat der Much schon auch recht«, dröhnte Degaspari. »Er tut ja auch Nuß hinein. Das ist dann fett genug.«

»Da ist kein Nuß dabei«, sagte Gratt leise.

»Aber beim letzten war Nuß dabei, das weiß ich ganz genau«, beharrte Degaspari.

»Das hab ich dann gekauft gehabt. Da gibts schon Brot, wo sie Nuß hineintun. Ich tu nie Nuß hinein.«

»Aber da war doch Nuß dabei! Maria, da war doch Nuß dabei!«

Erst lehnte er sich noch weiter zurück. Ich war ihm im Weg. Nun beugte er sich über den Tisch, um an mir vorbei nach seiner Frau zu sehen.

»Mir kommt schon auch vor, daß da Nuß dabei war«, sagte sie.

»Nein«, sagte Gratt, »Nuß nicht.«

Er hatte sich ebenfalls einen Brocken von seinem Brot abgebrochen. Er pflückte kleine Fetzen davon ab, rollte sie zwischen Daumen und Zeigefinger zu Kugeln und warf sie sich in den Mund.

»Sonnenblumenkerne vielleicht.«

»Das ist ja auch wie Nuß«, sagte sie.

»Ja, ja, gut«, sagte er.

Sie neigte sich über den Tisch, ich mußte ihr ausweichen, sie nahm ein Messer in die Hand, ich schob ihr das Brot hin, hielt es fest, und sie säbelte mit einer Hand ein Stück Rinde herunter.

»Nein, eigentlich doch nicht«, sagte sie. »Sonnenblumenkerne sind schon etwas anderes.«

»Jetzt Himmelfix, hock dich endlich hin«, schrie Degaspari seine Frau an.

Aber es war nicht böse gemeint. Sie lachte nur, lehnte die Krücken neben sich an die Wand, stemmte die Arme in die Seite und stand einen Augenblick ohne Halt. Es machte ihr Mühe, im Gleichgewicht zu bleiben.

»Die grausligen Männer fressen das Brot mit den Pfoten«, lachte sie und strich Gratt mit der Hand über die Glatze. »Und er selber macht es noch vor!« – Sein Kopf war ihr eine Stütze. Sie hätte in dieser Haltung nicht mehr länger stehen können.

»Ein Kuchen ist viel schwerer zum machen«, sagte Gratt.

Sie klemmte die Brotrinde zwischen ihre Zähne. Er hielt ihre Hände fest.

»Da gehört dann auch Nuß hinein, wenn es ein Nußkuchen ist«, preßte sie zwischen Brotrinde und Zähnen hervor.

Sie setzte sich neben Gratt auf den Rand der Bank.

»Braucht jemand noch etwas«, fragte sie.

»Jetzt sollen sie zuerst einmal essen, was da ist«, ließ Degaspari aus vollen Backen hören.

Er konnte kaum den Mund zumachen vor lauter Brot zwischen den Zähnen und schob schon das nächste Stück nach. Von Gratts Brotlaib war nur noch eine Kante übrig.

Sie griff in die Kniekehle ihres geschienten Beines und zog an dem Aluminiumbügel, der das Gelenkscharnier des Apparates sperrte. Jetzt konnte sie das Knie beugen.

Ich legte mir Speck und Käse vor und bestrich auch den Rest des Brotes mit Butter. Nun schaute mir niemand mehr zu.

Eine Weile aßen wir schweigend.

»Wo sind denn die Kinder«, fragte ich.

»Die Kleinen sind im Bett«, sagte Frau Degaspari. »Und die Doris sitzt oben und liest.«

»Hast du die Hausaufgaben angeschaut«, fragte ihr Mann.

»Sie hat das Heft im Zimmer gehabt und hat sich nicht getraut hineinzugehen, weil du so laut warst«, sagte sie.

»Na«, sagte Gratt zu mir, »dann hat dir der Leo eh schon alles erzählt.«

Degaspari schrak zusammen.

»Wieso?« – Auf seiner Gabel spießte ein kleiner Maiskolben. Der Essig tropfte auf den Tisch. – »Wieso denn? Was hab ich denn erzählt?«

»So lang und so laut...«

»Wieso lang und laut?«

»Wenn sich sogar die Doris fürchtet vor dem, was du da erzählst.«

»Die Doris fürchtet sich doch nicht von dem, was ich erzähle. Das ist halt, weil ich ihr gesagt habe, daß sie uns in Ruhe lassen soll.«

»Wenn sich einmal die Doris vor irgend etwas fürchtet...«

»Wovor soll sie sich denn fürchten?«

»Ich weiß es doch nicht.«

Gratt nahm ihn auf den Arm. Degaspari merkte es nicht. Seine Frau lachte breit, wischte sich den Mund ab und wollte etwas sagen. Ihr Mann kam ihr zuvor.

»Hab ich viel geredet«, fragte er mich. »Du hast mich gefragt, und ich hab erzählt, oder?« – Nach Gratts Vorbild duzte er mich.

»Es war sehr interessant«, beeilte ich mich zu sagen. Und ich duzte ihn auch: »Ich hab gefragt, und du hast erzählt.«

Seine Frau rückte etwas näher und streckte ihre Hand nach ihm aus. Aber sie erreichte ihn nicht und legte ihre Hand auf den Tisch.

»Der Much ärgert dich doch nur«, sagte sie.

»Aber wieso, er ärgert mich doch nicht.« – Degaspari blickte von einem zum anderen. Er machte auf einmal einen so verlorenen Eindruck, daß ich mich schon einmischen wollte.

»Jetzt Himmel, es ist doch nichts passiert«, rief seine Frau.

»Ich hab jedenfalls gar nicht gemerkt, wie schnell die Zeit vergangen ist...« sagte ich. Aber auf mich hörte im Augenblick niemand.

Gratt schüttelte den Kopf.

»Ich habe halt gedacht, wenn du eh schon alles erzählt hast, dann will er von mir nichts mehr wissen«, sagte er und fügte augenzwinkernd hinzu: »Ich wär dann aus dem Schneider.«

Degaspari tätschelte die Hand seiner Frau und schob sie schnell von sich.

»Schon viel zu viel hab ich erzählt«, sagte er, »vom Aufstieg und dann, was oben war, haben wir geredet. Eigentlich kann man das ja gar nicht erzählen, was das alles war. Nicht wahr, Much! Das kann man gar nicht erzählen. Die Schönheit des Landes.«

»Da hat der Leo schon recht«, sagte Gratt.

»Eßt doch erst einmal und dann redet«, sagte Frau Degaspari. Aber sie meinte es nicht so. Sie griff, ohne hinzusehen, zum Lichtschalter hinter sich an der Wand und knipste die anderen Lampen in der Küche aus. Nur die Lampe über dem Tisch brannte noch. Es war eine Aufforderung, mit dem Erzählen zu beginnen.

»Aber man kann ja auch beim Essen reden«, sagte sie.

Degaspari war auf einmal sehr beschäftigt. Er stellte die Schüsselchen aufeinander, die noch gar nicht geleert waren, wischte mit der Hand die Brotkrumen zusammen.

»Ich hab auf jeden Fall genug geredet«, brummte er. »Beim Essen braucht man nicht reden. Also Much, dann red halt du! Beim Essen redet man vom Essen und sonst von nichts.«

Er schaute immer wieder zu Gratt hinüber, blickte dann gleich wieder verstohlen weg. Gratt nahm Degaspari den Stapel mit den Schüsselchen aus der Hand, leerte die Reste von Zwiebeln, Maiskolben, Knoblauch, Peperoni und Paprika auf seinen Teller.

»Was willst du eigentlich? Essen oder Abräumen?«

»Jetzt tun wir essen«, sagte Frau Degaspari. Sie spießte mit ihrer Gabel eine Zwiebel von Gratts Teller und steckte sie in den Mund.

Gratt schenkte uns Most aus dem Krug nach. Während er sich über den Tisch lehnte, stibitzte ihm Frau Degaspari eine Peperoni.

»Ich kenne dich von einem Foto im *Spiegel*«, sagte ich zu ihm. »Du bist derjenige, der mit dem Rücken zur Kamera sitzt und das Seehundfleisch zerkleinert.«

»Das weiß ich gar nicht«, sagte er und schaute Degaspari an. Der senkte den Blick.

»Den Artikel im *Spiegel* hab ich nie gelesen«, sagte er.

»Ja, klar kennst du das Foto«, rief seine Frau. »Genau das war auch bei uns in der Zeitung.«

Gratt trank sein Glas aus und schenkte sich nach.

»Das wo sie seitenverkehrt gebracht haben?«

»Genau das!«

»Da sieht man von mir ja gar nichts.«

»Aber man weiß halt, daß das du bist.«

»Und woher soll er das wissen?«

»Im *Spiegel* war darunter gestanden: *Michael Gratt zerlegt den Seehund* oder so ähnlich«, sagte ich.

»Kein Mensch beim *Spiegel* weiß, wie man einen Seehund zerlegt«, brauste Degaspari auf.

Gratt legte die Hände in den Nacken und gähnte.

»Genau gleich wie einen Hund.«

»Genau gleich wie einen Hund«, spottete Degaspari. »Und einer von denen hat schon einmal einen Hund gefressen!«

»Pfui Teufel«, rief seine Frau. »Und ihr habt die Hunde grad so reihenweise gebraten, ha!«

»Die Seehunde schon. Oder, Much?«

»Und diese Geschichte willst du hören«, fragte mich Gratt.

»Zum Beispiel.«

»Also das war auf dem Floß«, hob er an.

Degaspari unterbrach ihn barsch:

»Das ist doch jetzt wirklich nicht nötig beim Essen. Die Maria hat noch einen Kuchen ...«

Gratt nahm das letzte Stück Bündnerfleisch von der Platte.

»Ich red ja nur vom Essen. Ich hab jetzt grad erzählen wollen von dem guten Seehund, den wir da gegessen haben, wenn er schon von dem Foto redet.«

»Das war schon ganz am Schluß. Der Much war der Koch. Er hat Seehundgulasch für uns gemacht«, sprudelte Degaspari heraus. – Und damit Schluß, sollte das heißen.

»Pfui Teufel«, rief seine Frau noch einmal.

Degaspari protestierte. Er war nahe daran, wütend zu werden.

»Erstens einmal hat der Seehund ganz hervorragend geschmeckt«, rief er. »Nach den ganzen lauwarmen Bananen- und Nußsuppen war das besser als ein Cordon Bleu ...«

»... und zweitens«, fiel ihm Gratt ins Wort, »hat der Leo den Seehund geschossen. Ich war der Koch, der Leo der Jäger. Mir wär auch wurscht gewesen, wenn der Seehund nach Banane geschmeckt hätte ...«

Degaspari blickte verlegen vor sich hin.

»Der war ja direkt vor dem Gewehr. Dem hat es ja den Kopf abgerissen. Ich hätt ihn gescheiter erschlagen ...«

Gratt redete über ihn hinweg:

»... da haben wir dann gewußt, jetzt gibt es Seehundbanane für eine Woche. Da kann einem nichts mehr passieren.«

Frau Degaspari wandte sich mit gesenkter Stimme zu mir:

»Würdest du Seehund essen?«

Ich zuckte mit der Schulter. Wir beide waren diejenigen, die nicht in Grönland waren. Eine Achse quer über den Tisch. Zwei zu zwei unentschieden.

»Wir haben uns ja mit dem Floß im Nebel auf dem Fjord total verfahren, weil mit dem Kompaß etwas nicht gestimmt hat«, sagte Degaspari. »Das mußt du dir vorstellen! Da geht man tausend Kilometer über das Eis und dann verfährt man sich auf den letzten paar Hundert Metern. Das mußt du dir vorstellen! Wo wir an die Küste gekommen sind, da waren keine Hütten da, alles leer. Und das Dorf, wo wir hingewollt haben, das war hinter den Bergen auf der anderen Seite von dem Fjord ...«

Frau Degaspari versteifte ihren Stützapparat und stand auf. Ich reichte ihr die Krücken.

»Minach hat es mir erzählt«, sagte ich.

Degaspari suchte Gratts Blick.

»Dann richte ich halt doch noch den Kuchen«, sagte sie, schaltete das große Licht in der Küche wieder ein und ging zur Speisekammer neben dem Herd.

Ihr Mann nahm keine Notiz von ihr. Ungeduldig trommelte er mit den Fingern auf die Tischplatte.

»Er war nämlich schon beim Minach«, flüsterte er an mir vorbei hinüber zu Gratt. Es klang wie: »Vorsicht Spion!«

Gratt hatte das Kinn in die Hände gestützt und starrte vor sich auf die Tischplatte. Jetzt sah er wirklich aus wie ein Clown.

»Er war beim Minach!«

Gratt reagierte gar nicht darauf.

»Jedenfalls«, sagte er, »muß ich heute dem Reinold recht geben, da hat es keine andere Möglichkeit gehabt, als mit dem Floß da hinüber zu fahren. Zum Gehen war nichts mehr übrig. Meine Füße waren total kaputt.«

»Seine Füße waren total kaputt«, wiederholte Degaspari. »Sie waren so angeschwollen.« – Er machte eine Geste, als hielte er eine Melone fest.

»Er übertreibt gern«, sagte Gratt. »Wir haben nichts mehr zum Essen gehabt. Das Pulver war fertiggegessen und die Algen haben wir gekotzt.«

»Der Much hat sich ja hinlegen wollen und sterben.«

Gratt lächelte geistesabwesend.

»Ja ja, das stimmt schon. Da haben mich dann die beiden wieder aufgemöbelt.«

Er holte sich mit der Gabel eine Reihe Speck, schob sie in den Mund und redete weiter, während er kaute:

»Drum ist der Reinold auf die Idee gekommen, daß wir ein Floß bauen sollen. Also ich wär lieber verhungert als in dem Eiswasser zu versaufen. Da haben wir aus den Ölfässern und den beiden Schlitten ein Floß gemacht. Meinen Schlitten haben wir nämlich oben im Gletscher gelassen. Die Magnetnadel vom Kompaß hat es abgelenkt wegen dem Metall von den Ölfässern, darum haben wir uns verfahren. Das haben wir dann erst gemerkt, wo die Sonne aus dem Nebel herausgekommen ist. Da waren wir schon weiß Gott wie weit auf dem Meer draußen. Teufel noch einmal, habe ich gedacht. Entweder geht dem Reinold seine Uhr falsch oder die Sonne geht im Westen auf. Und was ist wahrscheinlicher ...«

»Was ist wahrscheinlicher«, verstärkte Degaspari spöttisch.

Er bekam keinen Dankesblick von Gratt.

»Also etwas hat nicht gestimmt. Dann hat sich der Nebel verzogen. Da haben wir dann gesehen, daß wir falsch waren.«

Frau Degaspari, ein Kuchenblech unter dem einen Arm, nur auf einer Krücke gehend, mischte sich ein:

»Als er dann schon zurück war«, sagte sie, »da sind wir einmal mit den beiden Kindern, da war nämlich der Kleine noch gar nicht auf der Welt, nach Verona gefahren. Weißt du das noch, Leo?«

»Ich weiß überhaupt nicht, was du meinst!«

»Da sind wir in so einen Feinschmeckerladen gegangen ...«, lachte sie.

»Ah, ja«, rief er. – Der Themenwechsel war ihm ganz und gar recht. – »Jetzt weiß ich, was du meinst.«

Er machte mir Zeichen, ich sollte ihr zuhören. Gratt bestand nicht auf seiner Erzählung, im Gegenteil:

»Das ist eine gute Geschichte«, sagte er, »weil wir grad beim Essen sind.«

Frau Degaspari stellte den Kuchen auf dem Tisch ab, zerteilte ihn mit einem breiten Messer, schaufelte damit die Stücke vom Blech und reichte jedem eines hin.

»Da hat der Leo gefragt, in diesem Feinkostladen, ob die

Herrschaften vielleicht eingewecktes Seehundfleisch haben ...«

»Das hat man oben kaufen können«, ergänzte Degaspari.

»In Grönland hat man das vielleicht kaufen können«, sagte sie, »aber in Verona nicht. Er hat den halben Laden narrisch gemacht. Natürlich haben die dort kein Seehundfleisch gehabt. ›Ein Fleisch von den kleinen, lieben Tierlein, die man im Fernsehen sieht ...‹«

»Da ist vorher grad ein Film mit der Brigitte Bardot gekommen ...«

»Ja ... Jedenfalls tut man das Fleisch von den Tierlein, den lieben, in Verona nicht essen. Eine Schildkrötensuppe aber hätten sie und eine Haifischflosse hätten sie, genau eine noch ...«

»Und die haben sie dann auch nicht schlecht werden lassen«, sagte Gratt.

Frau Degaspari lachte schallend, ein lautes Lachen. Ich hoffte, es hörte nicht so schnell auf.

»Nein, wirklich nicht, wirklich nicht!«

»Weil ich halt immer von dem Seehundfleisch erzählt habe«, erklärte mir Degaspari und lachte mit.

Sie nahm die Brille ab und wischte die Gläser.

»Jetzt müßt ihr aber schon weiter erzählen«, sagte Gratt.

»Erzählt du weiter, Much«, sagte sie, nach Luft ringend. »Es ist ja eigentlich gar nicht komisch. Entschuldigung, Leo ...«

»Ich hab gekotzt und die anderen nicht«, sagte Degaspari.

»Aber gekotzt hat der«, sagte Gratt, »gekotzt ... Ich kann das doch nicht erzählen, Maria ...«

Sie setzte sich, drückte ihre kleinen dicken Hände auf ihre Brust und atmete tief durch.

»Den Doktor haben wir geholt. Die Kinder haben den Haifisch gegessen und ich auch, und uns war es überhaupt nicht schlecht, aber der Leo ... Mein Gott und Vater! Und wir haben dann dem Doktor erzählt, daß der Leo eigentlich einen guten Magen hat, daß er ja schon so viel Seehundfleisch gegessen hat, und dann hat der Doktor den Rest von dem Haifisch mitgenommen ins Spital und den Leo hat er auch mitgenommen, die Rettung hat ihn mitgenommen, der war ja beieinander, Jesus Maria und Josef...«

»Im Spital haben sie festgestellt, daß das kein Haifisch war, sondern Seehund. Man kann da ja nicht zuhören, wie du das erzählst«, rief Degaspari dazwischen.

»Die haben Seehund in die Haifischdosen getan«, lachte seine Frau heraus. »Ich könnte mich kugeln, wenn mir das einfällt. Ich bin schon auf der Straße gegangen und da ist mir das eingefallen und da hab ich fast in die Hose gemacht. Entschuldigung.«

Als wir alle ausgelacht hatten, war es still. Frau Degaspari lachte noch einmal auf, dann saßen wir da, die Köpfe gesenkt, ernst.

»Und oben«, fragte ich, »habt ihr das oben so einfach vertragen, das Seehundfleisch? Nach so einer langen Zeit, wo es nur Pulvernahrung gegeben hat? Plötzlich Seehundfleisch?»

»Es war ja nicht plötzlich«, sagte Gratt. »Zwei Tage lang haben wir überhaupt nichts erwischt...«

»Ich war so beieinander«, verteidigte sich Degaspari und führte mir seinen damaligen Zustand vor, indem er mit den Händen flatterte. »ich hab ja den Stutzen kaum halten können...«

»Ich hab mir eh bei jedem Seehundkopf gedacht, der da aus dem Wasser geschaut hat, hoffentlich fehlt der Leo ab. Da kann ja das Vieh nichts dafür, daß wir durch das Inlandeis da gegangen sind und jetzt Hunger haben.«

»Aber dann hat der Leo schon noch getroffen«, sagte Frau Degaspari. Sie warf ihr Stück Kuchen auf das Blech zurück. – »Schmeckt euch der Kuchen auch nicht?«

»Zu wenig Zucker«, sagte Degaspari.

»Himmelkruzifix«, rief sie, streckte ihr Bein aus, ließ das Scharnier einschnappen und erhob sich.

»Was willst du denn jetzt?« fuhr Degaspari sie an.

»Ich hau ihn weg, das ist so ein gesundes Rezept. Warum ist denn das gesunde Zeug alles so grausig!«

»Laß den Kuchen in Ruh«, sagte Gratt ruhig. »Ich mach den nieder.«

Sie setzte sich wieder.

»Wir haben ja zuerst Algen gegessen«, fuhr er fort. »Da haben wir den Magen schon so richtig eingekotzt gehabt. Da war dann der Magen froh, daß er nicht wieder Algen gekriegt hat. Und Seehund ist wirklich gut. Eingeweckt kenn ich keinen.«

Er blickte zu Frau Degaspari, erwartete, daß sie lachte, aber sie blieb ernst. Sie ärgerte sich immer noch über den mißglückten Kuchen. Ich biß herzhaft in das Stück, das ich die ganze Zeit über in der Hand gehalten hatte. Es schmeckte nach gar nichts.

»Du brauchst den nicht zu essen«, sagte sie. »Spuck ihn ins Klo, wenn er grausig ist.«

Ich schüttelte den Kopf.

»Heute könnte ich schon Algen zubereiten, daß es gut schmeckt«, sagte Gratt. »Oben haben wir sie einfach roh gegessen.«

»Abgerissen und ins Maul«, verdeutlichte Degaspari.

Ich legte meinen Kuchen zurück aufs Blech.

»Ich hab seitdem nie mehr Seehund gegessen«, sprach Gratt weiter. »Hätte ich gern. Hätte ich ab und zu Lust drauf. Ich meine, das ist ja ganz egal, was wir da gegessen haben. Wenn wir Roßleberkäs gegessen hätten, dann wär das das gleiche mit dem Roßleberkäs. Drum hat ja der Leo in Verona einen Seehund kaufen wollen, weil das einen daran erinnert, daß man gerettet gewesen ist. So schmeckt Seehund für uns. Es ist doch so, ist es nicht wahr, Leo?«

»Genauso ist es.«

»Da hat uns der Leo einen Seehund geschossen und das ganze Leben lang ist dann so ein Seehund das beste vom besten. Es ist doch so, Leo, oder?«

»Seehund ist ein eigenes Kapitel«, bestätigte Degaspari.

Allmählich begann er sich wohlzufühlen. Er stützte die Ellbogen auf dem Tisch auf, saß nur noch auf der Kante des Stuhls.

»Da hat man dann gemerkt, wie man wieder Kraft bekommen hat. Sogar Salz haben wir gehabt.«

»Du wolltest mir erzählen, wie dir oben der Schlitten davongefahren ist«, sagte ich.

Das war wohl ein Kapitel, über das er nicht gerne redete. Aber jetzt konnte ich ihn nicht mehr aus der Laune bringen.

»Ach was«, rief er, »das war ja viel früher. Das war dann alles vergessen.« – Er warf einen schnellen Blick zu Gratt. Der nickte bestätigend.

Degaspari hatte irgendwelche Befürchtungen gehabt, was Gratt erzählen könnte. Jetzt war er beruhigt. Ich bangte um meine Geschichte, hakte nach:

»Und das mit dem Schlitten willst du nicht erzählen?«

Er überhörte es.

»Also komm, Much«, sagte er. »Red weiter. Wo wir drüben angekommen sind, wo wir hinüber sind nach Nugssuaq!«

»Da haben wir noch von dem Seehund im Bauch gehabt«, erzählte Gratt, »als wir über die Halbinsel hinüber sind, dann am nächsten Tag. Das Floß mit den Schlitten und den ganzen Sachen haben wir einfach unten in der Bucht gelassen und sind grad mit dem Wichtigsten auf dem Buckel über die Halbinsel drüber, und drüben haben wir dann unten die Hütten gesehen und haben gesehen, daß Leute da sind. Ja, stell dir vor! Die Sonne hat ganz warm hergeschienen, auf so eine Steinplatte hat die Sonne geschienen, wir haben die Hände draufgelegt, weil sie so warm war. Und ich hab mich dann draufgesetzt. Das hat so vom Arsch herauf gewärmt ...«

»Der Much hat nicht mehr gekonnt«, kommentierte Degaspari.

»Ich hab nicht mehr gewollt«, widersprach ihm Gratt – spaßeshalber. »Ich hätt da sitzen bleiben wollen, bis mich die Polizei von Bozen abholt. Das war so fein am Arsch und am Rücken. Ich hab gemerkt, jetzt muß ich gleich aufs Klo gehen. Da dämmert es dir dann, daß du wieder normal bist. Von dem Pulver kannst du zwar brunzen den ganzen Tag, aber scheißen kannst du nicht. Und das war der Seehund. Ein gutes, braves Tier. Den Leo hat es gleich einmal hingeworfen . . .«

»Ich hab heulen müssen. Die Hütten und die Leute. Da heul ich. Was soll ich denn sonst tun?«

»Zuerst sind wir in den Drugstore gegangen und haben Kekse gekauft. Hinter uns her ein Rudel von den Leuten. Dort hat es nur Schnaps und Kekse gegeben. Sonst nichts. Mit Alkohol war sowieso nichts. Stell dir vor, in der Verfassung einen Schnaps! Das Problem war, daß keiner von uns den Leuten hat sagen können, daß wir diejenigen sind, die über das Inlandeis gegangen sind. Der Reinold hat es ihnen dann beigebracht, irgendwie, was weiß ich, mit Händen und Füßen . . .

»Nein, nein«, unterbrach ihn Degaspari. »Ich weiß schon wie. Da hat er sich ja vorher in Dänemark einen Brief schreiben lassen in grönländisch oder so. Das Problem war nur, daß er zuerst keinen gefunden hat, der hat lesen können. Darum ist er immer mit dem Zettel in der Hand durch das Dorf gerannt. Das war ein offizielles Papier.«

»Dann hat uns jedenfalls der Chef von dem Dorf seine Hütte gegeben. Wir haben nur gefressen und geschlafen. Seehund, einen ganzen Haufen Seehund, die Leute haben nur noch so geschaut. Und Kekse. Aber da hat man einfach nicht genug gekriegt. Und ich hab dann schon gemerkt, um was sich das gedreht hat. Das hat nichts mit Hunger zu tun gehabt, sondern nur mit dem Kauen. Ich hab dann Holz gekaut. Der Leo und der Reinold haben das dann nachgemacht.«

»Der Minach und ich, wir sind dann gegangen mit ein paar Jägern von denen, die Schlitten holen«, sagte Degaspari. »Den Schlitten vom Much haben wir auch geholt, der war ja noch ganz oben auf dem Gletscher, ganz drüben auf der anderen Seite von dem Fjord. Da waren wir dann noch einmal fast vier Tage unterwegs.«

»Ich bin liegen geblieben«, sagte Gratt. »Der Reinold hat mir verboten, daß ich mitgehe.«

»Da war nichts mehr zum Verbieten, mein ich ...«

»Ich bin halt herumgelegen und dann im Dorf herumgehatscht. Das war so komisch. Ich kenn mich sonst immer sehr schnell aus. Wenn ich in einer Stadt bin, da kenn ich mich sofort aus. Aber dort in dem Dorf mit den paar Hütten, da hab ich mich einfach nicht ausgekannt. Wenn ich am Morgen aufgewacht bin, hab ich jedesmal nachdenken müssen: So, auf welcher Seite von der Pritsche sind jetzt die Berge, und wo ist das Wasser? Der Orientierungssinn ist total zusammengebrochen. Und die Grönländer haben mich angeschaut, wie einen was weiß ich. Und schlecht geschlafen hab ich. Ich hab so eine Hitze gehabt ...«

»Das war dann auf dem Schiff am schlimmsten«, sagte Degaspari, »da hat man uns geheizte Kajüten gegeben. Was heißt geheizt, halt so knapp fünf Grad plus. Keine Chance. Viel zu heiß. Wir sind hinausgerannt auf Deck und haben uns nackt ausgezogen. Dann haben wir gleich draußen geschlafen. Auf dem Boden. In den Schlafsäken.«

Gratt holte weit mit dem Arm aus und schaute auf seine Armbanduhr.

»Ich muß gehen«, sagte er. »Ich muß um zehn den Wagen zurückbringen. Das hab ich versprochen.«

Degaspari fiel das Gesicht herunter. Entgeistert starrte er ihn an.

»Wieso«, sagte er leise. »Jetzt hätte man doch noch eine Flasche aufgetan und dann richtig erzählt.«

»Ach was«, rief Gratt aus und schob seinen Stuhl zurück. »Dann reden wir und reden nur, da könnte dann die Maria Miete für die Küche verlangen. Weil es fürs Erzählen immer mehr Zeit braucht wie fürs Passieren.«

Degasparis Frau schien nicht überrascht, daß Gratt so plötzlich aufbrechen wollte.

»Der Much kommt eh bald wieder«, sagte sie. »Willst du jetzt den Kuchen mitnehmen?«

»Klar.« – Er stand auf, schlug Degaspari mit der flachen Hand auf die Schulter.

»Ihr könnt mich ja auch einmal besuchen.«

Degaspari rührte sich nicht und sagte nichts. Er blieb am Tisch sitzen, während wir hinaus in den Flur gingen. Gratt scherzte mit Frau Degaspari. Er hob sie an den Hüften hoch und trug sie ein Stück vor sich her. Sie stemmte sich an seinen Schultern ab und rief:

»Du holst dir einen Bruch!«

»Von so einer Feder doch nicht«, lachte er.

Es war höchste Zeit für meine Frage. Und eigentlich war es zu spät. Wie sollte er in einem Satz darauf antworten?

»Auf welcher Seite stehst du bei dem Streit zwischen ihm und Minach«, sagte ich.

Ich hatte mir vorgenommen, diese Frage in Degasparis Anwesenheit an ihn zu stellen. Aber dann war er so plötzlich aufgebrochen. Es würde ja nicht angehen, daß ich mit Gratt kein einziges Wort über den Streit geredet hätte.

Degaspari saß immer noch in der Küche. Wenigstens sollte seine Frau diese Frage hören. Gratt tat, als hätte er mich gar nicht gehört. Er hatte die Hand schon an der Türklinke.

Sie antwortete für ihn.

»Der Much steht auf meiner Seite«, sagte sie. »Nicht wahr, Much?«

Er zog eine Grimasse, zwinkerte ihr zu und nickte.

»Leo«, rief er. »Ich gehe!«

Degaspari kam aus der Küche, lehnte sich an den Türpfosten und verschränkte die Arme.

»Servus, Alter«, sagte er.

»Servus, Alter«, sagte Gratt.

Ich stand zwischen den beiden, überlegte nicht lange und fragte Gratt:

»He, kannst du mich nach Bozen mitnehmen?«

Er nickte und war schon bei der Tür hinaus.

Ich holte mein Tonbandgerät und die Kassetten, Frau Degaspari fischte mit ihrer Krücke meine Jacke von der

Garderobe. Die Verabschiedung war eilig. Ich gab beiden die Hand, Gratt saß bereits im Auto.

Degaspari stand mit offenem Mund in der Tür und winkte uns nach.

Bis wir Terlan hinter uns hatten, sprachen wir kein Wort, dann sagte Gratt:

»Wo soll ich dich in Bozen absetzen?«

»Ich wohne bei Minach.«

Er grinste.

»Gehen wir vorher noch ein Bier trinken«, fragte er.

»Ich denke, du mußt um zehn den Wagen zurückbringenß«

»Den Wagen, wieso?«

»Das hast du gesagt.«

Er warf mir einen Blick zu, grinste noch breiter.

»Der gehört mir. Ich hab genug Zeit. Wo fahren wir hin?«

Ich überlegte kurz, dann sagte ich:

»Nach Eppan.«

Dritter Teil

Der Mittelsmann

I

Wir saßen um den runden Tisch in der Küche; Pia, ihr Mann und ich. Es war gegen drei Uhr morgens. Die Tür zum Kinderzimmer hatte Pia zugemacht, gleich nachdem wir die Wohnung betreten hatten. Das tat sie jedesmal, wenn wir zu dritt waren. Sie rechnete damit, daß es laut werden würde.

Es war Pias Wohnung. Sie lebte getrennt von ihrem Mann. Seit wir uns in Eppan kennengelernt hatten, waren eineinhalb Jahre vergangen. Die Wohnung befand sich im dritten Stock eines heruntergekommenen Wohnblocks aus den fünfziger Jahren. Nicht weit davon entfernt war der Bahndamm. Dazwischen breiteten sich Schrebergärten aus mit hochstämmigen Mostbirnenbäumen und trächtigen Apfel- und Zwetschgenbäumen. Umgeben waren die Gärten von Fliederbüschen, Haselnußsträuchern und Weißdornhecken. Wenn man aus dem Küchenfenster blickte, konnte man sich einbilden, man wohne in einer feinen Gegend mit viel Grün. Hinter dem Bahndamm wölbte sich die mächtige Krone einer Blutbuche gegen den Himmel, daneben ragte ein Mammutbaum auf: wirklich wie in einer feinen Gegend mit Blick hinaus auf einen Park. Aber die Gärten waren umzäunt, vor den Gartentoren hingen schwere Schlösser. Blutbuche und Mammutbaum gehörten zu einer verfallenen, unbewohnten Villa. Eine Baufirma lud dort Zement und Betonsteine ab.

Die Kinder, die hier wohnten, spielten in dem geteerten Hof oder, wenn es regnete, im dunklen Stiegenhaus.

Die Wohnungen waren klein, die Wände dünn. Pias Wohnung war die oberste. Bei Regen staute sich das

Wasser auf dem Flachdach und die Feuchtigkeit drang durch die Zimmerdecke. Sie hatte selbst tapeziert und gestrichen, die Decke weiß, die Hartfasertapeten himmelblau. Keine vierzehn Tage später war bereits die Farbe an der Decke abgeblättert und die Tapeten hatten sich an den Kanten gelöst.

Sie sei trotzdem sehr froh, daß sie diese Wohnung bekommen habe, sagte sie, der Mietzins sei gering, die Nachbarn hätten keine Vorurteile, eine lustige Partie, manchmal sitze man am Abend im Stiegenhaus auf den Stufen, und wenn einer Frau der Zucker ausgegangen sei, komme sie und borge sich einen aus.

Sie hatte es sich und den Kindern gemütlich gemacht. Die Küche war der größte Raum, keine zwanzig Quadratmeter, Fenster zum »Park«. Dann waren da noch zwei Zimmerchen, winzige Kabinette, beide vorne hinaus zur Straße. In dem einen stand Pias Bett, viel mehr hatte hier nicht Platz; im anderen schliefen die Kinder in zwei schmalen Bettchen übereinander. Ein Nachbar hatte ihr geholfen, dieses Schlafregal zu bauen.

Pia mag leere Wände nicht. Sie schnitt Bilder aus Illustrierten aus, klebte daraus Kollagen und hängte sie an die Wand. Ich habe ihr das später nachgemacht. Aber als meine Wände dann voll hingen, hatte ich mich an das Schnipseln gewöhnt und schnitt weiter Bilder aus Illustrierten, wo immer ich welche finden konnte, legte sie in Mappen ab und stapelte diese in Regalen. Irgendwann später sind Pia und ich mit dem ganzen Papier an den See gefahren und haben es verbrannt.

Sie war ohne Möbel eingezogen. Alles, was sie und die Kinder bei sich gehabt hatten, paßte in zwei Koffer und ein paar Plastiktüten. Ihr Mann ließ nicht zu, daß sie auch nur einen Stuhl aus ihrer gemeinsamen Wohnung mitnahm – nicht aus Geiz, nicht einmal, um ihr Schwierigkeiten zu machen, sondern einfach deshalb, weil er vor sich selbst keinen sichtbaren Beweis der Tatsache zuließ, daß sie ihn verlassen hatte.

Pia hatte kein Geld, um sich neue Möbel zu kaufen, auch

nicht gebrauchte bei einem Trödler. So bestand der größte Teil des Inventars aus Stücken, die sie auf dem Sperrmüll gefunden und mit Hilfe ihres Nachbarn repariert und angestrichen hatte.

Einmal trafen wir diesen Nachbarn, als wir über die Stiege nach unten gingen. Es war ein großer, breitschultriger Mann mit einem Schnurrbart wie Groucho Marx. Quer über seine rechte Wange zog sich eine Narbe. Seine Hände waren schwarz von Kohlestaub, die Ärmel seines weißen Hemdes sorgfältig über die Ellbogen gekrempelt. Er nickte ihr zu, sie lächelte. Wie sich die beiden ansahen, machte mich eifersüchtig. Ich habe sie nicht nach ihm gefragt.

Auch Christian und Eva fühlten sich wohl in der kleinen Wohnung. Am Anfang hätten sie zu dritt auf dem Fußboden geschlafen, erzählte mir Pia. Es seien schöne Tage gewesen. Sie hätten gestrichen, genagelt, geleimt und geklebt, dabei Radio gehört, am liebsten Populärwissenschaftliches, über seltsame Meeresfische, über Echsen, über die neusten Versuche auf dem Gebiet der Kernfusion. Manche Sendungen habe sie auf Kassette aufgenommen – für die Nachmittage, wenn nur Musik gesendet wurde. Da wär sonst keine Stimmung aufgekommen. Christian sei ganz versessen auf diese populärwissenschaftlichen Sendungen gewesen. Bei jedem Wort, das er nicht verstanden habe, habe er nachgefragt, und weil er mit seinen acht Jahren sehr wenig verstand, sei sie ununterbrochen am Reden gewesen und weil sie sich bei Themen wie der Kernfusion weiß Gott auch nicht auskenne, habe sie Geschichten erfunden, weswegen sich dann Eva auch für diese Sendungen interessiert habe – und so hätten gleichzeitig sie und die Kinder und die Stimme im Radio geredet: ein Stimmengewirr in dieser kleinen Wohnung wie auf einem Jahrmarkt.

Den Kindern hätte es genauso viel Spaß gemacht, in der Wohnung herumzuwerken wie ihr. Eine Nachbarin hätte ihr den alten, von Schmierflecken steifen Overall ihres verstorbenen Mannes geschenkt, den dieser zwanzig Jahre lang als Streckenarbeiter bei der Bundesbahn getragen hatte.

»Der ist für Sie«, habe sie gesagt, »ich schenke ihn Ihnen unter einer Bedingung: Sie dürfen ihn nie waschen. Es ist ein liebes Erinnerungsstück.«

»Ich hab mich gar nicht getraut, ihn anzuziehen«, sagte Pia. »Ich hab ihn in einen Nylonsack gesteckt und in den Schrank gehängt. Dort vertreibt er die Motten. Die können den Ölgeruch nicht leiden.«

Andere Nachbarn seien gekommen und hätten Körbe voll ausgetragener Kinderkleider gebracht. Nie mehr haben Christian und Eva so viel Sachen zum Anziehen gehabt wie damals.

Ich war in dieser Zeit nicht hier gewesen. Bald nachdem wir uns in Südtirol kennengelernt hatten, hatten wir uns auch schon wieder aus den Augen verloren.

Am Tag nachdem ich sie damals nach Hause gefahren hatte, hatten wir uns am See getroffen, waren barfuß durch den Schlick gegangen und sehr verlegen gewesen, weil uns alles, was uns umgab, vertraut war, weil jeder von uns an derselben Stelle schon oft vorher allein oder mit anderen gewesen war.

Wir wußten nicht, was wir miteinander reden sollten. Wir wollten uns angreifen und das taten wir auch. Wir gingen ins Schilf, knieten uns auf den feuchten Boden, sie schob ihren Pullover über die Brust, ich öffnete mein Hemd und wir preßten unsere Oberkörper aneinander.

Ich wollte sie am Abend nach Hause fahren. Ich dachte, wir würden dann in einem Seitenweg im Wald anhalten und im Auto miteinander schlafen. Ich sehnte mich so danach.

Ihr Mann hole sie in der Stadt ab, sagte sie. Er warte in einem Café.

»Ich bring dich hin«, sagte ich.

»Nein, das will ich nicht«, sagte sie.

Natürlich hatte er Verdacht geschöpft. Er habe sie, nachdem ich gegangen war, bis in den Morgen hinein ausgefragt: Ob in Eppan etwas gewesen sei... Was in Eppan gewesen sei...

»Nein«, habe sie gesagt, »es war nichts.«

Und ich grinste verlegen, als sie mir das erzählte. Sie habe ihm schwören müssen, daß sie mich heute nicht treffen würde.

Ich wußte nichts von ihr. Gar nichts.

Und dann rief ich am selben Abend bei ihr an. Ihr Mann meldete sich. Seine überschwengliche Freude machte mich sprachlos. Ich hatte erst meinen Namen gesagt, schon fing er an zu reden, wie aufgezogen, ließ keine Pause.

Schließlich unterbrach ich ihn ziemlich barsch:

»Ich möchte Pia sprechen.«

Aber er tat, als hätte er mich nicht verstanden, sagte, er und Pia würden noch im Herbst eine Reise nach Paris machen, ob ich nicht mitkommen wolle.

Ich dachte, jetzt ist er völlig verrückt geworden und rief in den Hörer:

»Bitte, sei so gut, und hol mir Pia an den Apparat!«

Einen Moment lang war es still am anderen Ende der Leitung. Dann sagte er in kaltem, hartem Ton: »Sie ist nicht da« und legte auf.

Im Herbst kehrte ich nach Deutschland zurück, machte meine letzten Prüfungen und immatrikulierte mich im Frühling für ein Zweitstudium in Mathematik; nicht, um dieses Fach zu studieren, sondern um krankenversichert zu sein.

Drei Briefe schrieb ich an Pia – postlagernd. Zweimal bekam ich eine Antwort. Auf meinen letzten Brief blieb sie mir die Antwort schuldig.

Bequemlichkeit und Langeweile überfielen mich. Ich blieb die ganze Zeit in Marburg, nicht einmal an Weihnachten fuhr ich zu meinen Eltern. Tagtäglich zog ich von einem Bekannten zum anderen, übernachtete bei Leuten, von denen ich nicht mehr wußte, als daß sie ein leeres Bett hatten, und beobachtete bei meinen seltenen Besuchen in unserer Wohnung, wie die Wunden am

Rücken meiner Freundin allmählich verheilten. Im Winter waren es nur noch weiße Streifen auf der sommergebräunten Haut.

»Es ist mit uns aus, stimmts«, fragte sie.

Ich sah sie an, wußte nicht, ob es von Bedeutung sein würde, wenn ich den Kopf schüttelte.

»Willst du ausziehen?« fragte sie weiter.

Auch das wußte ich nicht.

Die Wohnung war winzig, ein Zimmer, Küche, Bad. Meine Bücher hatte sie bereits aus unserem gemeinsamen Zimmer in die Küche geschafft. Dort standen sie nun zwischen Suppentellern und den Zahnputzbechern, die wir als Trinkgläser verwendeten.

Einmal noch wolle sie mit mir schlafen, sagte sie.

Ich sagte, gut, aber dann hier; und wir taten es unter dem Küchentisch.

Ich lag unter ihr und betrachtete die Holzriegel, auf denen die Tischplatte ruhte. Die Szene hatte etwas Urwaldhaftes an sich. Vielleicht auch deshalb, weil es in der Küche so heiß war und der Fußboden von Honig klebte. Sie hatte an diesem Tag mit der Weihnachtsbäckerei begonnen.

»Du brauchst keine Miete mehr zu zahlen, wenn du willst«, sagte sie, als wir uns verabschiedeten.

Von da an betrat ich die Wohnung nur noch, um mir ein Buch zu holen oder um nach Post zu sehen. Als dann zwei Monate lang kein Brief von Pia gekommen war, ging ich überhaupt nicht mehr hin. Meinen Koffer mit der Wäsche hatte ich im Auto auf dem Rücksitz, Zahnbürste und Rasierzeug im Handschuhfach.

Ich wußte nicht, was ich mit meiner Zeit anfangen sollte, schrieb manchmal kleine Artikel für die Regionalzeitung, probierte an einem Roman herum, verfaßte Bettelbriefe an das österreichische Ministerium für Unterricht und Kunst und ging allmählich allen Leuten auf die Nerven mit meiner ewigen Fragerei, ob ich bei ihnen übernachten könnte.

In der hintersten Ecke der unteren Terrasse im *Café Vetter* richtete ich mich ein. In der Mittagszeit, wenn nur wenige Gäste da waren, erlaubte man mir sogar, mit der

Schreibmaschine zu schreiben. Man brachte mir ein flaches Kissen. Das solle ich unter die Maschine legen, damit das Tippgeräusch gedämpft würde. Oben im Saal übte der Klavierspieler für den Nachmittag; denn an den Winternachmittagen war im *Café Vetter* Konzert, jedenfalls dienstags und donnerstags. An den anderen Tagen legte die Schwiegertochter der Vetters eine Schallplatte mit Liedern von Joseph Schmidt auf und schaltete nur den Lautsprecher in der unteren Terrasse ein. Ich hatte ihr einmal gesagt, daß niemand *La Paloma* so schön singe wie Joseph Schmidt. Seither sah sie in mir eine verwandte Seele.

Ich blickte hinunter auf die Stadt, auf die schiefergrauen Giebel der Häuser, auf den backsteinernen Torbogen des ehemaligen Schlachthofes, auf das alte Gebäude des Hallenbades, dessen Stifterin dafür gesorgt hatte, daß in Marburg nie ein Bordell würde eröffnet werden können, weil ihr Geld an diese Bedingung geknüpft war; ich blickte hinüber zur Philosophischen Fakultät, zur Universitätsbibliothek, zur Mensa und sagte mir: So, dieser Abschnitt ist beendet. Und sagte es so oft, bis es klang wie: Ein neuer Abschnitt beginnt. Aber so endete nur der Tag. Und am nächsten war es dann genauso langweilig und genauso bequem.

Als es wärmer wurde, kaufte ich mir in der Buchhandlung *Elwert*, wenige Schritte oberhalb des Cafés, einen teueren Bildband über Bali. Ein Bekannter, der bereits im dreiundzwanzigsten Semester Medizin studierte, hatte mir von Bali erzählt. Mit demselben Geld, mit dem man hier einen Monat sparsam das Auskommen finde, sei man dort unten der König eines Jahres. Ich legte das Buch auf die Schreibmaschine, die Finger auf die Tasten und lauschte, wie Joseph Schmidt aus dem kleinen Lautsprecher von Brown Boveri *La Paloma* sang.

An den Abenden, bevor das Café schloß, schenkte mir die Schwiegertochter der Vetters eine Tüte mit Gebäck.

»Morgen ist es trocken«, sagte sie, »und Sie mögen es ja so gern.«

Bald ging mir das Geld aus. Der Bildband über Bali hatte

die Hälfte meines Mietanteils gekostet. Ich hatte den Dauerauftrag bei der Bank einfach weiterlaufen lassen. Ihn zu stornieren, hätte nach endgültiger Veränderung ausgesehen: ein Einbruch in meine langweilige Bequemlichkeit.

Ich rechnete mir aus, daß mein Geld gerade noch für zwei volle Benzintanks reichte und fuhr nach Hause zu meinen Eltern.

Und dann trafen wir uns zufällig in Bregenz auf der Straße. Pia hatte die Haare kurz geschnitten und schwarz gefärbt und die Lippen so schreiend rot bemalt, daß ich es wie eine Verkleidung empfand. Alles an ihr war schwarz; die Hose: eng und schwarz; die Bluse: eng und schwarz. Bis auf die Schuhe. Es waren jene roten Lackschuhe, die sie in Eppan getragen hatte. Von weitem sah es so aus, als wären Schuhe und Lippen aus demselben Stoff.

Sie trug Plastiktüten in beiden Händen und lachte mir über die Straße zu. Hätte sie mich nicht schon gesehen, ich wäre in der *Österreichischen Länderbank* verschwunden, vor deren Eingang ich gerade stand, hätte hinter der getönten Scheibe gewartet, bis sich der Krampf in meinem Magen löste und wäre ihr dann nachgegangen. Aber sie schwenkte bereits eine der Plastiktüten.

Ich winkte ihr zurück. Sie stand auf dem Trottoir vor dem Theaterparkplatz im Schatten der Ahornbäume. Ich hatte die Nachmittagssonne im Gesicht. Es war Frühsommer, Mai oder Juni, die Touristen fuhren durch die Stadt nach Süden, ich mußte warten, bis eine Lücke zwischen zwei Autos war, ehe ich die Straße überqueren konnte. Mein Magen hätte mehr Zeit benötigt.

Hinter einem Omnibus aus Dortmund rannte ich über die Straße. Sie stellte die Plastiktüten ab und streckte mir die Hand entgegen. Der Handschlag zur Begrüßung ließ alle Hoffnungen erlöschen, die aufgeflammt waren, als ich auf der anderen Straßenseite gewartet hatte.

Ich half ihr, die Sachen in ihre Wohnung zu tragen, und dort saßen wir dann an eben diesem runden Tisch, der ihr, wie sie erzählte, aus Graz nachgeschickt worden sei, das einzige Möbelstück von Wert, ein echter, alter Thonettisch.

Ich fragte sie nicht, was sie in Graz gemacht hatte, und sie fragte nicht, was ich in der Zwischenzeit in Deutschland gemacht hatte.

»Ich habe es so schön, wie ich es noch nie hatte«, sagte sie, während sie den Kaffee aufbrühte. »Ab Montag hab ich einen Halbtagsjob als Tipse im Konservatorium. Da hat man mich allen anderen Bewerberinnen vorgezogen. Weil ich als Schriftstellerin gelte, und weil ein Konservatorium ja auch mit Kunst zu tun hat, und weil das etwas ganz Exklusives ist, wenn in einem Konservatorium eine Schriftstellerin als Tipse arbeitet. Und dann habe ich noch für Eva einen Kindergartenplatz bekommen, ganz ohne Anmeldung, weil der sozialistische Bürgermeister etwas für alleinstehende Mütter übrig hat, und außerdem ist der Kindergarten im selben Haus untergebracht wie das Konservatorium, und weil es in einem Konservatorium sowieso nicht viel zum Schreiben gibt, kann ich jederzeit, wann immer ich will, hinuntergehen und mit Eva spielen. Das hat man mir zugesagt.«

Ich saß mit dem Rücken zur Wohnungstür. Jedesmal, wenn ich von nun an an dem Tisch saß, nahm ich diesen Platz ein. Der Tisch war für die Küche viel zu groß. Um zu den anderen beiden Stühlen zu gelangen, mußte man sich zwischen Tischkante und Wand hindurchzwängen. Ich hatte zwar die Wohnungstür im Rücken, würde aber schnell aufspringen können, falls ihr Mann hereinkäme.

»Bist du geschieden«, fragte ich sie. – Sie schüttelte den Kopf und öffnete den Mund zu einem breiten Lachen.

»Was macht er«, fragte ich weiter.

Sie zuckte mit der Schulter, streckte die Arme nach mir aus und preßte einen Fingernagel in meinen Handrücken.

»Komm am Abend wieder, wenn die Kinder schlafen«, sagte sie. »Ich bin im Augenblick nicht sehr schön.«

Ich stand auf und ging zur Tür, automatisch und folgsam. Bevor ich öffnete, schoß mir durch den Kopf, daß Gehorsam etwas Widerliches ist, und ich drehte mich noch einmal zu ihr um. Sie saß da, die Unterarme ausgestreckt auf der Tischplatte, die Ellbogen aufgestützt und lachte.

Ich wollte sie fragen, warum sie auf meinen letzten Brief nicht geantwortet hatte, wie es dazu gekommen war, daß sie von ihrem Mann getrennt lebe ... Aber ich sagte nichts und ging.

Am Abend stand ich vor ihrer Tür.

Ich blieb über Nacht, verließ im Morgengrauen die Wohnung, ehe die Kinder erwachten, kam am Abend wieder und ging wieder am Morgen.

Dann fuhr ich nach Marburg, packte meine wenigen Sachen in den Wagen, schrieb einen kurzen Abschiedsbrief, legte meinen Wohnungsschlüssel dazu und kehrte in derselben Nacht zurück.

In der ersten Zeit sahen wir uns noch jeden Tag. Ich schlief bei meinen Eltern, stand gegen elf Uhr auf und holte Christian von der Schule ab. Dann fuhren wir im Auto quer durch die Stadt zum Konservatorium und warteten, bis Pia mit Eva an der Hand um das Gebäude herumkam, umgeben von johlenden Kindern, die ihre Kindergartentäschchen schwenkten und zur Straße rannten, wo ihre Mütter die Arme ausbreiteten.

Ich wußte nicht, was ich tun sollte, erkundigte mich ohne großes Interesse bei einer der beiden Zeitungen nach einer Arbeit und war ganz froh, daß sie mich nicht brauchten.

Als ich dann erfuhr, daß mein letzter Bettelbrief Erfolg gehabt hatte und mir der Staat ein Stipendium gewährte, damit ich meinen Roman zu Ende schreiben konnte, mietete ich mir in Bregenz eine kleine Mansarde.

Von nun an trafen Pia und ich uns nur noch selten in ihrer Wohnung. Wann immer sie Zeit hatte, kam sie zu mir. Und ich – ich wartete in meiner Wohnung, wartete, daß sie anrief, daß sie kam, daß sie einmal kam, ohne vorher angerufen zu haben.

Ihrem Mann war inzwischen klar geworden, daß es ihr ernst war, daß sie nicht mehr in die gemeinsame Wohnung zurückkehren würde. Er änderte seine Strategie sich selbst gegenüber und ging nach der Arbeit nicht zu sich nach Hause, sondern zu ihr. Er akzeptierte die Trennung nicht. Bald zog er wie selbstverständlich zu ihr, war einfach da, ging nicht. Weder ihr Zureden, noch ihre kläglichen Versuche, ihn aus ihrer Wohnung zu schieben, hielten ihn davon ab, sich einzureden, alles sei in Ordnung mit ihrer Ehe, sie *beide* hätten lediglich die Wohnung gewechselt. Er tauchte am Abend auf, schützte jedesmal irgendeinen Grund vor: Er habe gestern seine Tasche vergessen, er wolle lediglich den Kindern Gute Nacht sagen, er sei zufällig in der Gegend und so weiter. Anfangs machte sie ihm nicht auf. Aber er ließ sich nicht abwimmeln. Er schlug so lange an die Tür, bis sich die Nachbarn beschwerten, und sie ihm schließlich doch öffnete.

Dann nahm sie es, wie es war. Nachts legte sie sich zu Eva in das schmale Stockbett, und er schlief in ihrem Zimmer.

Dann vermißte sie eines Morgens ihren Wohnungsschlüssel. Am Mittag steckte er außen an ihrer Tür. Er hatte ihn sich ausgeborgt und ein Duplikat anfertigen lassen. Von da an ging ihr Zusammenleben weiter, als wäre tatsächlich nichts anderes geschehen als ein Wohnungswechsel. Ihre gemeinsame Wohnung verwaiste, nur das Ritual blieb bestehen: Wenn er am Abend kam, dann nicht wie eben ein Ehemann nach Hause kommt, sondern unter irgendeinem fadenscheinigen Vorwand.

Wenn er mich auf der Straße traf, und das konnte nur zufällig sein, grüßte er mich überschwenglich, ließ meine Hand gar nicht mehr los, bot mir Zigaretten an und bedauerte, daß ich mich so selten blicken lasse, jetzt, da es ja viel einfacher sei, sie zu besuchen – ach, ja, ob ich das noch gar nicht wisse, »wir wohnen inzwischen in der Stadt, ein wenig außerhalb, aber wunderbar, klein, aber sehr gemütlich, in der Nähe der Eisenbahn, mit viel Grün außen herum . . .«

Er arbeitete in einem Sportgeschäft, das einem seiner Brüder gehörte; aber er war sein eigener Herr, sein Bruder lebte in München. Er begann das Geschäft zu vernachlässigen, schloß manchmal schon nachmittags um vier Uhr. Dann kam es vor, daß er mich in Pias Wohnung antraf.

Einmal sind wir auf ihn hereingefallen. Er sagte, er müsse ein paar Tage nach München fahren und war dann doch am Abend in die Wohnung gekommen. Aber er hatte es so eingerichtet, daß er nicht allzu spät kam, daß wir nicht schon im Bett lagen.

»Das ist aber eine Überraschung, daß du uns einmal besuchen kommst«, sagte er. Eine Flasche Wein hatte er mitgebracht.

»Zufällig . . .«

Und Pia schloß die Tür zum Kinderzimmer. Das war ihr einziger Kommentar. Sie wolle nicht abwarten, bis es laut würde, sagte sie später zu mir. Wenn sie erst dann die Tür zumache, schaue das tantenhaft aus.

Und er machte die Tür wieder auf; er wolle seine Kinder im Schlaf atmen hören. Er sagte das in einem Ton wie: Das wird wohl noch erlaubt sein! Da dachte ich: So, heute wird darüber geredet, heute tut er nicht mehr so, als sei alles in Ordnung.

Irrtum!

Wir drei sind dagesessen und haben keiner ein Wort geredet, er hat auf das Atmen seiner Kinder gelauscht. Ich hatte eine trockene, harte Kehle, habe mich kaum schlukken getraut.

Laut wurde es nur, wenn Pia mit ihrem Mann allein war. Einmal habe der Nachbar an die Tür gepumpert und gefragt, ob er sie einschlagen und ihn drei Stockwerke über die Stiege hinunter aus dem Haus prügeln solle. Der Nachbar hat es mir selbst erzählt und hinzugefügt:

»Wenn ihr mich braucht, bin ich da, ganz egal wann, nur vom 15. bis zum 28. sind wir auf Urlaub.«

Ich habe es Pia gesagt. Aber sie lächelte nur und schüttelte den Kopf. Auch da habe ich sie nicht nach dem Nachbarn gefragt. Das habe ich mir verbissen.

In der Nacht, von der ich hier erzählen will, trug ich ein weißes Seidenhemd, von dem mir Pia am Abend den Kragen geschnitten hatte. Es war Anfang Oktober. Pia und ich waren am Nachmittag mit Christian und Eva an der Rheinmündung spazierengegangen. Christian hatte uns auf den Sonnenuntergang aufmerksam gemacht. Nachher zu Hause wollten die beiden noch im Hof bleiben und mit den anderen Kindern spielen, bis es dunkel würde. Ein Eisenbahner hatte für die Kinder des Viertels im Hof eine Bretterhütte gebaut.

Eine halbe Stunde lang waren Pia und ich in der Wohnung allein. Fünfmal klingelte das Telefon.

Da gab es eine Frau, die hieß Martha. Ich hatte sie bis dahin erst zweimal gesehen. Beide Male hatte sie wie ich vor dem Konservatorium auf Pia gewartet. Sie hatte einen langen Oberkörper, eine schmale, eingesunkene Brust und stechende Augen, mit denen sie mich ungeniert fixierte. Mit ihren kurzgeschorenen Haaren wirkte sie wie eine Komparsin aus einem Film mit dem Titel: Frauen hinter Gittern.

Als mich Pia ihr vorstellte, senkte sie die Augenlider und lächelte, Motto: Ich weiß alles. Auf dem Weg zu Pias Wohnung tat sie dann so, als gäbe es mich nicht.

Pia nahm den Hörer ab und sagte:

»Ja?«

Sie sagte »Ja« und sonst nichts. Sie blickte zu mir herüber, verdrehte die Augen und formte mit dem Mund das Wort »Martha«.

Ich setzte mich und beschäftigte mich mit dem angefangenen Puzzle, das über den Tisch gebreitet war.

Christian hatte es von seinem Vater geschenkt bekommen. Es sollte ein dreimastiges Segelschiff werden, das zwischen hohen Wellen schräg im Sturm lag. Der Rand des Bildes war bereits ausgelegt. Das Puzzle bestehe aus zweitausend Einzelteilen, stand auf der Packung, es sei für Erwachsene gedacht. Christian war in solchen Dingen nicht sehr geschickt. Er sah nicht ein, warum er so viel Zeit aufwenden sollte für ein Bild, das er ebenso auf dem Deckel der Schachtel, zwar kleiner, aber dafür fix und fertig, anschauen konnte. Eva dagegen machte es Spaß, stundenlang am Tisch zu sitzen und nach winzigen Teilchen zu suchen. Also hatte ihr Christian das Puzzle geschenkt und den Deckel der Schachtel behalten.

Pia legte den Hörer auf das Nachtkästchen, das als Kommode diente, holte sich Zigaretten und Aschenbecher, nahm einen Schluck Kaffee aus meiner Tasse... Martha am anderen Ende der Leitung merkte gar nicht, daß sie ins Leere redete.

»Sie will, daß wir heute abend zu ihnen kommen«, flüsterte mir Pia zu. – Der Hörer lag immer noch auf der Kommode.

»Wer wir«, fragte ich.

Sie machte eine ungeduldige Geste. Natürlich war klar, wer zum Essen eingeladen war. Ich nahm den Hörer, lauschte kurz der leisen, eindringlich wirken wollenden Stimme und legte auf.

Pia begann zu zählen. Bei zweiundzwanzig klingelte es zum zweiten Mal.

Sie nahm ab und sagte:

»Wieso legst Du auf?«

Wir standen eng beieinander, den Telefonhörer zwischen unseren Köpfen. Nun klang Marthas Stimme nicht mehr leise, nicht mehr eindringlich. Sie machte Pia Vorwürfe, bestritt, daß sie aufgelegt hatte, glaubte auch nicht an eine Störung. Irgendwann drückte Pia die Gabel nieder, und ich zählte. Diesmal klingelte es bereits bei neunzehn.

»Sie ist verrückt«, sagte Pia. Aber sie nahm ab. »Warum legst du denn dauernd auf«, rief sie in den Hörer.

Und dasselbe Theater begann von vorne. Ich setzte mich wieder an den Tisch, sortierte alle Puzzleteile, die irgendwie stürmisch und grau aussahen, aus dem Haufen, machte mich über die sturmgepeitschten Wolken des Himmels her und bemühte mich, die Wut zu unterdrücken. Ich wußte, daß Martha keine Gelegenheit ausließ, Pia und ihrem Mann ihre Hilfe anzubieten, ihre Hilfe und die ihres Mannes, die Hilfe eines befreundeten Ehepaares, das selbst auch schon ähnliche Stürme erlebt hatte.

Und da war mir einiges klar. Pia hatte mir die Rede ihres Mannes ja im Wortlaut wiedergegeben: Wir beide, ein

Schiff im Sturm, habe er gesagt und ihr dabei die rechte Hand so fest gedrückt, daß sie am nächsten Tag im Konservatorium nur mit der linken tippen konnte. Ein Schiff im Sturm! Und dann lag dieses Puzzle auf dem Tisch. Auch ein Schiff im Sturm. Ein Wink mit einem Dreimaster!

Ich mischte die Teile des Himmels wieder unter den Haufen.

Pia hatte den Hörer in der Hand und sagte kein Wort. Sie blickte an mir vorbei zum Fenster hinaus, neigte den Kopf ein wenig zur Seite und runzelte die Stirn, als ob sie etwas beobachtete. Aber da draußen war nichts. Nur Baumkronen, Gebüsch und die Oberleitungen der Eisenbahn.

Ich drehte ihr den Rücken zu, wollte wenigstens in dieselbe Richtung schauen wie sie.

Was hätten sie nicht alles getan, um Pias Mann zu helfen! Was haben sie nicht schon alles getan! Recherchen angestellt, ihm hinter vorgehaltener Hand Dinge erzählt, die ihn hoffnungslos machen mußten, weil er das ja alles schon kannte – meine Affäre mit Franziska zum Beispiel. Er wußte, daß das auf Pia keinen Eindruck machen würde.

Martha rief mehrere Male am Tag bei Pia an oder lauerte ihr vor dem Konservatorium auf, und ohne mich dabei zu erwähnen, redete sie immerfort von dieser »Krise«, fragte und lockte, erpreßte und drohte, wollte Einzelheiten erfahren – man müsse die Dinge kennen, um helfen zu können –, bohrte in fremder Seele mit samariterhafter Geilheit, versicherte, auch sie sei – erst vor kurzem übrigens – in einer ähnlichen Situation gewesen – nein, nein, nein, sie dürfe nicht sagen mit wem, unter gar keinen Umständen, auch nicht wenn man ihr die Zunge herausrisse – und ärgerte sich dann grün, daß ihr Pia die Zunge im Mund ließ.

Bruno wiederum lud Pias Mann am Abend manchmal zu einem Bier ein. Er war der erste, der herausfand, wo ich wohnte. Eines Morgens stand er unten auf der Straße und schaute herauf zu meiner Mansarde. Ich goß gerade auf dem Balkon die Pflanzen. Mir wäre fast die Kanne aus der

Hand gefallen. Er winkte mit zwei Fingern – wie Humphrey Bogart in *The Big Sleep*. Dieser Anti-Bogart-Typ schlechthin!

O ja, die beiden waren der Meinung, in so etwas schlittere jede Ehe nach ein paar Jahren hinein, und dann stehe auch prompt so einer wie ich vor der Tür und nütze das aus. Ich amüsierte mich über ihre Bemühungen, mit denen sie das Wohl einer anderen Ehe so offensichtlich auf ihre Fahnen schrieben, wobei klar war, daß sie damit nicht Pia und ihren Mann, sondern sich selbst meinten.

Ich spürte Pias Gesicht in meinem Nacken, langte nach hinten und strich über ihre Haare. Der Telefonhörer lag wieder auf der Kommode.

»Sag ihr, daß ihr kommt«, flüsterte ich. »Ich komm einfach mit.«

Ohne sich um den Telefonhörer zu kümmern, öffnete sie die Schublade des Nachtkästchens und nahm ein besticktes Stirnband heraus.

»Das ist für dich«, sagte sie und spannte es mir über die Haare.

»Ich hab aber nichts für dich«, flüsterte ich. Ich wollte nicht, daß Martha am anderen Ende der Leitung mich hörte.

Pia scherte sich nicht darum.

»Irgend etwas will ich dafür haben«, sagte sie laut.

Ich bedeutete ihr, leise zu sprechen. Sie ignorierte es.

»Schau in deinen Taschen nach«, rief sie.

Wir tauschten Dinge aus. Fast jedesmal, wenn wir uns trafen. Sie gab mir einen Kamm; ich ihr ein Feuerzeug; sie mir eine Schraube, die auf der Straße gelegen war; ich ihr eine Untertasse, die ich in einem Café mitgenommen hatte; und als sie mir nun dieses Stirnband schenkte und meine Taschen leer waren, bat ich sie, mir den Kragen an meinem Hemd abzuschneiden.

Sie stieg auf einen Stuhl und holte vom Küchenkasten eine kleisterverklebte Tapeziererschere. Der Telefonhörer lag immer noch auf dem Nachtkästchen. Ich öffnete zwei Knöpfe an meinem Hemd und stellte den Kragen auf.

Während sie mit ihren Fingernägeln versuchte, den eingetrockneten Kleister von der Schere zu kratzen, hielt ich den Hörer ans Ohr und lauschte. Martha hatte aufgelegt.

»Soll ich ihn wirklich abschneiden«, fragte Pia. »Ich kann ihn dir aber nicht vernähen. Er franst aus.«

Ich legte den Hörer auf die Gabel, wollte sagen, das sei egal, von nun an interessiere mich nicht mehr das Hemd, sondern nur noch der Kragen, da klingelte das Telefon schon wieder.

Diesmal nahm ich ab. Es war Pias Mann. Ich preßte meinen Zeigefinger auf den Mund und reichte ihr den Hörer hinüber. Sie nahm ihn, wir setzten uns zusammen auf einen Stuhl, und ich konnte mithören, wie er auf sie einschrie. – Was eigentlich los sei, er probiere nun schon zum hundertsten Mal, sie zu erreichen, immer sei das Telefon besetzt, ob sie denn nichts anderes zu tun habe, als das wenige Geld, das vorhanden sei, zu vertelefonieren, sie seien heute abend bei Martha und Bruno eingeladen, die beiden warteten auf seinen Bescheid, schließlich könne man von Martha ja nicht verlangen, daß sie einfach auf gut Glück für vier Personen Filet Wellington mache, außerdem solle Pia so gut sein und ihr rotes Kleid anziehen ...

Er ließ ihr keine Zeit zu antworten. Bevor sie etwas sagen konnte, hatte er schon aufgelegt.

Pia war ärgerlich.

»Unter gar keinen Umständen gehe ich mit«, sagte sie.

»Geh mit«, sagte ich. »Wir machen sie fertig.«

»Die kann man nicht fertigmachen«, rief sie.

Ich wollte sie umarmen. Sie schob mich von sich, packte meinen Hemdkragen und trennte ihn mit zwei großen Schnitten ab.

»Geh mit ihm zu ihnen«, wiederholte ich. »Sie werden mich nicht wegschicken, wenn ich dann auch komme. Das trauen sie sich nicht.«

Wenn dadurch Marthas und Brunos Fürsorgetheater ins Wasser fiel, sollte es uns ein Spaß sein.

Da läutete das Telefon zum fünften Mal. Es war wieder Martha. Ich stand auf, winkte Pia zu und wollte gehen.

Sie sagte ins Telefon:

»Einen Augenblick, ich muß mich noch von meinem Geliebten verabschieden.«

Ich bin einfach mitgegangen. Zufällig stand ich vor dem Block, wo sie wohnten, zufällig genau im selben Augenblick, als Pia und ihr Mann auch davor standen. Da blieb dann unseren Gastgebern nichts anderes übrig, als auch mich hereinzubitten. Der Appetit war ihnen allerdings verdorben.

Aber wie wir eben gebaut sind: Es wurde ein gemütlicher, gesprächiger Abend. So viel wurde selten gelächelt – in alle Himmelsrichtungen. Ich habe das Glas erhoben auf die Gastgeber, habe mir die Ehrlichkeit einer weiteren Einladung angehört. Ich muß es so formulieren.

Auf jeden Fall habe ich auch einiges zur Gemütlichkeit beigetragen. Alles, was Pia in ihrer Tasche hatte, nahm ich heraus. Da waren Lippenstifte, Augenbrauenstifte, eine Zigarettenschachtel, Zündhölzer – alles stellte ich aufeinander zu einer dünnen Stange und die balancierte ich. Jawohl! Das soll mir erst einer nachmachen! Ich versuche, ein Vornehmchen zu sein, kaufe mir in einem Second-Hand-Laden ein Seidenhemd. Kann ich denn Seide überhaupt schätzen? Keine Spur! Ich drecke Seide am Hals genauso ein wie irgendeine Kunstfaser.

Als wir schon auf dem Parkplatz vor dem Wohnblock waren, sahen wir Martha und Bruno sich aus dem Fenster lehnen und uns zuwinken. So ein netter Abend! Sie schauten noch aus dem Fenster, als wir in unsere Autos steigen – Pia und ich in meinen Toyota, ihr Mann allein in seinen silberblauen Citroen. Ach! müssen sie sich gedacht haben, so viel Aufwand für ein Filet Wellington, und dann war alles für die Katz!

Und dann saßen wir zu dritt in der Küche und tranken Schnaps. Pia, ihr Mann und ich.

Er war betrunken und zitterte. Wenn er einschenkte, verschüttete er immer etwas. Auf dem Tisch hatte sich eine

Schnapspfütze gebildet. Er hielt das Glas mit drei Fingern, preßte es auf die Platte und schob es in der Pfütze hin und her. Er tauchte den kleinen Finger in die Pfütze und leckte ihn ab. Er stützte sich auf einen Ellbogen, saß auf der Kante des Stuhls, den Oberkörper über die Tischkante gebeugt, den Kopf unter der Lampe. Im grellen Licht konnte ich die Haare sehen, die an seinem Scheitel aus der weißen, porösen Kopfhaut traten.

Er redete nichts mehr. Er hatte noch gefragt:

»Hast du dir den Kragen abgeschnitten?«

Ich hatte nicht geantwortet. Da war er in sich zusammengesunken, der Rücken war krumm geworden. Er biß sich auf die Lippen, schüttelte den Kopf – sehr lange, sehr wenig, gerade daß die Schatten seiner Haare auf dem Kopf tanzten – murmelte schließlich:

»Warum schneidest du dir denn den Kragen ab?«

Und er sah Pia an und dann mich, und wir hielten seinem Blick stand. Ich war mir vorgekommen wie ein Aufseher.

Von da an hatte er nichts mehr gesagt.

Ich redete über Politik und beobachtete das herumgeschobene Schnapsglas, und wie er es festhielt. Ich konnte mich nicht davon lösen. Ich wartete, daß er es allein mit Daumen, Zeigefinger und Mittelfinger zerbrechen würde. Es war ein kleines, gedrungenes Glas mit dicken Wänden.

Zur selben Zeit saß Hanns Martin Schleyer irgendwo in Deutschland oder, wie auch spekuliert wurde, irgendwo in Frankreich in einem Wohnzimmergefängnis der Roten Armee Fraktion. Und darüber redete ich. Und im Hochsicherheitstrakt in Stammheim saßen Andreas Baader, Gudrun Ensslin und die anderen. Ich fuhr einen Wagen mit deutschem Kennzeichen, war immer noch in Deutschland gemeldet, obwohl ich schon seit einem halben Jahr nicht mehr dort wohnte.

Wann immer ich es wollte, sah ich Pia auf mir sitzen, die Ellbogen durchgedrückt, den Kopf im Nacken, ihre Brüste zwischen den glänzenden Oberarmen. Ich wollte alles verwechseln, weil mir das ein Trost war. Ich tauschte die

Liebenden im Gefängnis gegen uns beide aus. Ich hoffte so sehr, daß sich die beiden liebten.

Pia saß mir gegenüber. Der Küchentisch war zwischen uns. Ihr Mann saß links von mir, den Rücken zur Wand. Das war Pias Wohnung. Wie sie sich einrichtete, war allein ihre Sache. Der abgeschnittene Kragen hing auf eine Stecknadel gespießt hinter seinem Rücken an der Wand. Selbstverständlich hatte er ihn gesehen. Er hat ihn sogar angegriffen. Hat den Stoff zwischen Daumen und Zeigefinger gefühlt.

Er war hinter uns hergefahren, hatte seinen Wagen neben den meinen gestellt, war ausgestiegen und vorausgegangen.

Pia und ich blieben noch eine Weile im Auto sitzen. Als wir die Stiege heraufkamen, schaute er oben über das Geländer. Er bemerkte uns und zog den Kopf schnell zurück.

Die automatische Beleuchtung klickte aus. Wir standen im Dunkeln. Wir bewegten uns nicht.

»Fahren wir ab«, flüsterte ich Pia zu.

Sie strich mit ihrem Fingerrücken über meine Wange und ging voraus über die Stiege hinauf. Ich folgte ihr bis zum nächsten Treppenabsatz und drückte auf den Lichtknopf.

»Und ich?« sagte ich.

»Bitte, komm mit«, sagte sie.

Er lehnte an der Wand neben Pias Wohnungstür, die Arme verschränkt und lachte uns entgegen.

Ohne ihn anzusehen, schloß Pia die Tür auf. Er schlüpfte noch vor ihr in die Wohnung.

Dann sah ich ihn in der Küche stehen. Er betrachtete die Fotografien an der Wand und fühlte den Kragen meines Seidenhemdes zwischen Daumen und Zeigefinger.

Nach allem, was in dem letzten halben Jahr geschehen ist, wird er es auch diesmal nicht schaffen, die Dinge so zu nehmen, wie sie sind, dachte ich. Es war abzusehen, wie die Nacht ausgehen würde. Es gab drei mögliche Varianten: Entweder ich gehe oder er geht oder wir beide gehen.

Variante eins kam nicht in Frage. Mein abgeschnittener Kragen war bereits in der Wohnung installiert. Sollte ich dieses Zeichen an der Wand absichtlich mißachten?

Variante zwei war abstoßend. Sie wäre einer Kumpanei gleichgekommen: Bevor sich die Männer prügeln, verbrüdern sie sich. Bei den vorangegangenen Zusammentreffen zu dritt hier in Pias Wohnung – das muß ich gestehen –, war die Nacht jedesmal mit Variante zwei beendet worden. Das heißt, ich hatte ihm einen Abgang mit Gesicht verschafft. Irgendwann im Morgengrauen war ich aufgestanden, hatte gegähnt, obwohl mir gar nicht danach gewesen war, und gesagt:

»So, für mich ist Schluß heute. Ich muß gehen.«

Damit gab ich ihm Gelegenheit zu sagen:

»Wart, ich geh mit!«

Umgekehrt, das wußte er, wäre die Sache für ihn schlecht ausgegangen. Ich hätte nicht zu ihm gesagt: Wart, ich geh mit.

Aber damals sah alles noch anders aus, war alles noch nicht so eindeutig gewesen. Er tat zwar so, als wohne er hier, als gäbe es gar keine andere Wohnung, aber noch setzte ihm Pia Widerstand entgegen. Nicht, daß ihn das beeindruckte, er ignorierte sie einfach:

»Ich möchte, daß du jetzt gehst!«

»Ich finde es schön, daß du den Schrank blau angemalt hast.«

»Du sollst jetzt gehen!«

»Nur passen jetzt die Stühle nicht mehr dazu.«

Er vertraute auf die Macht der Gewohnheit. Damals hatte sie sich nur noch nicht voll entfaltet. Er war vorsichtig, hütete sich davor, den letzten Schritt vor dem vorletzten zu tun.

Inzwischen, so vermutete ich, glaubte er, an seinem vorläufigen Ziel angekommen zu sein. Das Ziel seiner ersten Etappe: ›Ich bin aus dieser Wohnung nicht mehr wegzudenken.‹ Das nächste Etappenziel würde lauten: Rückkehr mit der ganzen Familie in die alte Wohnung. Und das Ziel der dritten Etappe: Tilgung meiner Person aus dem kollektiven Gedächtnis einer glücklichen, intakten Familie.

Ich befürchtete, daß er diesmal sitzenbleibt, wenn ich im Morgengrauen aufstehe und gähne.

Also wollte ich bleiben, die ganze Nacht. Ich war es leid, darauf zu achten, daß er einen Abgang in Ehre bekäme. Für seinen Stolz ist ein Mann selbst verantwortlich.

Diesmal also die dritte Variante, dachte ich. Und nicht reden! Nichts reden! Dasitzen und schweigen.

In meinem Kopf waren solche Szenen immer perfekt. Da war ich einer, der ihm in die Augen schauen konnte. Solange, wie es mir paßte.

Statt dessen redete ich, nur ich, ohne daß ich unterbrochen werden wollte:

»Die ersten Durchsagen an die Entführer habe ich gehört im Autoradio auf der Fahrt von Frankfurt nach Marburg ...«

Eine Geschichte, die ich ein paar Tage zuvor erlebt hatte. Ich war in Deutschland gewesen, um meine Aufenthaltserlaubnis zu verlängern. Nur ihr erzählte ich meine Geschichte. In Anwesenheit ihres Mannes sollte Pia hören, wie die Not meiner Liebe in der Tragödie eines Staates eine Parallele hatte.

»Sie haben die Durchsagen in einer laufenden Sendung gemacht. Sie haben die Entführer gefragt, wie der Enkel von Hanns Martin Schleyer seinen Großvater nennt. Den Spitznamen wollten sie wissen. Und dann kommt vielleicht so etwas heraus wie Putzele oder Stinkerle oder Walroß. Ich weiß es nicht. Sie haben den Spitznamen nicht bekanntgegeben. Die laufende Sendung auf jeden Fall war eine Bundestagsdebatte über die Neutronenbombe. Und dann heißt es: Achtung eine Durchsage an die Entführer von Hanns Martin Schleyer: Wie lautet sein Spitzname? Und dann läuft im Abendprogramm die amerikanische Fernsehserie *Holocaust*, und der Böse, der Nazi Dorf, der persönliche Adjutant von Heydrich – und ist es nicht so, daß Hanns Martin Schleyer tatsächlich der persönliche Adjutant von Heydrich war? – ganz Deutschland hätte doch am Abend vor dem Schlafengehen diesen bösen Fernsehnazi am liebsten durch den Fleischwolf gedreht, jeder persönlich die Kurbel gedreht, und dann: Wir schalten wieder zurück in den Bundestag. Und es wird weiter über die Neutronenbombe verhandelt. Und ich komm in Marburg an und geh bei Ahrens ins Kaufhaus, und da ist gerade Sommerschlußverkauf, und alle wühlen wie hypnotisiert in den Kisten mit den billigen Unterhosen herum . . .«

Pia blies den Rauch, ohne zu inhalieren, in den Lichtkegel der Lampe. Sie nebelte ihren Mann ein.

Sie trug das rote Kleid. Sie hatte getan, was ihr Mann gesagt hatte. Das Kleid war hochgeschlossen, hatte lange Ärmel, dunkelroter, glänzender Samt. Martha hatte ihre Strümpfe bewundert. Da waren sie mir erst aufgefallen: schwarze Nylonstrümpfe, in die schwarze Rosen gestickt waren, die sich um ihre Beine rankten. Das Kleid lag eng um ihre Hüfte. Bei jedem Schritt, den sie tat, spannte und glänzte der Stoff. Als sie bei Martha und Bruno vor mir über die Stiege hinaufging, mußte ich die Augen schließen, weil mir das Blut in den Kopf stieg.

Weder Pia noch ihr Mann reagierten auf meine Geschichte. Und plötzlich war ich derjenige, der zwischen ihnen saß. Plötzlich saß sie ihm gegenüber. Bei einem runden Tisch sitzt immer einer zwischen den anderen, sitzen immer zwei einem gegenüber. Aber nicht die Stühle bestimmen die Sitzordnung.

Wie waren in diesem vergangenen halben Jahr die Tage vergangen? Seit einigen Monaten erst wohnte ich in meiner Mansarde. Es kam mir sehr lang vor. Ein vergangener Tag wie ein vergangener Sommer. An so viele Sommer kann man sich nicht erinnern.

Da war ein Tag gewesen, an dem mich Pia um die Mittagszeit in meiner Mansarde besucht hatte. Sie war gut gelaunt, übermütig, schalt mich, daß ich so dasäße und die Stirn runzelt:

»Ich habe mir heute morgen überlegt, ob wir nicht den

Rückwärtsgang einlegen und Schluß machen sollen«, sagte sie. »Wenn schon nicht vorwärts, vielleicht bewegt sich rückwärts etwas.«

2

Es war an einem Tag im Spätsommer, Ende August. Ich hatte Pia drei Tage lang nicht gesehen, und es ging mir wirklich nicht gut. Ich wußte nicht, was ich mit meiner Zeit anfangen sollte, und in den drei Tagen hatte ich nichts anderes getan, als die Fenster in meiner Mansarde geputzt, Bilder an die Wand gehängt, den Boden gescheuert, die drei Möbel abgestaubt. Dann habe ich mich noch einen Tag lang vor den Fernseher gesetzt und abwechselnd auf den Bildschirm und auf meine blitzblanke Wohnung geschaut, die mir jetzt, da sie so sauber war, noch lebloser erschien als zuvor.

Ich hatte immer wieder versucht, Pia telefonisch zu erreichen. Aber es war entweder besetzt oder niemand nahm ab. Später sagte sie mir, ihr Mann habe das ganze Wochenende über den Hörer neben den Apparat gelegt.

Es kam selten vor, daß sie mich besuchte, ohne vorher angerufen zu haben. Das war ein Feiertag für mich, und dann sagte sie:

»Ich habe mir heute vormittag überlegt, ob wir nicht den Rückwärtsgang einlegen sollen...«

Und da sank mir das Blut aus dem Kopf.

»Weißt du nicht, was heute für ein Tag ist«, sagte sie. »Heute vor einem Jahr haben wir uns in Eppan kennengelernt.«

»Meinst du das ernst, was du vorhin gesagt hast«, fragte ich.

Sie schüttelte den Kopf.

»Wo ist dein Mann?«

»Er ist nach München gefahren. Ganz plötzlich heute morgen.«

Wir nannten ihn nie anders als *dein Mann* oder *mein Mann*. Ich lehnte an der Tür zum Schlafzimmer, preßte die Handflächen gegen die Türfüllung. Sie zog ihre Jacke aus, warf sie über einen der beiden Stühle.

»Die Kinder sind bei den Großeltern«, sagte sie. »Wir haben den ganzen Tag für uns.«

Wir umarmten uns, waren so ausgehungert, daß uns die zwei Schritte von der Tür zum Bett zu weit waren.

Wir hatten bis dahin nie über Vergangenes gesprochen. Alles, was wir voneinander wußten, hatten wir miteinander erlebt. Ein Jahr war seit damals in Eppan vergangen. Zehn Monate davon hatten wir uns aus den Augen verloren. Sie war in Graz gewesen, das wußte ich. Ich war in Marburg gewesen, das wußte sie.

Wir lagen auf der Matratze in meinem Schlafzimmer, die Tür zu dem anderen Raum stand offen. Ich hätte mir gewünscht, der Blitz würde ins Haus fahren und einen Punkt setzen.

»Was hast du im letzten Jahr gemacht«, fragte ich.

Sie lag mit dem Kopf auf meinem Bauch, hatte die Augen geschlossen.

»Schläfst du?«, fragte ich.

Sie stützte sich auf die Ellbogen: »Warum willst du das wissen?«

»Ich will es eigentlich gar nicht wissen«, sagte ich, »aber es macht mich krank, wenn ich es nicht weiß.«

»Was hast du gemacht in dem letzten Jahr«, fragte sie.

»Nichts«, sagte ich, »fertig studiert und im Café gesessen.«

Sie stieß mich mit einem Finger in die Seite und sagte: »Du bist ein langweiliger Mensch.«

»Du warst in Graz«, sagte ich.

»Nicht einmal eine Woche«, sagte sie.

»Was hast du in Graz gemacht?«

Sie setzte sich auf, angelte sich mit ihrem Fuß mein Hemd, das am Boden lag, und nahm die Zigarettenschachtel aus der Brusttasche.

»Ich war mit einem Mann dort.«

Es hat mich nicht eine Sekunde aus der Fassung gebracht. Ich wollte nur, daß sie mir erzählte.

»Ach, nein«, sagte sie, »dann kennst du mich zu gut.«

»Du wolltest doch den Rückwärtsgang einlegen«, sagte ich. »Dann leg es doch drauf an!«

»Aber es ist eine komische Geschichte«, sagte sie, »ich möchte nicht, daß du hinterher ein Gesicht ziehst.«

Ich stand auf, zog die Rolläden an den Fenstern herunter, so daß nur noch wenig Licht hereinfiel.

»In derselben Woche, als wir aus Eppan zurückgekommen sind«, sagte sie, »waren *Künstlerische Wochen im bäuerlichen Raum* angesagt. Da sind Maler und Bildhauer zusammengekommen. Mein Mann hat sich für die Skulpturen von einem dieser Künstler sehr interessiert und sich in den Kopf gesetzt, so einen Meditationsstein zu erwerben. Der Bildhauer hat ihn uns geschenkt.«

»Er hat ihn dir geschenkt«, sagte ich.

»Er hat mir sehr imponiert«, sagte sie. »Er hat sich in der Nähe einquartiert und wir haben ihn regelmäßig besucht. Er hat eigentlich in Zürich gewohnt, aber er wollte noch eine Weile auf dem Land bleiben, weil es ihn hier inspiriert hat. Er hat bei einem Kollegen im Atelier gewohnt. Der Kollege war im Süden, und er hat das Atelier allein für sich gehabt.«

»Du hast mir doch damals Briefe geschrieben«, sagte ich, »warum hast du mir das nicht erzählt?«

»Das hat doch nichts mit uns zu tun gehabt«, sagte sie. »Und wenn ich es dir erzählt hätte, hättest du mir nicht mehr geschrieben.«

»Du hast mir nicht mehr geschrieben«, sagte ich.

»Später, ja«, sagte sie.

Sie rückte auf der Matratze zur Wand, lehnte sich mit dem Rücken an und zog sich die Decke über. Ich setzte mich ihr gegenüber und stellte den Aschenbecher auf mein Knie.

»Er wollte gleich am ersten Tag meinem Mann sagen, daß er mit mir schlafen will, das hab ich ihm aber abgeraten. Am Abend besuchte er uns und brachte jedesmal eine andere Skulptur mit.

›Such dir aus, welche Skulptur wir haben wollen‹, sagte mein Mann.

Er legte es darauf an, ich weiß nicht warum, er schickte mich ins Atelier zu ihm, vielleicht hat er gedacht, so offensichtlich wird sie es nicht tun, aber er hat gewußt, was ich treibe, wenn ich im Atelier war, und die Kinder im Nachbarsgarten gespielt haben. Nur wollte er es nicht wissen, und hat fest seine Augen zugedrückt.

Einmal hab ich es nicht mehr ausgehalten, und ihm alles erzählt, da ist er ins Badezimmer gestürzt und hat sämtliche Tablettenröhrchen geleert. Ich hab die Rettung angerufen, und die hat ihn mitgenommen. Am Tag darauf ist er wieder nach Hause gekommen.

Die Bauersfrau, die neben uns gewohnt hat, hat irgendwie etwas mitgekriegt, und gesagt:

›Das ist eine reine Erpressung, Frau Pia‹, und ich soll mir das nicht mehr länger gefallen lassen. Sie hat keine Ahnung gehabt und war trotzdem ganz auf meiner Seite. ›Wenn ich mir seine Schreiereien anhöre, Frau Pia‹, hat sie gesagt, ›dann weiß ich, daß das nicht recht geht.‹

Der Bildhauer ist wieder nach Zürich gereist, ich hab die Ärmel vom Norwegerpullover angenäht und den Kindern *Dunkel wars, der Mond schien helle* beigebracht. Es ist nicht mehr gut geworden zwischen mir und meinem Mann.

Er hat mich bespitzelt, wo es nur ging, und als ich in der Volkshochschule einen Russischkurs besucht habe, hat er mich abgeholt und den Lehrer über mich ausgefragt.

Da bin ich nach Zürich gefahren und habe zwei Tage bei dem Bildhauer gewohnt. Ich war dann mit ihm auf seiner Couch, und alle zehn Minuten hat das Telefon geklingelt. Wir haben es mit Decken abgewürgt, es ist mir aber trotzdem an die Nieren gegangen.

Zu Hause war nur mein Mann, die Kinder hat er zu seinen Brüdern nach München gebracht, und ich sollte sie erst wiederhaben, wenn ich entschieden hätte, wo ich hingehöre.

Ich wollte die Kinder und bin zum Anwalt gegangen,

ich hatte kein Geld, um ihn zu bezahlen, und er riet mir, einfach ordentlich daheim zu wohnen und zu warten.

Ich habe das nicht ausgehalten. Mein Schwiegervater wollte mich einem Psychiater vorführen, und da hab ich totale Panik gekriegt und bin zu meiner Schwester. Die hat mich versteckt.

Der Bildhauer ist angereist, und hat gesagt, das Beste ist, wir hauen ab. Er habe einen Bekannten in Graz, zu dem wollte er mich bringen.

Also bin ich mit ihm nach Graz gefahren. Und ich wußte gar nicht, ob ich das will. So eine lange Fahrt im Zug, wir haben uns angestellt, weil es so schwierig war, miteinander zu reden. Ich hab gern mit ihm geschlafen. Aber deswegen fährt man doch nicht gleich nach Graz! Wenn ich an die Kinder dachte, hab ich gemeint, ich werde verrückt.

Wir trafen den Bekannten im *Café Nordstern*. Er saß in einer Nische, und der Bildhauer mußte erst durch das ganze Lokal gehen, und dann auch noch in den Billardraum hinein und wieder zurück, bis er ihn schließlich erkannte. Ein guter Freund ist das nicht, dachte ich.

Dann stellte er mich als seine Bekannte vor, und das war für mich eindeutig eine Zurücksetzung, denn, wenn wir allein waren, bin ich seine Geliebte gewesen.

Der Bekannte war ein Arzt, so um die Vierzig. Er musterte mich. Ich hatte meinen Ledermantel anbehalten, der eng geschnitten war, besonders an den Ärmeln, und in dem ich dünn aussah, und ich hatte ihn anbehalten, weil an meiner schwarzen Bluse vorne ein Knopf fehlte. Ich hatte kein Nähzeug, der Knopf war verlorengegangen.

Und Geld hatte ich auch keines und den Bildhauer wollte ich nicht um Geld bitten. Der Kellner kam an den Tisch und fragte, was er bringen darf.

›Für mich nichts‹, sagte ich.

Der Bildhauer bestellte eine Suppe für mich. Er hatte auch nicht viel Geld.

Jetzt fragte der Arzt, was ich trinken will, einen Wein vielleicht. Ich nahm einen Kakao, das schien mir passender für meine Situation.

Der Bildhauer hatte mir versprochen, nichts von meiner Ehe und den Kindern zu sagen, aber so, wie sich die Sache entwickelte, kam er nicht drumherum, zu erzählen, in was für einer Notsituation ich mich befand. Das machte er so eindringlich, daß ich dem Arzt offensichtlich leid getan habe, denn er nahm meine Hand und drückte sie wie zum Beileid.

Es sei verdammt schwierig für ihn, sagte er, weil er nämlich erst vor zwei Monaten geheiratet habe und mit seiner Frau in eine neue Wohnung gezogen sei, in der sie sich noch gar nicht eingelebt habe.

›Aber es wird schon, es wird schon, es wird schon‹, sagte er.

Er tat so, als denke er angestrengt nach. Ich merkte, daß er sich furchtbar genierte. Dann schnippte er mit dem Finger und rief:

›Ich habs!‹

Er war ein so schlechter Schauspieler! Er benahm sich so künstlich, daß ich aufpassen mußte, nicht laut herauszulachen. Obwohl mir überhaupt nicht zum Lachen war.

Dann teilte er uns die Idee mit der Entfettungsklinik mit.

Er war nämlich in einer solchen Klinik angestellt, und er meinte, man könne es irgendwie anstellen, mich dort unbemerkt unterzubringen.

›Sehen darf Sie dort keiner‹, sagte er. Das sei ein Sanatorium, und der Aufenthalt dort koste ein Schweinegeld, und das könnten sich nur die entsprechenden Herrschaften leisten.

Der Bildhauer versicherte ihm, daß es sich nur um eine kurze Zeit handeln würde, zwei, drei Tage, bis er sich etwas ausgedacht habe.

Ich wollte nicht mehr, daß er sich etwas ausdachte, ich wollte nur nach Hause. Das wär auch sicher kein Problem gewesen, er hätte mich sicher nicht gehalten, nur hätte ich ihn dann um das Fahrgeld fragen müssen und so ließ ich es bleiben.

Der Arzt stand auf und fragte den Bildhauer spöttisch:

›Für Dich auch ein Zimmer?‹

Der grinste verlegen und sagte: ›Dasselbe Zimmer wie sie.‹

›Wir können gleich hinfahren‹, sagte der Arzt. ›Ich habe mit einer Oberschwester gesprochen. Das weiß nur sie und ich, und ihre Bedingung ist, daß man euch nicht sieht und hört.‹

Aha, dachte ich, jetzt hat sich dieser schlechte Schauspieler versprochen. Da war also doch alles schon vorbereitet. Auch recht, dachte ich. Es ist sowieso alles gleichgültig.

Er nahm uns im Auto mit, unterwegs hielt er in der Stadt an, weil er noch kurz zu seiner Frau gehen wollte.

Wir drehten eine Runde vor seinem Haus. Da war ein Hutgeschäft, und ich hätte heulen können, als ich die Hüte sah, aber mit den Hüten hat das nichts zu tun gehabt. Der Bildhauer nahm mich in den Arm und kaufte mir eine dunkelblaue Pullmannmütze, in der ich wie eine Internatsschülerin aussah.

Das Sanatorium lag in einer Villengegend mit viel Grün außen herum, gepflegten Gärten und Hundebesitzern. Es war ein langgestreckter Bau mit zwei Stockwerken. Ich kenne eine Landwirtschaftsschule, die so aussieht.

Auf dem Parkplatz standen Mercedesse und ein Lieferwagen mit der Aufschrift der Entfettungsklinik. Wir sollen uns beeilen, sagte der Arzt, denn gleich werden die Patienten von ihrem Waldspaziergang zurückkehren.

Er führte uns durch den Hintereingang, es roch nach Spital und ich bekam prompt einen Brechreiz im Hals. Außer der Suppe hatte ich seit zwei Tagen nichts gegessen.

In der Halle waren Fotos von ehemaligen Patienten aufgehängt – vorher, nachher – vorher fett, nachher dick.

›Die meisten‹, sagte der Arzt, ›kommen jedes Jahr wieder. Sie hungern einen Monat, dann fressen sie sich an, um wieder einen Monat zu hungern.‹

Es hörte sich verächtlich an, aber er hat es sich nicht nehmen lassen, mit uns einen Rundgang durch das Sanatorium zu machen. Zu dieser Zeit war niemand da. Das Personal hatte Mittagspause, und die Dicken mußten im Wald herumrennen.

Ich dachte mir, er verachtet diese Leute, aber er ist doch stolz darauf, daß er hier eine Menge Geld verdient.

Die Oberschwester begrüßte uns mit einem Handschlag, mir sah sie tief in die Augen und das sollte heißen: Ich verstehe Sie, ich bin bei Ihnen, ich bete für Sie. Eine weltliche Nonne, ich glaube, es war eine ganz normale Frau, die sich bei der Arbeit als Nonne verkleidete, weil das auf die Dicken vertrauenerweckend wirkt.

Unser Zimmer lag im zweiten Stock. Es sah sehr sauber aus. Die Laken auf dem Bett waren straff gezogen. Nur ein Bett. Offensichtlich war nur ich angesagt. Über ein zweites Bett ist nicht geredet worden. Die Wände waren blaßgrün gestrichen, ich glaube, *reseda* sagt man dazu.

Der Bildhauer ließ sich mitsamt den Schuhen auf das saubere Bett fallen. Ich blickte zum Fenster hinaus, sah durch das offene Fenster im Nachbarhaus junge Leute, die kahlgeschoren waren und sich auf dem Teppich umarmten. Ich dachte, ob da auch Frauen dabei sind, und wenn Frauen dabei sind, dann sind sie sicher genauso unglücklich wie ich.

Dann wurde es laut in der Halle, auf dem Treppenhaus und im Flur, ich zog die Vorhänge zu, setzte mich auf das Bett, und weil da so wenig Platz war, setzte ich mich auf den Bildhauer, der mir die Bluse auszog und mich an sich drückte.

Die Einweihung auf dem Bett fand in aller Eile statt, weil ich dringend aufs Klo mußte.

›Du kannst jetzt unmöglich aufs Klo‹, sagte er, ›draußen gehen die Dicken hin und her.‹

Er hob mich auf das Waschbecken, aber da konnte ich nicht. Ich setzte mich auf den Bettrand, verschränkte die Arme über dem Bauch und drückte die Blase ab. Ich bekam Bauchweh, und das tat ihm leid.

Ich zog meine Unterhose und den Ledermantel an, er schloß die Zimmertür auf, streckte den Kopf hinaus und machte mir ein Zeichen. Ich rannte auf den Flur, fand aber das Klo nicht, nur ein Badezimmer. Das genügte mir.

Als ich fertig war und auf den Gang hinausschaute, sah ich die weltliche Nonne, wie sie ein Tablett vor unsere Tür stellte und dann klopfte und weiterging. Ich wartete, bis der Bildhauer die Tür öffnete.

Auf dem Tablett war eine Schüssel mit nassen Salatblättern, zwei hartgekochte Eier rollten in einem Glasteller hin und her, die Brötchen waren eindeutig alt, zwei Stück. Da muß man ja dünn werden.

Der Bildhauer schimpfte, daß die uns kein Personalessen gegönnt haben. Er aß die zwei Eier, ich den Salat und ein Brötchen.

Das Tablett kam vor die Zimmertür. Ich drehte den Schlüssel um, kramte in meinen Sachen, wusch mir das Gesicht mit Seife, putzte die Zähne, kämmte die Haare aus, stellte einen Fuß nach dem andern ins Waschbecken. Ich hätte mich gerne von oben bis unten abgebraust und den warmen Wasserstrahl auf dem Rücken gespürt.

Er lag auf dem Bett und sah mir zu. Ich wußte, daß er jetzt erst recht Hunger hatte, er war ein kräftiger Mann und brauchte sein Zeug. Meine Gesichtshaut war rot von der Seife, Creme wäre gut gewesen, aber mich vor ihm einzufetten, genierte ich mich. Ich wollte es später tun, wenn er eingeschlafen war.

Er lag breit auf dem Rücken, die Arme hinter dem Kopf verschränkt und starrte auf die Decke.

Ich hatte seine Pyjamahose an und überlegte, wie und wo ich mich am besten hinlegen könnte. Ich wollte schlafen. Im Haus wurden die Geräusche leiser.

Plötzlich ertönte aus dem Lautsprecher an der Zimmerecke eine sanfte, eindringliche Stimme:

›Wir wünschen unseren Gästen eine angenehme Nacht und hoffen weiterhin auf ihre großartige Selbstdisziplin. Wir sind stolz auf Sie.‹

Der Bildhauer platzte laut los. Ich hielt den Zeigefinger an den Mund.

Er zog sich wortlos an, sperrte die Tür auf und ging. Ich war erschrocken und dachte, das gibts doch nicht, ich träume.

Und obwohl ich saumüde war und das ganze Bett für mich hatte, konnte ich nicht einschlafen. Abreagieren geht bei mir nur, wenn ich laut schreie.

Pyjamahose aus, Unterhose an und das zerknitterte rote Kleid drüber! Ohne Spiegel fuhr ich mir mit dem Kajalstift in die Augen, vom Lippenstift war nur mehr ein Rest übrig, ich griff mit dem Finger in das Rot und schmierte es auf den Mund. Die Strumpfhosen hatten Laufmaschen. Ging ich eben ohne, schlüpfte in meine besten Schuhe.

Normalerweise hätte ich seine Sachen nie angerührt. Ich weiß nicht, was in mich gefahren ist, ich hab seine Tasche durchsucht. Ich hab gehofft, ein paar Scheine zu finden. Ich wollte mit dem Zug nach Hause fahren. Ich wollte etwas essen, Wienerschnitzel mit Randigsalat. Ich schneide in das Fleisch und der Saft vom Randig färbt es rot. Buchteln mit Vanillesoße...

Socken, Bücher, Dreckwäsche, Rasierschaum. Kein Geld. Gehe ich eben ohne. Und dann will ich die Tür aufmachen und merke, daß die von außen abgesperrt ist. Der hat abgesperrt! Der hat mich eingeschlossen! Ich war so fassungslos, daß ich nicht einmal mehr auf ihn fluchen konnte.

Bald darauf kam er wieder, stand einfach da, ich war noch mitten im Staunen. Ich habe ihn angeschaut. Er hat die Schultern gezuckt, mich um die Taille gefaßt:

›Bei dir weiß man ja nie...‹

Ich wollte ihm eine mitten ins Gesicht knallen, da hat er mir Schokolade in den Mund gesteckt. Wunderbare weiße Schokolade. Zigaretten hat er auch gekauft, der Schatz. Er hat Schokolade und Zigaretten mitgebracht.

Rauchen im Zimmer war nicht erlaubt. Da hat uns der Arzt überdeutlich darauf hingewiesen. Wir haben gewartet bis nach Mitternacht, dann haben wir unsere Köpfe zum Fenster hinausgestreckt und gequalmt.

Er hat sich dann mit seinen Kleidern zugedeckt und auf dem Boden geschlafen.

Und dann am Morgen vor der Tür: zwei Schalen mit lauwarmer Milch und zwei alte Semmeln.

Der Bildhauer hielt das nicht aus: ›Da wird der Normalste verrückt!‹

In der Mittagspause schlichen wir uns aus dem Haus, fuhren mit dem Bus in die Stadt und setzten uns ins *Nordstern*.

In der Nacht hat er mich wieder in der Klinik abgeliefert.

Das ging ein paar Tage lang so. Dann hat es mir gereicht. Meine Sachen waren dreckig und haben gestunken. Ich wartete, bis es ganz still war, dann sperrte ich mich im Saunabad ein. Das war der angenehmste von allen öffentlichen Räumen hier, holzgetäfelt und warm. Ich wusch mit Haarshampoo Rock, Hose, Bluse, Unterwäsche. Warum nicht gleich alles, wenn ich schon dran bin, dachte ich.

Ich nahm mir irgendeinen Bademantel von der Garderobe und arbeitete so schnell ich konnte. Durch die Deckenluke sah ich den Vollmond. Im Haus war es friedlich still.

Ich drückte die Wäschestücke aus, trug sie über den Gang, es tropfte auf den Boden. Ich wollte sie aus dem Fenster hängen, das würde niemand sehen, und bis die Dicken am Mittag das Haus verließen, würde die Wäsche längst getrocknet sein.

Und grad in dem Augenblick, als ich mit den nassen Wäschestücken über den Flur ging, kam mir ein Pfleger entgegen. Und damit war die Sache aufgeflogen. Und ich war wahnsinnig froh darüber.

Der Arzt, der uns geholfen hatte, war in der Nacht nicht da, die weltliche Nonne, die eingeweiht war, auch nicht, außerdem wollte ich die beiden ja nicht verraten.

›Was machen Sie da‹, schrie mich der Pfleger an.

›Ich wasch meine Wäsche‹, sagte ich und mußte dermaßen laut lachen, weil die Situation so komisch war. Und er hat auch gelacht und gar nicht mehr weitergefragt.

Er nahm mich mit ins Pflegerzimmer, dort wartete ich

den Rest der Nacht, bis meine Kleider trocken waren. Er brachte mir einen Heizstrahler, half mir, die Stücke über zwei Stühle zu hängen und ließ mich dann allein.

Als es draußen hell wurde, schlüpfte ich in die ungebügelten, noch feuchten Sachen und verließ das Haus.

Und als ich grade so den Weg hinuntergehe, kommt mir da ein silberblauer Citroen entgegen. Da sind sie beieinander gesessen, mein Mann und der Bildhauer. Der Bildhauer bereits hinten, vorne der Beifahrersitz war für mich reserviert.

Meine Hose rutschte mir von der Taille, so dünn war ich. Fünf Tage in einer Entfettungsklinik und so ein Erfolg!«

Pia legte ihre Hände auf meine Schultern und lachte.

»Hast du keine Schokolade«, sagte sie. »Ich habe Hunger.«

»Und weiter«, fragte ich.

Im Eisschrank in der Küche waren zwei Riegel Bounty, die lagen dort, seitdem ich eingezogen war.

»Nichts weiter«, rief sie mir durch die Tür zu. »Das nächste Mal machst du es richtig, habe ich gedacht und habe mir eine Wohnung in Bregenz genommen. Und eines Tages habe ich den Thonettisch aus Graz zugestellt bekommen. Ich weiß bis heute nicht, woher der Bildhauer meine neue Adresse hatte. Aber den Tisch habe ich gut brauchen können. Und dann habe ich mir die Haare schwarz gefärbt.«

Ich brachte ihr die Schokolade, und wir legten uns zueinander. Irgendwann schliefen wir ein. Als ich aufwachte, hörte ich draußen auf meinem Balkon eine Amsel pfeifen. Ich lauschte eine Weile. Von weitem drangen die Geräusche der Stadt in unser Zimmer. Meine Mansarde lag in einer billigen, ruhigen Gegend.

Ich stand leise auf, ging auf Zehenspitzen in die Küche und machte Kaffee.

Der Geruch weckte sie. Sie trat in die Küche, hatte mein Hemd übergezogen, das pechschwarze Haar war verstrubbelt. Sie setzte sich auf den Kühlschrank und ließ die Beine baumeln.

Ich küßte sie auf den Mund.

»Bleib über Nacht«, sagte ich.

Sie schüttelte den Kopf.

»Einmal möchte ich allein in meiner Wohnung schlafen«, sagte sie, »dann kann man meinetwegen das Haus abreißen.«

Als sie ging, schenkte sie mir eine kleine Figur aus Porzellan, einen bunt bemalten Pfau, und noch bevor ich das Buch holen konnte, das ich für sie gekauft hatte, sagte sie:

»Ich möchte einen Schlüssel für deine Wohnung. Aber du mußt ein Versteck für ihn mitliefern.«

Sie stand schon an der Tür. Wie sie das meine, wollte ich fragen.

Sie lachte und ging. Von außen drückte sie die Tür ins Schloß.

Am Morgen des nächsten Tages setzte ich mich ins Auto und fuhr nach St. Gallen. Ich kannte dort eine Werkstatt, die auch Schlüssel duplizierte, bei denen es verboten war.

Die ganze Zeit überlegte ich, wo sie den Schlüssel verstecken konnte. Ich rief mir in allen Einzelheiten ihre Wohnung in Erinnerung. Bestimmt ließ sich dort irgendwo ein Versteck finden, aber was nützte ihr das? Es mußte ein Versteck sein, das sie mit sich herumtragen konnte.

Wenn sie aber den Schlüssel mitnahm – in ihrer Handtasche oder in ihrer Jackentasche – dann war er erst recht nicht sicher. Irgendwann würde sie die Tasche oder die Jacke unbeaufsichtigt lassen. Ihr Mann wußte inzwischen, daß ich eine Wohnung hatte. Er wußte auch wo. Ein schneller Griff in ihre Tasche oder in ihre Jacke . . .

Sie mußte den Schlüssel also einerseits bei sich tragen können, andererseits durfte er ihn aber nicht finden, wenn er ihre Jacke oder ihre Tasche durchsuchte.

Schließlich kam mir eine Idee.

Das Buch, das ich für sie gekauft hatte, hieß *Rappacinis Tochter* und enthielt Erzählungen des amerikanischen Romantikers Nathanael Hawthorne. Der Band war nicht größer als meine Handfläche. Pia hatte in ihrer Handtasche immer ein Buch bei sich. Und für nichts interessierte sich ihr Mann weniger als für diese Bücher.

Aus einem Stück Pappe von der Größe des Buchdeckels schnitt ich ein Loch heraus, in das der Schlüssel paßte. Den Schutzumschlag des Buches nahm ich ab und klebte die Pappe darauf. Weil aber die Pappe nur halb so dick war wie der Schlüssel, vertiefte ich sein Bett, indem ich mit einer Rasierklinge so viel vom Karton des Buchdeckels abschälte, bis der Schlüssel hineinpaßte, ohne daß man eine Erhöhung spürte, wenn man mit der Hand über das Buch strich.

Allerdings bestand Gefahr, daß sich der Schlüssel aus diesem Bett löste, wenn man das Buch schüttelte oder unsanft auf den Tisch legte. Ich mußte ihn also irgendwie fixieren.

Ich holte aus meinem Fotoapparat einen angefangenen Film heraus und schnitt einen schmalen Streifen davon ab. Der Film war dünn und sein Material fest genug. Ich klebte den Filmstreifen über das Schlüsselbett, und zwar so, daß man ihn wie ein Türchen öffnen konnte.

Daraufhin überzog ich den Schutzumschlag mit einer durchsichtigen Folie und verklebte die Klappen, die über die Buchdeckel geschlagen werden, so daß der Umschlag nun eine feste Hülle war, die man nur abnehmen konnte, wenn man die Buchdeckel so weit öffnete, bis sie sich im Rücken des Buches berührten.

Als ich fertig war, hatte ich keinen Zweifel, daß niemand auf die Idee kommen konnte, daß in diesem Buch ein Schlüssel versteckt sei.

Ich gab ihr das Buch, erklärte ihr das Versteck und fragte dann doch:

»Warum tust du das? Warum sagst du ihm nicht einfach, daß du einen Schlüssel zu meiner Wohnung hast, daß wir uns hier treffen? Warum dieses Theater?«

»Es ist doch ein schönes Theater«, sagte sie und steckte das Buch in ihre Tasche.

Ohne daß ich es richtig gemerkt hatte, war dieses halbe Jahr, das ich hier schon wohnte, vergangen. Ein Schwebezustand, bei dem nichts in der Schwebe war. Jedenfalls dachte ich das.

In der Nacht, als wir zu dritt in Pias Küche saßen – sie, ihr Mann und ich – wollte ich dem Theater ein Ende machen.

Aber anstatt zu schweigen und zu warten, bis er es nicht mehr aushielt, redete ich; und anstatt über das zu reden, was in der Luft lag, erzählte ich von Rundfunkdurchsagen an die Entführer von Hanns Martin Schleyer, von der Hysterie, die zur Zeit in Deutschland um sich griff, von Ensslin und Baader, die in Stammheim in Isolationshaft saßen und allmählich das Sprechen verlernten – und lieferte Pias Mann damit zumindest ein formales Argument zu bleiben: Da erzählt einer interessante Dinge, wäre ja unhöflich zu gehen!

Schließlich fiel mir nichts mehr ein.

»Schau, Pia«, hätte ich vielleicht noch sagen können, »so wie Deutschland aufgewühlt ist, so ist mein Herz aufgewühlt.«

Dann hätte ich aufstehen und nach Australien auswandern müssen. Und nie wäre ein Brief von ihr gekommen, und die Erwähnung meines Namens hätte ihr die Schamröte ins Gesicht steigen lassen.

Ich wußte nicht mehr, was ich von mir halten sollte. Es ist doch ohnehin schon genug Theater, dachte ich, warum mach ich denn noch ein Melodram daraus. Aber wenn es mich nun einmal tröstete, mich als Held eines Melodrams zu sehen!

Um wie viel besser war er dran, der dasaß und schwieg. Man kann mit Würde schweigen, aber ununterbrochen reden kann man mit Würde nicht.

Pia hatte, seit wir in ihrer Wohnung waren, noch kein Wort gesagt. Sie lehnte sich zurück. Ihr Gesicht war im Schatten. Keinen meiner Blicke nahm sie auf.

Wenn draußen auf der Straße ein Moped oder ein Auto vorbeifuhr, war es eine Wohltat. Lange Zeit sagte keiner am Tisch ein Wort.

Und dann richtete sich Pias Mann auf, räusperte sich, rückte seinen Stuhl näher zu mir und legte seinen Arm um mich.

Und in all meiner Unerbittlichkeit neigte ich doch den Kopf. Meine Wange berührte den Ärmel seiner Lederjacke. Ich merkte, wie mir die Tränen aufstiegen.

Da sagte Pia:

»Ich mach es so, ihr könnte beide bei mir sein. Ich weiß nicht, wie wir es anstellen. Aber ihr könnt beide bei mir sein. Von mir aus miteinander, von mir aus hintereinander.«

Er drückte die brennende Zigarette auf seinem Handrükken aus. Dabei riß er die Augen auf. Es tat mehr weh, als er vorher gedacht hatte. Sein Gesicht wurde fahl vor Schmerz.

»Das wär so wie das«, sagte er.

Pia sprang auf, preßte ihre Stirn gegen die Fensterscheibe und weinte. Reste der Glut glimmten auf der Haut.

»Ich möchte dem Unglück standhalten«, stammelte er.

»Komm«, sagte ich, riß Pia am Gürtel ihres Kleides aus der Küche.

Wir gingen und ließen ihn allein zurück.

Draußen im Auto tat mir der Adamsapfel weh, so sehr mußte ich gegen einen Lachkrampf ankämpfen. Aber die Nacht war noch nicht zu Ende. Bald sah ich im Rückspiegel seinen silberblauen Citroen. Er fuhr uns nach.

Seit damals in Eppan waren fünfzehn Monate vergangen.

3

Für das *Dolomiti* sei es noch zu früh, das wirklich gute Programm beginne dort erst ab elf Uhr, sagte Gratt.

Wir fuhren zuerst nach Bozen. Er stellte den Wagen beim Bahnhof ab, griff sich vom Rücksitz seine Jacke, und wir stiegen aus. Der Föhn blies uns den feinen Nieselregen ins Gesicht. Ich zog den Hals ein und stellte den Kragen auf. Im Auto hatte es gezogen. Dieser alte Fiat hatte unten in der Tür ein Rostloch so groß, daß man den Fuß durchstecken konnte, und das Schiebedach ließ sich nicht richtig schließen. Gratt hatte zwar versucht, den Schlitz mit Klebstreifen abzudichten, aber das nützte nicht sehr viel. Meine Finger waren blaugefroren.

»Gehen wir etwas Warmes essen«, sagte er und rannte vor mir zwischen den Autos über die Straße. Seine Holzpantinen klapperten über den Asphalt. Ich lief ihm nach, mußte aber mitten auf der Straße stehenbleiben. Ein Sportwagen raste mit vollem Horn vorbei. Der Fahrer schrie mich aus dem offenen Fenster an.

Gratt war bereits auf der anderen Straßenseite und ging mit weit ausholenden Schritten auf den Eingang eines Versicherungsgebäudes zu. Ich mußte noch drei weitere Wagen abwarten, und als ich schließlich auf der anderen Seite der Straße war, war Gratt verschwunden. Ich lief zu dem Gebäude, keine Ahnung, was er dort wollte. Ich sah ihn nirgends. Es wird ja wohl nicht so sein, daß er mich abhängen will, dachte ich.

Ein Durchgang führte in den Hinterhof. Dort war eine Pizzeria. Gratt wartete unter dem beleuchteten Vordach auf mich. Niemand, der es nicht kannte, hätte dieses Restaurant hier gefunden. Hier war wohl einmal eine Lagerhalle gewesen. Ein ehemals breites Garagentor war zu zwei Dritteln zugemauert worden. Dann hatte man eine Tür eingesetzt. Die Mauer war aus rohen, unverputzten Ziegeln. Neben den Türstöcken konnte man Wülste von hartgewordenem Isolierschaum sehen. Darüber hingen eine Neonlampe und ein Schild mit der Aufschrift *Ristorante – Pizzeria.*

»Hat das Lokal keinen Namen«, fragte ich Gratt.

»Es ist ein Begriff«, sagte er.

Die Tür führte direkt ins Restaurant. Der Raum war tatsächlich vorher eine Lagerhalle gewesen, und viel war nicht verändert worden. Die Wände waren weiß getüncht. Die Decke ruhte auf vier riesigen Stahlträgern, der Boden war aus Beton, mit grauer Ölfarbe bemalt.

Es war ein Selbstbedienungsrestaurant. Wir stellten uns an die lange Theke, nahmen jeder ein Tablett, Löffel und Gabel. Gratt bestellte eine Portion Spaghetti Bolognese. Ich machte es ihm nach, und während die Frau hinter der Theke Nudeln und Sugo schöpfte, zapften wir uns beide ein großes Bier.

Das Lokal war gut besucht. An den Resopaltischen standen Plastikstühle. Es waren fast nur Männer hier. Über einen Lautsprecher dröhnte italienische Schlagermusik. Es war laut und heiß, aber es roch gut. Hinten in einer Ecke war noch ein Tisch frei.

»Hier gibt es die besten Spaghetti von Bozen«, sagte Gratt, »und außerdem die billigsten. Jedesmal, wenn ich in die Stadt komme, esse ich hier.«

Auf dem Tisch hatten gerade unsere beiden Tabletts Platz. Ich setzte mich mit dem Gesicht zum Lokal. Gratt sollte sich nicht ablenken lassen, er sollte mir ja von Grönland erzählen. Ich meinte, dabei würde freie Sicht auf ein italienisches Lokal stören.

Er streute Parmesan auf die Sauce, mischte seinen Teller mit schnellen Bewegungen durch, wickelte einen Mund voll Nudeln auf die Gabel und begann zu essen. Dabei blieb er keinen Augenblick ruhig sitzen. Er ruckte auf seinem Stuhl hin und her, wiegte die Schultern im Rhythmus der Schlagermusik, summte die Melodie mit und trommelte dazwischen mit dem Besteck auf den Rand des Tabletts. Seit wir das Haus Degaspari verlassen hatten, quirlte und zappelte er herum, als hätte er Flöhe unterm Hemd.

Die Spaghetti schmeckten wirklich ausgezeichnet. Obwohl ich bei Degaspari übermäßig Speck und Brot gegessen hatte, war ich nicht satt geworden. Ich brauchte etwas Warmes. Gratt schien es ebenso zu gehen.

Während des Essens sprachen wir nicht, und das war mir ganz recht. Seit zwei Tagen hörte ich mir nur Geschichten anderer Leute an. Mir schwirrte schon der Kopf. Was auch immer er mir erzählt, dachte ich, es wird die letzte Geschichte sein, die ich mir anhöre, morgen fahre ich nach Hause. Ich hatte Sehnsucht nach Pia und den Kindern. Ich hatte ihnen versprochen, etwas mitzubringen. Morgen würde wenig Zeit sein, in Geschäften nach Geschenken zu suchen. Was ich Pia mitbringen wollte, wußte ich. Bei den Kindern war es schwieriger, das Richtige zu finden. Sie erwarteten etwas Besonderes, mit Schokolade allein war es nicht getan.

Ich bin ein schneller Esser, besonders wenn ich Hunger habe, und besonders bei Spaghetti. Aber Gratt hatte seinen Teller schon leer, da war ich erst bei der Hälfte. Ohne ein Wort zu sagen, schaute er mir jetzt beim Essen zu. Ich hatte gerade die letzten Nudeln weggeputzt und den letzten Schluck Bier nachgetrunken, da zog er mir den Teller fort, stellte ihn auf den seinen, schnappte mit zwei Fingern die Biergläser und stand auf.

»Willst du auch noch ein Bier«, fragte er.

Ich nickte. Er trug die Teller zu dem Förderband, das sie durch ein Loch in der Wand in die Küche transportierte, ließ Bier in die Gläser laufen, zahlte und kam zurück.

»So, und du schreibst jetzt die Wahrheit über Minach, Degaspari und Gratt«, sagte er. »Wenn ich ganz ehrlich bin, das kommt mir komisch vor.«

Ich gab ihm Geld für zwei Bier. Er steckte es ein.

»Wieso kommt dir das komisch vor«, fragte ich.

»Wenn ich da jetzt die Wahrheit schreiben müßte, da tät ich mir schwer, das kannst du mir glauben«, sagte er und schüttelte sich einen Zahnstocher aus dem Glas neben Pfeffer und Salz.

»Ich schau halt, daß eine gute Geschichte draus wird«, sagte ich.

»Ja, mach das«, sagte er, »schau, daß eine gute Geschichte draus wird.«

Er bohrte in einem Backenzahn, zeigte mir sein schräges, kräftiges Gebiß. Wo hat der da ein Loch, das leergestochert werden muß, dachte ich.

»Ich glaub halt, daß ich dir da nicht viel helfen kann«, sprach er weiter. »Bei mir ist das nämlich so, daß ich mir mit der Wahrheit überhaupt ziemlich schwer tu.«

Er knickte den Zahnstocher ab, leckte sich über die Lippen und lehnte sich in seinem Stuhl zurück. Er wirkte entspannter als vorher. Mit dem Fuß schlug er den Takt zur Musik. Dabei streifte er meine Hose.

»Wen von den beiden magst du lieber, Degaspari oder Minach«, fragte ich unvermittelt. Ich wollte ihn mit dieser Frage überraschen. Es schien ihn nicht zu wundern, daß mich das interessierte. Er rümpfte die Nase – wieder war da sein Clownsgesicht –, neigte seinen Kopf nach links, dann nach rechts, als ob er eines gegen ein anderes abwägen müßte und sagte schließlich, und es klang ehrlich:

»Wenn ich es wüßte, und ich weiß es, dann kannst du dir ja denken, daß ich es dir nicht sagen würde. Ich mag beide und ich mag beide nicht, ich mag den einen mehr, aber eigentlich mag ich beide gleich wenig.«

Dann lachte er schallend heraus:

»Genau so würde ich es an deiner Stelle schreiben!«

Ich bückte mich und griff in die Plastiktüte, in der das Kassettengerät und noch ein Buch von mir waren. Ich nahm das Buch heraus und legte es vor ihn auf den Tisch.

»Also«, sagte ich, »das da ist ein Buch von mir. Das ist für dich. Eines für Minach, eines für Degaspari und eines für Gratt.«

Er nahm es in die Hand, betrachtete das Bild auf dem Umschlag, dann das Foto von mir auf der Rückseite, und schüttelte den Kopf.

»Das ist aber kein gutes Foto«, sagte er. »Das ist ziemlich verwackelt.«

»Es ist nicht verwackelt«, sagte ich. »Ich hab eine Zigarette geraucht, und grad als der Fotograf abgedrückt hat, hab ich den Rauch ausgeblasen, drum sieht das verwackelt aus. Ich hab gedacht, das sei raffiniert.«

Er grinste, ohne mich anzusehen, schlug das Buch auf und ließ die Seiten über den Daumen rasen. Das machte er ein paarmal, dann schob er mir das Buch über den Tisch zurück.

»Ja, stell dir vor«, sagte er. »Schenkt der mir ein Buch! Hast du nie etwas über uns gelesen? Es ist doch in den Zeitungen gestanden, was wir drei für welche sind, und was der Michael Gratt für einer ist. Das ist doch überall gestanden.«

»Was meinst du?«

»Daß ich nicht lesen kann. Ich brauch ja eine halbe Stunde für eine Seite. Gibt es nicht jemand anderen, dem du das Buch schenken kannst? Das wär hinausgeschmissen bei mir.«

»Du brauchst es ja nicht zu lesen«, sagte ich. »Leg es halt irgendwo hin . . . als Erinnerung.«

»Wenn dir das nichts ausmacht? Aber du kannst mir ja erzählen, was drinnen vorkommt. Dann kann ich es anschauen und denken: Aha, das kommt da drinnen vor.«

»Möchtest du es nicht haben?«

Er blickte mich an, verdrehte die Augen, zog eine Grimasse und schob das Buch noch weiter zu mir herüber.

»Wenn du mir nicht bös bist, möcht ich es eigentlich nicht haben. Wenn man da anfängt und nimmt alles mit, was es da gibt, dann hat man das Haus voll, kaum daß man sich umgeschaut hat. Und wenn ich dann ein Buch bei mir daheim herumliegen habe, dann glaubt mir kein Mensch mehr, daß ich ein Analphabet bin.«

Ich steckte das Buch wieder ein.

Eine Gruppe von etwa zehn Männern, alle schon ziemlich betrunken, betrat das Lokal. Sie stellten sich an die Theke und blickten sich um. Es war kein Tisch mehr frei, geschweige denn einer, an dem zehn Leute Platz gehabt hätten. Sie gaben ihre Kommentare ab, lachten und grölten.

Aus der Küche kam ein kleiner, dunkler Mann mit einer weißen Schürze über dem spitzen Bauch. Er verhandelte mit ihnen.

Gratt drehte sich zu ihnen um und lachte.

»Hier kriegt jeder zu essen, ganz egal, ob Platz ist oder nicht.«

Der kleine Mann verschwand in der Küche und kam bald darauf wieder mit zwei Holzböcken unter dem Arm, gefolgt von einer Frau und einem Jungen, die einen Stapel Bretter trugen. Ohne daß Anweisung gegeben worden wäre, standen die Gäste in der Mitte des Lokals auf, rückten ihre Tische und Stühle enger aneinander, so daß Platz frei wurde. Die Böcke wurden aufgestellt, die Bretter darübergelegt und ein Tischtuch ausgebreitet. An der Wand neben dem Zigarettenautomaten waren Stühle aufeinandergestapelt. Die Neuankömmlinge holten sich jeder einen und setzten sich an ihre Tafel. Allmählich wurde es wieder ruhiger im Lokal.

Gratt wandte sich wieder mir zu.

»Das ist wirklich ein hervorragendes Restaurant«, sagte er. »Es gibt in der ganzen Stadt kein besseres. Und wenn jetzt noch zwanzig Leute kommen, kriegen sie auch zu essen.«

»Wo wohnst du«, fragte ich ihn.

Er stand auf, schlüpfte aus seiner Jacke und zeigte mit dem Daumen hinter sich.

»Irgendwo dort oben.«

Ich behielt meine Jacke an. Das Essen hatte mich zwar etwas aufgewärmt und es war tatsächlich sehr heiß im Lokal, aber ich war innen so durchgefroren, daß meine Arme bis zu den Ellbogen immer noch klamm und fühllos waren.

»Möchtest du einen Schnaps«, fragte Gratt.

Ich schüttelte den Kopf.

»Und nach der Expedition hast du deinen Anteil an der Autowerkstatt verkauft«, sagte ich und bot ihm eine Zigarette an. Er nahm sie und rollte sie zwischen den Fingern.

»Ich hab Geld gebraucht. Ich hab ja Schulden gehabt.« – Ich hielt ihm das Feuerzeug hin. Er achtete nicht darauf. – »Was meinst du, was der Spaß gekostet hat!«

»Und jetzt lebst du als Einsiedler in den Bergen …?«

»Was?«

»Hab ich gehört.«

»Ich nicht. Ist das im Radio gesagt worden?«

Ich zuckte mit der Schulter.

Er schob die Zigarette in die Schachtel zurück, schlug mit der Hand auf den Tisch und rief:

»Ha, da staune ich ja selber, was ich für ein interessanter Mensch bin. Ein Einsiedler, Herrgottsack!«

»Stimmt es nicht?«

»Da muß ich erst nachdenken«, sagte er.

Er warf mir einen mißtrauischen Blick zu, nahm die Zigarette wieder aus der Schachtel und klemmte sie sich zwischen die Lippen. Ich gab ihm Feuer, zündete auch meine Zigarette an und wartete.

»Kommst du aus Wien«, fragte er.

Ich schüttelte den Kopf.

»Schade«, sagte er. »Ich wollte grad sagen, wenn man in Wien hört, daß einer in den Bergen wohnt, dann ist er gleich schon ein Einsiedler. Mensch, bin ich ein interessanter Hund!«

»Stimmt es nicht?«

»Das weiß ich doch nicht. Wenn ich jetzt sage: Nein, ich bin kein Einsiedler, dann ist das vielleicht falsch, weil es vielleicht wirklich so ist, daß einer ein Einsiedler ist, wenn er in den Bergen wohnt. Was braucht es denn eigentlich, daß man ein Einsiedler ist?«

»Ich weiß es auch nicht«, sagte ich. »Was machst du denn in den Bergen?«

»Dort wohne ich und dort arbeite ich.«

»Aber nicht mehr als Automechaniker.«

»Bei einem Weinbauern arbeite ich. Und wenn gute Zeit ist, dann verdiene ich doppelt so viel wie vorher in der Werkstatt. Ich wohne in einem Wochenendhaus. Das hab ich von meinem Vater geerbt. Das steht gleich neben dem

Gut von dem Bauern. Und da hab ich mir gedacht, es ist doch ein Blödsinn, wenn ich in der Stadt noch eine Wohnung habe, wo ich eh kein Geld habe. Da hab ich eben die Wohnung aufgegeben und bin in das Haus gezogen.«

Dann schlug er mir mit der Hand auf die Schulter und rief:

»Also, komm schon! Jetzt ist es zehn vorbei. Bis um elf kannst du mich ausfragen. Wenn wir dann im Dolomiti sind, muß das erledigt sein.«

Er macht sich einen Spaß daraus, dachte ich. Mir fiel nichts ein, was ich ihn fragen sollte. Zu einem Frage-Antwort-Spiel wie bei Degaspari hatte ich keine Lust mehr. Ich wollte dasitzen und zuhören.

»Erzähl einfach«, sagte ich.

»Aber was soll ich erzählen?«

»Eben was war.»

»Ich weiß ja nicht, was war. Ich weiß ja nicht einmal, daß ich ein Einsiedler bin.«

»Was soll ich dann fragen?«

»Du mußt ungefähr so fragen: Herr Gratt, Sie sind also ein Einsiedler. Dann weiß ich, daß du das schon weißt, und dann sage ich: Ja, ich bin ein Einsiedler.«

»Du machst dich drüber lustig, stimmts«, sagte ich.

Ein Lächeln hüpfte über seine Lippen, dann war er ernst.

»Also gut. Ich will einmal versuchen, daß ich es nicht tue. Also, dann frag ich dich etwas: Was meinst du, was die Expedition für mich hauptsächlich war?«

»Ich weiß es nicht«, sagte ich. Von allen dreien, dachte ich, ist ihm die Sache am wenigsten wichtig.

»Du weißt es nicht, also sage ich es dir.«

Er ließ eine lange Pause. Die Zigarette in seiner Hand war ausgegangen. Er hatte noch keinen Zug genommen. Seine großen runden Augen waren auf mich gerichtet. Ich hielt seinem Blick stand.

»Ein riesengroßer Lügenzirkus«, sagte er endlich.

»Das geht gegen Minach und Degaspari«, sagte ich.

»Nein«, sagte er. »Von den beiden lügt nie einer. Das

geht gegen mich. Ich meine mich damit. Ich habe bei dieser ganzen Expedition nur gelogen. Ununterbrochen.«

Er rückte etwas näher. Es war inzwischen so laut im Lokal, daß man schreien mußte, um sich zu unterhalten. Die Männer, die an der improvisierten Tafel saßen, sangen gegen den Lautsprecher an. Daraufhin drehte die Frau bei der Kasse die Musik noch mehr auf. Aber die Sänger hatten ordentlich Reserven.

Ich beugte mich über den Tisch. Unsere Köpfe berührten sich beinahe.

»Was meinst du, wie schwer das ist, sich das Lügen abzugewöhnen«, sagte Gratt. »Weil auf einmal geht es nämlich nur noch um das Lügen. Da spielt es gar keine Rolle mehr, ob das einen Sinn hat, ob dabei etwas für dich herausschaut. Ich meine, normalerweise lügt man ja, weil man sich davon etwas verspricht. Du denkst dir: So, wenn ich jetzt die Wahrheit sage, dann ist es nicht so günstig, als wenn ich lüge. Also lügst du lieber. Aber wenn man sich einmal an das Lügen gewöhnt hat, dann sagt man automatisch etwas anderes als die Wahrheit, sogar dann, wenn die Wahrheit viel günstiger ist oder wenn es völlig egal ist, was du sagst. Also, ich kann dir nicht garantieren, ob das, was ich dir erzähle, nicht alles verlogen ist. Du mußt es selbst wissen.«

Ich nickte mit dem Kopf. Warum sollte mich die Unwahrheit weniger interessieren als die Wahrheit?

»Gut«, sagte er, »das mit dem Auto, das war eine Ausrede. Das war eigentlich keine Lüge. Wenn ich gesagt hätte, das Auto gehört mir, dann wären wir beim Degaspari überhaupt nicht mehr weggekommen. Ist ja klar, wenn dir ein Auto gehört, dann kannst du fahren, wann du willst. Aber wenn du es ausgeliehen hast, dann mußt du es auch wieder zurückbringen, und zwar irgendwie pünktlich. Das sieht der Leo ja ein. Das war ja irgendwie eine Notlüge fast.

Aber dann sagt der Leo, daß ich einmal ein Brot mitgebracht habe, wo Nüsse drin waren. Und das hab ich dann weggestritten. Und natürlich hat er recht gehabt. Ich hab einmal ein Brot mitgebracht, in dem Nüsse drin waren. Und das habe ich selber gebacken. Und das Brot heute, das hab ich gekauft.

Sobald ich mit einem von den beiden zusammenkomme, fängt das automatisch an. Beim Degaspari muß ich einfach lügen, und beim Minach ist das ganz genauso. Wenn der mich fragt, wie geht es dir, dann muß ich sagen, es geht mir schlecht, weil es mir nämlich gut geht. Und wenn mich der Degaspari fragt, ob ich Speck haben will, dann muß ich mich grad zusammenreißen, daß ich nicht sage, nein, ich will keinen Speck, ich mag Speck nicht, und zwar deswegen, weil ich Speck eben wahnsinnig gern habe.

Als du mit ihm drüben gesessen bist, da hab ich mich hervorragend mit der Maria unterhalten. Sie hat gearbeitet, und ich hab keinen Streich gemacht. Aber dann sage ich, ich hab der Maria beim Kuchenbacken geholfen. Hinten und vorne verlogen. Ich meine, das ist jetzt eine Kleinigkeit. Aber gelogen war es trotzdem.«

Sein weicher Mund zog sich auseinander, warf die Backen zu Hügeln auf: ein breites, freudloses Grinsen. Die Augen machten das nicht mit.

»Möchtest du einen Kaffee«, fragte ich ihn.

»Schwarz«, sagte er.

Ich ging zum Espressoautomat, stellte zwei Tassen unter den Doppelhahn und wartete, bis der Kaffee herausgeträufelt war. Ich zahlte an der Kasse und ließ mir Zeit. Ich hatte das Gefühl, er war sich noch nicht ganz sicher, ob er mir all das erzählen wollte, was er sich vorgenommen hatte. Gut, dachte ich, ich will ihm Gelegenheit geben, sich aus dem Staub zu machen.

Als ich zum Tisch zurückkam, saß er in derselben Haltung da, wie ich ihn verlassen hatte, die erloschene Zigarette zwischen Zeigefinger und Mittelfinger. Sogar seine Hände lügen, dachte ich, tun so, als sei er Raucher.

Er war ungeduldig.

»Ich erzähl dir bis um elf und keine Minute länger«, sagte er. »Wenn du Kaffee holen gehst, geht das von deiner Zeit ab.«

Er nahm die Uhr vom Handgelenk und legte sie auf den Tisch. Es war acht Minuten nach zehn.

»Also, dann erzähl«, sagte ich.

»Als der Helikopter abgeflogen ist«, sagte er, »hat sich der Leo hingelegt und auf die Gaskartuschen geschossen. Das hat dir der Reinold sicher erzählt.«

»Hat er«, sagte ich.

»Gut«, sagte er. »Dann brauch ich dir ja nicht zu sagen, was das für ein Irrsinn war.

Weißt du, eines mußt du wissen. Wir sind alle drei solche, die es drauf angelegt haben, daß sie dort oben draufgehen. Aber leben wollten wir natürlich schon. Und durchkommen. Aber eines ist klar: So närrisch aufs Überleben wie die beiden anderen war ich nicht. Am Anfang vielleicht, aber am Schluß nicht mehr. Und das hat schon einen Grund. Weil ich hab da nicht so viel in mir gehabt, was ich einem von den beiden oder beiden zusammen hätte noch heimzahlen wollen, zu Hause, wenn wir dann durchgekommen wären. Und das hat auch einen Grund. Man will nämlich einem nur dann etwas heimzahlen, wenn man ganz sicher ist, daß man im Recht ist. Und da war ich mir nie sicher.

Der Reinold hat schon ganz recht gehabt, daß er dem Leo den Stutzen weggerissen hat. Das ist ja völlig beschränkt, wenn da einer mit dem Gewehr auf die Gaskartuschen schießt, wo jede Kartusche genau berechnet war. Wir haben ja nicht extra mehr Gaskartuschen mitgenommen, nur damit der Jäger sein Gewehr einschießen kann. Und mit den Patronen war es genau dasselbe.

Aber was heißt das schon. Recht haben. Wir hätten müssen vorher ein Gesetzbuch schreiben, und da hätte mehr drinnen stehen müssen als nur, wenn einer sich den Fuß bricht, dann bleibt er liegen.

Rechthaben heißt gar nichts. Aber immerhin: Der Reinold hat recht gehabt.

Genau in der Sekunde, wo es den Knall getan hat, hab ich gewußt: So, jetzt beginnts. Jetzt wird der Reinold auf ihn losgehen. Der Trottel schießt, und der andere Trottel macht ihn zur Sau. In der Sekunde habe ich gewußt, das

Ganze geht nur gut aus, wenn keiner recht hat oder wenn immer jeder recht hat. Wenn sich einer einbildet, er ist das Arschloch der Expedition, und die anderen sind die Guten, dann wird es bitter. Weil das einer auf die Dauer gar nicht durchhält.

Kannst du dir vorstellen, wie schön das ist, wenn du einmal richtig ein Schwein sein darfst, wenn es sogar richtiggehend notwendig ist, daß du ein Schwein bist? Ich hab die beiden abgekanzelt, daß es eine Freude war. Ich hab eine Gerichtsverhandlung abgehalten. Das war wunderbar. So sind sie vor mir gehockt, klein wie die Zwerge. Da haben sie sich zuerst gestritten und dann haben sie pariert. Und ich war Euer Gnaden.

Nein, nein, ich red jetzt so, als ob das eine Gaudi für mich gewesen wäre. Das war es schon auch, aber erst später, als ich dann gemerkt habe, daß sie sich wieder beruhigt haben.

Am ersten Tag haben wir rein gar nichts geschafft. Grad ein paar Meter. Meine Gerichtsverhandlung hat schon ihre Zeit gebraucht. Sicher. Du kannst ja nicht eine Gerichtsverhandlung in fünf Minuten durchziehen. Das wär ja unglaubwürdig. Da muß schon eine Ordnung sein. Zum Beispiel eine Sitzordnung. Ich bin gestanden, und die beiden sind vor mir auf dem Schlitten gesessen.

Aber so viel Zeit hat das auch wieder nicht gedauert. Ich weiß nicht, warum wir uns am ersten Tag so schwergetan haben. Es war ein Schneefeld mit Eisbrocken. Sonst nichts. Wir sind einfach nicht vorwärts gekommen. Dabei haben wir geschuftet, daß man hätte meinen können, wir bauen einen Stausee.

Der Reinold hat sich ganz auf die Arbeit konzentriert. Der war für sich allein. Der hat vorne gezogen. Der Leo und ich haben hinten geschoben. Wir mußten ja jeden Schlitten einzeln hinaufbefördern.

Der Reinold hat es eilig gehabt. Oben hat er sich grad ein paar Minuten hingesetzt, dann ist er schon wieder auf und über das Schneefeld hinuntergerannt. Der Leo und ich, wir sind noch sitzengeblieben.

Dem Reinold war das egal. Es hat ja keine Notwendigkeit gegeben, daß wir hetzen. Und er hat es auch nicht von uns verlangt. Außerdem hat er ein schlechtes Gewissen gehabt. Und zwar nicht nur, weil er dem Leo den Stutzen aus der Hand geschlagen hat. Da war er ja im Recht. Er hat sich verschätzt. Das war es. Das Gewicht von den Schlitten hat er falsch eingeschätzt. Falsch berechnet. Oder unsere Kraft hat er falsch berechnet. Darum hat er ein schlechtes Gewissen gehabt.

Das war schon in der Luft, noch bevor das mit den Gaskartuschen war. Als wir die Schlitten vom Helikopter weggezogen haben, hab ich mir gedacht, na ja gut, wir sind halt noch nicht richtig da.

›Herrgott, sind die schwer‹, hab ich zum Reinold gesagt.

›Was‹, hat er gesagt. ›Wieso?‹

Ich hab gemerkt, das hat er wie einen Angriff aufgefaßt. Ich hab dann nichts mehr gesagt. Es hätte ja auch sein können, daß ich mir das nur eingebildet habe. Auf jeden Fall hat der Reinold ein schlechtes Gewissen gehabt. Ist ja auch saublöd. Da bereitet er sich weiß Gott wie lange vor, und dann stimmt gleich am Anfang etwas nicht.

Der Leo und ich sind also oben sitzengeblieben und haben dem Reinold nachgeschaut, wie er zu den beiden anderen Schlitten gegangen ist. Und wenn wir eine ganze Stunde sitzengeblieben wären, er hätte sich nicht getraut, etwas zu sagen. Nur sich selber hat er keine Zeit gelassen.

Da sind also schon zwei Probleme, hab ich gedacht: das Gewicht von den Schlitten und die Gaskartuschen. Zuerst einmal die Gaskartuschen, hab ich gedacht. Alles der Reihe nach, hab ich gedacht.

Unsere schöne Gerichtsverhandlung ist beim Leo ordentlich eingefahren. Er hat den Kopf total hängen lassen. Er hat nur noch einen Gedanken gehabt: Wenn wir nicht durchkommen, dann war alles umsonst. Weil man ist ja wegen der Freundschaft nach Grönland gegangen. In Freundschaft hätte man ja auch ruhig sterben können. Aber streiten und sterben, das wär das Beschissenste gewesen.

Er hat sich vorher schon auch gedacht, es kann schiefgehen. Er hat sich gedacht: Fünfzig fünfzig geht es schief. Das hat er mir einmal im Trainingslager gesagt.

›Aber wenn wir schon in Grönland sterben‹, hat er gesagt, ›dann war es nicht umsonst, weil dann sind da drei Freunde gestorben.‹

›He‹, hab ich gesagt, ›red nicht so einen Blödsinn! Erstens sind die Chancen besser als fünfzig fünfzig, und zweitens ist es genauso beschissen, ob jetzt da drei Freunde miteinander sterben oder drei, die sich gar nicht kennen!‹

›Nein, nein, nein‹, hat der Leo gesagt, ›das ist etwas ganz anderes.‹

Und ich hab gesagt: ›Besser drei Feinde leben, als drei Freunde sterben!‹

›Nein, nein, nein‹, hat er gerufen. ›Nein, nein, nein!‹

Ich hab ihm dann recht gegeben. Ich bin nicht der Typ, mit dem man über so etwas diskutieren kann. Außerdem fällt mir dann gleich nichts mehr ein, weil ich nicht so gut reden kann, und dann meint der andere: So, jetzt sagt er nichts mehr, jetzt hab ich ihn überzeugt. Da geb ich ihm lieber von vornherein recht, dann muß man nicht mehr lang reden.

Das war den beiden ja unheimlich wichtig: die Freundschaft. Drei Freunde sterben gemeinsam – da sind denen die Tränen gekommen, allein wenn sie nur daran gedacht haben. Dem Minach genauso wie dem Degaspari. Nur der Minach hat dabei hinauf in den Himmel geschaut zu den Sternen, und der Degaspari hat einem dabei in die Augen geschaut. Aber wo ist da der Unterschied, bitte?

Und jetzt nach dem Streit wegen den blöden Gaskartuschen, da ist dann beim Leo der Heiligenschein von dieser Freundschaft abgebrochen. Ja Himmel, muß er sich gedacht haben, vielleicht sterben wir und haben vorher nicht einmal eine Gaudi gehabt, wir drei Freunde.

Unter diesen Voraussetzungen war für ihn die ganze Expedition beschissen. Das hat er noch gesagt. Aber sonst hat er nichts gesagt. Er hat gesagt:

›Jetzt ist alles beschissen!‹

Er hat sich wahrscheinlich gedacht, ich soll reden. Aber ich hab ja vorher schon genug geredet bei der komischen Gerichtsverhandlung. Und da war ich wirklich gut. Wenn ich jetzt von mir aus weitergeredet hätte, hätte ich den ganzen guten Eindruck vermasselt, den ich vorher gemacht habe.

Ich habe mich auf dem Schlitten ausgestreckt, die Fersen hab ich im Schnee abgestützt, die Hände ins Genick gelegt und hab in den Himmel geschaut und gewartet, daß der Leo weiterredet. Weil als der Reinold aufgestanden ist, hat der Leo gesagt:

›Der Much und ich bleiben noch eine Weile hocken.‹

›Ja, klar‹, hat der Reinold gesagt. Total freundlich und verständnisvoll. Das schlechte Gewissen. Und dann ist er hinunter über das Schneefeld, daß es nur so gestaubt hat.

Aha, hab ich gedacht, der Leo hat etwas auf dem Herzen. Also red!

Aber er hat nicht geredet.

Er hat nur gesagt: ›Jetzt ist alles beschissen.‹

Soll ich da wissen, was er meint? Also hab ich gewartet, daß er weiterredet.

Hat er aber nicht. Gut, im Warten bin ich ein König.

Langsam wars dann aber doch Zeit, daß wir zum Reinold hinuntergehen. Ich hab gesehen, wie er unten auf seinem Schlitten sitzt. Den zerreißts gleich vor Wut, hab ich gedacht, aber er traut sich nichts sagen.

Man darf ja das schlechte Gewissen von jemandem nicht überstrapazieren. Also hab ich gesagt:

›Leo, auf! Weiter gehts.‹

Wir haben es gemütlich genommen, sind nebeneinander her über den harten Schnee nach unten gestapft. Und als wir dann knapp beim Reinold waren, grad noch so weit von ihm entfernt, daß er uns nicht hat reden hören, da hat der Leo dann angefangen:

›Du, Much, ich möcht mich bei dir entschuldigen, daß ich auf die Gaskartuschen geschossen habe.‹

Das ist einmal überhaupt nicht meine Art: Entschuldigungen entgegenzunehmen. Wer bin ich denn! Bei mir braucht sich überhaupt niemand zu entschuldigen.

Und ich will grad zu ihm sagen, Mensch Leo, du Depp, du oder so irgend etwas, du brauchst dich doch nicht zu entschuldigen, da hab ich gesehen, wie ihm die Tränen über die Backen gekollert sind.

O je, hab ich gedacht, den hats erwischt. Aber da waren wir schon bei den anderen beiden Schlitten, und ich hab nichts mehr sagen können, weil sonst hätte es der Reinold gehört.

Der Reinold hat uns begrüßt wie alte Freunde, die er drei Jahre lang nicht gesehen hat. Aber ich hab schon gemerkt, viel länger hätten wir ihn nicht warten lassen dürfen.

Auf jeden Fall bin ich nicht mehr dazugekommen, dem Leo eine Antwort zu geben. Der hat sich schnell mit dem Handschuh übers Gesicht gewischt. Vor einem Minach heult ein Degaspari nicht. Vor einem Gratt schon, aber vor einem Minach nicht. Also auf gehts! Ich meine, bei so einer Expedition gibt es ja noch andere Probleme wie eine Gaskartusche, die nicht einmal abgeschossen worden ist.

Der Reinold ist in die Riemen gestiegen, hat sich vor den Schlitten geschnallt, und wir beide haben wieder hinten geschoben. Hinauf über das Schneefeld. Da war dann kein Wort mehr möglich. Da hat man froh sein können, daß man einigermaßen noch Luft gekriegt hat.

Der Reinold hat sich sauber verrechnet. Ich hab gedacht, ich spinn ja wohl, so schwer waren diese Schlitten. Oben hat mir die Lunge gebrannt. Beim ersten Schlitten ist es ja noch halbwegs gegangen. Beim zweiten war dann die Kraft schon weg. Und mit denen da über die ganze Insel, hab ich gedacht. Ja, niemals!

Der Reinold war diesmal auch ein ganzes Stück mehr fertig als beim letzten Mal. Eine Viertelstunde lang sind wir zu dritt nebeneinander gehockt und haben geschnauft, daß es gewolkt hat wie in einer Waschküche.

›So und jetzt den letzten‹, hat der Reinold gesagt. Aber diesmal ist er nicht einfach vor uns hinuntergerannt. Er ist aufgestanden und hat gewartet, bis wir auch aufstehen.

Da kann ich ja nicht zu ihm sagen: Du, geh schon einmal voraus, der Leo und ich müssen noch einmal miteinander reden. Das hat er schon gemerkt, daß er beim ersten Mal irgendwie nicht erwünscht war. Zweimal kann man das nicht machen. Also sind wir diesmal alle drei zusammen über das Schneefeld hinunter gegangen zum letzten Schlitten. Und keiner hat auch nur ein Wort geredet.

Der Leo hat mir immer wieder Blicke zugeworfen. Warum diese elende Geheimnistuerei, hab ich gedacht. Was will er denn? Soll ich sagen, gut, Leo, ich verzeihe dir, daß du auf die Gaskartuschen geschossen hast? Da hätt ich ja einen Lachkrampf gekriegt. Aber genau das wollte er hören. Von mir wollte er es hören. Ich sollte ihm verzeihen. Der Reinold war bereits der Gegner.

Der Reinold hat gewußt, er war im Recht. Und der Leo hat das auch gewußt. Das war einfach ein Kurzschluß von ihm, daß er auf die Gaskartuschen geschossen hat. Und der Reinold hat auch gewußt, daß es ein Kurzschluß war. Und jeder hat das Recht auf einen Kurzschluß. Wenigstens auf einen. Und diesen Kurzschluß hat der Reinold dem Leo ja auch gelassen. Er hat eben nervös reagiert. Und schnell reagiert. Wenn er nicht so schnell reagiert hätte, hätte ich dem Leo den Stutzen aus der Hand geschlagen. Dann wär alles, überhaupt alles vielleicht, ganz anders ausgegangen. Dann hätte sich vielleicht der Reinold später im Zelt zwischen den Leo und mich legen müssen.

Wer recht gehabt hat, das hat keine Rolle gespielt. Da hätte der Leo sicher gern gesagt: Ich war im Unrecht. Aber jetzt hat er sich gedacht: So, jetzt mag mich niemand mehr. Und das hat ihn fertiggemacht. Nicht daß er recht oder unrecht gehabt hat. Das war doch völlig egal.

Wie der mich angeschaut hat! Wir haben hinten beim Schlitten geschoben. Köpfe haben wir gehabt, rot wie Brennhäfen. Ich hab gar kein Gefühl mehr in den Armen gehabt. Der Schleim ist mir aus dem Mund herausgetropft wie einem Roß. Dem Leo auch. Und da schaut er noch zu mir herüber! Das nackte Elend im Gesicht! Da hätten ihm die Arme abfallen können, da hätte er immer noch zuerst gedacht: Hoffentlich mag mich wenigstens einer! Und erst dann hätte er gedacht: Hoppla, meine Arme sind weg! Das nackte Elend.

Also gut, hab ich mir gedacht, bei der nächsten Gelegenheit sag ich ihm, daß die Sache in Ordnung ist. Nächste Gelegenheit hätte bedeutet, die nächste Gelegenheit, in der wir zwei allein gewesen wären. Ich hab gemerkt, wie er darauf gedrängt hat. Die ganze Zeit hat er mich angeschaut und mit den Augenbrauen so gezuckt. Das hat bedeuten sollen: Komm mit, weg von ihm, daß er uns nicht hört!

Das hab ich aber nicht getan. Das wär ja noch schöner! Dann hätte sich der Reinold denken müssen, die beiden machen da etwas gegen mich aus. Dann wäre es dieselbe Situation gewesen, nur halt umgekehrt. Der Leo hat mich am Ärmel gezupft. Von hinten. Er ist hinter uns hergegangen. Was hätte ich denn tun sollen? Ich hab gar nicht reagiert.

Ja, auf jeden Fall sind wir an diesem ersten Tag nicht mehr dazugekommen, miteinander allein zu reden. Den letzten Schlitten hinaufzuschieben war so eine Strapaze, daß mir der Leo gar nicht in den Sinn gekommen ist. Ich hab gar nicht gemerkt, daß da noch einer neben mir schiebt. Und dann ist er gleich in seinen Schlafsack gekrochen.

Einen Versuch hab ich noch gemacht. Da hat der Leo bereits geschlafen. Den Kopf eingewickelt, daß nur noch eine kleine Höhle beim Mund war. So hat er immer geschlafen. Die Beine angezogen. Winzig hat er ausgesehen. Beim Mund eine winzig kleine Höhle, grad so groß, als hätt er sie mit dem Finger gebohrt.

Der Reinold und ich haben draußen die Schlitten abgedeckt. Und dann sind wir noch eine Weile nebeneinander gestanden.

›Das ist ein schönes Land‹, hat er gesagt.

›Ja‹, hab ich gesagt, ›das ist ein schönes Land.‹

›Du wirst sehen‹, hat er gesagt, ›wenn wir wieder zu Hause sind, sind wir andere Menschen, neue Menschen.‹

Ich will gar nicht anders sein als ich bin, hätte ich darauf sagen müssen. Solche Diskussionen liebt der Reinold direkt. Aber ich hab an dem Abend keinen Nerv gehabt, ihm diesen Gefallen zu tun.

›Ja‹, hab ich gesagt, ›das wird dann wohl schon so sein.‹

Und dann hab ich zum Reinold gesagt:

›Vorschlag: Ich mach die erste Wache, der Leo die zweite und du die dritte.‹

Bei der Wachablösung hätte ich dann in aller Ruhe mit dem Leo reden können. Ich weiß nicht, ob das der Reinold durchschaut hat. Auf jeden Fall hat er gesagt:

›Laß mich die zweite Wache machen. Lassen wir ihn schlafen.‹

Ich glaube, das war gut gemeint gewesen. Das ist so die Art, mit der der Reinold einem zeigt, daß wieder alles in Ordnung ist.

Ja, also, was hätte ich da sagen sollen? Das wär ja gewesen, als hätte ich die Hand weggeschlagen, die er dem Leo hingehalten hat.

Sollen sie machen, was sie wollen, hab ich mir gedacht. Vielleicht bilde ich mir das alles auch nur ein, hab ich gedacht. Das ist ja lächerlich, sich wegen so einem Blödsinn aufzuregen, hab ich gedacht. Außerdem hat der Leo ja keine einzige Gaskartusche getroffen. Es waren noch alle da. Und wegen den drei Patronen macht keiner ein Theater. Also bin ich derjenige, der spinnt, hab ich mir gedacht. Das hat mich beruhigt.

Die erste Wache und die letzte, das sind die besten. Da kannst du nachher durchschlafen oder du hast vorher durchgeschlafen. Die zweite Wache geht an die Nerven. Mir war die erste immer die liebste. Ich muß am Abend immer noch ein bißchen denken, sonst kann ich nicht gut schlafen. Auch wenn ich saumüd bin. Das ist in Südtirol genauso wie in Grönland. Warum soll das auch anders sein.

Ich bin draußen vor dem Zelt auf- und abgegangen, bin ein Stück in den Gletscher hineingegangen und hab mich sauwohl gefühlt. Ich glaub fast, das waren die schönsten Stunden der ganzen Expedition. Ach was, hab ich gedacht, morgen sieht alles anders aus. Da schaffen wir erstens mehr und zweitens ist die Sache mit den Gaskartuschen morgen vergessen.

Ich hab mir vorgenommen, gleich beim Aufstehen besonders freundlich und nett zum Leo zu sein. Dann brauch ich ihm ja nicht zu sagen, daß alles wieder gut ist. Dann merkt er es auch so.

Ich hab dann den Reinold geweckt und ihm den Stutzen gegeben. Bei dem ist auf jeden Fall alles in Ordnung, hab ich gedacht. Am besten, wir vergessen den ersten Tag. Morgen, morgen geht es richtig los.

Und dann am Morgen war die Debatte über das Gewicht von den Schlitten. Und wieder hat der Reinold recht gehabt.

Die Schlitten waren ohne jede Frage zu schwer. Das heißt, eigentlich hat doch nicht er recht gehabt, weil er hat das Gewicht ja berechnet. Aber so wie es gewesen ist, hat er doch recht gehabt.

Der Leo wollte nicht einen Löffel von dem Pulver wegschmeißen. Und der Reinold wollte zehn Kilo pro Schlitten wegschmeißen. Wenn es nach mir gegangen wäre, hätten wir noch mehr weggeschmissen. Und da wär dann ich im Unrecht gewesen, wie sich am Schluß herausgestellt hat.

Jetzt hätten wir darüber ja stundenlang reden können, streiten können und schreien können. Aber genützt hätte das gar nichts. Die Schlitten waren zu schwer. Und wer recht oder unrecht gehabt hat, war völlig wurscht. Wir mußten weiter. Also hab ich mich diesmal ganz eindeutig auf die Seite vom Reinold geschlagen. Nicht lang reden, runter mit dem Pulver von den Schlitten und in den Schnee damit.

Ich hab gesagt: ›Ich bin für Wegschmeißen.‹

Für den Leo hat das aber so geklungen, als hätte ich gesagt: Ich bin gegen dich. Das schluckt der nicht so einfach, das hab ich schon gewußt. Ich hab gemerkt, der fängt schon an zu bocken. Wenn ich jetzt nicht gleich mit ihm rede, hab ich gedacht, dann baut er denselben Haß gegen mich auf, den er schon gegen den Reinold aufgebaut hat. Und dann kann man machen, was man will, dann ist der davon überzeugt, daß alle gegen ihn sind. Zwei gegen einen. Und er ist der Eine. Jetzt wird es wirklich kritisch, hab ich gedacht. Ich hab den Leo noch nicht sehr lange gekannt und nicht so gut wie der Reinold, aber eines hab ich gewußt, wenn der einmal auf stur schaltet, dann ist der wie Beton.

Aber umgekehrt, wenn ich mich jetzt beim Leo angeseilt hätte, das heißt, wenn ich mich auf seine Seite geschlagen hätte, dann hätten wir die schweren Schlitten vielleicht noch einen oder zwei Tage lang geschleppt und hätten erst dann Ballast abgeworfen – es wär also auf dasselbe hinausgekommen –, nur mit dem Unterschied, daß dann der Reinold sich gedacht hätte: So, die beiden haben etwas Eigenes, die sind sich immer einig gegen mich, die reden da heimlich über mich und so weiter. Dann hätte der Reinold gedacht: So, jetzt bin ich das Arschloch der Expedition. Ich hab ja schließlich den Bock geschossen und das Gewicht nicht richtig berechnet. Dann hätte er gedacht: Zwei gegen einen, und der Eine bin ich.

Na gut, hab ich gedacht, ein bißchen schlechtes Gewissen schadet bei ihm nicht, der ist besser gebaut als der Leo. Aber übertreiben darf man es auch bei ihm nicht. Aus Eis ist der ja auch nicht.

Zum Glück hat es an diesem Tag genug Gelegenheit gegeben, mit jedem von beiden zu reden, ohne daß es der andere gemerkt hat.

Da war nämlich im Gletscher ein Felsriff, über das wir drüber mußten. Oder anders gesagt, wir haben die Sache so eingeschätzt, daß wir uns eine Menge Zeit sparen, wenn wir über den Felsen hinaufklettern, statt daß wir außen herum gehen.

›Wir sparen uns drei Tage‹, hat der Reinold gesagt.

Auf die Berechnungen vom Reinold haben wir an diesem Tag zwar nicht mehr allzuviel gegeben – es hätten genauso gut nur zwei Tage sein können, die wir uns erspart hätten, oder auch genausogut fünf Tage – aber der Gedanke, daß wir klettern würden, war wunderbar. Das hat dann etwas Ordentliches an sich. Da weiß man dann wenigstens, warum einem das Wasser im Arsch zusammenrinnt. Den ganzen Tag einen Schlitten schieben, da kommst du dir dann ziemlich untergeordnet vor. Wie einer, den man gemietet hat.

Klettern war wunderbar. Da waren wir alle dafür. Der Fels war nicht hoch, auch nicht gefährlich. Allerdings, wie soll man da mit den Schlitten hinaufkommen. Kein Problem: Abladen und das Gepäck in Portionen auf den Rücken schnallen und dann hinauf. Jeder vielleicht drei- oder viermal. Und am Schluß die leeren Schlitten. Davor hatten wir dann schon Angst, aber es war auch kein Problem. Der Fels hat den Wind abgehalten. Und das wär das Problem gewesen, wenn der Wind in die Schlitten gefahren wär.

Auf jeden Fall war bei der Kletterpartie jeder mit sich allein. Da kann keiner dem anderen sagen, was er zu machen hat.

Keine Frage, als erster ist der Reinold gegangen. Das war sein gutes Recht als Leiter der Expedition. Der Leo und ich sind unten gestanden und haben ihm zugeschaut. Da hat man dann auch schon einigermaßen sehen können, wo die Schwierigkeiten liegen, wie er die Griffe setzt und so weiter.

Ich hab mir gedacht: So, jetzt oder nie. Kaum war der Reinold so weit weg, daß er uns nicht mehr hat hören können, da hab ich zum Leo gesagt:

›Leo, die Sache mit den Kartuschen: Da gibt es keine Probleme bei mir mehr.‹

Aber das hat ihn schon gar nicht mehr interessiert. Er hat mir die kalte Schulter gezeigt, hat zuerst gar nicht reagiert.

›He, Leo, was ist denn los‹, hab ich ihn gefragt.

Schließlich hat er sich hergedreht. Das Gesicht war total zu. O je, hab ich gedacht, da kannst du bohren.

›Ihr seid euch ja völlig einig‹, hat er gesagt. ›Der Reinold bringt uns mit seinen Berechnungen ins Grab, und du haust dich voll auf seine Seite.‹

›He‹, hab ich gesagt. ›Jetzt langsam. Das hat doch keinen

Sinn, wenn wir über das Gewicht weiterreden. Irgendwann einmal müssen wir ja weiter. Und weiter geht es nur, wenn wir Gewicht abwerfen. Also warum nicht gleich!‹

›Und ich bin das Arschloch, das immer herumschimpft‹, hat er gesagt. ›Du hättest ihm genausogut sagen können, daß das ein Wahnsinn ist, wie er die Sache vorbereitet hat. Merkst du denn nicht, daß der wahnsinnig ist. Wir haben uns da auf einen Verrückten eingelassen.‹

Und ich hab hinauf zum Reinold geschaut, der jetzt grad oben angekommen ist und sich zu uns umgedreht hat und gewunken hat, und hab zum Leo gesagt:

›Bitte, Leo, red dir jetzt nichts ein . . .‹

Aber er hat mich gar nicht weiterreden lassen. Ich hab nämlich dem Reinold zurückgewunken. Und das hat gereicht. Er hat richtig bös gelacht und gesagt:

›Aha, da schau her, schön zuwinken dem Wahnsinnigen. Das würd mir grad noch einfallen.‹

›Bitte, Leo‹, hab ich gesagt, und da hab ich gesehen, dem rinnen schon wieder die Tränen herunter.

Völlig falsch eingeschätzt hab ich das alles. Es ist ihm natürlich gar nicht darum gegangen, daß ich gegen den Reinold bin. Er wollte einfach einen haben, der für ihn ist. Das hat er gebraucht. Und in diesem Augenblick hab ich das auch gemerkt.

Nur – und das ist die ganze Scheiße gewesen – in diesem Augenblick hat es gar keine andere Möglichkeit gegeben, ihm zu zeigen, daß ich für ihn bin, als ihm eben zu sagen, daß ich gegen den Reinold bin. Und es war höchste Zeit. Wenn der jetzt noch ein paar Tage lang sich einbildet, alle sind gegen ihn, dann dreht er durch. Davon war ich total überzeugt.

Gut, aber dann ordentlich, hab ich gedacht. Ich hab dem Reinold zugewinkt und das hat die ganze Sache noch viel schweinischer gemacht. Und wo ich so richtig glücklich dem einen Mann auf dem Felsen zugewinkt habe, hab ich dem anderen eingeredet, war für ein Arschloch der dort oben auf dem Berg ist.

›Schau‹, hab ich zum Leo gesagt. ›Ich will wirklich kein

mieser Hund sein, drum hab ich mich zurückgehalten heute morgen. Natürlich sind die Schlitten zu schwer, weil er da eine Phantasierechnung gemacht hat. Der ist ein Phantast. Der bildet sich Sachen ein. Aber wenn der sich einbildet, wir sind beide gegen ihn, dann bricht bei ihm vielleicht erst der Wahnsinn richtig los...‹

Und so weiter. Ich möchte gar nicht an das alles denken, was ich da herausgelassen hab. Wirklich zum Schlechtwerden. Ich hab mich gar nicht anstrengen müssen, um zu lügen. Der Leo hat jedes Wort, das ich gegen den Reinold gesagt habe, in sich hineingehört, wie einer Wasser trinkt, der am Verdursten ist.

Das war ja so plump, was ich da geredet habe. Jeder Depp hätte das durchschaut. Aber der Leo war in seinem Haß schon so vernagelt, daß er gar nichts gemerkt hat. Am zweiten Tag bereits! Am zweiten Tag bereits!

Du hättest sehen sollen, wie der Leo da aufgetankt hat, wie der dann über den Felsen hinaufgeklettert ist. Das hat ihm gut getan. Und anstatt daß er jetzt erst so richtig Futter für seinen Haß auf den Reinold kriegt, wie ich gedacht habe, war das ganz umgekehrt. Das hat ihn beruhigt.

An den folgenden Tagen hat er immer wieder eine Gelegenheit gefunden, um mit mir zu reden. Dann hat er hören wollen, wie ich über den Reinold herziehe. Und ich hab über den Reinold hergezogen, und er hat dann dem Reinold wieder ruhig in die Augen schauen können.

Ich glaube, er hat sich gedacht: Der arme Much, der da so einen Zorn auf den Reinold hat. Und wenn da eh schon einer ist, der einen Zorn auf den Reinold hat, dann brauch ja ich keinen mehr auf ihn zu haben.

Weil eigentlich hat er nur hören wollen, daß ich für ihn bin. Aber wie schon gesagt, zu dritt kann man nur für den einen sein, indem man gegen den anderen ist. Und so hat sich dann am Anfang der Leo beruhigt.

Das ist dann so weiter gegangen, und mir hat es richtig Spaß gemacht, vor dem Leo über den Reinold herzuziehen. Da hab ich dann auch eine Möglichkeit gehabt, alles rauszulassen, was sich so den ganzen Tag aufgestaut hat.

Das hat absolut nichts mit dem Reinold zu tun gehabt. Ich hab überhaupt nicht das Geringste gegen den Reinold gehabt.

Wenn du da hinter einem Schlitten hergehst und den schiebst, bis du die Zunge am Boden nachziehst, dann hast du einen Zorn. Und das ist halt einfach nicht gut, wenn dann keiner da ist, auf den du den Zorn haben kannst. Du kannst ja nicht einen Zorn auf ganz Grönland haben. Vor allem ist das diesem Grönland völlig wurscht. Du kannst ja Grönland nicht wehtun, wenn du einen Zorn hast.

Ich denke mir im Nachhinein, man müßte bei so einer Expedition extra einen vierten Mann mitnehmen, ein sorgfältig ausgewähltes Arschloch, das man nur darum mitnimmt, um auf ihn einen Zorn haben zu können. Weil irgendwo muß der Zorn hin.

Ich hab mir eben einen im Kopf erfunden, über den ich herziehen hab können. Und zufällig hat der halt auch Reinold Minach geheißen. Jedenfalls am Anfang. Später hab ich dann gleich zwei gehabt, über die ich hab herziehen können. Das ist dann schon ein Luxus bei so einer Expedition.

Aber zuerst war da der Reinold. Das ist so weit gegangen, daß der Leo einmal gesagt hat:

›He, Much, was ist denn mit dir los, was hast du denn für einen Haß auf den Reinold.‹

Da bin ich dann dagestanden. Das war ja wie ein Rausch bei mir. Und vor allem hat das dann der Reinold schon auch gemerkt, daß da etwas nicht stimmt, daß der Leo und ich immer heimlich miteinander reden. Und wenn man nur zu dritt ist, und zwei reden heimlich miteinander, dann ist sicher, daß die über den dritten reden.«

4

»Der Reinold ist stärker als der Leo, das ist schon klar. Aber das hält keiner aus, wenn er merkt, die anderen beiden tun sich zusammen, reden leise, hören auf zu reden, wenn man dazukommt und so weiter. Und der Leo hat da keine Rücksicht genommen. Natürlich nicht. Der wollte ja, daß der Reinold denkt, wir beide sind uns einig.

Er hat dann auch ganz offensichtlich etwas merken lassen. Sind wir dagesessen und haben geredet und der Reinold ist dazugekommen, hat es schon sein können, daß er gesagt hat:

›Ja, Much, wir reden dann später weiter.‹

Da hat es die berühmte Geschichte gegeben mit den Schlitten. Wie sie belastet werden sollen. Das hat dir der Leo ganz sicher erzählt. Das gibts gar nicht, daß er das nicht erzählt hat.

Die Schlitten waren falsch belastet. Sie waren vorne belastet, und das ist ein Unsinn. Da muß einer nicht die geringste Erfahrung haben, damit er weiß, daß das nicht gut geht, wenn der Schlitten vorne mehr belastet ist als hinten. Weil, der bohrt sich ja vorne in den Schnee hinein, und das soll ja eigentlich nicht sein, daß du mit einem Schlitten umgehst wie mit einem Pflug. Und das ist natürlich keine Frage, daß das der Reinold genauso weiß wie jeder andere.

Wir haben dann eben dieses Theater gemacht, der Leo und ich. Haben genau das Gegenteil gesagt von dem, was wir wollten, weil der Reinold schon so stur war, daß er ganz bestimmt nicht das getan hätte, was wir ihm vorschlagen wollten.

Das war ja ganz lustig. Aber mir hat da zum ersten Mal die Warnleuchte im Kopf geflackert. Vorsicht, habe ich gedacht. Man kann den Reinold nicht behandeln wie einen Deppen. Das geht nicht gut aus. Weil, erstens ist er kein Depp, und zweitens kann es wirklich gefährlich werden, wenn der auf stur schaltet.

Der Reinold ist nicht so, daß ihm die Tränen über die

Backen laufen. Dem ganz bestimmt nicht. Der zieht sich dann halt zurück. Der macht dann einfach zu. Und das ist fürs Überleben nicht günstig. Der Reinold war derjenige, der diese Expedition geleitet hat. Das hat man drehen und wenden können, wie man hat wollen. Da ist immer dasselbe herausgekommen. Man kann nicht ausgerechnet bei demjenigen, der so eine Sache leitet, so tun, als wär er überflüssig. Außerdem wollte ich den Reinold nicht kränken.

Der Leo, der so einen Zauber wegen der heiligen Freundschaft aufzieht, hat sich selber einen Tagesablauf gemacht wie einer, der irgendwo in einer Fabrik arbeitet, irgendwo an einem Fließband und Kollegen hat und mit denen auch hie und da redet, aber dann am Abend: Ciao und Gut Nacht. Ja klar, das hat zu seinem Konzept gehört: Zu dritt wird nicht geredet, geredet wird nur mit dem Gratt, und nur mit dem Gratt allein. Im Zelt, wenn es dann hätte gemütlich werden können, war er schon im Schlafsack und hat geschnarcht, da haben der Reinold und ich noch nicht einmal die Schuhe ausgezogen. Aber ich bin mit dem Reinold allein gewesen.

Ich hab mich so in das Über-ihn-Herziehen hineingesteigert gehabt, daß ich manchmal richtig erschrocken bin. Du magst den Reinold doch, hab ich mir gesagt. Warum ziehst du dann so über ihn her! Aber den Leo hab ich auch gemocht. Und jetzt war es nun einmal so, daß ich dem Leo nur zeigen konnte, daß ich ihn mag, wenn ich über den Reinold herziehe. Himmelkruzifix, das ist eine Scheiße!

Ich hab natürlich dem Reinold gegenüber einen Klotz im Hals gehabt. Und er war enttäuscht. Einmal hat er mich am Arm festgehalten. Ich wollte grad ins Zelt kriechen.

›Wenn man sich einbildet, man kennt einen‹, hat er gesagt, ›dann täuscht man sich.‹

Ganz ohne jede Ankündigung hat er das gesagt. Mir ist das Blut in den Kopf geschossen. Kannst dir ja vorstellen, was ich gedacht habe: er weiß alles, hat mich belauscht, hat gehört, wie ich über ihn hergezogen habe vor dem Leo. Oder noch schlimmer: Der Leo hat es ihm gesteckt. Bei mir war nur noch Mißtrauen da.

Und dann hat er weitergeredet. Aber meinen Ärmel hat er nicht losgelassen.

›Auf dieses weiße Land‹, hat er gesagt, ›da schreiben wir unsere Geschichte.‹

Das war ganz typisch für ihn. Der hat immer wieder so geistige Anwandlungen gekriegt. Am Tag war ja jeder mit sich allein. Eigentlich war am Tag jeder für sich allein. Da denkt es halt. Bei ihm hat es so gedacht und bei mir hat es anders gedacht und beim Leo hat es wieder anders gedacht.

›Da kann dir einer drei Tage lang alles von sich erzählen, was er weiß‹, hat er gesagt, ›dann weißt du hinterher nicht viel mehr als vorher.‹

›Geh, Reinold‹, hab ich gesagt, ›wir kennen uns doch. Ich kenn dich, du kennst mich, und den Leo kennen wir auch. Da braucht man nicht viel reden.‹

›Das ist schon richtig‹, hat er gesagt. ›Aber wenn wir da durch sind, dann sind wir nicht mehr dieselben wie vorher.‹

Und diesmal hab ich es dann gesagt:

›Also, ich hab nichts dagegen, wenn ich hinterher immer noch derselbe bin wie vorher. Mir paßt das genau, wie ich bin.‹

›Dann hättest du nicht mitgehen dürfen‹, hat er gesagt.

›Also von mir aus‹, hab ich gesagt, ›kann ja sein, daß ich hinterher irgendwie anders bin. Kann ja sein. Selber merkt man das sowieso nicht. Ich bin heute auch anders wie vor zwanzig Jahren, aber mir selber komme ich immer noch gleich vor.‹

›Aber das ist es ja genau‹, hat er gesagt. ›Darum nützt es ja nichts, wenn du jemandem dein ganzes Leben erzählst. Das mein ich doch. Wenn dich einer fragt, wie ist dein Leben, und du erzählst ihm dann dein Leben, dann kann das ja gar nicht stimmen, weil es du ja erzählt hast.‹

›Ich weiß es nicht, Reinold. Gut Nacht‹, hab ich gesagt und bin ins Zelt gekrochen.

Er ist dann bald nachgekommen. Ich hab so getan, als ob

ich schlafe. Er hat sich den Schlafsack um die Füße gewickelt und ist dagesessen. Mit dem Oberkörper hat er geschaukelt und mit den Händen hat er vor dem Gesicht herumgefuchtelt. Auf den Knien hat er einen Schreibblock gehabt und mit den Zähnen hat er auf dem Bleistift herumgekaut. Dann hat er auf einmal stillgehalten, hat den Bleistift auf das Papier gesetzt. Jetzt schreibt er, hab ich gedacht. Aber er hat nicht geschrieben. Er hat den Bleistift wieder in den Mund gesteckt und wieder mit dem Oberkörper auf- und abgeschaukelt und mit der Hand hat er wieder angefangen, Fliegen zu fangen. So hat das nämlich ausgesehen: Als ob er Fliegen fängt.

Ich erzähl durcheinander. Das war viel später gewesen. Da waren wir schon mitten auf dem Plateau. Das war viel später. Viel später. An dem Abend hab ich gedacht, es stimmt wirklich, ich kenn ihn nicht mehr. Keine Ahnung, wer der Mann ist.

Ich muß der Reihe nach erzählen. Ich war bei dem Theater mit der Gewichtsverteilung von den Schlitten stehengeblieben. In den Bergen im Osten. Ja, das Theater haben der Leo und ich durchgezogen. Und ich bin sicher, der Reinold hat es überrissen. Er ist gegen diese Hinterfotzigkeit einfach nicht angekommen. Der Reinold ist gescheit, aber nicht schlau.

Da hab ich zum ersten Mal gedacht: Das ist ein ungerechtes Spiel. Und einseitig. Entweder spielen alle mit oder keiner. So kann es nicht mehr weitergehen. Ich weiß nicht mehr genau, wann das war. Jedenfalls waren wir noch nicht auf dem Plateau, aber es muß kurz davor gewesen sein. Da habe ich zum ersten Mal das Spielchen umgedreht.

Am selben Abend, als das mit dem Schlittengewichttheater war, ist dem Reinold nämlich in den Sinn gekommen, daß er eine Schneeprobe nehmen könnte. Das war völlig sinnlos. Was hätte ihm so eine Schneeprobe schon sagen können? Aber er hat das machen wollen. Ist seine Sache. Und schließlich, wenn das sein Interesse ist, warum nicht. Dem Reinold war es wichtig, daß wir nicht einfach nur so über Grönland gehen, sondern daß das etwas mit

Wissenschaft zu tun hat. Warum nicht. Es hat ja keinem weh getan. Man kann ja auf so einer langen Expedition auch einmal etwas tun, was nicht unbedingt ausschließlich nur mit dem Ziel zu tun hat.

Den Leo hat das gleich auf Hundertfünfzig gebracht. Alles was mit dem Wort Wissenschaft zu tun hat, hat den Leo auf Hundertfünfzig gebracht.

›Da schau ihn an‹, hat er gesagt. ›Pure Angeberei. Der einsame Wissenschaftler. Und wir die primitiven Trotteln, die nichts weiter in ihrem Spatzenhirn haben als das Überleben.‹

Da hat mir der Reinold leid getan. Und nicht nur das. Da bin ich mir wie ein richtiges Schwein vorgekommen. Und es hat gestimmt: Der Reinold hat wirklich einsam ausgesehen.

Er ist in einen flachen Gletscherbruch, oder was das war, hinuntergestiegen. In der Hand hat er so ein Bohrrohr gehabt. Mit dem hat er sich eine dünne Stange Eis herausgebohrt und die dann untersucht. Das wollte er jedenfalls. Frag mich nicht, wie er die untersuchen wollte. Aber das spielt ja auch keine Rolle. Er hat sowieso nichts untersucht. Und die Bohrstange hab ich dann nie wieder gesehen. Die hat er wahrscheinlich irgendwann weggeschmissen.

Er ist mit langen schleppenden Schritten in das Loch hinuntergegangen, den Rücken gebeugt, den Kopf gesenkt. Da hat ihm der Wind die Kapuze vom Kopf geblasen. Und er ist einen Augenblick stehengeblieben, so als ob er jetzt nachdenkt, soll ich mir die Kapuze wieder auf den Kopf schieben oder nicht, und dann ist er weitergegangen. Die Kapuze hat an seinem Nacken geflattert. Das hat sehr traurig ausgesehen.

Er hat auch nie vorher eine Eisprobe gemacht. Das Gerät hat er zwar mitgenommen, aber ich glaube, es hat ihn selber nicht sehr interessiert. Ich konnte mir schon vorstellen, was alles in ihm vorgegangen ist an diesem Tag. Weil, da mach ich wirklich jede Wette, daß er unsere Theater durchschaut hat. Das hätte ein Blinder durchschaut. Das hat ihm sicher sehr weh getan. Da wird er sich gedacht haben: Gut, mach ich eben eine Eisprobe, ich hab meine Wissenschaft, da können die nicht mit.

Der Leo und ich sind oben beim Zelt und den Schlitten gestanden. Das Zelt haben wir schon aufgebaut gehabt und die Suppe haben wir auch schon getrunken gehabt.

›Was will er denn mit dem Eis, das er da herausbohrt‹, hat der Leo gefragt.

Und jetzt hat er hören wollen, daß mir etwas einfällt, etwas richtig Böses, das paßt. So etwas hab ich immer auf Lager gehabt.

›Ich freu mich schon auf die Pressekonferenzen nachher‹, hab ich gesagt. ›Vielleicht nimmt der Herr Wissenschaftler so einen Brocken Eis mit auf die Reise und tut ihn daheim in Bozen ins Tiefkühlfach und führt ihn dann den Reportern vor.‹

Jetzt hat der Leo wissen wollen, was er dann zu den Reportern sagt. Das war nämlich eine Sondernummer von mir, wenn ich den Minach nachgemacht habe. Ich hab also das typische Minachgrinsen aufgesetzt, die Mundwinkel leicht nach oben, die Stimme hab ich wunderbar nachmachen können, und hab gesagt:

›Meine Herren, Eis ist nicht gleich Eis. Aber wenn es auf dieser Welt ein Archiv gibt, wo man nachschauen kann, was alles schon aus der Luft auf den Boden gefallen ist, dann, meine Herren, finden Sie dieses Archiv in Grönland.‹

So etwas Ähnliches hat der Minach einmal zu dem Redakteur vom italienischen Fernsehen gesagt. Das war im Trainingslager.

Aber irgendwie hab ich den Minach an diesem Abend nicht richtig hingekriegt. Jedenfalls war der Leo nicht sehr zufrieden. Und ich hab gemerkt, wenn ich ihn jetzt noch einmal nachmache, dann kotz ich glatt mitten in den Schnee.

Dann ist der Reinold in der Mulde verschwunden, und mir hat sich das Herz zusammengekrampft. Ich hätt einen Beichtvater gebraucht. Wenn ich jetzt angefangen hätte zu weinen, ich glaub, das hätte drei Tage lang gedauert. Seit ich weiß nicht wievielen Tagen habe ich nicht ein einziges Wort mit dem Reinold geredet. Außer eben das Notwendige, was man so reden muß, wenn man zu dritt drei Schlitten über einen Gletscher hinaufzieht.

›Komm, mach ihn noch einmal nach‹, hat der Leo gesagt.

Diesmal hab ich nicht anders gekommt und bin fast grob geworden.

›Ach, Scheiße‹, hab ich gesagt. ›Ich will nicht.‹

Und der Leo gleich: ›Was ist denn los?‹

›Nichts ist los, überhaupt nichts!‹

›Ich geh dir auf die Nerven‹, hat er angefangen.

›Nein‹, hab ich gesagt, ›du gehst mir doch nicht auf die Nerven. Ich bin einfach müd.‹

›Ich bin auch müd. Klar ist etwas mit dir los. Das merk ich doch.‹

›Es ist nichts los, Himmelherrgottnocheinmal!‹

›Bin jetzt ich das Arschloch oder was‹, hat er gesagt. ›Geh ich da mit so einem Rohr in Gröndland herum und bohr Löcher in den Schnee?‹

›Du bist nicht das Arschloch‹, hab ich gesagt.

›Weil ich mich über ihn lustig mache, denkst du, ich bin ein Arschloch.‹

›Ich mach mich doch viel mehr lustig über ihn als du!‹

›Dann erzähl mir, was er zu den Reportern sagt ...‹

Auweh, auweh! Bitte nicht, Leo, hab ich gedacht, bitte nicht, bitte jetzt nicht!

Das kannst du dir natürlich nicht vorstellen. Das war nicht so ein Aufhetzen vom Leo. Das klingt natürlich so, wenn ich das hier erzähle. Das muß so klingen, als ob mich der Leo aufgehetzt hätte, und ich mach dann für ihn den Narren, der über den Minach herzieht. Auf Kommando.

Aber so war das nicht. Das war schon richtig wie abgesprochen, wie ausgemacht: Ein gutes Wort über den Reinold hat bedeutet ein schlechtes Wort über den Leo.

Und der Leo hat langsam massige Probleme gekriegt. Nicht so schlimm wie später. Aber immerhin war eines schon sehr deutlich: Der Leo Degaspari ist der Schwächste. Wenn man auf jemanden warten mußte, dann auf den

Leo. Das hat diesen Menschen fertig gemacht. Bei dem sind Minderwertigkeitskomplexe herausgekommen, da machst du dir keine Vorstellung. Denk nicht, da kannst du mitreden!

Weißt du, wenn einer hier herunten Minderwertigkeitskomplexe hat, dann ist das auch nicht gerade das, was sich einer wünscht. Aber hier gibt es eine Menge Sachen. Da kann sich einer sagen: Gut, beim Skifahren bin ich eine Flasche und bei Frauen hab ich auch keinen Riß und Gedichte kann ich auch keine auswendig und singen kann ich auch nicht und eine krumme Nase hab ich auch. Aber dann gibt es immer noch einen Haufen Sachen, die etwas hergeben. Vielleicht hat so einer eine 1a Bierdeckelsammlung. Dann ist schon wenigstens etwas gerettet.

Dort oben gibt es nur zwei Dinge, die einen aufstellen können. Und das sind dieselben Dinge, die einen hinunterdeckeln können.

Zwei Fragen: Bin ich stark? Und: Bin ich beliebt? Und die Antwort ist wahnsinnig relativ, das kannst du mir glauben. Weil eigentlich heißen die Fragen so: Bin ich genauso stark wie die anderen? Und: Bin ich genauso beliebt wie die anderen? So.

Und beim Leo war die erste Frage klar beantwortet: Nein, er war nicht so stark wie der Reinold und ich. Er war der Schwächste. Also bleibt nur noch die zweite Frage. Und wenn sich da nur das Geringste zeigt, daß auch diese Frage nicht gut ausgeht, dann schaut es nicht sehr lustig aus.

Und Herrgottnocheinmal ja: Als wir dort oben gestanden sind und uns darüber lustig gemacht haben, wie der Reinold mit seinem Bohrrohr in dieses Loch hinuntergegangen ist, da hab ich den Reinold lieber gemocht als den Leo! Und daß mich der Reinold lieber hat als den Leo, das war ja sowieso klar!

Und wenn einer der Schwächste und auch noch der Unbeliebteste ist, und wenn er das obendrein weiß oder zumindest befürchtet – das erste weiß er und das zweite befürchtet er –, dann benimmt sich so einer nicht unbedingt sehr sympathisch. Und weißt du was: Ich bin der Meinung, so einer darf sich unsympathisch benehmen. Der darf sich aufführen wie die Sau. Dazu hat er irgendwie das Recht.

Aber wenn sich einer wie ich aufführt wie die Sau, einer der beliebt ist bei allen – mich hat der Reinold gemocht und der Leo hat sich an mich geklammert –, und stark war ich auch noch, nicht schwächer als der Reinold, nein, so einer darf sich nicht wie die Sau aufführen. Aber genauso hab ich mich aufgeführt.

›Komm‹, hab ich zum Leo gesagt. ›Das schauen wir uns an, wie der Herr Wissenschaftler da seine Proben macht.‹

Und gedacht hab ich: Wie kann ich es jetzt einrichten, daß ich allein mit dem Reinold bin.

›Wunderbar‹, hat der Leo gesagt, ›genau, das schauen wir uns an.‹

Und schon war alles bei ihm wieder in Ordnung. So schnell ist das gegangen.

›Dann geniert er sich und packt die Sachen wieder ein‹, hab ich gesagt. ›Geh du allein zu ihm und erzähl mir hinterher, wie es war. Dann haben wir etwas zum Lachen.‹

Ja, kannst du dir vorstellen! Daß der Leo allein zum Reinold geht!

Dann haben wir noch eine Weile so herumgetan, wer zu ihm hinuntergehen soll in das Schneeloch, und dann bin ich gegangen.

Mir hat das Herz geklopft, so aufgeregt war ich. Dem Reinold kann man nicht so schnell etwas vormachen wie dem Leo, hab ich gedacht. Und so einfach beim Reinold über den Leo herunterziehen, so wie ich beim Leo über den Reinold heruntergezogen habe, das geht sicher auch nicht.

Der Reinold hat gar nicht gemerkt, daß ich zu ihm hingekommen bin, oder er hat es nicht merken wollen. Er hat mit der ganzen Kraft das Bohrrohr ins Eis gedreht. Ich hab mich neben ihn hingesetzt, hab mich noch einmal umgedreht und geschaut, ob sich der Leo nicht anschleicht und zuhört, was wir reden. Aber das hat er nicht getan, und er hätte es auch nicht tun können. Es hat da nichts gegeben, wo er sich hätte verstecken können.

Das war eigentlich kein Schneeloch, sondern so eine

flache, weite Wanne. Zur Mitte hin war sie flach, an den Rändern dann steil. Sie war auch fast rund, nach hinten hin zwar nicht, da ist sie schmaler geworden. Es hat so ausgesehen, als ob man eine riesengroße Schnabeltasse in den Schnee gedrückt hätte. Es war wirklich eigenartig.

Wir haben mit den Schlitten einen Bogen um diese Wanne herumgemacht, weil wir befürchtet haben, daß unter der Oberfläche ein Wasserlauf ist. Das kommt vor. Ich weiß auch nicht warum. Der Reinold hat es mir erklärt, aber ich hab es wieder vergessen. Jedenfalls hat ihn das neugierig gemacht, was das ist mit diesem Fleck, und darum wollte er den Schnee und das Eis untersuchen.

Ich weiß noch, es war sehr schön, in dieser Schneewanne zu sitzen. Ich hab mich hingesetzt, bin eingesunken bis zu den Armen. Der Wind ist oben drüber gepfiffen. Hier unten war es ruhig. Und auch nicht so kalt. Wenn einmal kein Wind gegangen ist, hat man gleich gemeint, man sitzt in einem Wohnzimmer.

Das hat etwas Heimeliges gehabt. Der Schnee war weich, vielleicht knietief. Da war jedes Geräusch abgedämpft. Wenn du die Augen zugemacht hast, dann hast du nicht abschätzen können, wie groß die Wanne ist, dann hast du fast das Gefühl gehabt, daß du in einem ganz engen Zimmer hockst, in einem engen, warmen Wohnzimmer.

Und wenn du am Boden gesessen bist, hast du auch nicht gesehen, was oben über dem Rand von der Wanne war. Nur die Wolken hast du gesehen. Und an diesem Abend waren Wolken da, ganz dünne, feine Streifen, als ob man den Himmel gekämmt hätte. Und weil die Sonne hineingeschienen hat, waren die Streifen auf der einen Seite ganz zart rosarot.

Und ich hab mir auf einmal gedacht: Das ist wie ein weißer Korb mit einer rosaroten Decke drüber. Die Schneewanne wär der Korb und der Himmel die Decke. Und ich tu den ganzen Tag nichts anderes als einen Schlitten hinten schieben oder vorne ziehen, hab ich gedacht, und wenn ich das nicht tue, dann denk ich darüber nach, wie ich über den Reinold herziehen könnte, aber nicht, weil ich etwas gegen den Reinold habe, sondern weil ich mir einbilde, einen Frieden gibt es nur, wenn immer einer da ist, auf den man einen Zorn haben kann.

Das ist mir so furchtbar vorgekommen. So elend. So sinnlos. Da wär es viel gescheiter, ich würde mir die Wolken anschauen, weil, so schöne Wolken sieht man in Südtirol nicht. Nie mehr im Leben werde ich so schöne Wolken sehen, hab ich gedacht.

›Hast du etwas finden können‹, hab ich den Reinold gefragt.

Er hat sich umgedreht und mich freundlich angeschaut. Er war genauso unsicher wie ich. Er hat gleich weggeschaut und gleich hat er wieder hergeschaut. Aber er hat sich gefreut, daß ich mit ihm rede.

›Da gibt es eh nichts zum Finden‹, hat er gesagt. ›Ich müßte viel tiefer bohren.‹

Und ich hab gesagt: ›Und wenn wir es oben bei den Rändern probieren?‹

Und er: ›Nein, dort ist noch mehr verblasener Schnee als hier. Genau in der Mitte müßte man bohren.‹

›Wie tief?‹

›Vielleicht einen Meter fünfzig oder zwei Meter. Ich weiß es nicht.‹

Das Bohrrohr war knapp einen Meter lang, wenn man die Querstange oben abrechnet, hat er vielleicht einen Dreiviertelmeter tief damit bohren können.

›Und wenn man den Schnee oben wegschaufelt‹, hab ich gesagt. ›Dann kannst du viel weiter unten mit dem Bohren anfangen.‹

›Das ist zu viel Arbeit.‹

Und ich hab gesagt: ›Ach was!‹ und hab mit den Händen angefangen, ein Loch zu graben.

Und er hat mir dann geholfen, und wir haben ein Loch gegraben. Und dann haben wir uns mit dem Rücken auf den Schneehaufen fallenlassen und sind so liegengeblieben und haben hinauf in den Himmel geschaut. Die Wolken waren genau gleich wie vorher.

›Wenn wir nur einen Tag Zeit hätten‹, hat er gesagt.

›Wenn ich wüßte, wir haben einen Tag Zeit, nur einen einzigen Tag. Dann würde ich sagen, hier bleiben wir. Und ich würde mich den ganzen Tag in dieses Loch legen. Ich würde in den Schlafsack kriechen und immer nur in den Himmel schauen.‹

Ich hab genau dasselbe gedacht. Ich war richtig erschrocken, daß er genau dasselbe gesagt hat, wie ich gedacht habe.

›Das wär wirklich schön‹, hab ich gesagt. ›Das wär sogar wunderschön!‹

Dann hab ich mir einen Ruck gegeben.

›Reinold, ich muß mit dir reden‹, hab ich gesagt.

Wir sind nebeneinander im Schnee gelegen, er hat den Kopf zu mir hergedreht, und ich hab meinen Kopf zu ihm hingedreht, und dann hab ich geredet.

Au weh! Dann hab ich ihm etwas vorgelogen. Daß der Leo mir auf die Nerven geht. Daß ich die ganze Zeit so tun muß, als ob ich zu ihm halte. Das hat ja eh gestimmt. Daß wir beide, Reinold und ich, zusammenhalten müssen, weil sonst der Leo durchdreht. Daß es am besten ist, wenn wir dem Leo etwas vorspielen. Eben daß wir so tun sollen, als ob ich mit dem Leo gegen ihn verbündet bin. Und ich hab ihm auch erzählt, daß wir ihm ein Theater vorgespielt haben bei der Frage, ob man das Gewicht von dem Schlitten nach hinten oder nach vorne verlegt.

Und du kannst sagen, was du willst: Es war beim Reinold genauso einfach wie beim Leo. Er hat mir jedes Wort geglaubt. Ich hab gemerkt, wie wahnsinnig froh er war, daß es zwei zu eins steht und daß wir beide die Zwei sind und der Leo der Eine ist.

›Much‹, hat er gesagt, ›du sagst mir nichts Neues. Du bist unser Vermittler. Wir hätten gar nicht miteinander reden müssen. Ich kenne dich. Wenn es dich nicht gäbe, dann würde mich der Leo vielleicht erschlagen. Ich dank dir, daß du ihm manchmal sagst, daß ich nicht so ein Monster bin, wie er denkt.‹

Und so weiter und so weiter und so weiter ... Ich war ein Heiliger. Wie wunderbar Freundschaft ist, hat er noch gesagt oder so ähnlich. Mir ist der Schweiß heruntergeronnen, obwohl ich mir fast den Rücken abgefroren hab.

Zuerst hat er von mir geschwärmt und dann von Grönland. Die Reihenfolge war als Kompliment zu verstehen.

›Du magst das Land inzwischen auch schon‹, hat er gesagt.

›Ja, ich mag das Land‹, hab ich gesagt, und das war die volle Wahrheit.

Und auf einmal hat er sich mit einem Satz aufgerichtet und gerufen:

›He, Much! Wir bleiben hier! Einen Tag. Das ist leicht zu verantworten. Wir sind fast drei Tage über dem Soll.‹

Das hätte mir schon gefallen. Ich hätte es genau so gemacht, wie der Reinold gesagt hat: In den Schlafsack hätt ich mich gelegt und in die Wolken hätt ich geschaut, und das alles hier in dieser Mulde. Und noch etwas: Vielleicht genügt ein Tag, an dem wir nicht wie die Tiere schinden, und alles zwischen dem Reinold und dem Leo wird wieder gut, hab ich gedacht. Und noch etwas – und das hab ich leider gesagt:

›Das finde ich wunderbar‹, hab ich gesagt. ›Dann kann sich der Leo auch ein bißchen erholen. Das Tempo ist ihm zu schnell.‹

Da hab ich dann einen mißtrauischen Blick vom Reinold gefangen.

›Denkst du, ich bin ein Schinder‹, hat er mich gefragt, ›weil ich so ein Tempo vorlege?‹

›Vielleicht könntest du langsamer gehen‹, hab ich gesagt. ›Für den Leo ist es zu schnell.‹

›Du kennst ihn nicht so gut, wie ich ihn kenne‹, hat er gesagt. ›Ich weiß, wie stark der Leo ist. Er boykottiert die ganze Expedition.‹

›Ich weiß es nicht‹, hab ich gesagt. ›Vielleicht ist es ihm wirklich zu schnell.‹

›Ganz sicher nicht. Ganz sicher nicht. Es ist ihm nicht zu schnell. Er hatscht absichtlich hinter uns her.‹

Ich hab genau gewußt, daß das nicht stimmt. Der Leo hat

nicht simuliert. Der Reinold ist ihm wirklich zu schnell gegangen.

Aber gesagt hab ich das nicht. Weil, er hat mich noch einmal gefragt:

›Du glaubst doch nicht, daß ich ein Schinder bin, oder?‹

›Nein, Reinold, du bist kein Schinder.‹

›Du weißt doch, daß ich langsamer gehen würde, wenn ich überzeugt wäre, daß es dem Leo wirklich zu schnell ist?‹

›Natürlich weiß ich das. Wahrscheinlich hast du recht. Jedenfalls reden kann er noch ganz flott am Abend.‹

›Eben. Wenn er wirklich so schlecht beieinander wäre, wie er tut, dann würde er ja nicht soviel mit dir reden.‹

›Da hast du recht. Dann würde er nicht soviel mit mir reden. Jedenfalls nicht *so* viel.‹

›Was redet er denn?‹

Jetzt war ich dann doch vorsichtig. Nicht, weil ich mir ein Gewissen daraus gemacht hätte, beim Reinold über den Leo genauso herzuziehen wie beim Leo über den Reinold, sondern weil ich gespürt habe, wenn ich jetzt richtig loslege, dann glaubt er mir nicht mehr.

›Ich möcht nicht darüber reden‹, hab ich also gesagt.

›Ich verstehe‹, hat der Reinold gemeint. – Ich hätte grad lachen können.

Dann sind wir aufgestanden und haben uns den Schnee vom Anzug geklopft. Ich ihm, er mir.

›Schade‹, hat er gesagt, ›aber sich etwas wünschen darf man ja wohl noch. Nein, einen Tag können wir uns nicht schenken. Das wäre zu riskant. Eigentlich können wir uns mit gutem Gewissen nicht einmal eine Stunde schenken.‹

So.

Jetzt hab ich ihm doch grad vorher von unserem blöden Theater erzählt, wo wir so getan haben, als ob wir das eine wollen und eigentlich das andere gewollt haben, nur weil wir vorausgesetzt haben, daß er genau das Gegenteil tut von dem, was wir wollen – und jetzt ist wieder die genau gleiche Situation! Wenn ich gesagt hätte, der Leo regt sich darüber auf, daß du da in dem Loch herumbohrst und Zeit verschwendest, wo wir uns mit gutem Gewissen eigentlich nicht einmal eine Stunde schenken können, dann hätt ich den Herrn Minach hören wollen: Dann wären wir gleich zwei Tage lang in dieser Mulde geblieben und hätten uns den Arsch anfrieren lassen.

›Ja, schade‹, hab ich gesagt. ›Du hast schon recht.‹

Und dann hat er gesagt: ›Gut, daß es dich gibt, Much.‹

Und dann hab ich gesagt: ›Wir müssen zusammenhalten, Reinold.‹

Und dann ein Handschlag. Weil, so etwas geht ja nicht ohne einen Handschlag:

›Servus Much!‹

›Servus Reinold!‹

Und dann hat er angefangen in dem Schneeloch zu bohren, und ich bin hinauf zum Leo gegangen und hab ihm die Geschichte erzählt – von dem spinnigen Wissenschaftler dort unten, der sich einbildet, er findet Öl mit einer Fahrradpumpe, zu der er Bohrrohr sagt. Und wir haben uns halb totgelacht über den Reinold.

Wenn man so etwas hier machen würde, stell dir vor, was das für eine Schweinerei wäre! Wenn einer den einen gegen den anderen so ausspielt! Erst dem einen schön tun und dann vor dem anderen über ihn herziehen! Und dann auch noch umgekehrt.

Aber du kannst es mir glauben oder nicht: Wenn ich das nicht gemacht hätte, dann hätte es viel früher geknallt zwischen den beiden. Hundertprozentig. Ich muß mir das wenigstens einreden dürfen. Das muß ich mir doch einreden dürfen, oder?

Außerdem: Bis wir oben waren auf dem Plateau hat es wunderbar funktioniert. Mir ist zwar immer halb schlecht geworden, wenn ich an mich selber gedacht habe, aber sonst war Friede. Einmal hab ich mit dem Leo geredet und den Reinold niedergemacht, dann hab ich mit dem Reinold geredet und mich über den Leo beklagt. Und der Leo hat mich getröstet und der Reinold hat mich getröstet. Und beiden ist es dabei gut gegangen, weil sie einen gehabt haben, den sie haben trösten können und der ihnen gesagt hat, was sie sich nicht getraut haben.

Aber das Marschieren oben auf dem Plateau hat mich fertig gemacht. Da hab ich dann so viel mit mir selber zu tun gehabt, da hat mich dann dieses Theater wirklich nicht mehr gefreut. Da hab ich dann keine Nerven mehr gehabt.

Ich hätt mich von Anfang an nicht auf so ein Spiel einlassen dürfen, wenn ich es dann nicht bis zum Schluß durchhalte. Wenn ich es durchgehalten hätte, wär es zu dem großen Krach nicht gekommen. Dann hätte der Leo nicht eineinhalb Monate lang kein Wort mehr sagen müssen.

Und dann denk ich mir noch: *Weil* ich es nicht durchgehalten habe, ist es zu dem großen Krach gekommen.

Ich habs dann schon noch immer wieder probiert. Aber erstens hab ich nicht mehr die Kraft gehabt, ich bin wahrscheinlich nicht besonders überzeugend gewesen, und dann war der Leo schon so zubetoniert, da hat er niemand mehr an sich herangelassen.

Oben auf dem Plateau, jedenfalls als wir über der Mitte waren, war ich dann mehr auf sie angewiesen als sie auf mich.«

Gratt nahm seine Uhr vom Tisch und zog sie über das Handgelenk.

»Wenn wir noch ins Dolomiti wollen, dann müssen wir gehen. Es ist Viertel nach elf.«

Ich hatte vorher auf die Uhr geblickt. Es war genau elf.

5

Wir fuhren nach Eppan hinein. Auf beiden Seiten der Straße standen Bäume, die ihre kahlen Kronen hoch über die Fahrbahn reckten. Ich schaute nach rechts und nach links, nach hinten, nach vorne, wollte irgendeinen Anhaltspunkt finden, der eine Erinnerung auslöste. Inzwischen regnete es in Strömen. Kein Mensch war auf der Straße zu sehen. Nur wenige Autos kamen uns entgegen. Ich erkannte nichts wieder.

Seit wir das Lokal verlassen hatten, war kein Wort zwischen uns gefallen. Zuerst hatte ich den Eindruck, Much Gratt sei von seiner eigenen Erzählung so betroffen, daß er darum nichts sagte. Bevor wir ins Auto stiegen, wollte ich schon vorschlagen, wir sollten doch das *Dolomiti* sein lassen und uns hier verabschieden. Bis zu Minach waren es nur ein paar Schritte. Aber er setzte sich ans Steuer, startete den Motor und öffnete mir die Beifahrertür mit solcher Entschiedenheit in den Bewegungen, daß ich meinen Vorschlag vergaß und mich neben ihn in den Fiat setzte.

Gratt fuhr auf den Parkplatz vor einem niedrigen Gebäude. Nur wenige andere Wagen standen da. Sie glänzten im Licht der beiden Laternen, die den Parkplatz beschienen. Er stieg aus, stülpte sich die Jacke gegen den Regen über den Kopf und rannte über den Platz unter das Vordach. Ich nahm die Plastiktüte mit dem Kassettengerät und den Bändern – die wollte ich nicht im Auto liegenlassen – und folgte ihm.

Neben der schmalen, mit Kupfer beschlagenen Tür hingen zwei Lampen vom Vordach herab, Glaskugeln, in denen rote Glühbirnen brannten. In der Tür war ein kleines Guckloch. Das waren die einzigen Indizien, die darauf hindeuteten, daß es sich hier um ein Nachtlokal handelte.

»Und das ist wirklich das *Dolomiti*«, fragte ich.

Gratt grinste mich an und drückte auf den Klingelknopf neben der Tür.

»Ich denk, du kennst es?«

Ich zuckte mit der Schulter. Ich wußte, hier war ich zum ersten Mal. An irgend etwas hätte ich mich doch erinnern müssen! Soll es sein, wie es ist, dachte ich. Hat er mich eben zu einem anderen Nachtlokal geführt. Oder das *Dolomiti* von damals gibt es vielleicht gar nicht mehr, und ein anderer Betrieb hat den Namen übernommen.

Die Tür wurde einen Spalt breit geöffnet, und ein Männergesicht erschien. Es war bubenhaft rund und hatte in der Mitte einen geschwungenen Schnurrbart. Die

Augen musterten uns von oben bis unten. Kein gutes Bild: Gratt barfuß in Holzpantinen, ich mit einer Plastiktüte in der Hand. Nicht eine Spur von Krawatte an irgendeinem Hals.

Der Mann sprach italienisch. Gratt sagte einen halben Satz, wurde aber gleich unterbrochen. Eine Hand, die aus einem uniformierten Ärmel ragte, zeigte auf Gratts Holzpantinen und dann auf meine Plastiktasche. Er sagte noch etwas, tippte sich an die Stirn, und zu war die Tür.

»Du kannst ja eh italienisch«, sagte Gratt.

»So viel kann ich, ja.«

Wir blieben unter dem Vordach stehen und überlegten.

»Nach Bozen fahren wir nicht zurück«, sagte er.

Ich blickte mich um. Wir befanden uns am Ortsanfang von Eppan. Die Straßenbeleuchtung begann erst nach ein paar hundert Metern. Es gab zwar auch hier Straßenlaternen, aber die waren nicht eingeschaltet.

»Du könntest mich ja zu dir nach Hause einladen«, sagte ich spöttisch.

»Ja, kannst du dir vorstellen«, sagte er. »Ich will jetzt von dir ein Bier bezahlt kriegen.«

Ich war jetzt überzeugt davon, daß er mich absichtlich zu einem anderen Nachtlokal geführt hatte.

»Also, gibs zu«, sagte ich, »das ist doch hinten und vorne nicht das *Dolomiti*.«

»Du kannst ja da noch einmal läuten und ihn fragen«, sagte er. »Du kannst ja mit ihm wetten, daß es nicht das *Dolomiti* ist, und wenn du die Wette gewinnst, dann läßt er uns vielleicht hinein.«

Er ging an das andere Ende des Vordachs und stellte sich dort mit dem Rücken zu mir auf. Er steckte die Hände in die Hosentaschen und zog den Hals ein.

»He«, rief ich, »ärgerst du dich jetzt, weil ich dir nicht glaube?«

»Ich ärgere mich überhaupt nie«, sagte er.

Schräg gegenüber war ein Gasthaus. Es sah zwar genauso verlassen aus wie die ganze Gegend, nicht ein Auto stand davor, aber das Licht brannte.

»Was weiter?«

»Du sollst erzählen!«

»Da gibt es nichts weiter zu erzählen. Soll ich sagen, wir haben Tapeten angeklebt, Riemenböden verlegt, Türen gestrichen, den Dachboden ausgebaut... Willst du das hören?«

»Nein, das will ich nicht hören.«

»Was denn?«

»Also, jetzt paß einmal auf«, sagte er und legte seine Hand auf meinen Arm. »Der Reinold hat dir eine ganze Nacht lang erzählt, und der Leo einen halben Tag lang, und ich habe dir eine Stunde lang erzählt, was wir im Sommer 1983 gemacht haben. Da wird dir doch wohl auch noch etwas mehr einfallen als Riemenböden, Türen und Tapeten!«

»Ich war nicht in Grönland«, sagte ich.

»Also gut«, sagte er und trank sein Bier in einem Zug aus. »Wenn du jetzt nicht irgendeine Geschichte von dir erzählst, dann steh ich auf und fahr weg. Dann kannst du dann schauen, wie du wieder nach Bozen kommst.«

Ich lachte, dachte, das ist wieder so ein Scherz von ihm.

»Willst du auch ein Buch schreiben«, sagte ich und sofort fiel mir ein, daß er das als Gemeinheit auffassen mußte. Ich wollte mich entschuldigen, aber das hätte die Bemerkung nur aufgebauscht und alles noch schlimmer gemacht.

»Du kannst mich einmal am Arsch lecken«, sagte er und rief: »Il conto, per favore!«

Die junge Frau trat aus dem Durchgang, beugte sich über die Theke und kam mit einer großen schwarzen Brieftasche an unseren Tisch.

»Due birre? Tutto insieme?« sagte sie mit einer angenehmen, dunklen Stimme. Ich warf ihr einen schnellen Blick zu. Aber der Eindruck des Dirndls blieb bestimmend.

»Insieme. Paga lui«, sagte Gratt.

»Sessanta mila.«

Gratt stand auf.

»Also komm, bleib sitzen«, sagte ich. »Sie soll noch einmal zwei Bier bringen.«

Gleich setzte er sich wieder, nickte mit dem Kopf und schlug sich in die Hände.

»Allora, ancora due!«

»Chiudiamo in una mezzo ora.«

»Du hast genau eine halbe Stunde Zeit«, sagte er zu mir.

Die Frau drehte sich um, warf die Geldtasche über die Theke und verschwand.

Gratt und ich sahen uns in die Augen. Er grinste, ich grinste auch.

»Genau eine halbe Stunde«, sagte er. »Ich will eine gute Geschichte hören.«

»Was kann man schon in einer halben Stunde erzählen?«

»Das ist deine Sache.«

»Also«, sagte ich. »Was hast du zum Beispiel im Jahr 1977 gemacht, im Herbst?«

»Da hab ich ein Haus umgebaut«, sagte er.

»Du lügst ja schon wieder«, sagte ich.

»Das geht dich überhaupt nichts an. Du hast bereits eine Minute verloren.«

»Gut«, sagte ich, »ich erzähl dir, was ich 1977 im Herbst erlebt habe.«

Es war eine kleine Geschichte, in Wirklichkeit wahrscheinlich harmlos, in meiner Einbildung allerdings nicht. In meiner Erinnerung ist sie inzwischen so zugesponnen von all den Varianten und Ergänzungen, die ich seither dazuerfunden habe, daß ich tatsächlich nicht mehr unterscheiden kann, was wahr und was erfunden ist an ihr.

»Im Herbst 1977 bin ich mit einer Frau in der Nacht über die Grenze nach Deutschland gefahren und dabei in eine Terroristenfahndung geraten ...«

Noch heute erzähle ich diese Geschichte, wann immer sie jemand hören will, und jedesmal fällt mir etwas Neues dazu ein. Sie ist schon so oft durch meinen Mund gegangen, daß ich eigentlich sagen muß: Sie ist nicht wahr.

Die Vorgeschichte dazu habe ich allerdings erst wenigen Leuten erzählt.

Es war in der Nacht, als sich Pias Mann die Zigarette auf der Hand ausgedrückt hat, und Pia und ich aus der Wohnung gerannt und davongefahren sind, und ich bald darauf im Rückspiegel seinen silberblauen Citroen gesehen habe.

Bis zu diesem Tag hat er so tun können, als wüßte er von nichts, ja als wäre da gar nichts, was er wissen müßte, als wär ich nichts weiter als ein gemeinsamer Freund, ein Freund der Familie, oder vielleicht zwar Pias Liebhaber, aber als solcher nur eine Laune von ihr wie der Bildhauer oder andere; letztlich hat er doch so getan, als gäbe es mich nicht; und von nun an war es aus mit seiner Strategie, mich aus seiner Familie wegzudenken. Und als er hinter uns herfuhr, dachte ich, diesmal wird es nicht ausgehen, ohne daß wir uns schlagen, der Brandfleck auf seiner Hand tut elend weh, da fällt dann das Zuschlagen leichter.

Am Anfang hielt er noch Abstand, bald aber fuhr er so nah an uns heran, daß ich seine Scheinwerfer im Rückspiegel nicht mehr sehen konnte. Pia weinte, preßte die Hände vors Gesicht und beugte sich über ihre Knie.

»Was ist denn?«, sagte ich, »was ist denn los mit dir?«

Sie brachte kein Wort heraus. Ich dachte, es sei immer noch der Schock wegen der brennenden Zigarette auf seiner Hand.

Er war ein viel besserer Autofahrer als ich, da bestand kein Zweifel, außerdem war sein Wagen schneller. Zuerst wollte ich auf die Autobahn abbiegen, das ließ ich dann bleiben, dort hätte ich keine Chance gehabt, ihn abzuhängen. Ich kurvte also in der Stadt herum, fuhr absichtlich durch schmale Gassen, wo er mich nicht überholen konnte. Er folgte mir. Einmal fuhr ich gegen eine Einbahnstraße. Er folgte mir.

Irgendwann war mir das Ganze zu blöd. Ich trat auf die Bremse und sprang aus dem Wagen.

»Sperr ab«, rief ich Pia zu.

Er hielt hinter mir, blendete mich mit den Scheinwerfern. Ich rannte zu ihm. Gut, dachte ich, soll er es so haben.

Da gab er Gas und fuhr rückwärts die Straße hinauf. Ich lief ihm ein Stück hinterher. Ich hab ihm auch etwas nachgerufen, ich weiß nicht mehr was. Es war sinnlos. Was wollte ich eigentlich!

Ich ging zurück zum Wagen. Das Herz schlug mir bis zum Kiefer hinauf. Meine Hände zitterten so sehr, daß ich mir nicht einmal eine Zigarette anzünden konnte. Ich hatte einen solchen Haß gegen ihn in mir aufgestaut, daß es mir schwarz vor Augen wurde vor Lust, wenn ich daran dachte, ihn zu schlagen.

Pia hatte von innen abgesperrt. Ich sah sie durch die Scheibe. Zusammengekauert saß sie da. Ich klopfte ans Fenster. Sie schrak zusammen, duckte sich, hielt die Arme über den Kopf.

»Ich bin es«, sagte ich. Meine Stimme überschlug sich.

Sie öffnete die Tür, und ich stieg ein.

»Ich will nach Hause«, sagte sie, »die Kinder sind allein. Fahr mich nach Hause!«

Ich strich ihr über die Haare, redete auf sie ein, um sie zu beruhigen. Mir kam die Idee, ihren Nachbarn zu wecken und ihn zu bitten, uns zu helfen. Vielleicht geht sein Angebot so weit, daß er sich die ganze Nacht auf die Treppe setzt und aufpaßt. Aber ich sagte nichts davon. Ich wollte zuerst zu ihrer Wohnung fahren. Wenn der Wagen ihres Mannes vor dem Block stand, mußte ich mir eben etwas anderes überlegen. Wenn er nicht dort war, wollte ich mit ihr in die Wohnung gehen und dann bei dem Nachbarn läuten. Wir könnten jederzeit seine Hilfe in Anspruch nehmen, das hatte er zu mir gesagt.

Ich brauchte vielleicht eine Viertelstunde, um wieder einigermaßen ruhig zu sein. Dann fuhr ich los. Pia hatte die Arme um den Kopf geschlungen und die Beine angezogen.

Wir kamen bei einer Bank vorbei, über deren Eingang eine Uhr hing. Es war bereits halb sechs. Wir waren also fast zwei Stunden lang vor ihm her durch die Stadt gefahren. Das schien mir ganz unglaublich. Mir war, als wär höchstens eine halbe Stunde vergangen, seit wir die Wohnung verlassen hatten.

Als wir draußen vor dem Block ankamen, sah ich den Nachbarn aus dem Haus treten und in sein Auto steigen. Er fuhr zur Frühschicht. Mit ihm würden wir nicht rechnen können.

Ich fuhr am Haus vorbei, schaute mich nach dem silberblauen Citroen um. Er war nirgends zu sehen. Entweder hatte er ihn irgendwo versteckt, oder er war tatsächlich nach Hause gefahren – in seine Wohnung diesmal.

Pia zitterte am ganzen Körper.

»Ich möchte hier warten«, sagte sie.

Es überraschte mich, daß sie solche Angst vor ihm hatte. Ich parkte den Toyota hinter dem Lastwagen einer Brauerei. Wenn er aus der entgegengesetzten Richtung käme, würde er ihn hier nicht sofort sehen.

»Gib mir den Schlüssel«, sagte ich.

Natürlich hatte sie keinen Schlüssel bei sich. Wir waren ja einfach aus der Wohnung gerannt.

Mir wurde ganz übel. Wenn er die Tür hinter sich zugeworfen hatte, dann waren Christian und Eva jetzt eingesperrt, dann mußte ich vielleicht das Schloß aufbrechen. Ich hoffte nur, daß sie inzwischen nicht aufgewacht waren.

Leise ging ich über die Stiege hinauf. Auf den Lichtknopf zu drücken, wagte ich nicht.

Die Tür zu Pias Wohnung stand sperrangelweit offen. In der Küche brannte noch das Licht. Auch die Kinderzimmertür war offen. Christian und Eva waren nicht da.

Ich nahm Pias Jacke und Handtasche, die über einem Stuhl in der Küche hingen – sie hatte ihren Paß immer bei sich, entweder in der Jacke oder in der Handtasche, das wußte ich – der Schlüssel zur Wohnung steckte innen an der Tür, ich zog ihn ab, löschte das Licht, drückte die Tür hinter mir ins Schloß und ging hinunter zum Wagen.

Pia saß immer noch zusammengeduckt auf dem Beifahrersitz.

»Er hat die Kinder mitgenommen«, sagte ich. »Wenn du willst, fahr ich zu ihm und prügle mich mit ihm.«

Sie sagte nichts. Eine Weile schwiegen wir, dann fuhr ich los.

Ich hatte nicht viel Geld bei mir, aber es würde reichen, um zweimal vollzutanken und nach Marburg zu fahren. Ich wußte nicht, was dort sein würde. Aber diese Stadt war immer noch mein Zuhause. An meine Mansarde hier dachte ich nicht.

Wir passierten die Grenze, hinter Lindau wurde der Himmel hell, wir fuhren an den Obstplantagen vorbei, an den Hopfenstauden, die an ihren Drahtgespannen wie an Mauern hinaufwuchsen, ich wurde ruhiger, in vier bis fünf Stunden würden wir in Marburg sein. Pia kauerte in ihrem Sitz. Wir sprachen nicht miteinander.

Bis Ulm wollte ich durchfahren und dann irgendwo anhalten und eine Stunde schlafen; aber der Verkehr wurde stärker und mir fielen fast die Augen zu. Ich konnte mich nicht mehr auf die Straße konzentrieren.

In einem langen Waldstück vor Ravensburg bog ich von der Straße auf einen Waldweg ab. Der Platz erinnerte mich an die Stelle, wo wir damals auf der Fahrt nach Eppan mit dem Bus angehalten hatten. Der Weg wurde enger, je weiter ich in den Wald hineinfuhr, die Fahrrinnen tiefer, die Büsche hingen herein, versperrten mir die Sicht, der Kühler teilte sie auseinander, hinter uns schlossen sie sich wieder.

Hier würde man uns von der Straße aus nicht sehen können. Pia war eingeschlafen, jetzt schreckte sie hoch.

»Wo sind wir?«

»Ich fahr mit dir nach Marburg«, sagte ich.

Sie geriet in Panik, war auf einmal hellwach, fuhr sich mit den Händen durchs Haar.

»Und wo bringst du mich dort unter«, rief sie.

»Ich weiß nicht, was du meinst«, sagte ich.

»Ich möchte nicht, daß du mich irgendwo unterbringst«, rief sie.

Natürlich wußte ich, was sie meinte. Es war ein Unsinn von mir gewesen, sie ins Auto zu zerren und mit ihr hierher zu fahren. Ich versuchte einen Witz:

»Eine Entfettungsklinik hast du nicht mehr nötig«, sagte ich. »Wenn du willst, kehren wir wieder um.«

Sie schüttelte den Kopf.

»Ich bleib bei dir«, sagte ich. »Ich habe eine Wohnung in Marburg.«

Pia wußte nicht, wie ich in Marburg gelebt hatte, sie wußte nur, daß ich immer noch einen Wagen mit deutschem Kennzeichen fuhr und immer noch in Deutschland polizeilich gemeldet war. Ich wollte in Marburg in meine ehemalige Wohnung gehen und Andrea bitten, vorübergehend zu irgendwelchen Bekannten ziehen. Ich war sicher, das würde sie für mich tun.

»Ich möchte mit dir zusammensein«, sagte ich, »alles andere kommt danach.«

Wir umarmten uns, und ich fühlte mich stark, und es schien mir nicht mehr schwer, irgendwelche Entscheidungen zu treffen.

»Es ist noch weit«, sagte ich, »schlafen wir eine Stunde, dann frühstücken wir in Ravensburg, und es wird ein schöner Tag.«

Ich zog an den Hebeln neben den Sitzen und klappte die Lehnen zurück. Auf dem Rücksitz hatte ich eine Wolldecke, die warfen wir uns über und wir kuschelten uns, so gut es ging, zusammen. Über das Auto hingen die Äste, die meisten Blätter waren schon verwelkt.

Bis hierher reicht die Vorgeschichte. Davon erzählte ich Gratt nichts. Die Geschichte, die ich ihm erzählte, fing erst hier an:

»Im Herbst 1977 bin ich mit einer Frau in der Nacht über die Grenze nach Deutschland gefahren und dabei in eine Terroristenfahndung geraten. Es war früh am Morgen, vielleicht halb acht oder acht und wir hatten die ganze Nacht nicht geschlafen und waren zum Umfallen müde. Wir sind in einen Wald gefahren und haben uns ein paar Stunden hingelegt. Wir sind aufgewacht, weil jemand ans Fenster geklopft hat. Es war ein Polizist, er lag vorne auf der Kühlerhaube meines Wagens und hatte eine Maschinenpistole im Anschlag...«

In Wirklichkeit ist es anders gewesen und bei weitem weniger dramatisch:

Wir schliefen vielleicht eine Stunde, frühstückten wie geplant in Ravensburg, und fuhren dann weiter.

Pia hatte sich inzwischen beruhigt. Wir waren übereingekommen, nicht länger als zwei oder drei Tage in Marburg zu bleiben. Sie machte sich Sorgen wegen Christian und Eva, aber sie wußte auch, was ihr Mann machen würde:

»Er hält es keinen Tag mit ihnen allein aus«, sagte sie. »Er tut sie in den oberen Stock zu seinen Eltern.«

Das beruhigte sie.

Und dann auf der Schnellstraße nach Ulm gerieten wir in die Polizeisperre.

Ich muß noch etwas vorausschicken: Ich hatte in meiner Brieftasche ein Bild, auf dem Andreas Baader und Gudrun Ensslin abgebildet waren. Sie saßen auf der Anklagebank und blickten sich an. Ich hatte es aus einer Illustrierten ausgeschnitten und für eine Kollage verwenden wollen. Dann hatte mir aber das Bild so gut gefallen, und ich hatte es in meine Brieftasche gesteckt. Es war wie ein Talismann für mich. Und es hatte auch gar nichts mit den beiden zu tun. Wußte ich, wer Andreas Baader war? Wußte ich, wer Gudrun Ensslin war? Zwei Terroristen, das war romantisch genug, aber dann noch zwei, die sich liebten. Ja, das war furchtbar kindisch von mir: Es war das Abbild meiner verrückten Liebe zu Pia. Ich habe damals nie mit ihr darüber gesprochen. Es war auch ganz unwichtig. Ich weiß nicht, was sie sich gedacht hätte. Es wäre ihr sicher seltsam vorgekommen.

Nach dem Frühstück hatten wir gute Laune. Die vergangene Nacht erschien uns unwirklich und absurd – ja, und auch zum Lachen. Wir hatten gemeinsam etwas Wildes erlebt. Das war doch schön! Wir wollten jetzt nur an uns denken und zwei, drei Tage in Marburg genießen.

Wir fuhren gemütlich auf Ulm zu, da sah ich, daß sich vor uns die Autos stauten. Ich wußte, was das zu bedeuten hatte.

»Sie suchen die Leute, die Baader und Ensslin freipressen wollen«, sagte ich.

»Hoffentlich erwischen sie sie nicht«, sagte Pia.

Ich stieg aus, stellte mich auf das Trittbrett, um die Straße besser überblicken zu können. Etwa einen halben Kilometer vor uns standen drei Einsatzbusse der Polizei. Vielleicht fünfzig Polizisten kontrollierten die Autos im Stau. Es dauerte nicht lange, da stand auch schon einer neben uns.

Es war ein sehr junger Mann und er war furchtbar nervös. Er hielt seine Maschinenpistole in das geöffnete Autofenster und verlangte unsere Papiere. Wir gaben ihm die Pässe. Unsere Brieftaschen wollte er auch! Wir gaben ihm auch die Brieftaschen. Dann befahl er uns auszusteigen. Unsere Sachen reichte er an einen Kollegen weiter.

Wir mußten die Beine spreizen und die Hände auf die Kühlerhaube legen. Pia wurde von einer Frau in Zivil abgetastet, mich nahm der junge Polizist vor.

Der Kollege kam mit den Pässen zurück, fuchtelte mit meiner Brieftasche in der Luft herum und brüllte:

»Wem gehört das?«

»Mir«, sagte ich.

»Mitkommen«, sagte er.

Pia mußte mit gespreizten Beinen, die Hände auf der Kühlerhaube, stehenbleiben.

Ich wollte sie küssen und ihr schnell zuflüstern, daß ich sie liebe. Der Mann riß mich von ihr weg und drückte mir die Maschinenpistole in den Rücken.

Ich hatte ein Gefühl, als könnte ich die Knie nicht mehr richtig durchdrücken. Und gleichzeitig dachte ich: Schade, daß er vorhin nicht abgedrückt hat. Es wäre gewesen, wie wenn der Blitz einen Punkt gesetzt hätte.

Er ging hinter mir, eine Hand an der Waffe, die an seiner Schulter hing. Er kommandierte mich einen halben Kilometer weit vor sich her bis zu einem Einsatzwagen.

Ich mußte die Stirn an die Windschutzscheibe drücken, Beine und Arme spreizen. Ich konnte nicht sehen, was hinter mir vorging, aber ich hörte, wie mein Polizist mit einem anderen redete.

Und da verstand ich erst. Sie sprachen über das Illustriertenbild von Baader und Ensslin in meiner Brieftasche.

»Drehen Sie sich um«, sagte der eine.

Ich tat es, behielt aber die Arme sicherheitshalber oben. Es war ein älterer Mann, der die Mütze vom Kopf genommen hatte und total übermüdet aussah.

»Sind Sie ein Freund von denen zwei?« fragte er.

Mein Mund war trocken. Ich hatte vor Angst derart fest die Kiefer zusammengepreßt, daß sie nun aneinander klebten. Als ich den Mund aufmachte, um zu sprechen, riß ich mir ein Stück Haut von den Lippen.

»Ich weiß nicht, was Sie meinen«, sagte ich.

»Lauter!«

»Ich weiß nicht, was Sie meinen!«

»Die da«, sagte er und hielt mir den Zeitungsausschnitt unter die Nase. »Warum hast du so ein Bild von denen bei dir?«

Daß er mich duzte, schien mir ein gutes Zeichen zu sein. Vielleicht verprügeln sie mich nur, dachte ich. Es ging mir gleich besser bei diesem Gedanken.

»Das hab ich aus einer Zeitung ausgeschnitten«, sagte ich.

»Das seh ich«, brüllte er. »Was willst du damit?«

Ich wollte wirklich keinen Witz machen, aber es fiel mir nichts anderes ein: »Damit ich sie erkenne, wenn ich ihnen auf der Straße begegne.«

»Was?« schrie er.

»Damit ich sie erkennen kann«, wiederholte ich.

»Warum willst du die denn erkennen?«

Inzwischen stand ein halbes Dutzend Polizisten um mich herum. Sie reichten sich meinen Zeitungsausschnitt weiter. Die ersten grinsten breit. Die halten mich für bescheuert, dachte ich. So einem tut man doch nichts! Ich hätte singen können vor Freude.

»Daß ich sie melden kann, wenn ich sie sehe«, sagte ich und bemühte mich, nicht allzu treuherzig zu klingen.

Jetzt lachten sie alle laut. Derjenige, der mich verhört hatte, warf mir meine Brieftasche zu und sagte mitleidig:

»Hau ab, du Trottel.«

Den Zeitungsausschnitt behielten sie.

Langsam ging ich an der Kolonne entlang zu meinem Auto zurück. Pia saß auf dem Beifahrersitz. Man hatte über Sprechfunk durchgegeben, es sei alles in Ordnung.

So ähnlich habe ich es Much Gratt erzählt. Nicht so knapp freilich. Ich habe schon darauf geachtet, daß das Ganze einen schönen Spannungsbogen bekommt, habe gezielt auf einen Plotpoint hingearbeitet. Die Stelle, wo sich die Polizisten fragen, was sie von mir halten, habe ich breit ausgewalzt. Die Frage – Trottel oder Sympathisant? – wurde in meiner Geschichte zur Frage – Sein oder Nichtsein? – für mich.

»Wer war die Frau«, fragte Gratt.

Ich griff nach seinem Handgelenk und blickte auf seine Uhr.

»Die halbe Stunde ist vorbei«, sagte ich.

»Gut«, sagte er. »Dann sind wir quitt. Zahl das Bier, und wir gehen!«

6

Gratt fuhr mich bis vor Minachs Haustür. Ich hielt ihm die Hand hin, um mich von ihm zu verabschieden. Aber er nahm sie nicht, sondern schaltete den Motor ab.

»Ist dir beim Degaspari aufgefallen, daß er so mit den Händen vor dem Gesicht herumflattert«, fragt er.

»Ja«, sagte ich, »wenn er nervös ist.«

»Das hat er vom Minach. Das hat der Minach immer gemacht. Als ob er Wespen wegjagt. Nur daß es dort oben keine Wespen gibt.«

Über Minachs Haustür brannte eine Laterne. Ich sah Gratts Profil gegen das Licht. Er hatte ein kleines Doppelkinn. Die Haare begannen erst am höchsten Punkt des Kopfes. Er rutschte in seinem Sitz tiefer, stemmte die Knie gegen das Armaturenbrett und verschränkte die Arme. Ich kurbelte das Fenster herunter und zündete mir eine Zigarette an.

»Beim Minach ist mir nichts aufgefallen«, sagte ich.

»Dann hat er die Handbewegung ganz an den Degaspari abgegeben.«

Gratt legte den Kopf zurück. Wir würden wohl noch eine Weile so sitzen.

»In den ersten Monaten danach«, sagte er endlich, »haben wir uns bei den Pressekonferenzen gesehen oder bei Vorträgen oder beim Fernsehen. Und dann ...«

Er brach ab, setzte sich wieder aufrecht hin, legte die Hände ans Steuer. Dann eben nicht, dachte ich. Auch gut. Ich hatte fertiggeraucht, warf den Stummel aus dem Fenster und sagte:

»Also, vielleicht sehen wir uns wieder einmal. Gib mir deine Adresse.«

Er nahm meine Hand auch diesmal nicht.

»Gehst du jetzt direkt zu ihm hinauf«, fragte er, ohne mich anzusehen.

»Ja«, sagte ich.

»Meinst du, daß er jetzt noch wach ist?«

»Ich weiß es nicht. Ich nehm es schon an.«

»Aber er ist doch eigentlich einer, der früh ins Bett geht.«

»Ich glaub schon, daß er noch wach ist.«

»Der Minach ist ein Morgenmensch. Der Degaspari auch. Ich nicht.«

Mir fiel auf, daß er, seit wir aus Eppan zurück waren, nicht mehr von Reinold und Leo, sondern von Minach und Degaspari sprach.

»Gib mir eine Zigarette«, sagte er.

Ich hielt ihm die Schachtel hin, gab ihm Feuer.

»Und jetzt«, sagte er, »jetzt redet ihr oben noch miteinander?«

»Wenn er wach ist.«

»Er ist sicher wach.«

Ich zündete mir auch noch eine an, und wir saßen da und rauchten. Ich wartete. Eine Weile sagte er nichts und dann:

»Das größte Risiko der Expedition war ich.«

»Minach behauptet dasselbe von Degaspari«, sagte ich.

»Wenn der Minach nicht gewesen wäre, dann gäbs mich nicht mehr«, sagte er. »Er hat mir am Schluß dann ein paar Sachen vom Schlitten genommen. Weil genau von da weg, wo wir die Berge im Westen gesehen haben, da war es mit mir aus. Und beim Degaspari war es genau umgekehrt. Da hat er eine Kraft gekriegt, das ist unbeschreiblich. Der ist uns davon, das glaubst du nicht. Am Abend war der zwei Kilometer vor uns. Und ich bin mit dem Reinold hinterher gehatscht. Da hat sich bei mir nämlich auf einmal die Knochenhaut abgelöst. Beim Schienbein, wo der Schuh aufhört.«

Er blickt zu mir herüber.

»Oder willst du gleich hinauf zu ihm?«

Ich schüttelte den Kopf, und er erzählte weiter:

»Der Leo hat ja inzwischen wieder geredet. Und weil er geredet hat, hat man auch mit ihm wieder reden können.

›Renn nicht so‹, hab ich zu ihm gesagt. ›Mir tun die Beine saumäßig weh!‹

›Ja, morgen renn ich nicht mehr so‹, hat er gesagt.

Und dann ist er wieder genauso gerannt.

Den Reinold hat es schon auch in den Füßen gejuckt. Das hab ich schon gemerkt, daß ihn das ganz wild gemacht hat, daß er da mit mir hinterher gehatscht ist. Der hätte es dem Leo gern gezeigt. Himmelnocheinmal, wenn ich so gut beieinander gewesen wär wie die zwei, dann hätten wir uns ein Wettrennen geliefert! Stell dir vor, wie das lustig gewesen wär. Drei Halbkaputte rennen wie blöd über Grönland!

Später hat beim Reinold die Knochenhautablösung auch angefangen. Nicht so schlimm wie bei mir. Ich hätte ja bei jedem Schritt schreien können.

Und der Leo hat immer gejammert: ›Wir schaffen es nicht, wir schaffen es nicht!‹

Ja, und dann bin ich einmal im Zelt gelegen am Abend. Da hat man die Berge schon ganz nah gesehen. Ich hätte heulen können, weil mir die Beine so weh getan haben.

Das war immer, immer genau im Herzschlagrhythmus: Schmerz – Schmerz – Schmerz – Schmerz.

Ich hab mich mit dem Kopf zum Eingang gelegt. Da waren so Planen, die man übereinander gebunden hat. Ein Reißverschluß wär ja unmöglich gewesen. Dreimal hat man die Planen übereinander verschnürt, eine rechts, die andere links und die dritte wieder rechts. Ich hab die beiden inneren Planen aufgemacht und die äußere ein Stück auf die Seite geschoben. Weil, ich wollte die Berge sehen. Und das hat nämlich einen ganz bestimmten Grund gehabt, daß ich die Berge sehen wollte.

Ich hab mir nämlich an dem Tag etwas vorgenommen. So geht das nicht mehr, hab ich gedacht. Das ist ja nicht zum Aushalten. Alles zusammen ist nicht zum Aushalten. Mir tun die Beine weh, daß ich bei jedem Schritt Rotz und Wasser heulen könnte, und denen da geh ich auf die Nerven.

Ich meine, das ist ja verständlich, daß ich denen auf die Nerven gegangen bin, weil jetzt, wo wir schon so weit waren, da war ganz klar, daß die beiden es leicht schaffen würden, da war dann schon auch klar, daß, wenn sie es nicht schaffen, das nur wegen mir ist, und da war es jetzt auch anders wie am Anfang, die waren jetzt nicht mehr auf einen Dritten angewiesen, am Anfang waren ja alle auf alle angewiesen, einfach von der Ladung her gesehen waren alle auf alle angewiesen am Anfang, aber jetzt hätten zwei ruhig sagen können, gut, was bei dem Dritten wichtig ist, das laden wir zu uns um, das andere lassen wir zurück.

Und außerdem haben mir die Berge von dem Abstand wahnsinnig gut gefallen. Schöner werden die nicht mehr, hab ich mir gedacht. Ich hab noch nie so schöne Berge gesehen. Die sehen dort oben ja nicht aus, wie sonst Berge aussehen. Dort oben sehen die Berge im Westen so aus, als ob man auf einem riesengroßen weißen Teller Berge serviert bekommt. Mit schwarzer Tusche. Also, hab ich mir gedacht, das mit der Aussicht stimmt einmal schon.

Außerdem hab ich nicht mehr leben wollen.

Ich habe gedacht, es ist einfach geschickter, wenn ich

nicht mehr lebe. Und das hätte ich dann sehen wollen, ob mit einem toten Gratt im Rücken ein Minach oder ein Degaspari weitergestritten hätten. Also: das wär einmal schon günstiger gewesen.

Und Hunger hab ich auch keinen mehr gehabt. Außerdem bin ich nicht verheiratet, und mein Vater war auch schon tot.

Gut, hab ich gedacht, ich sag am Abend dem Reinold, er soll mir das ganze Morphium dalassen für den Fall der Fälle, und sie sollen schauen, daß sie weiterkommen.

Das hab ich mir am Tag beim Gehen die ganze Zeit gedacht. Und mir ist dann in den Kopf gekommen, was die sagen werden: Mensch, Much, red doch nicht so! Du bist doch noch gut beieinander! Das tun wir niemals! Wir sind doch Freunde! Und ich hab mir ausgedacht, was ich sagen werde. Das war fast lustig. Der Tag war eh ganz gut, weil ich mir das ausgedacht habe, wie wir am Abend darüber reden. Ich hab mir gedacht, ich mach es noch einmal so wie bei der komischen Gerichtsverhandlung ganz am Anfang. Ich spiel einfach Euer Gnaden. Dann paßt das schon.

Ich bin also im Zelt gelegen und hab hinaus auf die Berge geschaut. Nicht ein Wölkchen war am Himmel. Da würde ja jeder sich drum reißen, wenn er so sterben könnte, hab ich mir gedacht. Und hab gedacht, die sollen da draußen vorwärts machen und endlich ins Zelt kommen, daß wir reden können.

Ja, und dann hab ich sie draußen vor dem Zelt miteinander reden hören.

Wunderbar! Der Leo hat nämlich den genau gleichen Vorschlag dem Reinold gemacht, den ich ihnen beiden hab machen wollen. Er hat den Reinold ein Stück vom Zelt weggezogen, aber ich hab ganz genau gehört, was er gesagt hat.

›Reinold‹, hat er gesagt, ›ich muß mit dir reden.‹

›Aha‹, hat der Reinold gesagt, ›jetzt mußt du mit mir reden. Zuerst sagst du eineinhalb Monate lang kein Wort, und jetzt willst du mit mir reden.‹

Aber der Reinold hat den Leo nicht richtig verstanden.

›So gehts nicht mehr weiter‹, hat der Leo gesagt.

›Jetzt gehts schon so weiter‹, hat der Reinold gesagt. ›Jetzt redest du ja wieder.‹

Er hat ihn nämlich immer noch nicht verstanden.

›Ich will nur eines‹, hat der Leo gesagt. Und der Leo kann ja gar nicht leise reden. Wenn der leise redet, dann ist es immer noch so, als wenn du laut redest. ›Ich will nur eines‹, hat er gesagt, ›ich will da herauskommen. Und jetzt sieht es so aus, als ob wir das schaffen.‹

›Natürlich schaffen wir es‹, hat der Reinold gesagt. ›Ich hab alles genau berechnet.‹

Der Leo hat mit der Hand vor seinem Gesicht herumgewischt. Und dann hat auch der Reinold mit der Hand vor seinem Gesicht herumgewischt. Und mir haben sie die schöne Aussicht auf die Berge verstellt.

›Nein‹, hat der Leo gesagt, ›wir schaffen es nicht. Mit ihm schaffen wir es nicht. Laß ihm das Morphium da, und wir gehen allein weiter.‹

Na also, was will ich denn noch mehr! Da hab ich mir den ganzen Tag lang den Kopf zerbrochen, wie ich es ihnen beibringen soll, daß sie mir das Morphium dalassen und allein weitergehen! War ja gar nicht nötig! Scheiße, hab ich gedacht, jetzt ist mein Auftritt vermasselt.

Der Reinold hat sich umgedreht und ist zum Zelt hergegangen.

Ich hab so getan, als ob ich schlafe. Und ich hab dann auch geschlafen, völlig ruhig. Das hat mir alles gar nichts ausgemacht. Ich hab schon noch aus dem Schlafsack herausgeschaut und den Leo gesehen, wie er hereingekommen ist. Der war nicht gut beieinander! Der war gar nicht gut beieinander!

Am nächsten Tag hat er es dann ganz eilig gehabt. Da hat ihm das Gehen nicht mehr gereicht. Wir haben einen wunderbaren Rückenwind gehabt. Und der Leo hat das Segel aufgespannt, nicht die volle Größe, da hat es ja ein schlechtes Vorbild gegeben, da hat es ja den Reinold schon gebeutelt, daß er einen ganzen Tag lang oder was weiß ich wie lang nicht mehr richtig beisammen war. Da hat der Leo schon aufgepaßt. Er hat das Segel halbiert. Aber das war auch schon kritisch genug.

Der Reinold hat mich geweckt und gesagt:

›Much, heute gehts besser, heute schiebt dich der Wind.‹

Er hat mir geholfen, daß ich in die Schuhe hineingekommen bin. Das Anziehen und Ausziehen, das war am schrecklichsten. Ich hab den Schuh nicht mehr zugekriegt. Keine Rede davon. Beine hab ich gehabt wie Baumstämme. Wasser und was weiß ich noch alles.

Ich hab gemerkt, daß ich nicht mehr richtig sehen kann. Da hab ich mir am Abend noch die Berge angeschaut und am Morgen kann ich nicht mehr richtig sehen. Mir ist alles so weit weg vorgekommen, und ich selber bin mir vorgekommen, als ob ich auf einem Haus stehen würde, so groß bin ich mir vorgekommen. Aber das ist dann nach ein paar Minuten besser gewesen. Aber ich hab Fieber gehabt. Ich hab dem Reinhold angesehen, daß er sich denkt, mit dem ist es bald vorbei.

Der Reinold hat mir den Schlitten aufgetakelt und den seinen hat er auch aufgetakelt, und dann sind wir nebeneinander hergezogen.

Der Leo war schon weg. Er war schon ein ganzes Stück weit vorne. Er hat es nämlich diesmal anders gemacht. Er hat nicht wie wir ein Viertelsegel aufgesteckt, sondern ein Halbsegel. Und er hat sich nicht vor den Schlitten gespannt und sich vom Wind schieben lassen, sondern er hat die Riemen unter dem Schlitten durchgezogen und sich hinten drangehängt. Und so ist er dann ab wie ein Wasserschifahrer. Der hat überhaupt nichts tun müssen, das hat alles der Wind getan. Er hat sich nur festhalten müssen, dann ist er drauflos gerodelt. Aber lenken hat er nicht gekonnt. Der Schlitten ist halt gefahren, wo der Wind hingeblasen hat. Aber der Leo wird sich gedacht haben: Wo die Berge sind, dort ist das Leben.

Schon nach einer halben Stunde haben wir nur noch einen kleinen Punkt von ihm gesehen.

›Der fährt falsch‹, hat der Reinold gesagt.

Er hat es ja am Kompaß ablesen können. Der Reinold hat

sich nicht um ihn gekümmert. Wie hätte er das auch tun sollen! Er wär ihm niemals nachgekommen, er hätte ihn auf keinen Fall mehr einholen können. Und rufen wär auch sinnlos gewesen.

Dieser Tag hat für mich nicht gut angefangen, aber dann ist es besser geworden. Die Beine haben zwar immer noch genau gleich wehgetan, aber das Fieber hat nachgelassen. Nach der ersten Etappe hab ich mir sogar eingebildet, die Beine tun nicht mehr so weh wie vorher.

Aber dem Reinold hat das noch mehr Sorgen gemacht. Er hat mir die Schuhe ausgezogen und die Beine mit Schnee eingerieben. Ja, dann haben sie wieder weh getan. Der hat ja wohl einen Vogel, hab ich mir gedacht.

›Der Leo ist ab. Was meinst du‹, hab ich zum Reinold gesagt.

›Ich weiß nicht‹, hat er gesagt.

Gesehen haben wir ihn nicht mehr. Schlimm für ihn, hab ich gedacht. Weil das Zelt und die meiste Nahrung haben wir gehabt. Der hätte müssen von seiner Kamera abbeißen und in der Nacht unter sein Stativ kriechen.

Wir waren schon ziemlich nahe bei den Bergen. Dort ist es dann nicht mehr so glatt wie mitten auf dem Plateau. Da gibt es schon Wellen und Täler. Gletscherbrüche gibt es noch keine, aber sonst ist der Boden sehr unruhig. Man täuscht sich auch leicht, wenn man meint, man kann weit sehen. Das kann sein, aber es muß nicht sein. Wenn es nicht ganz gestochen klar ist, wenn der Wind den Schnee aufwirbelt zum Beispiel, dann kannst du auf eine gewisse Entfernung nicht unterscheiden, ist das jetzt flach oder ist da eine Mulde.

Ich habe damit gerechnet, daß ich den Leo nicht mehr sehe. Jetzt hat er den Dreck, hab ich gedacht. Jetzt kommt er schnell an.

Und dann am Nachmittag haben wir ihn gesehen. Nicht vor uns, sondern neben uns. Vielleicht einen halben Kilometer neben unserer Spur. Er hat mit den Armen gefuchtelt.

Und als wir dann bei ihm waren, hat es noch eine

Überraschung gegeben: Er hat nämlich keinen Schlitten mehr gehabt. Die Spur von seinem Schlitten hat man noch im Schnee gesehen. Der Leo hat die Riemen um den Bauch gehabt, und die Riemen waren abgerissen. Sie haben an der Kante von der Hinterwand beim Schlitten gescheuert und sind schließlich abgerissen. Und der Schlitten mit dem halben Segel ist davon wie abgedrückt.

Der Reinold hat den Leo angeschrien. Der hat in keinen Schuh mehr hineingepaßt. Er hat ihn dermaßen zur Sau gemacht! Alles, was der Reinold in sich drinnen gehabt hat gegen den Leo, das ist da herausgekommen. Und der Leo hat sich nicht gewehrt. Kein Wort hat er gesagt. Und ich hab auch gesehen, da staut sich gar nichts mehr in ihm auf, der hört sich das alles an, der glaubt das jetzt sogar, was da der Reinold zu ihm sagt. Er hat genickt. Der Reinold hat geschrien, daß ich gemeint habe, jetzt reißt ihm gleich der Hals ab, und der Leo hat genickt.

Der war fertig. Tot. Grad noch ein Automat zum Nicken. Sonst nichts.

Ich war ganz froh, daß die beiden zu tun gehabt haben mit Schreien und Nicken, da hab ich mich auf den Schlitten setzen und die Schuhe aufmachen können. Ich hab den Schlafsack aus meinem Schlitten gezogen und mir die Füße eingewickelt. So bin ich dagesessen und hab ihnen zugehört.

Klar, hat der Reinold wieder recht gehabt. Dann ist mir eingefallen, wie das am Anfang gewesen ist, und es ist mir vorgekommen, als wär das schon drei Jahre her. Daß ich dann zum Leo gegangen wäre und ihm gesagt hätte, der Reinold ist ein Arschloch, und daß ich hinterher zum Reinold gegangen wäre und gesagt hätte, der Leo ist eine Zumutung. Da bin ich richtig traurig geworden, daß diese gute alte Zeit vorbei war. Dabei war es grad vielleicht einen halben Monat her.

Und jetzt, hab ich gedacht, jetzt redet der Reinold auch noch für mich. Jetzt hat er eine gute Gelegenheit, dem Leo zu sagen, was er für ein Schwein ist, weil er gewollt hat, daß man mich liegen läßt und mir nichts weiter zurückläßt als ein paar Ampullen Morphium.

Das hat er natürlich nicht gesagt. Kein Wort davon. Da hat er sich gehütet. Er hat ja gedacht, ich hab geschlafen und hab sie nicht reden hören draußen vor dem Zelt.

Aber der Leo wird das schon richtig verstanden haben. Weil da freß ich einen Besen, wenn der gedacht hätte, der Reinold schreit ihn nur im eigenen Namen an, dann hätte er sich gewehrt, dann hätte er zurückgeschrien, dann hätte er sich, so wie der Reinold geschrien hat, auf meinen Schlitten gestürzt und hätte alles abgeladen, bis er unten auf den Stutzen gekommen wär.

Jetzt straft ihn der Reinold in meinem Namen, hab ich gedacht. Und da hat mir der Leo leidgetan. Der ist halt kein Übermensch wie der Reinold! Der kriecht halt am Boden und schreit und wimmert und heult und hat Angst und will leben und wieder nach Hause nach Terlan kommen zu seinen Kindern und zu seiner Frau. Man kann doch einen nicht anschreien, weil er das will, weil er um alles in der Welt nicht in Grönland sterben will!

Wenn der Leo solche Beine gehabt hätte wie ich, dann wär das auch bei ihm anders gewesen, Dann hätte sicher auch er gedacht: So, jetzt ist es vorbei, jetzt hat es auch keinen Sinn, wenn ich am Boden krieche. Ich hab mir halt gedacht, ich bin erledigt. Da steht man drüber.

Und er: An dem Abend vor dem Zelt hat er sich halt gedacht: Es geht sich aus, es kann sich ausgehen, vielleicht bin ich wirklich bald wieder daheim!

Eineinhalb Monate lang ist er hinter uns hergelaufen und hat nicht mehr daran geglaubt, daß er das überleben wird. Und auf einmal hat er wieder ein Licht gesehen. Soll ich ihm vorwerfen, daß er denselben Vorschlag gemacht hat, den ich genau im selben Augenblick auch machen wollte?

Der Reinold hat einen heiligen Zorn gehabt. So hätte er nie gewütet, wenn es nur um ihn gegangen wär.

›Bitte‹, hab ich gesagt, ›bitte, Reinold, hör jetzt auf und schau, daß du den Schlitten von Leo kriegst.‹

Der Reinold hat mich angeschaut, als hätte ich ihn

erwischt, er hat sich von seinem Schlitten abgeschnallt, hat sich die Riemen vom Leib gerissen und ist davon, auf der Spur von dem Schlitten. Es war ja höchste Zeit. Die Spur war ja schon fast zugeweht.

Ich kann mir gut vorstellen, daß sie dir beide diese Geschichte nicht erzählt haben, der Reinold nicht und der Leo nicht.

›Also komm‹, hab ich zum Leo gesagt, ›hilf mir die Schuhe anziehen.‹

Und das hat er dann gemacht. Er hat sich den Schlitten vom Reinold genommen, und wir sind hinterher.

Und ob du glaubst oder nicht, mir ist es auf einmal wunderbar gegangen. Ich hätte grad können *La montanara* singen, zweistimmig, wenn ich zweimal einen Mund gehabt hätte.

Jedenfalls haben wir ein wahnsinniges Glück gehabt. Der Schlitten vom Leo ist in so eine Mulde hineingefahren und dort im Schnee steckengeblieben.«

Während der ganzen Zeit hatte mich Gratt nicht ein einziges Mal angesehen. Jetzt drehte er sich zu mir her, lachte über das ganze Gesicht:

»Eigentlich sind wir jetzt nicht mehr quitt«, sagte er. »Aber ich schenk dir deine Geschichte.«

Er öffnete die Wagentür.

»Du mußt jetzt hinaufgehen zu ihm«, sagte er, »sonst schläft er schon.«

»Wie spät ist es denn«, fragte ich.

Er warf einen Blick auf die Armbanduhr.

»Halb zwei. Jetzt kannst du ihn nicht mehr herausklingeln. Wenn du willst, kannst du bei mir schlafen.«

»Ich hab einen Schlüssel«, sagte ich.

Ich nahm die Plastiktüte vom Rücksitz und ging um den Wagen herum.

Gratt begleitete mich bis zur Haustür. Er hatte die Hände in den Hosentaschen und hüpfte von einem Bein auf das andere. Ich gab ihm die Hand, und diesmal nahm er sie.

»Danke«, sagte ich.

»Würde es dir etwas ausmachen, wenn ich mit hinaufgehe«, fragte er.

»Nein«, sagte ich.

»Du meinst, dem Reinold könnte es vielleicht unter Umständen nicht recht sein.«

»Ich weiß es nicht. Du kennst ihn besser als ich.«

»Das ist ihm sicher recht.«

»Dann komm doch einfach mit!«

»So wie er gewesen ist, wär es ihm sicher recht, wenn ich mitkomme.«

»Er ist sicher noch so, wie er gewesen ist.«

»Du weißt ja gar nicht, wie er gewesen ist.«

»Aber du weißt doch, wie er gewesen ist.«

»Soll ich jetzt mitkommen oder nicht?«

»Ja, klar«, sagte ich, »komm mit. Er wird sich freuen. Ganz sicher.«

Ich steckte den Schlüssel ins Schloß, sperrte auf und trat ein. Gratt stand noch draußen auf dem Gehsteig. Er winkte mich mit dem Zeigefinger zu sich.

»Aber du mußt vor mir gehen«, sagte er leise, »nicht daß er zuerst mich sieht.«

»Wann warst du denn zum letzten Mal bei ihm«, fragte ich.

Er zuckte mit der Schulter: »Gesehen habe ich ihn zum letzten Mal vor zwei Jahren.«

Ich drückte auf den Lichtschalter und ging voraus. Bei der ersten Stiege blieb er noch hinter mir, dann überholte er mich, nahm zwei Stufen mit einem Schritt.

Als ich über die letzte Stiege hinaufkam, blickte er auf mich herunter, die Ellbogen auf das Geländer gestützt – wie Minach, als ich gestern hier heraufgekommen war.

Er war ungeduldig, nahm mich beim Arm und sagte: »Schauen wir erst einmal, ob noch Licht ist.«

Er stellte sich hinter mich. Ich sperrte auf und trat in den Vorraum. Aus der offenen Küchentür schien Licht. Minach saß am Tisch. Er kehrte mir den Rücken zu, trug ein schwarzes Hemd und eine schwarze Hose. Den Kopf hatte er auf die Hände gestützt.

Er mußte gehört haben, wie ich die Tür aufgesperrt hatte. Es sei denn, er war eingeschlafen. Er bewegte sich nicht. Ich wollte ihn nicht erschrecken und blieb im Vorraum stehen. Ich spürte, wie sich Gratt über meine Schulter beugte.

»Sag etwas«, flüsterte er.

»Guten Abend«, sagte ich.

Minach drehte sich langsam um und schaute mich mit müden, freundlichen Augen an.

Ich wollte ihm sagen: Ich habe noch jemanden mitgebracht, du wirst nicht erraten wen – da hörte ich, wie Gratt über die Stiege nach unten lief.

Ich schloß die Tür, ging zu Minach in die Küche und setzte mich zu ihm.

»Ich komm spät, du hättest nicht warten müssen«, sagte ich.

»Wir hatten Besuch«, sagte er, »sie sind gerade erst gegangen, vor wenigen Minuten erst.«

Gratt und ich waren fast eine Stunde lang im Auto gesessen. Ich hätte gesehen, wenn jemand das Haus verlassen hätte.

»Ich hab einen Kaffee für dich aufgesetzt«, sagte er. Er schenkte in die Tasse ein, die auf dem Tisch vor mir stand.

»Möchtest du ein Stück kalten Braten«, fragte er.

»Nein, danke«, sagte ich.

»Das war gestern unangenehm, daß wir nichts im Haus gehabt haben.«

»Dafür hab ich euer Pulver probiert.«

»Oder möchtest du eine Schinkensemmel?«

»Gar nichts. Vielen Dank.«

Er öffnete den Eisschrank und nahm eine Tafel Schokolade heraus.

»So ein Stück hätte ich gern«, sagte ich.

Bevor er sie öffnete, schlug er sie ein paarmal über die Tischkante, riß das Papier auf, bot mir an und setzte sich mir gegenüber.

»Und«, sagte er, »hast du die beiden kennengelernt?«

Ich nickte.

Er erhob sich wieder und ging hinter meinem Stuhl hin und her, zwei Schritte in die eine Richtung, zwei Schritte in die andere Richtung. Er wartete darauf, daß ich ihm erzählte. Ich wußte ehrlich nicht, wo ich hätte anfangen sollen.

»Frag mich aus«, sagte ich schließlich und drehte mich zu ihm um.

Er blieb ruckartig stehen, dachte einen Augenblick lang gespannt nach.

Ich wunderte mich, wie unbeholfen dieser Mann in einer Küche aussah, wie unbeholfen er auf dem Gehsteig ausgesehen hatte, heut morgen, als er mit mir vor das Haus gegangen war. Vielleicht war es nur eine Verlegenheit von ihm, daß er sich hier in der Zivilisation schwarz kleidete. Ich überlegte, was für Kleider sonst zu ihm gepaßt hätten. Ein kariertes Flanellhemd? Ein buntes T-Shirt? Eine braune Kordhose?

Wieder fiel mir ein, was er in der vergangenen Nacht zu mir gesagt hatte. Daß er oben auf dem Plateau habe lachen müssen bei dem Gedanken, daß hier drei weiße Männer über ein weißes Land gehen, daß man aber nicht sagen könnte, was ein Mann ist, wenn Frauen fehlten, und daß dies ja auch gar kein Land sei, sondern zweitausend Meter dickes Eis.

Und zu Hause in seiner Küche in Bozen trägt er ein schwarzes Hemd und eine schwarze Hose. Weil – alles andere wäre wie eine Verkleidung gewesen an ihm.

Er atmete tief durch und wischte mit der Hand durch die Luft. Es sah aus, als wollte er eine Wespe verscheuchen.

»Nein«, sagte er, »das ist kindisch.«

Er setzte sich wieder, und wir unterhielten uns über andere Dinge. Sein Schwager und seine Schwester seien am Abend dagewesen, sagte er, und seine Tochter sei mit dem Nachtzug nach Rom gefahren, ihre ganze Schulklasse fahre nach Rom, die Schüler hätten wählen dürfen zwischen Rom und Wien, die meisten hätten sich für Rom entschieden: Schüler der Provinz lernen die Hauptstadt kennen.

Wenn ich das Gelenk an meiner rechten Hand bewegte, spürte ich noch den Schmerz. Inzwischen waren die Schülerinnen aus Mailand, die mir im Zug diese lässige italienische Geste beibringen wollten, längst zu Hause. Irgendwo hatte ich den Schal liegenlassen, den mir eines der Mädchen um das Handgelenk gebunden hatte. Aber ich wußte nicht wo.

»Fährst du morgen wieder nach Hause«, fragte er.

»Am Mittag.«

»Kannst du etwas brauchen von dem, was wir dir erzählt haben?«

»Alles«, sagte ich.

Bevor ich ins Bad ging, fragte ich ihn:

»Kennst du in Bozen eine bestimmte Tabak-Trafik, sie muß irgendwo an einem Platz oder an einer Straßenkreuzung sein, man muß beim Eingang zwei, drei Stufen hinuntergehen ...«

Er nickte: »Ich zeig sie dir morgen.«

7

Am nächsten Morgen war ich zu knapp mit der Zeit dran, als daß ich noch in die Stadt gehen und die Tabak-Trafik hätte suchen können. Minach hatte mich zum Bahnhof begleiten wollen, aber ich bestand darauf, allein zu gehen. Er schenkte mir zum Abschied einen kleinen Band mit Eskimomärchen. Ich versprach, ihm zu schreiben. Seine Frau sah ich nicht mehr.

Der Zug stand bereits am Bahnsteig, als ich ankam. Ich fand ein leeres Abteil, und während der Fahrt durch Südtirol und über den Brenner las ich die Geschichten von der Entstehung der Welt, die sich die Inuit hoch oben im Norden erzählen.

In Innsbruck hatte ich zwei Stunden Aufenthalt. Ich stellte mein Gepäck in ein Schließfach und schlenderte zur Maria-Theresia-Straße. Ich kaufte Geschenke ein, trank im

Café Zentral einen Kakao und wartete schließlich am Bahnhof auf meinen Zug.

Spät in der Nacht kam ich zu Hause an. Als der Zug in den kleinen Bahnhof einfuhr, schlug mir das Herz bis zum Hals. Pia wartete auf dem Bahnsteig. Wir umarmten uns und ich gab ihr ein kleines Feuerzeug aus Messing, das ich in Innsbruck gekauft hatte.

»Aus unserer Tabak-Trafik in Bozen«, sagte ich.

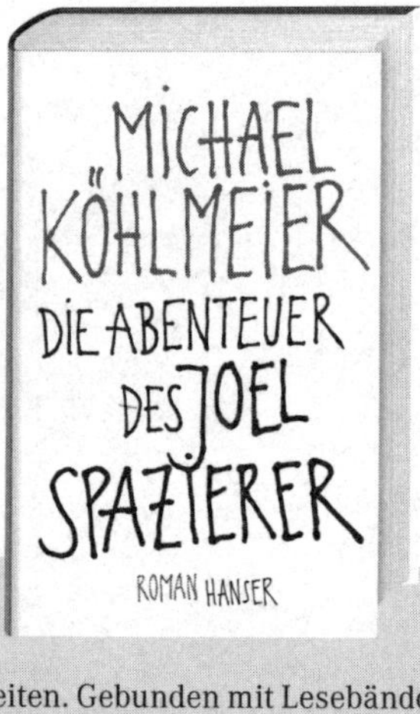
MICHAEL
KÖHLMEIER
DIE ABENTEUER
DES JOEL
SPAZIERER
ROMAN HANSER

Michael Köhlmeier im dtv

»Köhlmeier war immer ein Geschichten-Erfinder von Rang, ein Fabulierer wie aus vergangenen, vormodernen Tagen.«
Ulrich Weinzierl in ›Die Welt‹

Abendland
Roman
ISBN 978-3-423-**13718**-8
Die Lebensgeschichten eines exzentrischen Mathematikers, Weltbürgers und Jazz-Fans und seines Biographen.

Die Musterschüler
Roman
ISBN 978-3-423-**13800**-0
Mit einem gnadenlosen Frage- und Antwortspiel wird eine alte Untat aufgedeckt: In einer Schulklasse war ein Mitschüler zusammengeschlagen worden – nach 25 Jahren wird die Vergangenheit in allen Einzelheiten wieder aufgerollt.

Bleib über Nacht / Geh mit mir
Zwei Romane
ISBN 978-3-423-**13855**-0
Ein Roman über eine schwierige Liebe während des Krieges und ein Roman, lang danach, über einen Sohn, der seine Heimat sucht und dem Geheimnis seiner sonderbaren Familie auf die Spur kommen will.

Idylle mit ertrinkendem Hund
Roman
ISBN 978-3-423-**13905**-2
Zwei Männer spazieren am Ufer entlang. Es ist Winter, die Seitenarme des Rheins sind zugefroren, doch es taut. Von weitem sehen die beiden, wie ein Hund ins Eis einbricht. Einer der Männer holt Hilfe. Der andere kriecht auf einem Ast zu dem Hund und spürt, dass er ihn nicht retten kann …

Madalyn
Roman
ISBN 9778-3-423-**14127**-7
»Seine Heldin ist ein zauberhaftes seelenstarkes Geschöpf, das beim Lesen den Hunger nach großen Gefühlen weckt.« (Gabriele Killert, ›Die Zeit‹)

Spielplatz der Helden
Roman
ISBN 978-3-423-**14252**-6
Drei Südtiroler brechen zu einer Expedition durch Grönland auf. Da vom ersten Tag an Streit zwischen den dreien herrscht, entwickelt sich die Durchquerung zu einem aberwitzigen Psychodrama.